古典文獻研究輯刊

十四編

曾永義 主編

第 17 冊

劉克莊散文研究

周 炫 著

國家圖書館出版品預行編目資料

劉克莊散文研究／周炫 著 — 初版 — 新北市：花木蘭文化出
版社，2016〔民 105〕
目 4+222 面；19×26 公分
（古典文學研究輯刊 十四編；第 17 冊）
ISBN 978-986-404-817-5（精裝）
1.（宋）劉克莊 2. 散文 3. 文學評論
820.8   105014959

ISBN-978-986-404-817-5

9 789864 048175

古典文學研究輯刊
十四編 第十七冊   ISBN：978-986-404-817-5

劉克莊散文研究

作　　者　周 炫
主　　編　曾永義
總 編 輯　杜潔祥
副總編輯　楊嘉樂
編　　輯　許郁翎、王筑　美術編輯　陳逸婷
出　　版　花木蘭文化出版社
社　　長　高小娟
聯絡地址　235 新北市中和區中安街七二號十三樓
　　　　　電話：02-2923-1455／傳眞：02-2923-1452
網　　址　http://www.huamulan.tw 信箱 hml810518@gmail.com
印　　刷　普羅文化出版廣告事業
初　　版　2016 年 9 月
全書字數　188320 字
定　　價　十四編 21 冊（精裝）新台幣 36,000 元　　版權所有・請勿翻印

劉克莊散文研究

周炫　著

作者簡介

周炫（1976～），男，江西樂安人。2012 年畢業於華南師範大學，獲文學博士學位。現任職於廣東農工商職業技術學院，副教授。主要研究方向爲唐宋文學等。

提　　要

　　劉克莊是南宋後期頗具影響的散文家。長期以來，由於學界多關注劉克莊在詩詞方面的成就和名氣，因此，對劉克莊的研究留下了較大的空間，尤其是對劉克莊散文的全面考察尚屬不足，從而對劉克莊的評價也不夠全面。本文試對劉克莊散文展開比較全面的考察，在具體分析劉克莊散文表現特點的基礎上，進而探究劉克莊的文學成長道路、思想個性及其散文的藝術風格，這對深入研究劉克莊，乃至深入研究南宋後期散文，都是很有價值的。

　　劉克莊散文研究是完善劉克莊研究的重要一環。本研究主要選取了劉克莊散文中頗有影響的公牘文、「進故事」、書判、碑誌文、題跋及辭賦等文體進行了全面、深入、細緻的研究，以期從中探尋劉克莊散文之所以風靡的原因，揭示劉克莊散文在文體學方面的貢獻，透視劉克莊散文與南宋政治生活的關係，確立劉克莊散文在整個宋代散文中的地位。

目次

緒　論

　　劉克莊（1187～1269），字潛夫，號後村，莆田人。是南宋著名詩人、詞人、散文家，詩歌理論家。長期以來，學界關於劉克莊的研究，多集中在其詩、詞和詩學理論方面，並取得了可喜的成績，然對其散文的研究較爲薄弱。

一、劉克莊研究的總體狀況

　　早在 20 世紀 30 年代，劉克莊就進入學界的研究視野。這一時期，學界在劉克莊詞的整理和年譜研究方面，取得顯著成績。如張荃《後村長短句考證》〔註1〕對劉克莊八十首詞進行了編年。劉克莊年譜研究，主要有張荃的《劉後村先生年譜》〔註2〕和宋湖民的《劉後村先生年譜》〔註3〕。直至 20 世紀 50 年代，學界對劉克莊作品的研究主要集中在詞，而對他的詩歌很少顧及。錢鍾書《宋詩選注》認爲劉克莊的詩歌給人的印象是滑溜得有點「機械」〔註4〕，可謂抓住了後村詩的要害和癥結。20 世紀 60 年代，劉克莊受到臺灣學界的關注。孫克寬《劉後村的家世與交遊——劉後村與晚宋政治之一》〔註5〕和《晚宋政爭中之劉後村——劉後村與晚宋政治之二》〔註6〕從晚宋政治鬥爭的

〔註1〕張荃《後村長短句考證》，《中國文學會集刊》，1933 年第 6 期。
〔註2〕張荃《劉後村先生年譜》，《之江學報》，1934 年第 1 卷第 3 期。
〔註3〕宋湖民《劉後村先生年譜》，《興化文獻》，1947 年。
〔註4〕錢鍾書《宋詩選注》，北京：人民文學出版社 1958 年 1 月第 1 版。
〔註5〕孫克寬《劉後村的家世與交遊——劉後村與晚宋政治之一》，《大陸雜誌》，1961 年第 22 卷第 11、12 期。
〔註6〕孫克寬《晚宋政爭中之劉後村——劉後村與晚宋政治之二》，《大陸雜誌》，1961 年第 23 卷第 7、8 期。

角度重點考察了劉克莊的家庭背景、師友交遊、江湖詩案，以及劉克莊與史
嵩之、鄭清之及賈似道的關係，運用史料澄清了劉克莊生平中的一些疑點問
題，很有參考價值。20 世紀 80 年代以來，劉克莊研究引起了錢仲聯、郭紹虞、
李國庭、程章燦、向以鮮、胡明等學者們的廣泛關注，他們從不同角度對劉
克莊的詩、詞、理論進行了深入研究，新的成果不斷湧現。

　　21 世紀初，學界曾對劉克莊研究的總體狀況進行綜述。張毅主編的《20
世紀中國文學研究‧宋代文學研究（下）‧劉克莊研究》從生平交遊和年譜、
劉克莊的詩歌、後村詞三個方面總結了 20 世紀以來劉克莊研究的成果〔註7〕。
閻君祿《後村研究述評》〔註8〕、王述堯《劉克莊研究綜述》〔註9〕也從劉克
莊的生平和思想研究、後村集版本、後村詞研究、後村詩和詩論研究等方面
對劉克莊研究現狀作了述評。侯體健的《國色老顏不相稱，今後村非昔後村
——百年來劉克莊研究的得與失》對百年來劉克莊研究作出了全面的述評，
不但為研究者梳理出學術研究及其發展的脈絡，並指出了劉克莊研究中在基
礎、視域、方法、立場四方面存在的問題：就基礎而言，劉克莊行跡清晰但
仍有爭議，需在辨析材料的基礎上作出符合事實的判斷，而他的文集較零亂，
期待精校文本面世；就視域而言，局部領域挖掘較深入，整體研究卻顯得粗
糙，切入視角比較單一，不足以反映研究對象的總體風貌；就方法而言，靜
態的描述居多，忽視了對象的變化，應從劉克莊自身文學觀念、具體語境、
文集流傳多方面關注動態變化；就立場而言，研究不應該遠離歷史場景與文
學本身，而應該還原歷史，從文學作品出發進行研究。作者認為劉克莊研究
所存在的這些問題，一定程度上反映出當前古代文學專人個案研究的困境，
值得重視〔註10〕。

　　進入 21 世紀，劉克莊研究逐步走向深入。何忠盛《劉克莊詩學思想研究》
在對上世紀以來劉克莊研究簡要回顧的基礎上，對劉克莊詩學思想研究現狀
進行了評估，指出了劉克莊詩學研究中存在的不足：一是對劉克莊詩學的複
雜性有所忽視；二是沒有聯繫南宋的學術文化思潮來研究後村的詩學思想；

〔註 7〕 張毅《20 世紀中國文學研究‧宋代文學研究》（下），北京：北京出版社，2001
　　　　年。
〔註 8〕 閻君祿《後村研究述評》，《宜賓學院學報》，2003 年第 1 期。
〔註 9〕 王述堯《劉克莊研究綜述》，《古典文學知識》，2004 年第 4 期。
〔註 10〕 侯體健《國色老顏不相稱，今後村非昔後村——百年來劉克莊研究的得與
　　　　失》，《長江學術》，2008 年第 4 期。

三是沒能很好的結合宋詩體派的演變規律及南宋後期文學創作的狀況進行分析〔註11〕。景紅錄《劉克莊詩歌研究》對劉克莊的詩學思想和詩歌創作進行了述評，並指出在劉克莊詩歌研究中，有一個明顯的問題並沒有得到合理的解釋和充分的說明，「那就是以劉克莊這樣一個在當時聲名極高、詩歌近五千首、《大全集》達一百九十六卷的作家，竟然在後世寂寞無聞，幾乎被人徹底遺忘；他的詩論有著諸多合理的內容，他的詩歌創作卻成就不高，這之間的矛盾到底該怎樣解釋？他一生創作了如此多的詩歌，但是能爲人所知者卻寥寥無幾，更別說播於人口，婦孺皆知了」。作者把「這種個人努力與社會回報之間存在如此巨大落差的現象」，稱之爲文學史上的「劉克莊現象」。認爲「發生在這一現象背後的主要根源和各種因素的作用」，才是劉克莊研究中值得我們今天認真思考和仔細探討的重要問題〔註12〕。王宇《劉克莊與南宋學術》總結劉克莊詩學研究的現狀，認爲「目前關於劉克莊詩論的研究主要是從文學史的視角揭示其論詩旨趣，或舉其一隅，或縱觀博覽，觸及了劉克莊詩學理論與批評的各個層面」，取得了可喜進展，「爲劉克莊詩學研究開啓了良好的端緒」。然而，相對宋代其它重要的文學批評家的個案研究而言，對劉克莊詩學的研究顯然還遠遠不足。「以文本闡釋的方式展開近似靜態的描述與歸納是目前劉克莊詩學研究在方法論上的主要局限所在」，「此外，單純文學史的研究視野也是限制劉克莊詩學研究向縱深發展的另一重要因素」〔註13〕。此外，萬露《後村詞創作及其詞學思想整體觀》分別對後村詞研究現和後村詞學思想研究現狀進行了綜述〔註14〕；盧雅惠《劉克莊詞研究》對大陸與臺灣的劉克莊詞研究進行了考察〔註15〕。

　　綜上所述，目前學界多關注劉克莊詩詞或詩論方面的研究，對劉克莊的散文卻很少顧及，這不能不說是劉克莊研究的遺憾。

二、劉克莊散文的接受與傳播

　　劉克莊早年曾習作古文。嘉定元年（1208 年），劉克莊因詞章不合主司意，屢試不得進，乃廢舉業，攻古文；並於當年在眞德秀座上初識當時著名的四

〔註11〕何忠盛《劉克莊詩學思想研究》，四川大學博士學位論文，2007 年。
〔註12〕景紅錄《劉克莊詩歌研究》，上海：上海古籍出版社，2007 年，7 頁。
〔註13〕王宇《劉克莊與南宋學術》，北京：中華書局，2007 年，4～7 頁。
〔註14〕萬露《後村詞創作及其詞學思想整體觀》，吉林大學碩士學位論文，2006 年。
〔註15〕盧雅惠《劉克莊詞研究》，臺灣東吳大學碩士學位論文，2006 年。

六家李劉。嘉定二年（1209年），朝廷覆議朱熹諡號，劉克莊代父作覆議狀，傅伯成聞之，寄聲願定交。嘉定三年（1210年），袁燮稱賞劉克莊四六文，延之入幕，委以文字之任。「晚掌書命，每一制下，人人傳寫」〔註16〕。劉克莊曾云「四六是吾家事」〔註17〕，其散文在當時以表、制、誥、啟等見稱，有「典麗清新、腴贍簡古」之譽，「人以小東坡目之」〔註18〕。可見，劉克莊的散文對當時的文壇產生了巨大的影響。

劉克莊的散文在南宋後期深受時人重視。洪天錫在《後村先生墓誌銘》云：「穆陵尤重公文，凡大詔令，必曰非劉某不可。達官顯人，欲銘先世勳德，必託公文以傳。江湖士友，為四六及五七言，往往祖後村氏。」〔註19〕林希逸《後村先生劉公行狀》也云：「西山諸老既歿，公獨巋然為大宗工，四方有大紀述，咸歸之後村氏。銘敘先世勳德，以不得公文為恥。」「凡得銘、得序、得跋、得詩之友，不遠千百里而來，力不能來亦以書至，蓋不知其幾。皆曰：斯文無所宗主矣，吾儕無所質正矣，後進無所定價矣。」〔註20〕從這些評價中，我們知道了南宋後期人們對劉克莊所作的銘文的喜愛程度。劉克莊所創作的制、詔文，依然為人珍惜收藏，成為士子或同僚競相模仿的對象，「每一制下，人人傳寫」〔註21〕。而劉克莊本人亦成為當時文壇上引領一時風氣的、重要的領袖人物。故林希逸在《後村先生劉公行狀》對劉克莊所取得的文學成就及其在文壇上的地位給予了充分讚揚和肯定，「獨巋然為大宗工」，「言文者宗焉，言四六者宗焉」〔註22〕；宋理宗亦稱其「文名久著，史學尤精」〔註23〕，肯定了劉克莊在散文創作中所建立的不朽功勳。可見，劉克莊散文在南宋末曾引領一代文風，為人競相模仿。

但是，元明以後，劉克莊的散文被人淡忘，冷寂無聞。究其原因，筆者認為，這主要是自宋以來的古文運動使古文取代了駢文的地位，特別是明「前

〔註16〕洪天錫《後村先生墓誌銘》，見《後村先生大全集》卷195。載王蓉貴、向以鮮校點，成都：四川大學出版社，2008年。（本文注釋凡出處相同，從第二條注釋開始只標明卷數。）

〔註17〕劉克莊《跋翀甫姪四友除授制》，見《後村先生大全集》卷108。

〔註18〕劉希仁《後村先生大全集序》，見《後村先生大全集》卷首。

〔註19〕洪天錫《後村先生墓誌銘》，見《後村先生大全集》卷195。

〔註20〕林希逸《後村先生劉公行狀》，見《後村先生大全集》卷194。

〔註21〕林希逸《後村先生劉公行狀》，見《後村先生大全集》卷194。

〔註22〕林希逸《後村先生劉公行狀》，見《後村先生大全集》卷194。

〔註23〕林希逸《後村先生劉公行狀》，見《後村先生大全集》卷194。

七子」「後七子」倡導「文必秦漢，詩必盛唐」後，復古主義思潮了籠罩文壇，秦漢散文成爲士人學習的典範。劉克莊的散文多爲「四六文」，無論是體制，還是體式，或者是語體均不合時宜，因而受到長期冷落。直至 20 世紀中後期，學界對劉克莊散文的關注甚少。如中國社會科學院文學研究所編著的《中國文學史》，游國恩主編的《中國文學史》，劉大杰編著的《中國文學發展史》，馬積高、黃鈞主編的《中國古代文學史》，章培恒、駱玉明主編的《中國文學史》，孫望、常國武主編的《宋代文學史》等，均未提及劉克莊的散文。甚至一些專門的散文史，如郭預衡的《中國散文史》、陳柱的《中國散文史》，也沒有提及劉克莊的散文。

三、新時期的劉克莊散文研究

　　新時期以來，學界開始對劉克莊文集進行點校整理。目前尚未見一部研究劉克莊散文的專著，研究劉克莊散文的論文甚少。

1. 散文的點校、編年

　　劉克莊散文的整理工作，起步於 20 世紀的 80 年代。1983 年中華書局出版了王秀梅點校的《後村詩話》。1993 年貴州人民出版社出版了程章燦的《劉克莊年譜》，該譜不僅對劉克莊生平事蹟有詳盡考證，同時對劉克莊的散文進行編年，很有參考價值。2006 年上海辭書出版社出版了由四川大學古籍整理研究所歷時二十年編纂的《全宋文》，該書共收錄宋人作家九千餘位，各體文章十餘萬篇，其中對劉克莊的散文進行了一次比較全面系統的整理；它以《四部叢刊初編本》中的《後村先生大全集》爲底本，參校清抄無名氏校本、清張氏愛日精廬抄本、明小草齋抄六十卷本及影印文淵閣四庫全書五十卷本。從各本補入五十餘文，復輯得佚文六十餘篇，合編爲一百七十四卷。2008 年四川大學出版社出版了王蓉貴、向以鮮點校的《後村先生大全集》，2011 年中華書局出版了辛更儒箋校的《劉克莊集箋校》，這幾部著作都對劉克莊的散文創作進行了校勘，是對劉克莊散文整理方面取得的重大成果。

2. 散文研究

　　20 世紀 90 年代以來，有兩部文學史提及或介紹劉克莊散文。如程千帆、吳新雷《兩宋文學史》在論及「南宋的四六作者」時，用一句話概括劉克莊

散文「工於儷體，早期頗好雕琢，後來則趨向雅淡自然」的特點，並指出劉克莊對駢體文很有研究，曾提出一些深刻的見解，其作品也基本上是與他的主張相合的〔註24〕。袁行霈主編的《中國文學史》在論及「南宋的四六」時，也提到劉克莊「早年的四六頗好雕琢，至後期則趨向雅淡清新，筆致流暢」，並簡單地概括了劉克莊四六文創作特點〔註25〕。

21 世紀，一些學者在論宋代散文時開始涉及劉克莊的某類散文。如朱迎平《宋文論稿》在「南宋散文四十家述評」中有「劉克莊」一節，介紹了劉克莊的序、記、題跋的創作情況〔註26〕。馬茂軍《宋代散文史論》在「江湖文派研究」中概括了劉克莊小品文的創作特點：首先是理趣的色彩，其二是文字概括力也很強，其三是好用典，用典切當，了無痕跡。同時指出，劉克莊在「小品領域將學者小品作了延續和發展，是南宋學者小品的集大成者，他的小品契合文士的心靈，在後代乃至五四的許多小品中，都不難看到這種學者的韻味」〔註27〕。張仁青《中國駢文發展史》指出「後村儷體與誠齋相近，庾淡自然，有清新獨到之處。唯初年頗染刻琢之習，專以修飾詞句見長，又好用本朝故事，遂致庸廓淺露，古意漸失，然較之並世諸子，已倜乎遠矣」〔註28〕。

目前，研究劉克莊散文的單篇論文較少，筆者僅發現 6 篇。如張忠綱《說劉克莊〈詰貓賦〉》分析了劉克莊的《詰貓賦》的內容及其創作特點，認為《詰貓賦》是借痛斥貓的瀆職，有感而發，以諷陷害正直之士的惡人、小人〔註29〕。祝尚書《論宋季的擬人制詔》以劉克莊為例，總結了宋末以劉克莊為代表作家在擬人制詔方面的寫作經驗，即奇、新、富〔註30〕。謝重光《宋代畬族史的幾個關鍵問題——劉克莊〈漳州諭畬〉新解》通過對劉克莊《漳州諭畬》一文的解析，重點探討了宋代畬族發展的情況〔註31〕。王明建《劉克莊美政「記」體文及其文學史意義》探討了劉克莊「記」體文的特色，及其對文學

〔註24〕程千帆、吳新雷《兩宋文學史》，上海：上海古籍出版社，1991年，557頁。
〔註25〕袁行霈《中國文學史》，北京：高等教育出版社，2005年，166頁。
〔註26〕朱迎平《宋文論稿》，上海：上海財經大學出版社，2003年，282～287頁。
〔註27〕馬茂軍《宋代散文史論》，北京：中華書局，2008年，255～256頁。
〔註28〕張仁青《中國駢文發展史》，杭州：浙江大學出版社，2009年，413頁。
〔註29〕張忠綱《說劉克莊〈詰貓賦〉》，《文史知識》，1995年第9期。
〔註30〕祝尚書《論宋季的擬人制詔》，《北京化工大學學報》，2002年第3期
〔註31〕謝重光《宋代畬族史的幾個關鍵問題——劉克莊〈漳州諭畬〉新解》，《福建師範大學學報》，2006年第4期。

史意義〔註 32〕。邢鐵《南宋女兒繼承權考察——〈建昌縣劉氏訴立嗣事〉再解讀》主要是通過對劉克莊《建昌縣劉氏訴立嗣事》的解讀，側重探討南宋婦女的家產繼承權問題〔註 33〕。董煥君《劉克莊的司法審判精神》探討劉克莊在司法審判中體現出的理學觀〔註 34〕。

要之，學界對劉克莊散文的研究雖取得一定成果，但存在明顯不足，具體表現在以下幾方面：

1. 在研究劉克莊生平、思想、詩詞時，所有研究者都涉及到劉克莊的散文，但是，絕大多數研究者採擷其中的文段，作爲印證其研究劉克莊詩詞、詩論、生平的文獻資料。於是，劉克莊散文中的某些段落被反覆引用，而絕大多數散文卻未被重視和研究。

2. 目前學界主要關注劉克莊散文中的某類文體或者單篇散文，對劉克莊的散文尚未進行全面系統的研究。劉克莊是南宋散文一大家。《後村先生大全集》193 卷，有 136 卷可劃入散文的範疇，占其創作的四分之三，體裁多樣，其中不乏精粹之作。劉克莊曾云「四六是吾家事」〔註 35〕，目前學界對其四六文的專門研究甚少。

3. 學界主要關注劉克莊詩論和詞論，尚未對其散文思想進行研究。

4. 學界對劉克莊的散文藝術和文體學意義關注甚少。

四、劉克莊散文研究的價值

1. 劉克莊散文研究是完善劉克莊研究的重要一環。劉克莊在當時被譽爲「言文者宗焉，言四六者宗焉」〔註 36〕。從時人對劉克莊的評價中可知，劉克莊在當時文壇上具有崇高地位。劉克莊的散文與劉克莊的詩詞一樣成爲眾多士子爭相摹仿的範本，劉克莊散文的影響絲毫不遜色於其詩詞。既然劉克莊散文曾經在南宋文壇上產生過那麼大的影響，那麼它肯定有其賴以存在並影響時人、衣被後人的魅力。

〔註32〕 王明建《劉克莊美政「記」體文及其文學史意義》，《文學遺產》，2007 年第 2 期。

〔註33〕 邢鐵《南宋女兒繼承權考察——〈建昌縣劉氏訴立嗣事〉再解讀》，《中國史研究》，2010 年第 1 期。

〔註34〕 董煥君《劉克莊的司法審判精神》，《科教導刊》，2010 年第 4 期。

〔註35〕 劉克莊《跋艸甫姪四友除授制》，見《後村先生大全集》卷 108。

〔註36〕 林希逸《後村先生劉公行狀》，見《後村先生大全集》卷 194。

2. 劉克莊散文以表、制、誥、啓、序跋等見稱，具有豐富的文化內涵，對我們瞭解南宋中後期政治、經濟、軍事、法律、文化、哲學、宗教、倫理道德、文人心態，具有重要的研究價值。比如劉克莊在任江東提刑時留下的書判生動地記載下了當時各類民事案件，可以瞭解南宋在司法審判中的價值取向；又如從其代擬的詔誥文中可以瞭解宋代的官制、南宋中後期的社會形勢及對外關係；從其奏狀及表文中可以瞭解劉克莊敢於犯顏抗爭的膽識、治國的才能以及幾起幾落的心路歷程；從其序跋、書啓、詩話中可以瞭解劉克莊深邃的文藝觀，等等。

3. 劉克莊散文的文體學意義。《後村先生大全集》193 卷中就有 136 卷可劃入散文的範疇，筆者通過對劉克莊散文進行分類統計，共有文體 28 類：即賦（11 篇）、記（81 篇）、詔（195 篇）、制（745 篇）、表箋（122 篇）、箚子（17 篇）、奏狀（128 篇）、書判（37 篇）、啓（452 篇）、書（107 篇）、序（83 篇）、跋（419 篇）、行狀（7 篇）、神道碑（14 篇）、墓誌銘（156 篇）、祭文（94 篇）、祝文（122 篇）、疏文（36 篇）、表文（25 篇）、青辭（79 篇）、樂語（6 篇）、上梁文（6 篇）、講義（5 篇）、進故事（15 篇）、策問（2 篇）、字說（9 篇）、議（1 篇）、雜記（21 篇）、日記（14 篇）。劉克莊散文文備眾體，並且在各種體式的創作上都取得了卓越成就，如進一步完善了「進故事」的格式規範，使「進故事」成爲在清代莊仲方編纂的《宋文苑》中的五十五類文體之一；進一步豐富了四六文的創作，使其四六文在不同文體上也呈現出不同的風貌；進一步發展了以題跋爲主的小品文的表現領域、表達深度，不僅展露了劉克莊的精神世界，也蘊含了豐富的學術價值。

《四庫全書總目・後村集》卷 163 指出劉克莊的文章「文體雅潔，較勝其詩，題跋諸篇，尤爲獨擅」。林希逸在《後村集序》中，也指出了劉克莊文章兼備眾體、融貫諸家的特點，因而在宋代散文破「體」爲文的視野下，考察劉克莊散文創作的特點與文體學價值，這不僅對劉克莊及其散文的研究，而且對宋代散文發展史的研究，乃至對中國散文發展史的研究，均有重要的價值和意義。

第一章　從師友交遊看劉克莊的文學
成長道路

　　劉克莊好交遊，其曾云：「某自少壯好交遊海內英雋，至老不衰。閒居無
事時，四方士友委刺者必倒屣下榻，行卷者必還贄和韻，未嘗敢失禮於互鄉
童子，人所共知。」〔註1〕好友林希逸也說過：「其於當世交遊，先後輩皆名
流傑士，姓字班班見集中，不可悉數。」〔註2〕

　　關於劉克莊交遊研究。程章燦《劉克莊年譜》對劉克莊的交遊事蹟進行
了考述〔註3〕。向以鮮《超越江湖的詩人——後村研究》中的《人在江湖》共
考得八十餘人，大多為後村密友或長輩、後學，其中有傳可查、生卒年明確
者 47 人，只可考知卒年者 8 人，與劉克莊交往密切但生卒年俱不可考者 29
人〔註4〕。許麗莉《劉克莊與仕潮知州交遊考》考察了劉克莊與 13 位潮州知
州的交遊活動〔註5〕。在劉克莊的個體交遊研究方面，學界主要集中劉克莊與
賈似道的交遊研究上。侯體健《國色老顏不相稱今後村非昔後村——百年來
劉克莊研究的得與失》一文專門總結了百年來劉克莊與賈似道的關係的研究
情況，認為「眾多史料也表明賈劉私交是真誠的，不是劉趨炎附勢於賈，也
不是賈收買劉」，「因而，以『瞭解之同情』言之，劉賈關係並不構成劉氏晚

〔註1〕劉克莊《答劉少文書》，見《後村先生大全集》卷132。
〔註2〕林希逸《後村先生劉公行狀》，見《後村先生大全集》卷194。
〔註3〕程章燦《劉克莊年譜》，貴陽：貴州人民出版社，1993年。
〔註4〕向以鮮《超越江湖的詩人——後村研究》，成都：巴蜀書社出版社，1995年。
〔註5〕許麗莉《劉克莊與仕潮知州交遊考》，《湖州師範學院學報》，2008年第3期。

年污點」〔註 6〕。這些研究成果給後來研究者的「知人論世」提供了借鑒。

　　然劉克莊的詩、詞、文，在南宋文壇享有較高的聲響，皆得益於其能轉益多師，尊師重傅。淳祐六年（1246），劉克莊曾在撰擬的詔書中說，「群天下之英材而養之學，必擇天下之名儒而為之師」〔註 7〕；「國尊師重傅，既嘗輔導於眇躬」〔註 8〕；「重傅尊師，已致商翁之隱」〔註 9〕。同時也指出，「古之學者必尊師，子夏以不稱師受曾子之責，許行以背師為孟氏所貶」〔註 10〕。仔細考察劉克莊的一生，對他的文學生涯產生過重要影響的主要有林光朝、鄭厚、眞德秀、葉適、王邁、林希逸等人。這些人或為其師、或為其友，他們在劉克莊文學成長的道路上都起過重要的作用，因而值得深入探究。

第一節　林光朝、鄭厚對劉克莊的影響

　　劉克莊曾說過：「余為童子時，……余時方抄誦歐、曾、李泰伯、夾漈湘鄉二鄭、艾軒遺文，冥搜苦思，欲與方駕。」〔註 11〕從這段話中可以看出，在年少的劉克莊眼裏，家鄉先賢林光朝、鄭厚、鄭樵等人的文章可以與歐陽修、曾鞏、李覯等文學名家相提並論。他希望通過自己的努力，能夠達到莆田大儒林光朝和史學巨匠鄭厚、鄭樵的成就。

一、「通家子弟」：林光朝對劉克莊的影響

　　林光朝（1114～1178），字謙之，號艾軒，興化軍莆田人。早年得理學名儒周敦頤濂洛學派眞傳，二十歲以前兩次應試禮部不第後，專心聖賢之學，成為南渡後第一個以「伊洛之學倡於東南」〔註 12〕的人。他講學於莆田東井、紅泉、蒲弄等書堂，從學者數百人，因而後世學者稱其為「紅泉學派」，尊為「南夫子」。

〔註 6〕　侯體健《國色老顏不相稱今後村非昔後村──百年來劉克莊研究的得與失》，
　　　　　《長江學術》，2008 年第 4 期。
〔註 7〕　劉克莊《劉元龍太學博士制》，見《後村先生大全集》卷 60。
〔註 8〕　劉克莊《擬除平章事制》，見《後村先生大全集》卷 53。
〔註 9〕　劉克莊《謝皇太子箋》，見《後村先生大全集》卷 113。
〔註 10〕　劉克莊《跋三處士贈答》，見《後村先生大全集》卷 110。
〔註 11〕　劉克莊《陳光仲常卿墓誌銘》，見《後村先生大全集》卷 165。
〔註 12〕　脫脫《宋史・林光朝傳》卷 433，第 37 冊，北京：中華書局，1977 年，12862
　　　　　頁。

　　林光朝是「乾、淳間大儒」〔註13〕，也是南宋著名的文學家，「天下之士固莫不知有林公之文」〔註14〕。南宋陳俊卿說他「學如仲舒，文如賈誼」〔註15〕，陳宓評價他「文爲世所宗」，又說「其文森嚴奧美，精深簡古，上參經訓，下視騷詞」〔註16〕。此外，林光朝還以詩出名，楊萬里把他與范成大、陸游、尤袤、蕭德藻等中興名家並列，「自隆興以來，以詩名者，林謙之、范至能、陸務觀、尤延之、蕭東夫。……前五人皆有詩集傳世」〔註17〕。所以，林光朝不僅開創了莆田的理學，同時也開創了莆田的文學，「文爲世所宗」，「詩亦莆之祖」〔註18〕。

　　劉克莊與林光朝爲累世通家。劉克莊曾說：「余不識三先生，而於艾軒累世通家也。」〔註19〕所謂累世通家，即世世代代互相交好。從劉克莊祖父劉夙和叔祖劉朔開始，他們就成爲林光朝弟子，「自大父著作、正字，崢嶸艾軒之門，聲振乾、淳間，已蔚然爲文章家矣」〔註20〕！劉克莊也說：「余二大父實率鄉人以事先生。」〔註21〕後來，劉克莊父親劉彌正亦求學於林光朝高弟林田，「吾先君子，學於叔疇」〔註22〕，由此成爲林光朝的二傳弟子。劉克莊自己「爲童子時，受教於先友井伯林丈」〔註23〕。井伯，名成季，爲林光朝的侄子〔註24〕，是林光朝後人中唯一知名於世者。林光朝死後，林成季「褎

〔註13〕劉克莊《艾軒集序》，見《後村先生大全集》卷94。

〔註14〕林光朝《艾軒集・附錄・遺事》卷10，文淵閣四庫全書本，總1142冊，集部0081冊。

〔註15〕陳俊卿《祭林光朝文》，見曾棗莊，劉琳主編《全宋文》第209冊，卷4647，上海辭書出版社，2006年，356頁。（本文注釋凡出處相同，從第二條注釋開始只標明冊數、卷數及頁碼。）

〔註16〕陳宓《艾軒集・附錄・艾軒集序》卷10，文淵閣四庫全書本，總1142冊，集部81冊。

〔註17〕楊萬里《誠齋集・詩話》卷115，四庫叢刊本。

〔註18〕李清馥《閩中理學淵源考・林光朝傳》卷8引林俊語：「艾軒不獨道學倡莆，詩亦莆之祖。」

〔註19〕劉克莊《城山三先生祠記》，見《後村先生大全集》卷90。「三先生」：即林光朝（艾軒）、林亦之（網山）、陳藻（樂軒）。

〔註20〕林希逸《後村先生劉公行狀》，見《後村先生大全集》卷194。

〔註21〕劉克莊《艾軒集序》，見《後村先生大全集》卷94。

〔註22〕劉克莊《林處士墓誌銘》云：「乾、淳間，莆之學者皆師艾軒，其高第曰林田，字叔疇。艾軒死，嗣爲鄉先生，席下常數十百人，經指授者多爲達材成德。」見《後村先生大全集》卷150。

〔註23〕劉克莊《跋趙忠定公朱文公與林井伯帖》，見《後村先生大全集》卷101。

〔註24〕劉克莊《修復艾軒祠田記》云：「不幸先生二子繼卒，猶子成季字井伯，有賢名，忠定客也。」見《後村先生大全集》卷89。

其稿，不輕以示人」。然因為這層師承關係，劉克莊卻有幸「抄誦艾軒遺文」
〔註25〕，使得劉克莊有機會直接受到林光朝學術精髓的薰陶。此外，劉克莊
還有幸師事林光朝高弟網山先生林亦之之子林簡子，「余童子時師事綺伯，又
與網山之嫡孫竹溪林侯肅翁交友」〔註26〕。可見，劉克莊雖然不識林光朝，
卻通過家學和幼年師承，成為林光朝的「通家子弟」〔註27〕，由此繼承了艾
軒學術，深受林光朝的影響。

　　景定元年（1260），宋理宗「過東宮，見公書肆所傳文集，喜之，未除兵
侍前一日，中使傳宣諭曰：卿閒居日久，著述必多，可錄本進呈」〔註28〕，
向劉克莊索閱文稿。經過刪繁繕寫，劉克莊以手錄淳祐十一年（1251）後所
作詩文，「古賦一卷，古律詩十一卷，記二卷，序二卷，題跋六卷，詩話四卷」
〔註29〕，共二十六卷十三冊進呈。翌日，理宗賜書褒獎：「卿風姿沉邃，天韻
崇巄。今觀所進近作，賦典麗而詩清新，記腴贍而序簡古，片言隻字，據經
按史，謂非有裨於緝熙顧問可乎！先儒有言：『學富醇儒雅，辭華哲匠能。』
非卿不足以語此」。時人讚歎，以為「真儒臣希闊之遇也」。〔註30〕從這段史
料記載可知，劉克莊早有文名，晚歲益著，歸然為一時文章宗匠。特別是從
理宗對其「學富醇儒雅」的高度評價，可以看到劉克莊始終堅持傳統儒家文
學觀的創作理念，其中儒學大師林光朝的影響是不可忽視的。劉克莊自幼從
家學和師承中，接受到的是醇正的林光朝理學思想的教育，耳濡目染的是「故
家遺俗逸事，諸老先生舊聞」〔註31〕。這既包括莆田「千數百年之舊族」、「其
父兄隆儒而嚴於教，其子弟者力學而攻於文。立聲明，取科級，榜不絕書」〔註
32〕的故事，也包括活躍在孝宗乾、淳年間的風雲人物林光朝、林亦之、陳藻
等人的逸聞軼事〔註33〕。劉克莊認為這些故家的遺俗逸事，「聽之入人肝脾，
長人見識，余終身誦之不能忘，非特筆硯沾丐膏馥而已」〔註34〕。就是在這

〔註25〕劉克莊《陳光仲常卿墓誌銘》，見《後村先生大全集》卷165。
〔註26〕劉克莊《網山集序》，見《後村先生大全集》卷95。
〔註27〕劉克莊《艾軒集序》，見《後村先生大全集》卷94。
〔註28〕林希逸《後村先生劉公行狀》，見《後村先生大全集》卷194。
〔註29〕劉克莊《進文集箚·辛酉》，見《後村先生大全集》卷78。
〔註30〕林希逸《後村先生劉公行狀》，見《後村先生大全集》卷194。
〔註31〕劉克莊《瓊州戶錄方君墓誌銘》，見《後村先生大全集》卷161。
〔註32〕劉克莊《城山三先生祠記》，見《後村先生大全集》卷90。
〔註33〕「林光朝、林亦之、陳藻等人的逸聞軼事」，載於《城山三先生祠記》，見《後
　　　村先生大全集》卷90。
〔註34〕劉克莊《瓊州戶錄方君墓誌銘》，見《後村先生大全集》卷161。

種潛移默化中，使劉克莊能堅守儒家的價值取向，成爲宋理宗所說的「學富醇儒雅」。

但林光朝對劉克莊影響最大的還是在文學上，劉克莊對這位祖師爺充滿崇敬，他曾以「序非通家子弟責乎？敬不敢辭」〔註35〕的謙恭態度爲林光朝作品集作序，盛讚林光朝在文章方面的成就：

> 然先生學力既深，下筆簡嚴，高處逼《檀弓》、《穀梁》，平處猶與韓並驅。在時片簡隻字人已貴重，今其存者如岣嶁之碑、岐陽之鼓矣。〔註36〕

因而林光朝的文章也就成爲劉克莊早期學習的典範：

> 余少於桐鄉、艾軒二公之文，單辭隻字，皆記念上口。二公蓋光堯、重華兩朝詞臣，其文貴重於世，不以一字假人。〔註37〕

特別是林光朝對文字鍛鍊的重視和提倡，扭轉因理學興起而導致宋詩成爲「非詩」的風氣，劉克莊給予了高度讚賞：

> 唐文人皆能詩，柳尤高，韓尚非本色。迨本朝則文人多，詩人少。三百年間，雖人各有集，集各有詩，詩各自爲體，或尚理致，或負材力，或逞辨博，少者千篇，多至萬首，要皆經義策論之有韻者爾，非詩也。自二三巨儒及十數大作家，俱未免此病。乾、淳間，艾軒先生始好深湛之思，加鍛鍊之功，有經歲累月繕一章未就者。盡平生之作不數卷，然以約敵繁、密勝疏、精捒粗，同時惟呂太史賞重，不知者以爲遲晦。〔註38〕

在劉克莊看來，本朝詩人雖少，但詩作眾多，然而所作之詩，卻多是「經義策論之有韻者爾」，並不是眞正的詩。面對這種情況，作爲一位理學大師，林光朝採用深思鍛鍊之法，改造理學詩，盡平生所作，重質不重量，達到了「以約敵繁、密勝疏、精捒粗」的效果，當時就被理學家東萊先生呂祖謙所賞識。

林光朝對文字鍛鍊的重視，對劉克莊影響尤爲深遠。劉克莊也大力提倡文字鍛鍊，在劉克莊看來，文字鍛鍊會使文章更精粹，藝術表現更完美。具體來說，文字鍛鍊就是要反覆推敲和錘鍊字句，力求工穩妥帖。劉克莊在他的論著中，多次談到有關文字鍛鍊的問題說：

〔註35〕劉克莊《艾軒集序》，見《後村先生大全集》卷94。
〔註36〕劉克莊《艾軒集序》，見《後村先生大全集》卷94。
〔註37〕劉克莊《跋桐鄉艾軒所作富文行狀誌銘》，見《後村先生大全集》卷111。
〔註38〕劉克莊《竹溪詩序》，見《後村先生大全集》卷94。

> 夫學以積勤而成，文以精思而工。〔註39〕
>
> 詩必窮始工，必老始就，必思索始高深，必鍛鍊始精粹。〔註40〕
>
> 吟來體犯諸家少，改定人移一字難。〔註41〕
>
> 古文鍛鍊精粹，一字不可增損。〔註42〕
>
> 鍊字如鑄金，一分銖未化，非良冶也；
>
> 成章如織索，一經緯不密，非巧婦也。〔註43〕

從以上論述可以看出，劉克莊有關文字鍛鍊的主張，涉及到詩歌、古文和四六文。所以他說：「古來名世者，一字費吟哦。」〔註44〕因而劉克莊的創作也非常注重鍛鍊，自己也親身實踐，從未改變。這在他的詩中常常被提到，如：

> 由來作者皆攻苦，莫信人言七步成。〔註45〕
>
> 鍛鍊鬼猶驚險語，折磨天亦妒虛名。〔註46〕
>
> 無閒心力篆雕賦，下死工夫鍛鍊詩。〔註47〕
>
> 百年不覺皤雙鬢，一字誰能斷數髭。〔註48〕

無論是「攻苦」、「鍛鍊」，還是「一字斷數髭」，都是錘鍊文字的表現。正是因為有「一字斷數髭」的經歷，劉克莊才能達到「文名久著」的境界。可見，林光朝的文學思想對劉克莊的影響甚深。

二、「湘鄉門人」：鄭厚對劉克莊的影響

劉克莊不僅是林光朝的通家子弟，亦是莆田的兩位先賢——「夾漈、湘鄉二鄭」的通家子弟。湘鄉，即鄭厚；夾漈，即鄭樵。鄭厚與鄭樵是莆田鄭氏史學的代表人物。與才情橫溢的鄭厚相比，必生精力傾注於史學的鄭樵似乎並不長於文學。因此在劉克莊的文學生涯中，「二鄭」的影響主要是來自鄭厚。

〔註39〕劉克莊《竹溪集序》，見《後村先生大全集》卷96。
〔註40〕劉克莊《趙孟侒詩跋》，見《後村先生大全集》卷106。
〔註41〕劉克莊《題方武成詩草》，見《後村先生大全集》卷2。
〔註42〕劉克莊《退庵集序》，見《後村先生大全集》卷94。
〔註43〕劉克莊《宋希仁四六序》，見《後村先生大全集》卷97。
〔註44〕劉克莊《題方元吉詩集》，見《後村先生大全集》卷20。
〔註45〕劉克莊《題蔡炷主簿詩卷》，見《後村先生大全集》卷16。
〔註46〕劉克莊《和黃戶曹投贈・又二首》，見《後村先生大全集》卷25。
〔註47〕劉克莊《次韻黃景文投贈三首》，見《後村先生大全集》卷43。
〔註48〕劉克莊《病起十首》，見《後村先生大全集》卷35。

鄭厚（1100～1160），字景韋，一字叔友，鄭樵之從兄，莆田人，世稱溪東先生，或稱湘鄉先生。高宗紹興五年（1135）進士，授左從事郎，爲廣南東路茶鹽司幹辦、泉州觀察推官。因忤逆秦檜被罷。遂於從弟鄭樵專事著書講學。秦檜死，起昭信軍節度判官，終知潭州湘鄉縣，卒於官，年六十一。遺著有《藝圃折衷》、《存古易》、《湘鄉文集》等。

鄭厚紹興二年（1132）中福州鄉試第一名，紹興五年（1135）得禮部奏賦第一名，主考官劉忠肅評鄭厚「天下奇才也，索之古人中，富未見易耳」〔註49〕。南宋名相龔茂良把鄭厚視爲莆田文章的開山祖，「吾郡文士以先生開山祖正字」〔註50〕。劉克莊叔祖劉朔評價鄭厚爲「湘鄉出語險處視蜀道，易處抵秦川」〔註51〕。鄭厚從弟鄭樵評價鄭厚「文如狂瀾怒濤，滾滾不絕」，「下筆如迅馬歷隴陂，終日馳騁而足不頓，且無蹶失」〔註52〕。紹興三十年（1160），鄭厚在湖南湘鄉知縣任上去世，林光朝爲文祭曰：「湘鄉文律如石鼓泥蟠，前者不及識，湘鄉道眞如嶧山野火，後來不及見。湘鄉之名，百代凌騰。屈原、賈誼，文非不足，而蹈道則未也。」〔註53〕從這些評價中可以看出，鄭厚的文學才能是頗負盛名，有口皆碑的。

鄭厚病逝，林光朝爲其撰祭文，把他比作屈原、賈誼，讚揚他有蓋代之文才，「湘鄉之名，百代凌騰」，崇敬之情溢於言表。在祭文中，林光朝提到了與自己同來祭拜者中有劉克莊的叔祖劉朔〔註54〕。可見，作爲林光朝弟子的劉夙和劉朔與鄭樵、鄭厚也有交往。對劉克莊來說，二鄭既是家鄉的先賢前輩，也是其祖輩的世交。

鄭厚對劉克莊的影響，主要體現在其對詩歌性情的闡述上。鄭厚曾對次韻、倡和詩提出批評：

〔註49〕（明）周華《福建興化縣志・儒林傳志》（鉛印本）卷4，龍岩：龍岩新華印刷廠2001年版，73頁。

〔註50〕（明）周華《福建興化縣志・儒林傳志》（鉛印本）卷4，龍岩：龍岩新華印刷廠2001年版，74頁。

〔註51〕（明）周華《福建興化縣志・儒林傳志》（鉛印本）卷4，龍岩：龍岩新華印刷廠2001年版，74頁。

〔註52〕鄭樵《與景韋兄投宇文樞密書》，見《全宋文》第198冊，卷4373，48頁。

〔註53〕林光朝《祭鄭湘鄉叔友文》，見《全宋文》第210冊，卷4658，125頁。

〔註54〕林光朝《祭鄭湘鄉叔友文》云：「林某、趙伯達、方秉白、劉朔以四月既淲，越三日丙辰，哭湘鄉先生之柩於西郭。」見《全宋文》第210冊，卷4658，125頁。

　　魏晉以來，作詩倡和，以文寓意。近世倡和，皆次其韻，不復
　　有眞詩矣。詩之有韻，如風中之竹，石間之泉，柳上之鶯，牆下之
　　蛩，風行鐸鳴，自成音響，豈容擬議！夫笑而呵呵，歎而唧唧，皆
　　天籟也。豈有擇呵呵聲而笑，擇唧唧聲而歎者哉！〔註55〕

魏晉以後，文人所作的酬唱贈答詩，反覆次韻，一疊再疊乃至三疊、四疊，
雕章琢句，形式華麗，相互酬唱，內容浮泛，感情不眞實。鄭厚認爲這樣的
次韻詩不是眞正的詩，眞正的詩歌是要有韻味，要有眞感情，就像大自然的
天籟之音。鄭厚論詩反對一味追求所謂「擇呵呵聲而笑，擇唧唧聲而歎」的
模仿，而應如「風行鐸鳴，自成音響」，「皆天籟也」。

　　王若虛《滹南詩話》引用鄭厚另一則詩話：

　　郊寒白俗，詩人類鄙薄之，然鄭厚評詩，荊公、蘇、黃輩曾不
　　比數，而云樂天如柳陰春鶯，東野如草根秋蟲，皆造化中一妙。何
　　哉？哀樂之眞，發乎情性，此詩之正理也。〔註56〕

鄭厚對眾人都鄙薄的「郊寒白俗」提出了新的看法，認爲「樂天如柳陰春鶯，
東野如草根秋蟲」，「皆造化中一妙」，理由是他們的詩歌「哀樂之眞，發乎情
性」。

　　在鄉賢的影響下，劉克莊亦力主詩歌「發於情性」：

　　或古詩出於情性，發必善；今詩出於記問，博而已。自杜子美
　　未免此病。〔註57〕

　　崑體過於雕琢，去情性寖遠。〔註58〕

　　晚見宋君希仁詩而異之，……皆油然發於情性，蓋四靈抉露無
　　遺巧，君含蓄有餘意。〔註59〕

自先秦以來，論者皆主張「詩者，吟詠情性也」，但在理學盛行的南宋，以
詩言「理」成爲風氣。劉克莊堅守詩歌「性情」說，顯然受到鄉賢鄭厚的
影響。

〔註55〕王若虛《滹南遺老集・滹南詩話》卷39引鄭厚語。
〔註56〕王若虛《滹南遺老集・滹南詩話》卷39引鄭厚語。
〔註57〕劉克莊《韓隱君詩序》，見《後村先生大全集》卷96。
〔註58〕劉克莊《刁通判詩卷跋》，見《後村先生大全集》卷110。
〔註59〕劉克莊《宋希仁詩序》，見《後村先生大全集》卷97。

第二節　葉適、眞德秀對劉克莊的影響

與同時代的江湖詩人相比，劉克莊是幸運的。在人生的成長道路上，除自身的天賦和努力外，劉克莊的成長、爲學、入仕，幾乎每一步都離不開兩位文壇宗師的提攜和獎掖。這兩位宗師，一位是葉適，一位是眞德秀。

一、葉適對劉克莊的獎掖和影響

葉適（1150～1223），字正則，南宋思想家、文學家，浙東永嘉學派的集大成者，溫州永嘉（今浙江溫州）人。葉適曾師從永嘉學派的薛季宣、陳傅良，繼承並發展了他們的思想學說，成爲當時與朱熹「理學」、陸九淵「心學」相鼎足抗衡的一派。晚年在永嘉城外水心村著書講學，世稱水心先生，卒諡忠定。

葉適是南宋儒學巨擘，其「文章雄贍，才氣奔逸，在南渡卓然爲一大宗」〔註60〕。淳熙四年（1177），前輩名家周必大賞識葉適「文筆高妙」〔註61〕，並以門客名義保薦葉適參加兩浙東路轉運司的「發解」考試。淳熙五年（1178），葉適擢爲進士第二人。劉宰贊「水心葉先生之文如磵谷泉，挹之愈深」〔註62〕。眞德秀也贊「永嘉葉公之文，於近世爲最」〔註63〕。

葉適是劉克莊的父執輩，爲劉家世交。葉適曾向劉克莊祖父劉夙、叔祖劉朔問學請教，並與劉克莊父親劉彌正爲友，同時又與劉克莊從叔父劉起晦同年生〔註64〕。葉劉兩家關係甚深，劉克莊的祖父夙、叔祖朔、父親彌正、從叔父起晦等人的墓誌銘，皆爲葉適所作。葉適也曾稱賞劉克莊弟弟劉克遜的詩作〔註65〕。

劉克莊雖然未正式拜葉適爲師，但葉適對劉克莊的影響卻是很大的，具體表現在以下幾方面：

〔註60〕葉適《四庫全書總目提要・水心集》卷160，集部130，別集類13。

〔註61〕周必大《與王才臣子俊書》云：「前年秋偶見溫州葉適者，文筆高妙，即以門客牒漕司。」見《全宋文》第229冊，卷5095，199頁。

〔註62〕劉宰《書夏肯父乃父誌銘後》，見《全宋文》第300冊，卷6839，40頁。

〔註63〕眞德秀《跋著作正字二劉公誌銘》，見《全宋文》第313冊，卷7172，211頁。

〔註64〕葉適《著作正字二劉公墓誌銘》云：「與童儒事二公，既與彌正爲友，而起晦實同年生。」見《全宋文》第286冊，卷6502，219頁。

〔註65〕參見葉適《著作正字二劉公墓誌銘》、《故吏部侍郎劉公墓誌銘》、《劉建翁墓誌銘》、《跋劉克遜詩》等。

　　首先，葉適是劉克莊詩論思想的引領者。葉適是永嘉學派的代表，他治學反對空談性理，提倡「事功之學」，講究有益世用。因此，葉適從事功思想出發，認爲「爲文不關世教，雖工何益」〔註66〕，強調作文必須要有益教治。他在評價劉克莊及其弟劉克遜的詩作時說：「孔子誨人，詩無庸自作，必取中於古，畏其志之流，不矩於教也。……水爲沅、湘，不專以清，必達於海；玉爲璡、璋，不專以好，必薦於郊廟。二君知此，別詩雖極工而教自行。」〔註67〕他認爲劉克莊和劉克遜的詩作既「極工」，又合於教化。這對劉克莊產生了一定的影響。劉克莊曾說，「往歲水心葉公講學析理多異先儒」，「又悟世儒箋傳之學皆隨聲接響，按模出塹爾，如水心、南塘，如盧齋，乃可謂之善學。因漆園之書以推它書，其高妙精詣，切於世用抑又可知也」〔註68〕。又說：「自義理之學興，士大夫研深尋微之功不愧先儒，然施之政事，其合者寡矣。夫理精事粗，能其精者顧不能其粗者，何與？是殆以雅流自居而不屑俗事耳。」〔註69〕可見，劉克莊論詩提倡教化，講求世用，很明顯是受了葉適事功學說的影響。他說：

> 古詩皆切於世教。「籲謨定命，遠猶辰告」，大臣之言也；「敬之敬之，命不易哉」，諫臣之言也；「棠棣之華，鄂不韡韡」，宗臣之言也；「載馳載驅，周爰咨諏」，使臣之言也；「之子于征，有聞無聲」，將率之言也；「豈弟君子，民之父母」，君國子民之言也。禹之訓、皋陶之歌、周公之詩，大率達而在上者之作也。〔註70〕

劉克莊認爲不僅古詩要「皆切於世教」，同時要求今人詩歌創作也要做到「有益世教」。他曾讚揚好友翁定的詩歌「多有益世教」：

> 然觀其送人去國之章，有山人處士疏直之氣；傷時聞警之作，有忠臣孝子微婉之義；感知懷友之什，有俠客節士生死不相背負之意。處窮而恥勢利之合，無責而任善類之憂。其言多有益世教，凡教慢褻狎、閨情春思之類，無一字一句及之。〔註71〕

〔註66〕引徐師曾《文體明辨序說》，見《歷代文話》（第二冊），王水照主編，上海：復旦大學出版社，2007 年，2049 頁。
〔註67〕葉適《跋劉克遜詩》，見《全宋文》第 285 冊，卷 6474，200 頁。
〔註68〕劉克莊《趙盧齋注莊子內篇序》，見《後村先生大全集》卷 94。
〔註69〕劉克莊《跋唐察院判案》，見《後村先生大全集》卷 100。
〔註70〕劉克莊《王子文詩序》，見《後村先生大全集》卷 94。
〔註71〕劉克莊《瓜圃集序》，見《後村先生大全集》卷 94。

劉克莊還批評「近時小家數不過點對風月花鳥，脫換前人別情閨思，以為天下之美在是，然力量輕，邊幅窘，萬人一律」〔註72〕，認為詩歌僅僅關注風月花鳥、別情閨思是不夠的，而應該關注「古今治亂、南北離合、世道否泰、君子小人勝負之際，皆考驗而施袞斧焉，山澤而抱廊廟之志者也，藜藋而任肉食之憂者也」〔註73〕。劉克莊這種世教觀與葉適有益世用一脈相承。

其次，葉適是劉克莊文學才能的發現者。葉適是劉克莊父親的好友，故葉適對劉克莊關懷備至，對其文學才能特別器重和獎掖。這有兩方面表現：

一是葉適稱許劉克莊的詩作可「建大將旗鼓」，奠定了劉克莊早期的文學地位。劉克莊初涉文壇時，並不為人所知。葉適以永嘉學派宗主的身份，評價劉克莊詩歌「字一偶，對一聯，必警切深穩，人人詠重」〔註74〕。劉克莊《南嶽詩稿》出版後，葉適大加稱賞：

> 往歲徐道暉諸人，擺落近世詩律，斂情約性，因狹出奇，合于唐人，謗所未有，皆自號四靈云。於時劉潛夫年甚少，刻琢精麗，語特驚俗，不甘為雁行比也。今四靈喪其三矣，冢鉅淪沒，紛唱迭吟，無復第敘。而潛夫思益新，句益工，涉歷老練，布置闊遠，建大將旗鼓，非子孰當？昔謝顯道謂「陶冶塵思，模寫物態，曾不如顏、謝、徐、庾留連光景之詩」。此論既行，而詩因以廢矣。悲夫！潛夫以謝公所薄者自鑒，而進於古人不已，參雅頌，軼風騷可也，何必四靈哉！〔註75〕

劉克莊年輕時學詩即從「四靈」晚唐體入，當時正是永嘉「四靈」十分活躍的時候。嘉定十二年（1219），劉克莊不滿「四靈」、「晚唐體」的弊病，即詩歌只寫「陶冶塵思，模寫物態」，沒有「參雅頌，軼風騷」。因而劉克莊悔其少作，「發故篋，盡焚之」〔註76〕。劉克莊的《南嶽詩稿》，當為拋棄晚唐體之後所作。葉適讚揚劉克莊的《南嶽詩稿》「刻琢精麗，語特驚俗」，「穿盡遺

〔註72〕劉克莊《聽蛙詩序》，見《後村先生大全集》卷97。
〔註73〕劉克莊《聽蛙詩序》，見《後村先生大全集》卷97。
〔註74〕葉適《跋劉克遜詩》，見《全宋文》第285冊，卷6474，200頁。
〔註75〕葉適《題劉潛夫〈南嶽詩稿〉》，見《全宋文》第285冊，卷6474，198頁。
〔註76〕劉克莊《後村先生大全集》卷1注：「公少作幾千首，嘉定己卯自江上奉祠歸。發故篋，盡焚之，僅存百首，是為《南嶽舊稿》。」《後村先生大全集》卷2、卷3、卷4分別注為，「嘉定己卯奉南嶽祠以後所作」，「南嶽第二稿」，「南嶽第三稿」。此三卷詩作當為劉克莊拋棄晚唐體之後所作。

珠簇盡花」〔註77〕，肯定劉克莊對永嘉「四靈」的超越，並稱許其為「建大將旗鼓」，以恢復風雅的大任相期許。葉適的推崇和期許，必然會對劉克莊產生不可估量的激勵作用。經過葉適的獎掖，劉克莊詩名大振，這為初入詩壇的劉克莊贏得了極大的聲譽。

劉克莊也推崇「水心，大儒，不可以詩人論。其賦《中塘梅林》，……此二篇兼阮、陶之高雅，沈、謝之麗密，韋、柳之精深，一洗今古詩人寒儉之態矣」〔註78〕。同時，兩人也有唱和之作，如劉克莊的《水心先生為趙振文作〈馬墧歌〉次韻》（卷8）即是唱和葉適《趙振文在城北廂兩月無日不遊馬墧作歌美之請知振文者同賦》〔註79〕之作。

二是葉適碑誌文成為劉克莊學習的典範。南宋趙汝談曾評價劉克莊的「散語與水心不相上下」〔註80〕。在今存的葉適詩文集中，碑誌文佔了近三分之一。葉適的碑誌文具有較高的文學成就，《四庫全書總目提要》稱「其碑版之作，簡質厚重，尤可追配作者」〔註81〕；真德秀贊其「銘墓之作，於他文又為最」〔註82〕；陳耆卿稱：「今天下人子之欲顯其親者，不以得三公九卿為榮，而以不得閣下之一言為恥。……咸曰：『水心先生銘我，則死猶生也。』」〔註83〕可見葉適的碑誌文在當時影響很大。葉適擅長以記史的方式創作碑誌文，「篇有餘態，事可考信」〔註84〕，其弟子吳子良稱其文「可資為史」〔註85〕。

劉克莊自幼就開始誦習葉適的碑誌文，並將其作為學習的典範，「余兒時見龍泉作陳仲石埋辭，愛其高雅如《檀弓》、《穀梁》，條暢如《荀卿子》，至老誦之不忘」〔註86〕。又云「少時已誦水心銘」〔註87〕。在葉適的影響

〔註77〕葉適《題劉潛夫詩什並以將行》，見《全宋詩》第50冊，北京大學出版社，1995年，31261頁。（本文注釋凡出處相同，從第二條注釋開始只標明冊數、卷數及頁碼。）

〔註78〕劉克莊《後村詩話・後集》，卷2，見《後村先生大全集》卷176。

〔註79〕葉適《葉適集》，劉公純、王孝魚、李哲夫點校，北京：中華書局，1961年，84頁。

〔註80〕洪天錫《後村先生墓誌銘》，見《後村先生大全集》卷195。

〔註81〕《四庫全書總目提要・水心集》，卷160。

〔註82〕真德秀《跋著作正字二劉公誌銘》，見《全宋文》第313冊，卷7172，211頁。

〔註83〕陳耆卿《代吳守上水心先生求先銘書》，見《全宋文》第319冊，卷7312，31頁。

〔註84〕錢基博《中國文學史》，北京：中華書局，1993年，649頁。

〔註85〕吳子良《荊溪林下偶談》卷2，文淵閣四庫全書本。

〔註86〕劉克莊《南窗陳居士墓誌銘》，見《後村先生大全集》卷160。

下，劉克莊堅持以史家「信實」、「實錄」的精神創作碑誌文。他說：「余雖禪不及兜率悅，文章不及無盡、劉、柳，凡師始末皆信實可銘。」〔註 88〕又說：「凡余所書皆有稽據，無一字虛美。」〔註 89〕好友王邁評價其碑誌文「君銘德潤皆實錄」〔註 90〕。劉克莊在記敘人物時，要求一定要「銘必有據」〔註 91〕，並將所志人物置於真實的歷史背景下，選取典型事例表現人物主要性格特徵。如《矑軒王少卿墓誌銘》，劉克莊選擇王邁論楮幣太多之弊和反對復用舊相史嵩之兩件典型事例，突出表現王邁對國家危難的擔憂、對民生疾苦的關切，讚揚其為人剛直敢言和過人的膽識氣魄〔註 92〕。又如《鐵庵方閣學墓誌銘》，劉克莊選擇方大琮論濟王之冤被罷的典型事例，表現了方大琮去邪扶正的精神。劉克莊所寫的碑誌，影響很大，求銘者甚眾，「達官顯人欲銘先世勳德，必託公文以傳」〔註 93〕，劉克莊曾開玩笑說：「我賣文以資老者也。」〔註 94〕

嘉定十六年（1223），一代宗師葉適病逝。劉克莊作詩挽之。在挽詩中，劉克莊對葉適的知遇之恩十分感激：「國人莫知我，天下孰宗予」；同時也表達了敬畏之情，「空郡來陪哭，無人敢撰碑。紛紛門弟子，若個解稱師」〔註 95〕。

二、真德秀對劉克莊的提攜和影響

真德秀（1178～1235），字景元，後更為希元，福建浦城（今浦城縣晉陽鎮人）。真德秀是南宋後期與魏了翁齊名的著名理學家，也是繼朱熹之後的理學正宗傳人，歷代學者稱其為「西山先生」。其一生著述甚豐，著有《西山文集》、《大學衍義》、《四書集編》等。賜諡「文忠」。

劉克莊與真德秀的交往甚早。劉克莊說其「少未為人所知，……西山真

〔註 87〕劉克莊《挽南皋劉二先生》，見《後村先生大全集》卷 26。
〔註 88〕劉克莊《徑山佛鑒禪師塔銘》，見《後村先生大全集》卷 162。
〔註 89〕劉克莊《直寶章閣羅公墓誌銘》，見《後村先生大全集》卷 162。
〔註 90〕劉克莊《矑軒王少卿墓誌銘》，見《後村先生大全集》卷 152。
〔註 91〕劉克莊《王翁源墓誌銘》，見《後村先生大全集》卷 148。
〔註 92〕劉克莊《矑軒王少卿墓誌銘》，見《後村先生大全集》卷 152。
〔註 93〕洪天錫《後村先生墓誌銘》，見《後村先生大全集》卷 195。
〔註 94〕林希逸《後村先生劉公行狀》，見《後村先生大全集》卷 194。
〔註 95〕劉克莊《挽水心先生二首》，見《後村先生大全集》卷 7。

公自爲正錄時，稱其文」〔註96〕。開禧二年（1206），眞德秀「以太學正召」
〔註97〕，當時劉克莊 20 歲，爲國子監生。嘉定元年（1208），眞德秀遷太學
博士，劉克莊仍在國子監讀書，因仰慕眞德秀才學，經常往來「於西山先生
座上」〔註98〕。可見，眞德秀與劉克莊很早就有座主門生之誼。明人沈德符
說：「座主、門生之誼，自唐而重。」〔註99〕寶慶元年（1225），眞德秀因「舛
論綱常」，忤逆了權臣史彌遠，而遭「諫議大夫朱端常疏落職罷祠」〔註100〕。
八月，眞德秀回到家鄉浦城閒居，劉克莊此時爲建陽令，「公以師事，自此學
問益新矣」〔註101〕。

在劉克莊與眞德秀長達 30 多年的交往中，眞德秀對劉克莊的成長、爲學、
入仕的影響甚大：

一是眞德秀仕途上的提攜與器重，使劉克莊得以發揮其吏才。

南宋名相鄭清之曾說：「潛夫眞才吏，爲文名所勝，故人不盡知之。」〔註
102〕劉克莊早負盛名，但其吏才並不爲人所知。劉克莊的才得以發揮，與眞德
秀的三次提攜直接有關。第一次是寶慶元年（1225），當時理宗即位不久，便
下詔薦賢，「嗣王求助，有詔下詢國人，曰賢以名上達，謬當茲舉，媿匪其人」
〔註103〕。眞德秀以「學貫古今，文追騷雅」爲由，向朝廷推薦了劉克莊。不
久劉克莊被朝廷任命爲建陽令，一直到紹定元年（1228）秋，劉克莊知建陽
秩滿，解任歸里。第二次是端平元年（1234），眞德秀帥閩，爲福建安撫使。
劉克莊「初元召審，行至三山」，「自審不堪立朝爾，牽聯一出非本謀也」，因
而「願留西山先生幕府」〔註104〕。眞德秀以機幕闢克莊，爲作監簿兼帥司參
議官。第三次是端平二年（1235），眞德秀爲戶部尚書，向朝廷舉薦劉克莊，
「西山知公尤至，端平朝，贈廟堂曰：『當今詞人，惟趙某、劉某』」〔註105〕。

〔註96〕劉克莊《雜記》，見《後村先生大全集》卷 112。
〔註97〕劉克莊《西山眞文忠公行狀》，見《後村先生大全集》卷 168。
〔註98〕劉克莊《題方汝玉行卷》，見《後村先生大全集》卷 106。
〔註99〕沈德符《萬曆野獲編》，「霍渭厓不識座師」條，北京：文化藝術出版社，1998
　　　年，402 頁。
〔註100〕劉克莊《西山眞文忠公行狀》，見《後村先生大全集》卷 168。
〔註101〕林希逸《後村先生劉公行狀》，見《後村先生大全集》卷 194。
〔註102〕林希逸《後村先生劉公行狀》，見《後村先生大全集》卷 194。
〔註103〕劉克莊《謝鄉群應詔薦舉啓》，見《後村先生大全集》卷 116。
〔註104〕劉克莊《與郭小坡書》，見《後村集》卷 47，文淵閣四庫全書影印本。
〔註105〕林希逸《後村先生劉公行狀》，見《後村先生大全集》卷 194。

趙某、劉某即趙汝談和劉克莊。六月，劉克莊除樞密院編修官，兼權侍右郎官。從此，劉克莊入朝爲官，更好發揮其政治才能。

在建陽任內，劉克莊「勤苦三年，邑無闕事」〔註106〕。他同時向眞德秀請教爲政一方的處事方略，「文忠眞公里居，公以師事，講學問政，一變至道，崇風教，表儒先，如古循吏」〔註107〕，又建「新考亭之祠，祀朱、范、劉、魏四君子於學宮。庭無留訟，邑用有餘，增糴賑糶倉二千斛」〔註108〕。眞德秀還特定爲劉克莊祠四君子和增糶倉兩事作記，高度讚揚劉克莊的業績：

> 西山眞某聞而歎曰：偉哉，劉侯之斯舉乎！方侯年盛志壯時，
> 天材逸發，詞筆凌厲。蓋自眠如李謫仙之流，意其不屑州縣間事也。
> 一旦爲令，恤民隱，重教道，懇懇焉有兩漢循吏風。至其飭考亭祠，
> 表四君子，尤世俗指目以爲迂者。吁！使侯病迂之名而徇世史之所
> 急，則其俗之同者，乃道之所棄也。然則侯之於趨捨，豈不甚明矣
> 哉。〔註109〕

除修祠外，劉克莊看到「環邑皆有社倉，歲貸民爲種食，自朱文公始也。獨縣無耕農不可貸，故弗置倉」，於是仿朱熹重修社倉，積米千斛。眞德秀對劉克莊的恤民之政也是大加肯定，極力褒揚：

> 侯之尹是邑，朝夕汲汲，如恤其私，一物失理，居爲之弗寧；
> 一夫麗罰，饋爲之弗飽。故晝而庭空，夜而圄寂，四境之內，疾痛
> 必察，皆若親臨其家。侯方以爲未也，窈然之慮且及於數世百年之
> 外，此其用心豈不甚仁矣哉。……夫不以利私其身，故能以利公於
> 人，其本固有在也。……嗚呼！此父母之心，仁人之言也。予雖累
> 千百語，其能有加乎？孟子曰：「惻隱之心人皆有之。」夫必秉彝盡
> 亡然後是倉可廢，若猶未也，後之君子必有以侯之心爲心者，以似
> 以續，雖至於無窮可也。若夫施置滋悉，則有兩侯規約在此。〔註110〕

劉克莊擔心後來人不能繼承此制，特在新倉門上寫著「聊爲吾民留飯盤，豈無來者續心燈」〔註111〕，以警示後人。劉克莊此舉使頻受災害威脅的百姓受

〔註106〕劉克莊《陳敬叟集序》，見《後村先生大全集》卷94。
〔註107〕洪天賜《後村先生墓誌銘》，見《後村先生大全集》卷195。
〔註108〕林希逸《後村先生劉公行狀》，見《後村先生大全集》卷194。
〔註109〕眞德秀《建陽縣學四君子祠記》，見《全宋文》第312冊，卷7184，437頁。
〔註110〕眞德秀《建陽縣復賑糶倉記》，見《全宋文》卷7185，第312冊，443頁。
〔註111〕林希逸《後村先生劉公行狀》，見《後村先生大全集》卷194。

益匪淺。故劉克莊離任後，建陽縣父老「綵旗蔽路，送者踰數十里」〔註112〕，此後「去來四十年，父老送迎如一日」〔註113〕，其感人至深如此。

在閩帥府期間，劉克莊與真德秀相處甚好。真德秀「知公吏才高，府事一切委之」〔註114〕。如當時朝廷多主北伐，急於求成，真德秀與劉克莊都認為應當慎重從事，不可輕妄。「端平初元，西山先生帥閩，聞廷議大舉，憂憤，坐臥不能安，拜疏力爭。余忝議幕，先生錄副以相示，手自竄定，今藏余家」〔註115〕。這可以看作是真德秀委重劉克莊之例。作為真德秀的幕府一員，劉克莊充分發揮其才能，為真德秀處理許多日常公務。如代真德秀草擬文書，有《泉州歲賜宗室度牒聖旨跋語代西山作》、《代上西山啟》、《代謝西山啟》等。

在朝期間，劉克莊首次參加輪對，指陳時政，極言用人得失，力諫理宗「堅凝初意」，重君子而斥小人，杜絕黨人干政，「勿使宵小輩動搖正論」，並為濟王復爵雪冤，以收人心〔註116〕。這些事情都是別人不敢言的，惟獨劉克莊言之。劉克莊初次在朝小試啼聲，一鳴驚人，無明哲保身之計。劉克莊針對理宗所問，隨事作答，「音吐琅琅，從容如許」〔註117〕；朝殿上下，人人稱許，同朝諸公如魏了翁、洪咨夔、趙汝談、游似、吳泳等都擊節讚歎。王遂讀到劉克莊箚子後，讚歎曰：「不意二劉之後，有此佳作。」〔註118〕雖然最後劉克莊也因此而罷官，然其已聲震天下，「知公不專以文名也」〔註119〕。

二是真德秀文學上的獎掖與推崇，使劉克莊得以展現其文才。

劉克莊為國子監生時，真德秀即「稱其文，延譽於諸公」〔註120〕，立即引起當時名流對劉克莊的注意。後劉克莊因屢試不得進，停止參加科舉考試，認為「舉子之詞章」「既無用於斯世，遂專攻乎古文」〔註121〕。經真德秀引見，劉克莊結識了著名的四六家李劉，使劉克莊的「四六文」大進。寶慶元年（1225）

〔註112〕林希逸《後村先生劉公行狀》，見《後村先生大全集》卷194。
〔註113〕洪天賜《後村先生墓誌銘》，見《後村先生大全集》卷195。
〔註114〕林希逸《後村先生劉公行狀》，見《後村先生大全集》卷194。
〔註115〕劉克莊《秘書少監李公墓誌銘》，見《後村先生大全集》卷165。
〔註116〕程章燦《劉克莊年譜》，貴陽：貴州人民出版社，1993年，144頁。
〔註117〕林希逸《後村先生劉公行狀》，見《後村先生大全集》卷194。
〔註118〕洪天賜《後村先生墓誌銘》，見《後村先生大全集》卷195。
〔註119〕洪天賜《後村先生墓誌銘》，見《後村先生大全集》卷195。
〔註120〕劉克莊《雜記》，見《後村先生大全集》卷112。
〔註121〕劉克莊《謝傅侍郎薦著述啟》，見《後村先生大全集》卷116。

和端平二年（1235），真德秀分別以「學貫古今、文追騷雅」和「當今詞人，惟趙某、劉某」為由，向朝廷舉薦了劉克莊。劉克莊在端平初理宗親政時嶄露頭角，從此不斷受到重用。

真德秀在擬寫制誥方面對劉克莊影響甚大。真德秀擅長制誥等四六文體，對劉克莊也是多加指點。劉克莊曾記載真德秀要求其勤溫習擬寫制詔事：

> 西山先生晚在翰苑，賓客滿門。一日謂余曰：「某為詞臣，終日困於應酬，忽一旦有宣鎖，且奈何？宜稍謝客溫習。」余曰：「先生何慮此耶？」先生曰：「此事久不拈弄則荒疎，君它日必居此地，不可忽老夫之言。」因曰：「文字須有素備，荒速中安得有佳語？」余請其說，先生曰：「如街談巷語及士大夫所傳某人除某官之類，即題目也。暇日試擬為之，臨時或可採用。」〔註122〕

劉克莊對於老師的諄諄教誨，牢記於心，平時勤加練筆，果然大有收益，「後余忝掌內制，朝野多傳明裏有大除拜，追記老師遺言，擬作數制」〔註123〕。在《後村先生大全集》中，還保存了劉克莊早期練習擬寫的三篇製詔，即《擬建儲制》、《擬除平章事制》、《擬冊皇太子妃制》。真德秀還把自己創作四六的經驗，傾囊相傳給劉克莊。真德秀說：「某掌內制六年，每覺文思遲滯，即看東坡，汗漫則有曲阜。」〔註124〕多年後，劉克莊也以此經驗傳授給後生晚輩，認為「就四六而論，當用西山之法，參取坡公，則益雄渾變化而不可測矣」〔註125〕。經過真德秀的指點，劉克莊的四六文臻於妙境。淳祐六年（1246），劉克莊除權中書舍人，在職雖只有短短八十日，但劉克莊「每一制下，人人傳寫，號真舍人」〔註126〕，「草七十制，學士大夫爭相傳誦，以為前無古人」〔註127〕。景定二年（1261），朝廷將降科舉詔，劉克莊以自己非科舉出身為由推辭掉擬寫詔書的任務，但宋理宗卻欽點劉克莊，認為此詔書「非劉某不可」〔註128〕。

真德秀對劉克莊文學才華的肯定，還表現在給劉克莊的委以重用。真德

〔註122〕劉克莊《跋擬制三道》，見《後村先生大全集》卷53。
〔註123〕劉克莊《跋擬制三道》，見《後村先生大全集》卷53。
〔註124〕劉克莊《跋張天定四六》，見《後村先生大全集》卷106。
〔註125〕劉克莊《跋張天定四六》，見《後村先生大全集》卷106。
〔註126〕洪天賜《後村先生墓誌銘》，見《後村先生大全集》卷195。
〔註127〕林希逸《後村先生劉公行狀》，見《後村先生大全集》卷194。
〔註128〕洪天賜《後村先生墓誌銘》，見《後村先生大全集》卷195。

秀編《文章正宗》，特意把詩歌一門委託劉克莊來編類，這是對劉克莊在詩歌方面成就的一種肯定。晚年眞德秀疾病纏身，劉克莊幫其料理諸多事務，並代其上表奏謝。據筆者統計，《後村先生大全集》共收劉克莊代筆起草的文書有六篇，分別是：《擬謝宣召入院表》、《擬謝學士表》、《擬謝衣帶鞍馬表》、《代西山丐祠表》、《代西山辭資政殿學士京祠侍讀表》、《代西山上遺表》等。特別是《代西山上遺表》一文，是眞德秀臨終前對劉克莊的特別囑託，當時眞德秀「門人諸賢俱在，獨以遺表屬公」〔註129〕，尤見其對劉克莊的器重。對於老師的重託，劉克莊也樂意爲老師效勞，並自稱「幼爲先生門生弟子，晚爲先生司馬長史」〔註130〕。

三是眞德秀的文章行義，成爲劉克莊學習的楷模。

端平二年（1235）五月，眞德秀病逝，劉克莊以「門人」的身份爲老師作《西山眞文忠公行狀》〔註131〕，並先後寫《眞西山祭文》、《路祭西山先生文》、《墓祭西山先生文》三篇祭文，以此表達對老師的哀悼和敬仰之情。在這些祭文中，劉克莊追憶了眞德秀自從政之後「忠國愛民，纏綿固結，不以進退易慮」〔註132〕的憂國憂民之志，特別是高度讚揚了眞德秀的文章行義：

> 公少以文詞獨行中朝，所草大詔令溫厚爾雅，尤爲樓公鑰賞重。立螭以後，言議出處動關世道，諫書傳四夷，名節暴當世。三十年間，天下莫不以爲社稷之蓋臣、道德之宿老。……公博極群書而積勤不已，望臨一代而執謙愈甚。〔註133〕

> 四科九德，自昔難並，人得一偏，公集大成。穿鑿之學，畔師離經，公獨純正，南軒、考亭。篹組之文，練薄繡輕，公獨雄渾，眉山、廬陵。〔註134〕

眞德秀既是社稷的重臣，也是道德的模範，而且還以文詞出名。劉克莊雖曾說過「西山四六高處不可摹擬」〔註135〕，但眞德秀在文章和政事兩方面

〔註129〕林希逸《後村先生劉公行狀》，見《後村先生大全集》卷194。
〔註130〕劉克莊《墓祭西山先生文》，見《後村先生大全集》卷137。
〔註131〕劉克莊《西山眞文忠公行狀》末自署：「端平二年十月日，門人朝散郎、樞密院編修官兼侍右郎官劉某狀。」見《後村先生大全集》卷168。
〔註132〕劉克莊《西山眞文忠公行狀》，見《後村先生大全集》卷168。
〔註133〕劉克莊《西山眞文忠公行狀》，見《後村先生大全集》卷168。
〔註134〕劉克莊《祭眞西山文》，見《後村先生大全集》卷137。
〔註135〕劉克莊《雜記》，見《後村先生大全集》卷112。

取得的成就，卻是劉克莊一生努力學習的方向。爲光大老師的道德文章，劉克莊爲出版眞德秀的著作花費了不少心血。如淳祐元年（1241），劉克莊在出使廣州前，計劃與李鑒合作刊印眞德秀的《文章正宗》，「以淑後學」，然而「《選》《粹》而下皆可束之高閣，猶恨南中無監書，而二湯在遠，不及精校也」〔註136〕，後「頃餘刻此書於番禺，委同官盧方春輩置局刊誤」〔註137〕，一直到劉克莊從廣州被召回，此書猶未成。雖然，「後得其本」，「殆不可讀，有漏數行者，有闕一二句者，有顛倒文義者，如魯魚亥豕之類則不可勝數，意諸人爲官事分奪，未之過目耶？抑南中無善本參校耶？每一開卷，常敗人意。其後乃有越本，亦多誤」〔註138〕。面對《文章正宗》出版過程中出現的種種困難，劉克莊始終沒有放棄。最終，同鄉王庚出面，會同丁南一、鄭岩等人，重新對《文章正宗》進行「傍考互校」，終於使得「二十四卷者亦畢工」。劉克莊相信此莆本它日將「優於廣、越矣」，並高度讚揚了王庚的這一善舉，「君妙年，前不及朱，後不及眞，而尊敬二先生之心拳拳如此，豈不甚賢矣哉」！〔註139〕

然而，一向崇敬老師的劉克莊，卻因編《文章正宗》中的詩歌一類而與眞德秀產生分歧一事，被吳昌裔於端平三年（1236）以「背師貪榮」之名上疏論罷而遭遇彈劾，歸主玉局觀。紹定元年（1228），眞德秀編《文章正宗》，委託劉克莊編詩選，並從道德教化出發，要求劉克莊選詩時應「以世教民彝爲主，如仙釋、閨情、宮怨之類，皆勿取」〔註140〕。劉克莊一向主張詩歌應發乎情性，與老師的要求明顯不一致。因而劉克莊所選的詩歌被眞德秀「去之者大半」〔註141〕。因爲這一學術上的分歧，劉克莊背負著「背師貪榮」的罪名，這對一向尊師重道的劉克莊來說，是多麼大的打擊。他不得不爲自己辯護：

> 背師罪大，自速臺評；錫類恩深，尚叨祠廩。進退兩關於倫紀，保全一出於陶鈞。伏念某以常調之庸才，際初元之景運，招徠未久，位置稍高。由光范進身，非借助金、張之比；及延和賜對，有交歡

〔註136〕劉克莊《跋文章正宗》，見《後村先生大全集》卷100。
〔註137〕劉克莊《跋郡學刊文章正宗》，見《後村先生大全集》卷106。
〔註138〕劉克莊《跋郡學刊文章正宗》，見《後村先生大全集》卷106。
〔註139〕劉克莊《跋郡學刊文章正宗》，見《後村先生大全集》卷106。
〔註140〕劉克莊《後村詩話·前集》，見《後村先生大全集》卷173。
〔註141〕劉克莊《後村詩話·前集》，見《後村先生大全集》卷173。

平、勃之言。心跡甚明，奏篇猶在。然而從老師而偕出，戀明主而獨留。欲相送於南陽之阡，繫維不果；當退老於西河之上，馳騖未休。舊府因而起殺公之嘲，故交訝其乏死友之誼。按陳卿之事百，數子夏之罪三。眾破膽而怖風霜之威，獨披襟以受《春秋》之責。晨收華組，夕駕短轅。署眉山翁之舊銜，返老萊子之初服。行吟澤畔，略無怨靈修之詞；回首渭濱，終有懷大臣之意。〔註142〕

多年後，劉克莊來到眞德秀墓前祭拜恩師時，再次爲當年的「背師貪榮」的誣名進行辯護：

……謂之背師，天乎無罪。夢奠以來，局面日異。引去不勇，強留無味。有愧先生，獨以一事。豈無同時，及門之士，夫何綿薄，獨任清議！將待之厚，故責之備，是耶非耶，莫詰所自。……古人重誼，均於倫紀，築室三年，素車千里。昨者祖祭，及郊而止，墓陵會窆，有繫其趾，謂之背師，敬知罪矣。〔註143〕

無論如何，對眞德秀的提攜、獎掖和推重，劉克莊始終是充滿感激和崇敬。當然，作爲眞德秀最賞識的弟子，劉克莊並沒有因爲與老師思想上有歧見而對老師有任何的「背師貪榮」之念。相反，經過這次的彈劾，劉克莊對老師的崇敬更是不敢有絲毫的疏忽和怠慢。

總之，劉克莊由於父輩關係，與葉適成爲忘年之交；由於師承關係，與眞德秀成有師徒之誼。在葉適和眞德秀的獎掖、提攜和教誨下，劉克莊拓展了文學視野，增進了寫作技藝，使自己的文學創作一步步地走向成熟，而成爲一代文宗；同時，劉克莊也增長了吏才，取得了卓越的政績。

第三節　王邁、林希逸：劉克莊文學創作的知音

王邁、林希逸與劉克莊既有同門之誼，又是志同道合者。劉克莊與二人交遊最久、感情最深。

一、「少相親昵」、「朝路偕黜」：與王邁的知己之交

王邁（1184～1248），字實之，一作貫之，自號臞軒居士。興化軍仙遊（今

〔註142〕劉克莊《除玉局觀謝二相啓》，見《後村先生大全集》卷117。
〔註143〕劉克莊《墓祭西山先生文》，見《後村先生大全集》卷137。

屬福建）人。嘉定十年（1217）進士，歷任潭州觀察推官，殿試詳定官，南
外睦宗院教授，漳州通判，贛州通判、吉州通判、邵武軍知軍和侍右郎官等
職。後來由於王邁應詔直言，被臺官彈劾而降職。淳祐中，主持邵武軍事務，
卒於任上，死後追封爲司農少卿。

　　王邁病逝後，劉克莊爲其作墓誌和祭文。在祭文中，劉克莊簡述自己與
王邁一生的交往情形：

> 嗟我於兄，少相親昵。帥門同升，朝路偕黜。劇談共燈，俊遊
> 聯屐。介以鐵庵，樂哉三益。庵歸不早，勤官而卒。兩翁相對，情
> 味蕭瑟。我嬰沉痼，兄有憂色。續藥聚餌，三顧蓬蓽。〔註144〕

從劉克莊的簡述中，可見二人交誼之深篤：

第一，「嗟我於兄，少相親昵」。

　　王邁與劉克莊是同鄉，長劉克莊三歲。王邁自小聰明好學，富有才情，「少
有場屋聲，嘉泰甲子貢於鄉」〔註145〕。嘉定十年（1217），王邁參加科舉，「擢
甲科第四人」〔註146〕。爲此，劉克莊高度讚揚了王邁的才華：

> 聲名蚤著，不數黃香之無雙；科目小低，猶壓杜牧之第五。元
> 化孕此五百年之間氣，同輩立於九萬里之下風。〔註147〕

> 天壤王郎，數人物、方今第一。談笑裏，風霆驚座，雲煙生筆。
> 落落元龍湖海氣，琅琅董相天人策。〔註148〕

劉克莊認爲王邁的才思文采，是如今的第一流人物，「猶壓杜牧之第五」；談
笑風生，妙語驚人；夢筆生花，雲煙滿紙，眞是不世之才；其爲人，以陳登
比，豁達開朗；其對策，以董仲舒比，有濟國良策。劉克莊用豪健明快的語
言讚頌了王邁才華橫溢，性格豪邁，志向遠大，言語間充滿了敬佩之情。

　　作爲同鄉，王邁與劉克莊「少時棋柝曾聯句。歎而今、登樓攬鏡，事機
頻誤」〔註149〕。嘉定十三年（1220），王邁以殿試第四人初入幕爲官，任潭州
觀察推官。劉克莊當時正監南嶽祠，特作詩送之：

〔註144〕劉克莊《祭王實之少卿文》，見《後村先生大全集》卷138。
〔註145〕劉克莊《朧軒王少卿墓誌銘》，見《後村先生大全集》卷152。
〔註146〕劉克莊《朧軒王少卿墓誌銘》，見《後村先生大全集》卷152。
〔註147〕劉克莊《宴吉倅王實之樂語》，見《後村先生大全集》卷127。
〔註148〕劉克莊《滿江紅・送王實之》〔天壤王郎〕，見《後村先生大全集》卷189。
〔註149〕劉克莊《賀新郎・實之三和有憂邊之語，走筆答之》〔國脈微如縷〕，見《後
　　　　村先生大全集》卷190。

　　賈傅遺蹤在，君於此泛蓮。不應卑濕地，猶著廣寒仙。

　　策好人爭誦，名高士責全。衡山余所管，擬結草韉緣。〔註150〕

這裏劉克莊用「策好人爭誦，名高士責全」激勵好友能像賈誼一樣，提出治
國良策。

　　第二，「帥門同升，朝路偕黜」。

　　「帥」指眞德秀。王邁與眞德秀最早交往的詩文見於王邁的《送眞西山
赴召》：「一朝三命下金鑾（王邁自注：時召曹彥約、鄒應龍、眞德秀），獨有
先生出處難。」〔註151〕此詩是王邁送眞德秀赴金國爲賀金主即位而作。據《宋
史‧寧宗本紀》卷39載：「（嘉定六年）戊申，遣眞德秀賀金主即位，會金國
亂，不至而還。」由此推測，最晚至嘉定六年（1213），王邁已入眞德秀帥府。
「同升」是指端平元年（1234），理宗親政，召劉克莊、王邁等八人赴堂審察，
史稱端平八士〔註152〕。而眞德秀於此年被召爲戶部尚書，劉克莊除樞密院編
修官兼權侍右郎官，王邁召試學士院，除秘省正字，三人共同在朝爲官。

　　「朝路偕黜」，是指劉克莊與王邁同被彈劾事。嘉熙元年（1237）初，劉
克莊與王邁、方大琮、潘牥奏對，皆言濟王之冤，追咎史彌遠的責任，惹得
宋理宗不悅。五月，臨安發生大火。當時「彌遠雖死，徒黨尙盛。於是侍御
史蔣峴謂火災天數，何預故王，遂疏劾起居舍人方大琮，正字王邁，編修劉
克莊等鼓煽異論，並斥牥姓同逆賊，語涉不順，請皆論以漢法。自是群臣無
復敢言濟王之冤者」〔註153〕。

　　對於這次被罷，多年以後劉克莊還是憤憤不平。他在給好友洪天錫的書
信中還提及此事：

　　　嘉熙丁酉，臺官蔣峴劾方大琮、劉某、王邁、潘牥四人在端平
　　初妄論倫紀，乞坐以無將不道之刑。先皇聖度如天，悉從未減，大
　　琮罷右史，某奪袁州，邁失漳悴，牥免官而已。〔註154〕

王邁素剛直敢言，尤惡諂子，經常犯言直諫。「見天子，空臆無隱，唯諾

〔註150〕劉克莊《送王實之赴長沙幕》，見《後村先生大全集》卷2。
〔註151〕王邁《送眞西山赴召》，見《全宋詩》第57冊，35775頁。
〔註152〕程章燦《劉克莊年譜》，貴陽：貴州人民出版社，1993年，130頁。「端平八
　　　　士」即劉克莊、王邁、張洽、范炎、陳祐、陳昉、陳振孫、趙端頤等八人。
〔註153〕畢沅《續資治通鑑》（四）卷169。長沙：嶽麓書社，2008年，36頁。
〔註154〕劉克莊《答洪帥侍郎書》，見《後村先生大全集》133。

如家人語，上爲改容」，「眞公每日：實之英氣多，和氣少」〔註155〕。劉克莊
與王邁性格相似，遭遇相同，使其極敬重其爲人：

　　批龍鱗，探龍頷，蓋嘗犯明主之顏；料虎頭，編虎鬚，每欲唾
貴臣之面。〔註156〕

　　曾直把，龍鱗批。曾戲取，鯨牙拔。向絳河濯足，咸池晞髮。
俗子底量吾輩事，天仙不在臞儒列。〔註157〕

此以「批龍鱗」、「探龍頷」、「料虎頭」、「編虎鬚」、「鯨牙拔」，比喻王邁剛直
立朝。

　　嘉熙二年（1238），殿前侍御史蔣峴被逐。劉克莊聽到消息後，非常高興，
作《讀邸報二首》：

　　並驅華轂適通逵，中路安知判兩岐。
　　邪等惟余尤甚者，好官非汝孰爲之。
　　累臣放逐無還理，陛下英明有寤時。
　　聞向蕭山呼渡急，想追前事亦顰眉。

　　瑤編對秉初修筆，粉署同攜夜直衾。
　　虎旣蒙皮甘搏噬，鶴因瘠羽久呻吟。
　　盡歸一網機猶淺，橫說三綱害最深。
　　想到鄞山多暇日，軹書毋惜細研尋。〔註158〕

蔣峴本與劉克莊爲友，劉克莊「爲玉蝶所主簿，峴爲丞」〔註159〕，然而蔣峴
爲迎合理宗而誣陷劉克莊等三人，導致三人被罷。詩中對蔣峴的忌賢害能、
用心歹毒的醜惡嘴臉進行了淋漓盡致、毫不留情的揭露。

　　王邁讀到劉克莊所寫的詩後，用劉克莊的韻，也和了兩首：

　　讀報欣然共賦詩，古來忠佞各殊岐。
　　彼猶愧見蔣穎叔，君盍自期劉器之。
　　惡草剪除雖一快，芳蘭銷歇已多時。
　　懷哉康節先生語，作事莫教人縐眉。

〔註155〕劉克莊《臞軒王少卿墓誌銘》，見《後村先生大全集》152。
〔註156〕劉克莊《回王實之啓》，見《後村先生大全集》卷121。
〔註157〕劉克莊《滿江紅·壽王實之》，見《後村先生大全集》卷189。
〔註158〕劉克莊《讀邸報二首》，見《後村先生大全集》卷11。
〔註159〕劉克莊《潘庭堅墓誌銘》，見《後村先生大全集》卷152。

兩載相依笑陸深，鶉衣不羨錦爲衾。

渠儂炫耀麒麟楦，我輩翻騰駑驥吟。

朝去一節憂稍歇，邊留五大禍尤深。

棟樑培植誰之責，莫遣斧斤終日尋。〔註160〕

第三，「劇談共燈，俊遊聯屐」。

這是指二人相互切磋，吟詠唱和。劉克莊、王邁、方大琮被罷後，「三公居同里，既歸，相與賦詠無虛日。時以同傳爲榮」〔註161〕。劉克莊與王邁才堪匹敵，同「以學問詞章發身」〔註162〕；遭遇又類似，同是因「今之生才也，受一世所妬忌、所挫折」〔註163〕。所以二人彼此惺惺相惜，情趣投契。特別是中年以後，二人唱酬甚多。據筆者統計，《後村先生大全集》中有關二人往來的詩詞作品有數十篇。如詩有《次韻實之春日》、《再和》、《三和》、《四和》、《五和》、《六和》、《和實之讀邸報》、《再和》、《次韻實之》、《送實之倅廬陵》、《賀王實之得第二子》、《觀社行·用實之韻》、《再和》、《三和》、《四和》、《五和》、《即席用實之郎中韻》、《重次矓軒韻》等。詞有《一翦梅·余赴廣東，實之夜餞於風亭》、《賀新郎·王實之喜余出嶺，命愛姬歌新詞以相勞，輒次其韻》、《摸魚兒·用實之韻》、《賀新郎·生日用實之韻》、《賀新郎·再用前韻》、《賀新郎·實之三和有憂邊之語，走筆答之》、《賀新郎·四用縷字韻爲王實之壽》、《賀新郎·實之用韻爲老者壽，戲答》、《臨江仙·戊申和實之燈夕》、《滿江紅·四首並和實之》、《滿江紅·和王實之韻送鄭伯昌》等。在這些唱酬之作中，劉克莊與王邁之間反覆唱和，常至三和、四和，乃至六和，深刻表達了他們的憂國之情、抗敵願望，以及鬱憤不平的情懷，真可謂唱得心連意合。

嘉熙三年（1239），劉克莊結束了主管雲臺觀的生涯。十月，劉克莊「得旨改除廣東提舉，令疾速之任」〔註164〕。臨行前，摯友王邁連夜冒著天寒路滑，趕到風亭驛，置酒餞別劉克莊。劉克莊借與友人飲酒話別，盡情傾瀉出鬱結在胸的憤懣不平：

〔註160〕王邁《和劉編修潛夫讀近報蔣峴被逐二首》，見《全宋詩》第 57 冊，35787頁。

〔註161〕林希逸《後村先生劉公行狀》，見《後村先生大全集》卷 194。

〔註162〕劉克莊《矓軒王少卿墓誌銘》，見《後村先生大全集》152。

〔註163〕劉克莊《祭王實之少卿文》，見《後村先生大全集》卷 138。

〔註164〕劉克莊《江西倉辭免狀·己亥》，見《後村先生大全集》卷 76。

束縕宵行十里強，挑得詩囊，拋了衣囊。天寒路滑馬蹄僵，元
是王郎，來送劉郎。　　　酒酣耳熱說文章，驚倒鄰牆，推倒胡牀。
旁觀拍手笑疏狂，疏又何妨，狂又何妨。〔註165〕

劉克莊曾因《落梅》詩受謗罷官，一直耿耿於懷，後出知袁州，不數月即解
印罷官，「下車上馬太匆匆，來是春風，去是秋風」〔註166〕。劉克莊屢遭挫折，
心有不滿，如今又赴任廣東，見到摯友不避艱苦、情義深重地前來送別，鬱
結在心中的不平也一吐為快，「旁觀拍手笑疏狂，疏又何妨，狂又何妨」，既
把他們睥睨世俗、狂放不羈的豪情酣暢淋漓地書寫出來，也把他們高情逸興
和深厚友情頗帶詼諧地表現出來。

　　淳祐元年（1241），劉克莊結束了在廣東的兩年任職，「奉聖旨令某赴行
在奏事」〔註167〕。當劉克莊正要返回朝廷赴任時，卻傳來「侍御史金淵謂公
以清望自擬，寢其召命，主管崇禧觀」〔註168〕。原來的徵召只有動議，卻被
金淵提出反對而被否定，劉克莊被解印罷職。面對此遭遇，好友王邁作詞安
慰：

出了羅浮洞。有多情、梅花雪片，殷勤相送。見說翛然琴鶴外，
詩壓牛腰較重。去管甚、群兒嘲弄。嶺海三年持翠節，料無時、不
作家山夢。馳玉勒，歸金鳳。　　　一門朱紫環昆仲。看階庭、森森
蘭玉，慈顏歡動。宰相時來須著做，且舞萊衣侍奉。卻不信、大才
難用。時事多艱人物少，便中興、誰辨浯溪頌。為大廈，要梁棟。
〔註169〕

劉克莊年老遭罷斥，帶著「梅花雪片」，顛簸回到家鄉，「又遭煩言」，心境是
可以想見的。幸好有好友王邁的慰勉，「去管甚、群兒嘲弄」。並以「卻不信、
大才難用」，「為大廈，要梁棟」，鼓勵他振作起來，還「命愛姬歌新詞以相勞」，
情意殷殷。劉克莊感動之餘，步氣韻和了一首詞：

此腹元空洞。少年時、諸公過矣，上天吹送。老大被他禁害殺，

〔註165〕劉克莊《一翦梅‧余赴廣東，實之夜餞於風亭》，見《後村先生大全集》卷
191。
〔註166〕劉克莊《一翦梅‧袁州解印》，見《後村先生大全集》卷191。
〔註167〕劉克莊《廣東被召辭免狀》，見《後村先生大全集》卷76。
〔註168〕林希逸《後村先生劉公行狀》，見《後村先生大全集》卷194。
〔註169〕王邁《賀新郎‧呈劉後村，時自桂林被召到莆，又遭煩言》，見《全宋詞》（下），
鄭州：中州古籍出版社，1996年，1707頁。

身與浮名孰重。這鼓笛、休休拈弄。彩筆擲還殘錦去，願今生、來
世無妖夢。且飯犢，莫吞鳳。　　新來喑啞如翁仲。羨王郎、駸駸
縹緲，玉簫吹動。應笑夔州村裏女，炙面生愁進奉。要絕代、傾城
安用。今古何人知此理，有吾家、酒德先生頌。三萬卷，漫充棟。
〔註170〕

全詞針對王邁贊許自己爲「大才」、「棟樑」展開，明是謙虛辯解，實是正言
若反，把有志遭貶、懷才不遇的一腔悲憤盡情傾瀉出來。

　　劉克莊佩服王邁才氣橫絕，但又惋惜其懷才不遇。劉克莊在《滿江紅》（往
日封章）中頌王邁爲官直言敢諫，「往日封章，曾聳動、君王顏色。今似得、
三閭公子，四明狂客。古不能箝言者口，天方欲壽中朝脈」〔註171〕，讚揚其
剛直敢諫於國家有益；《滿江紅》（三黜歸來）寫王邁多次遭貶斥而不以進退
爲意的襟懷，「三黜歸來，飯蔬食、渾無慍色」〔註172〕；《滿江紅》（疇昔爐傳）
總結王邁一生爲官清正，「疇昔爐傳，仗下奏、祥雲五色。何況是、西山弟子，
鶴山賓客。上帝照臨忠義膽，老師付授文章脈」；退隱時又甘守清貧，「園官
菜，登盤碧。四舍米，翻匙白。嬾投詩見素，寄書杓直。德耀不嫌爲隱鬢，
龜兒已解搖吟膝。有誰憐、給札老相如，家徒壁」〔註173〕；《滿江紅》（下見
西山）總評王邁一生，讚揚其不管是爲官還是退隱，俱能守儒家窮達出處大
義，無愧其師。「下見西山，料他日、面無慚色。君記取、不爲呂黨，亦非秦
客。有意挽回當世事，無方延得諸賢脈。笑海波、渺渺幾時平，空銜石。　　園
五畝，粉紅碧。家四世，傳清白。任天孫笑拙，女嬃嫌直。老去何煩援以手，
向來不要加諸膝。待深山、深處著茅齋，看青壁」〔註174〕。這四首詞連成一
體，是劉克莊對至友王邁一生最好的總結。王邁的才華人品既被鮮明呈現出
來，劉克莊的敬重情誼也從字裏行間流露出來。

二、「以詞賦魁天下，集英對策第四」：與林希逸的文字之交

　　劉克莊結交的好友，多是博學能文、工詩善詞、才華橫溢、性情豪邁之

〔註170〕劉克莊《賀新郎·王實之喜余出嶺，命愛姬歌新詞以相勞，輒次其韻》，見《後
　　　　村先生大全集》卷190。
〔註171〕劉克莊《滿江紅·四首並和實之》（往日封章），見《後村先生大全集》卷189。
〔註172〕劉克莊《滿江紅》（三黜歸來），見《後村先生大全集》卷189。
〔註173〕劉克莊《滿江紅》（疇昔爐傳），見《後村先生大全集》卷189。
〔註174〕劉克莊《滿江紅》（下見西山），見《後村先生大全集》卷189。

人。王邁去世以後，林希逸便成了劉克莊晚年聲氣相投的詩友和知己至交。

　　林希逸（1193～1271）〔註175〕，字肅翁，號鬳齋，又號竹溪，福清（今屬福建）人。理宗端平元年（1234）解試第一，次年省試第一，殿試中甲科第四人。淳祐六年（1246）召爲秘書省正字，七年，遷樞密院編修官。景定中官至中書舍人。著作頗豐，今存《竹溪十一稿詩選》、《竹溪鬳齋十一稿續集》、《莊子鬳齋口義》、《老子鬳齋口義》、《南華眞經口義》等。

　　林希逸小劉克莊七歲，與劉克莊一樣，是南宋理學大儒林光朝的三傳弟子，拜樂軒先生陳藻爲師〔註176〕，繼承了林光朝理學與文學並重的學術特點。但與劉克莊的「醇儒」不同是，林希逸公開兼收佛學和老莊，以儒佛解莊、解老，主張儒、道、佛三教合一。此外，林希逸還工詩、善畫、精書法，「以詞賦魁天下，集英對策第四」，「無矜色，無驕志，小心問學，謙虛求益」〔註177〕。林希逸很早就拜讀過劉克莊詩作，「疇昔受學樂軒時，已嘗誦公《南嶽稿》」〔註178〕。林希逸對劉克莊是充滿崇敬的，讀完劉克莊《南嶽詩稿》後，曾發出連續驚歎，「此世所稱二劉諸孫者耶！此章泉、澗泉諸老之所畏者耶！此水心所謂可建大將旗鼓者耶！」〔註179〕一直到端平三年（1236）春，劉克莊被罷歸主玉局觀，林希逸才第一次有機會拜見劉克莊，「始克見於其居」〔註180〕。劉克莊當然也願意與自己崇拜的鄉賢網山先生林亦之的「嫡孫竹溪林侯肅翁交友」〔註181〕。從此二人開始了長達三十多年的交往。具體表現在：

〔註175〕林希逸生卒年，據《福建日報》2007年4月15日《宋代理學家林希逸墓誌銘現身福清》（福州日報記者 劉復培 通訊員 林秋明）一文報導：記者看到，這塊墓誌銘碑面刻有清晰的工整楷書，詳細記載了林希逸的家世源流、生平事蹟、爲官經歷、理學傳播情況等內容。墓誌銘前半部分寫道：「……林公諱希逸，字肅翁，世爲福清縣人。高祖贈朝請郎，諱與權。始自仙櫸遷漁溪……先君生紹熙四年癸丑歲八月十九日……辛未歲（記者注：即咸淳辛未年，1271年）九月十五日以疾終於家，年七十有九……。」墓誌銘最後寫道：「嗚呼哀哉，宇宙猶存。文字千古，來者尚曰嗚呼。是爲竹溪鬳翁林先生之墓。樂軒門人、橫塘布衣劉翼書，諱孤泳泣血謹志。」本文據此爲準。
〔註176〕劉克莊《竹溪詩序》云：「乾、淳間，艾軒先生……一傳爲網山林氏，名亦之，字學可；再傳爲樂軒陳氏，名藻，字符潔；三傳爲竹溪，詩比其師，穡乾中含華滋，蕭散中藏嚴密，窘狹中見紆餘。」見《後村先生大全集》卷94。
〔註177〕劉克莊《水木清華詩序》，見《後村先生大全集》卷94。
〔註178〕林希逸《後村集序》，見《全宋文》卷7732，第335冊，339頁。
〔註179〕林希逸《後村集序》，見《全宋文》卷7732，第335冊，339頁。
〔註180〕林希逸《後村集序》，見《全宋文》卷7732，第335冊，340頁。
〔註181〕劉克莊《網山集序》，見《後村先生大全集》卷95。

　　一是論詩。林希逸與劉克莊才堪匹敵，劉克莊給予林希逸的創作評價很高，認爲其「詩比其師，槁乾中含華滋，蕭散中藏嚴密，窘狹中見紆餘。當其撚鬚搔首也，搜索如象罔之求珠，斷削如巨靈之施鑿，經緯如鮫人之織綃。及乎得手應心也，簡者如蟲魚小篆之古，協者如韶鈞廣樂之奏，偶者如雄雌二劍之合。天下後世誦之，曰詩也，非經義策論之有韻者也」〔註182〕。又說：「始余見竹溪詩而愛之，既而又見其未第時所論著二巨編，鍛鍊攻苦而音節諧叶，逞幅寬余而經緯麗密，歎曰：此非場屋荒速、山林枯槁者之言，必極文章之用而後已。」〔註183〕對於劉克莊的創作，林希逸也同樣給予高度評價，認爲其「詩雖會眾作而自爲一宗，文不主一家而兼備眾體。摹寫之筆工妙，援據之論精詳。其錯綜也嚴，其興寄也遠。或春容而多態，或峭拔以爲奇。融貫古今，自入爐韝。有《穀梁》之潔，而寓《離騷》之幽；有相如之麗，而得退之之正。霜明玉瑩，虎躍龍驤，閎肆瑰奇，超邁特立。千載而下，必與歐、梅六子並行，當爲中興一大家數也。」〔註184〕

　　劉克莊和林希逸還經常探討詩學問題。如《跋起余草堂詩》：

　　　　余爲童子時，嘗閱一遍，機鋒不起，遂不復閱，久爲棄本。因蕭翁直院舉一二篇，餘意終未領會，蕭翁答余於此詩匆匆草草，遂託里中老士人訪舊本，皆無之，□□□□郎能誦一二聯。一日有攜小冊來者，視之乃此集也。讀之三日，機鋒不起，與六十年前無少異。詩貴苦思精鍊，集中諸人可謂思之苦、煉之精矣。其問警句及體帖親切後生可學者，已擷取之矣。蕭翁尤稱《駐蹕山》、《乘月登樓》《腐草化爲螢》三數篇，今觀《駐蹕山》全首都不說山在遼東，亦未足形容虬髯帝武略之盛。如云「舉頭驚日近，滿目覺春還」，又云「好語從天下，榮名落世間。鬼神驚拜賜，草木頓開顏」，略不近傍「蹕」字、「山」字。《乘月登樓》第三第四句，云「鳥啼秋瘁柳，人上月明樓」，似乎別造上句以偶下句，而不相貫屬。又云「刁斗聲無勇，家山淚欲流」，此二句說胡騎也，然非下面送聯則華戎無辨矣，亦詩病也。別一首云「譙門長嘯外，胡騎一時收」，殊淺弱。《腐草化爲螢》之篇「寒光忽獨醒」，按獨醒出處乃醉醒之醒，似押未倒。

〔註182〕劉克莊《竹溪詩序》，見《後村先生大全集》卷94。
〔註183〕劉克莊《竹溪集序》，見《後村先生大全集》卷96。
〔註184〕林希逸《後村集序》，見《全宋文》卷7732，第335冊，340頁。

元質云起余草堂詩皆不體帖，以印本考之，每篇各有批抹，不知何人之筆，但去取皆當。又於編首注云：「此集多脫體，不著實題，今擇其分曉可學者存之。」又云：「起余雕鐫太過，險怪尤甚。」則是當時已有此論，非匆匆草草考之不精也。因記少時見老儒孔初乎誦《杏壇詩》「我來余禮樂，人去獨林巒」之句，往往泣下。此二句去杏壇甚遠，莫曉感泣之由。以類求之，如《望祀蓬萊》云「雲歸還寂寞，日落更徘徊」，不見蓬萊；《墮淚碑》云「涕零遊憩北，望斷莽蒼基」，不見碑；《志士思秋》云「良時天不再，前事水空流」，不見秋；《活計一張琴》云「蕭條終日趣，寂寞古人心」，不見琴；《口伐可汗》云「沙磧三年戍，秋風一夜寒」，不見題。句雖佳，如不切何？蕭翁深於詩者，當更與商確。〔註185〕

劉克莊在文中以「商確」的口吻，與林希逸探討《起余草堂詩》集的優缺點。

又如劉克莊的《與竹溪林中書書》：

　　錄示《飛躍亭詩》，篇篇有飛躍意，與卷中諸賢高談闊論，諄諄然解「費隱」字及「勿忘勿助長」數句，與飛躍全無相關者，大有徑庭矣，某所謂先得我心同然者耶！《鏡中我》詩未知唱首云何，所和三篇可繼五柳公《形神》之作。此三字某只是小書廚，收書不多，但記得前輩有「鏡中有客白鬢多，鏡外先生識也麼」之句，又記得自有五言云「有時臨鏡問，此老是何人」，此類不可勝記。

〔註186〕

林希逸「與劉克莊一樣，能從唐宋詩歌發展的歷史高度來辯證地看待唐宋詩彼此的優缺點，折衷江湖與江西。不再局限於派、體之爭、之別，他既如江西詩派那樣辨句法、論詩眼，尊杜學黃，也取四靈、學晚唐，遍參諸人」〔註187〕。

此外，二人因情趣相投，又師出同門，唱酬之作甚多，越往後唱和越頻繁。據筆者統計，《後村先生大全集》中有關二人往來唱和的詩詞達上百首之多。如詩有《讀竹溪詩》、《重次林守韻並柬朧軒》、《竹溪惠白鷳三絕》、《次

〔註185〕劉克莊《跋起余草堂詩》，見《後村先生大全集》卷108。
〔註186〕劉克莊《與竹溪林中書書》，見《後村先生大全集》卷133。
〔註187〕石明慶《理學文化與南宋詩學》，北京：中國社會科學出版社，2006年，295頁。

韻竹溪》、《寄題竹溪平遠軒》、《題竹溪近稿》、《竹溪除司封郎中走筆賀》、《老病六言十首呈竹溪》、《讀太白詩一首和竹溪》、《林卿勸開酒禁次韻一首》、《林卿見訪食檳榔而醉明日示詩次韻一首》、《次林卿檳榔韻二首》、《和竹溪懷樗庵二首》、《簡竹溪二首》、《此竹溪別後見懷韻》等等，有時有些唱和之作常至四和、五和，甚至往復多次。詞有《沁園春・寄竹溪》、《沁園春・和林卿韻》（共十首）、《轉調二郎神・餘生日，林農卿贈此詞，終篇押一韻，效顰一首》（共五首）、《水龍吟・林中書生日六月十九日》、《燭影搖紅・用林卿韻》、《最高樓・林中書生日》、《鵲橋仙・林卿生日》等。這多達幾百首的唱和之作，見證了劉克莊和林希逸之間的友誼和真情，所抒發的或豪邁灑脫情懷，或悲憤不平之聲，或隱逸閒適之情。

　　二是論藝。劉克莊和林希逸都通書畫，劉克莊所作的書畫題跋甚多，或記軼事掌故，或評述其源流得失。劉克莊曾為林希逸收藏的書畫碑帖作過題跋，共有十三篇。如《跋林竹溪禊帖》〔註188〕、《跋林竹溪書畫》〔註189〕、《跋竹溪所藏方次雲與夾漈帖》，其中既有針對《蘭亭》石本所作，也有針對唐人王維、戴嵩、韓幹的名畫和宋人米芾的書法所作。二人還經常共同鑒賞書畫藝術作品，詩跋相和，劉克莊作跋，林希逸題詩，表現出共同的興趣愛好和藝術追求。如劉克莊有《跋馬和之覓句圖》、《跋石虎禮佛圖》、《跋明皇聽笛圖》、《跋楊通老移居圖》、《又題楊通老移居圖》、《跋石鼎聯句圖》。而林希逸為這些書畫作品作題畫詩，有《題馬和之覓句圖詩》、《題石虎禮僧圖詩》、《題明皇聽笛圖詩》、《題楊通老移居圖詩》、《題石鼎聯句圖詩》等。如劉克莊《跋馬和之覓句圖》：

　　　　夜闌漏盡，凍鶴先睡，蒼頭奴屈兩髁，煨殘火。此翁方假寐冥搜，前有缺唇瓦瓶，貯梅花一枝，豈非極天下苦硬之人，然後能道極天下秀傑之句耶！使銷金帳中淺斟低唱人見此卷，必發一笑。

〔註190〕

〔註188〕劉克莊《跋林竹溪禊帖》共三篇：《斷石本》、《定武本》、《三段石本》。見《後村先生大全集》卷102。

〔註189〕劉克莊《跋林竹溪書畫》共九篇：《跋伯時臨韓幹馬》、《跋戴嵩牛》、《跋王摩詰渡水羅漢》、《跋江貫道山水》、《跋厲歸真夕陽圖》、《跋韓幹三馬》、《跋信庵墨梅》、《跋李伯時畫十圖圖》、《跋米南宮帖》。見《後村先生大全集》卷102。

〔註190〕劉克莊《跋馬和之覓句圖》，見《後村先生大全集》卷102。

林希逸爲馬和之的《覓句圖》題詩：

> 先生隱几奴煨火，斜插踈枝破瓦尊。
>
> 鶴夢未回更幾轉，吟詩應是月黃昏。〔註191〕

二人詩跋相和、文心一體、相映成趣。

　　三是刊刻。林希逸還爲劉克莊文集的出版和流傳奔走。淳祐八年（1248），林希逸知興化軍，他認爲「後村先生劉公得文名最早，排觚於時亦最甚」，時人「能道其名而誦其詩語」，然而「四方之士隨所得，爭傳錄之，而見者恨未廣也」〔註192〕，「世猶全集不盡見爲恨」，故林希逸「屢以此請」克莊裒集藏稿以刊行，劉克莊開始時「謙避再三，不之許」。爲了說服劉克莊同意付梓，林希逸以莆田先賢林光朝和鄭樵，甚至是劉克莊的先祖二劉等人著作遺失爲例極力說服劉克莊，林希逸說：

> 莆，名郡也，前輩諸聞人文字散落不少。夾漈著書最多，可名者七百種，今之存無一二。艾軒沒五十年，遺文始裒集，僅得二十卷，放失知幾何。他如次雲之詩、西軒之賦，與先正二劉所作，則世無復見者矣。前之守於斯者能無愧乎？僕將逃此媿於後，公獨何所靳於今？此非爲僕賜，爲國人賜也。〔註193〕

劉克莊最後「是不得已而出之」。淳祐九年（1249）仲春既望，林希逸作序，將「盡得公所藏，刊之郡齋」。此即今存之宋刻本劉克莊《前集》五十卷本。此文集前二十卷爲《後村詩》，包括詩十六卷、詩話二卷、詩餘二卷；後三十卷爲《後村居士集》，即文三十卷。這套文集刊印後，一時洛陽紙貴，「於時紙價倍常」〔註194〕。

　　《前集》出版後，劉克莊積二十年時間，將後期所作整理形成《後集》、《續集》、《新集》三部文集，這些「書傳流遍江左矣」。咸淳五年（1269），劉克莊病逝。第二年，克莊季子山甫「取先生四集爲一部而彙聚之，名以《大全》，共二百本」，「將以便士友之傳誦也」〔註195〕，並邀請林希逸爲這套《大全集》作序。林希逸欣然接受，並指出劉克莊文集能既行於世，「先生之無遺憾」〔註196〕。

〔註191〕林希逸《題馬和之覓句圖詩》，見《全宋詩》第 59 冊，37236 頁。
〔註192〕林希逸《後村先生大全集序》，見《全宋文》卷 7732，第 335 冊，346 頁。
〔註193〕林希逸《後村集序》，見《全宋文》卷 7732，第 335 冊，340 頁。
〔註194〕林希逸《後村先生大全集序》，見《全宋文》卷 7732，第 335 冊，346 頁。
〔註195〕林希逸《後村先生大全集序》，見《全宋文》卷 7732，第 335 冊，346 頁。
〔註196〕林希逸《後村先生大全集序》，見《全宋文》卷 7732，第 335 冊，346 頁。

　　總之，劉克莊由於家學淵源的關係，使他早年有條件與鄉賢交遊，通過轉益多師，不主一家，最終得以兼備眾體，增進文學技藝。葉適的獎掖，眞德秀的提攜和教導，王邁、林希逸等人的相互摹習，而使劉克莊逐步成長爲一代文宗。

第二章　劉克莊的散文思想

　　劉克莊既擅長寫古文，也擅長寫四六文，被譽為「言文者宗焉，言四六者宗焉」〔註1〕。其散文在當時以表、制、誥、啓等見稱，有「典麗清新、腴贍簡古」之譽，人以小東坡目之〔註2〕。劉克莊的散文思想，散見其各種序、跋、書信和詩話之中。

　　學界多集中探討劉克莊的詩學理論和詞學理論。如王明見《劉克莊與中國詩學》從十二個方面對劉克莊詩學理論中的詩品與人品、作品的思想傾向與美學追求、風格與體裁、寫作與鍛鍊、繼承與發展、詩史之興廢規律等內容，進行了深入鑽研〔註3〕。王錫九《劉克莊詩學研究》從「唐律」觀、風雅觀、性情說、鍛鍊說等方面提出了自己對劉克莊詩學的理解〔註4〕。景紅錄《劉克莊詩歌研究》從詩歌本體觀念、詩人的主體要求、創作方式方法等方面，揭示劉克莊詩學思想的根本缺陷和不足所在，找出其認識偏差和理解狹隘的思想根源和社會文化背景〔註5〕。何忠盛《劉克莊詩學思想研究》從劉克莊詩學思想的理論基礎、宋代詩學和體派的研究、論詩的本質功用、詩學的創作質素和論詩的理想範式和境界等方面探討了劉克莊的詩學思想〔註6〕。陳先汀《芻議劉克莊詞學思想》探討了劉克莊的詞學本色觀，認為詞以緣情為本，具流麗綿密之致、須協律可歌。同時還主張在本色詞體之中，注

〔註1〕　林希逸《後村先生劉公行狀》，見《後村先生大全集》卷194。
〔註2〕　劉希仁《後村先生大全集序》，見《後村先生大全集》卷首。
〔註3〕　王明見《劉克莊與中國詩學》，成都：巴蜀書社，2004年。
〔註4〕　王錫九《劉克莊詩學研究》，合肥：黃山書社，2007年。
〔註5〕　景紅錄《劉克莊詩歌研究》，上海：上海古籍出版社，2007年。
〔註6〕　何忠盛《劉克莊詩學思想研究》，四川大學博士論文，2007年。

入現實內容〔註7〕。曹豔春《劉克莊詞學思想論略》認爲劉克莊能突破婉約與豪放之爭的藩籬，對詞體的認識較爲全面與包容：他反對詞作雕章琢句，推崇反映現實之作，自覺地把筆觸伸向社會現實，對辛棄疾、陸游發自內心的慷慨激昂之作倍加讚賞；同時，他承認詞有「要渺宜修」之特質，並不排斥婉約綿密之作；主張詞作要協律、可歌，反對「以氣爲色」〔註8〕。這些研究從不同角度闡述了劉克莊詩學理論或詞學理論，取得了一定的成果。然而，學界對劉克莊的散文思想關注甚少。

第一節　博採衆長，推陳出新

古人作文，提倡師法。如韓愈提出「師法古賢」〔註9〕，王禹偁提出「遠師六經，近師吏部」〔註10〕，蘇軾「初好賈誼、陸贄之書，爲文又師法韓愈、歐陽修」〔註11〕。劉克莊也認爲「古者藝必有師，師必有傳人。師之所在，其傳必廣」〔註12〕，又說，「前輩作文必有師法」〔註13〕。

但作文應該「師法」誰？如何「師法」？「師法」的最終目的又爲何呢？劉克莊提出了自己的主張。

一、「兼採諸家，不主一體」

杜甫《戲爲六絕句》（其六）云：「轉益多師是汝師。」劉克莊也認爲作文應轉益多師。這具體表現在：

首先，作文要博採衆家所長。林希逸曾評價劉克莊「文不主一家而兼備衆體，摹寫之筆工妙，援據之論精詳。其錯綜也嚴，其興寄也遠。或春容而多態，或峭拔以爲奇。融貫古今，自入爐韝。有《穀梁》之潔，而寓《離騷》之幽；有相如之麗，而得退之之正」〔註14〕。劉克莊也曾讚揚好友的文章能

〔註7〕陳先汀《芻議劉克莊詞學思想》，《東南學術》，2007年第6期。
〔註8〕曹豔春《劉克莊詞學思想論略》，《長沙大學學報》，2008年第1期。
〔註9〕韓愈《答劉正夫書》云：「或問爲文宜何師？必謹對曰：宜師古聖賢人。」見《昌黎先生集》卷18，《四部備要》本。
〔註10〕王禹偁《答張扶書》，見《小畜集》卷18。
〔註11〕於景祥《唐宋駢文史》，瀋陽：遼寧人民出版社，1991年，172頁。
〔註12〕劉克莊《趙逢原詩序》，見《後村先生大全集》卷97。
〔註13〕劉克莊《跋張天定四六》，見《後村先生大全集》卷106。
〔註14〕林希逸《後村集序》，見《全宋文》卷7732，第335冊，340頁。

夠轉益多師，兼採諸家，如他評價章櫟之作能「貫穿融液，奪胎換骨，不師一家，簡縟穠淡，隨物賦形，不主一體」〔註 15〕；評價黃牧之文能「兼採諸家，不主一體，其進未可量也」〔註 16〕。

劉克莊兼採諸家的目的在於假人之長以補己之短。他說：

> 善學者，若齊王之食雞也，必食其跖數千而後足。跖，雞足踵。
>
> 物莫不有長，莫不有短，善學者假人之長以補其短。〔註 17〕

即善於學習的人，如同齊王喜歡吃雞，一定要吃很多雞跖而後足。萬物本來都有長處，有缺點，人也一樣有長短。所以，所以善於學習的人，要善於借用、吸取別人的長處來彌補自己的短處。

劉克莊還用其師真德秀的創作經驗來說明作文中取長補短的重要性：

> 前輩作文必有師法。昔聞之西山先生曰：「某掌內制六年，每覺文思遲滯即看東坡，汗漫則有曲阜。」〔註 18〕

蘇軾曾以文思泉湧為榮〔註 19〕，孔子《論語》以嚴謹著稱。真德秀認為當創作面臨文思遲滯或渺茫不可知時，可師法蘇軾和孔子的文章。

其次，作文應師法大家。北宋前期，駢儷之風盛行，四六文創作占絕對優勢。北宋中期，歐陽修、王安石、蘇軾雖倡導古文革新運動，但並不反對四六文。如陳振孫曾指出：

> 本朝楊、劉諸名公，猶未變唐體，至歐、蘇始以博學富文為大篇長句，敘事達意，無艱難牽強之態，而王荊公尤深厚爾雅，儷語之工，昔所未有。〔註 20〕

楊困道亦指出，南宋四六文創作深受歐陽修、王安石、蘇軾的影響：

> 皇朝四六，荊公謹守法度，東坡雄深浩博，出於準繩之外，由是分為兩派。近時汪浮溪、周益公諸人類荊公，孫仲益、楊誠齋諸人類東坡。〔註 21〕

〔註 15〕劉克莊《晚覺閒稿序》，見《後村先生大全集》卷 97。

〔註 16〕劉克莊《與淮閫賈知院書》，見《後村先生大全集》卷 133。

〔註 17〕劉克莊《後村詩話‧續集》，見《後村先生大全集》卷 178。

〔註 18〕劉克莊《跋張天定四六》，見《後村先生大全集》卷 106。

〔註 19〕蘇軾《自評文》云：「吾文如萬斛泉湧，不擇地而出，雖一日千里無難。及其與山石曲折、隨物賦形而不可知也。所可知者，常行於所當行，常止於不可不止，如是而已矣。其它雖吾亦不能知也。」見《全宋文》第 89 冊，卷 1933，221 頁。

〔註 20〕陳振孫《直齋書錄解題‧浮溪集》卷 18，上海：上海古籍出版社，1987 年。

〔註 21〕楊困道《雲莊四六餘話》，見《歷代文話》（第一冊），上海：復旦大學出版社，2007 年，119 頁。

劉克莊是南宋中後期的四六名家，其四六文創作主要是師法王安石。南塘先生趙汝談評價劉克莊四六云：「馴雅簡潔，全法半山。」〔註22〕西山先生眞德秀曾對劉克莊說：

> 某四六從龍溪入，兄與履常由半山入，故標致不及二公。〔註23〕

劉克莊在給晚輩傳授作文經驗時，也主張要師法大家。他說：

> 然就四六而論，當用西山之法，參取坡公，則益雄渾變化而不可測矣。〔註24〕

可見，在劉克莊看來，作文就應該效法王安石、蘇軾等大家。

然而，劉克莊一方面主張兼採諸家，另一方面又提倡師法大家。如何取捨呢？劉克莊認爲不論大家小家，只要是文有所長，皆在師法之列。他說：

> 後山樹立甚高，其議論不以一字假借人，然自言其詩師豫章公。或曰：黃、陳齊名，何師之有？余曰：射較一鏃，弈角一著，惟詩亦然。後山地位去豫章不遠，故能師之，若同時秦、晁諸人則不能爲此言矣。此惟深於詩者知之。文師南豐，詩師豫章，二師皆極天下之本色，故後山詩文高妙一世。〔註25〕

黃庭堅與陳師道齊名，但陳師道卻不因名聲的大小，作詩師法黃庭堅，作文師法曾鞏。在別人看來，陳師道的做法會使人迷惑，但劉克莊卻肯定陳師道所爲，因爲「射較一鏃，弈角一著」，勝人處，正不在多，故陳師道「詩文高妙一世」。可見，如果作文僅師法大家而不師小家，亦會失之偏頗的。他還說：

> 然以窮達論人，淺之乎爲丈夫者。黃注夢升一主簿耳，歐陽公銘其墓，反覆嗟惜其意氣尚在，文章未衰。穆修伯長一參軍耳，章聖聞其詩名，而尹師魯兄弟師其古文。〔註26〕

黃注和穆修雖只是主簿和參軍，仕途不暢達，然歐陽修卻反覆嗟惜黃注的「意氣尚在，文章未衰」，尹洙兄弟也師法穆修的古文，可見，不能以窮達作爲選擇作文師法對象的標準。

但是，劉克莊認爲，如果只學小家，顯然是不夠的，學小家只是師法大家的一個過渡，作文最終還是要師法大家：

〔註22〕劉克莊《雜記》，見《後村先生大全集》卷112。
〔註23〕劉克莊《雜記》，見《後村先生大全集》卷112。
〔註24〕劉克莊《跋張天定四六》，見《後村先生大全集》卷106。
〔註25〕劉克莊《江西詩派序‧後山》，見《後村先生大全集》卷95。
〔註26〕劉克莊《丁宋傑墓誌銘》，見《後村先生大全集》卷164。

　　　　君以盛年挾老氣，爲之不已，詩自姚合、賈島達之於李、杜，

　　文自公、穀達之於左、馬，四六自楊、劉達之於歐、王，翡翠鯨魚，

　　並歸摹寫，大鵬尺鷃，咸入把玩，則格力雄而體統全矣。〔註27〕

這裏劉克莊讚揚姚鏞的古文創作能先從《公羊傳》、《穀梁傳》等小家學起，
再轉而學左丘明、司馬遷等大家，其四六創作同樣是先從學楊億、劉筠，再
轉而師法歐陽修、王安石，才能使文章「格力雄而體統全」。

二、「融液衆作而成一家之言」

　　通過轉益多師，廣泛向古今文章家學習，汲取營養，滋潤自己，進而走
上創新之路，超越對方，達到自成一家的目的，這是每一個文人都應該追求
的最高目標。劉克莊說：

　　　　昔之文章家未有不取諸人以爲善。然融液衆作而成一家之言，

　　必有大氣魄；陵暴萬象而無一物不爲吾用，必有大力量。〔註28〕

在劉克莊看來，古今文章家沒有不向前人學習的，而要做到貫穿融液，成就
一家之言，前提條件是作者必須具有大氣魄、大力量，表現出不懼權威、超
越前輩的強烈願望和可貴精神。除此之外，劉克莊認爲還應注意以下幾個問
題：

　　首先，推崇「意似」，主張「仿其意不仿其辭」。韓愈曾說：「師其意，不
師其辭。」〔註29〕說明寫文章應在借鑑別人創作方法的基礎上，自己要有革
新、創造，要有獨創精神。劉克莊也有類似觀點。他說：

　　　　建士鄭君贈余騷辭文卷，音節步趨屈子二十五之作。然《楚辭》

　　惟《騷經》一篇三致意，諄複而不爲多，委蛇曲折而不爲費。君所

　　作可以約而盡者必演而伸之，爲數十百言，豈祖述《騷經》而不參

　　取《九歌》章句耶？余嘗謂作文難，論文尤難，貌似者不若意似。

　　貌似者，《法言》之似《論語》也，《兩京》、《三都》之似《上林》、

　　《子虛》也；意似者，杜詩之似《史記》也，《貞符》之似《王命論》

　　也。〔註30〕

〔註27〕劉克莊《跋姚鏞縣尉文稿》，見《後村先生大全集》卷99。

〔註28〕劉克莊《跋陳秘書集句詩》，見《後村先生大全集》卷109。

〔註29〕韓愈《答劉正夫書》，見《昌黎先生集》卷18，《四部備要》本。

〔註30〕劉克莊《跋鄭大年文卷》，見《後村先生大全集》卷109。

這裏劉克莊用「步趨」、「諄複」、「委蛇曲折」等詞語批評鄭大年的創作只是字句上的模仿；並指出作文和論文之難，難在要做到「貌似」還是「意似」。「貌似」，即形似，是指模仿對象外在形式的相似；「意似」，即神似，是指追求內在神態或神情的相似，它比「貌似」的層次更高、境界更深，因而也就成為文人們努力追求的目標。為了說明貌似與意似的區別，劉克莊引用不少作家的創作為例，如揚雄模仿《論語》作《法言》，張衡、左思模仿司馬相如的《上林賦》、《子虛賦》作《兩京賦》、《三都賦》，這些模仿之作，都只能模仿其形，而不能得其神，故他們的創作多為後人所詬病。而杜甫詩歌與司馬遷的《史記》，毫無形似之處，完全是兩種不同體裁的創作，但兩人共同的憂國憂民的情懷和發憤創作的精神確是相似的，故他們的作品能引起後人的共鳴。所以，「貌似」與「意似」相比，「貌似者不若意似」。因而劉克莊論師法前人，同樣是推崇「意似」。劉克莊還說：

> 公相學為宗師而無一字近傍者，有山人幽子而能道驚人句
> 者。……昔人善擬古者，仿其意不仿其辭。柳子厚有騷十首，或散
> 語，或三字，或四字，不盡拘兮字為長句也。三賦皆用《楚詞》體，
> 按模出墼爾。〔註31〕

他讚揚蒲領衛的創作雖師法宗師，卻不只是模仿，而是能「道驚人句」，能「仿其意不仿其辭」。

其次，反對「蹈襲」，主張「能變」。韓愈作文要求「文必己出，降而不能乃剿襲」〔註32〕。葉適也曾自言：「譬如人家觴客，雖或金銀器照座，然不免出於假借。惟自家羅列者，即僅瓷缶瓦杯，然都是自家物色。」〔註33〕同樣，劉克莊也痛恨作文蹈襲剿竊：

> 不蹈襲古人已陳之芻狗。〔註34〕
>
> 惟意高者不蹈襲，料多者不拘窘。〔註35〕
>
> 經世此書，頗出胸襟，無所蹈襲。〔註36〕

〔註31〕劉克莊《跋蒲領衛詩》，見《後村先生大全集》卷111。
〔註32〕韓愈《南陽樊紹述墓誌銘》，見《昌黎先生集》卷34，《四部備要》本。
〔註33〕《四庫全書總目提要·水心集》集部130，別集類13。
〔註34〕劉克莊《與淮閫賈知院書》，見《後村先生大全集》卷133。
〔註35〕劉克莊《跋魏司理定清梅百詠》，見《後村先生大全集》卷109。
〔註36〕劉克莊《看詳歐陽經世進中興兵要申省狀》，見《後村先生大全集》卷81。

文惡蹈襲，其妙在於能變，惟淵源者得之。……變態無窮，不主一體。〔註37〕

劉克莊認爲師法前人，不是死守，而是要能在學習中尋求變化，「妙在於能變」。他說：

世皆以列於《楚辭》者爲騷，殊不知荀卿之相，賈馬之賦，韓之《琴操》，柳之《招海賈》、《哀溺》、《乞巧》諸篇，皆騷也。同一脈絡，同一關鍵，而融液點化，千變萬態，無一字相犯，至此而後可以言筆力。〔註38〕

劉克莊認爲，諸家之所以能得《楚辭》的神韻，關鍵就在於各家能「融液點化，千變萬態，無一字相犯」。他認爲作文在追求變化的同時，還要能出新意：

四六必有新意，……新意謂不經人道者。〔註39〕

新奇而不陳腐。〔註40〕

余謂四六家駕清談者輕虛，堆故事者重濁，諛辭傷直道，全句累正氣，寧新毋陳，寧雅毋俗，寧壯浪毋卑弱。〔註41〕

柳宗元《封建論》甚辨，先儒嘗掊擊之矣，（阮）秀實於先儒掊擊之外，更出新意以矯其偏。文勢甚奇，記序雜文頗簡潔麗密，蓋苦心積勤而作者。〔註42〕

劉克莊認爲所謂「新意」，即「不經人道者」，就是要發前人所未發，寫常人未寫或少寫的題材事物，或者能從新角度、新層面發現別人未涉及之處。四六家在選擇故事時，還要善於融會貫通，要「寧新毋陳」。他還特別讚揚阮秀實能「更出新意」，以此來矯正柳宗元《封建論》的片面。

另外，劉克莊還反對重複雷同：

此題安晚倡之，竹溪和之，後余聯作，已覺隨人腳跟走矣。既而胡卿叔獻及倉部弟各出奇相誇，里中士友如林公談、方至、黃牧競求工未已，然止有許多事用了又用，止有許多意說了又說，譬如廣場卷子，雖略改頭換面，大體雷同，文章家之大病也。……若疾

〔註37〕劉克莊《王南卿集序》，見《後村先生大全集》卷94。
〔註38〕劉克莊《跋艸甫倅四友除授制》，見《後村先生大全集》卷108。
〔註39〕劉克莊《跋黃孝邁四六》，見《後村先生大全集》卷108。
〔註40〕劉克莊《跋黃牧四六》，見《後村先生大全集》卷107。
〔註41〕劉克莊《跋湯野孫長短句又四六》，見《後村先生大全集》卷111。
〔註42〕劉克莊《看詳阮秀實進所撰文槁申省狀》，見《後村先生大全集》卷81。

走不如夸父，冶容不如西子，未免於學步焉，效顰焉，警策處僅勝
眾作，慢衍處反爲眾作所勝，其如勿爲。〔註43〕

「此題」是指擬作「文房四友」除授，即以管城子毛穎（筆）、石鄉侯石虛中
（硯）、陳玄（墨）、楮知白（紙）等爲名所創作的制、誥、表、啓、彈文、
駁奏等。此題最早是由鄭清之倡導，後林希逸、劉克莊、胡厚謙參與擬作，
並輯集出版，即爲《文房四友除授集》。此後，一時擬作者甚眾，如有胡叔獻、
劉希仁（倉部弟）、林公揆、方至、黃牧、張端義，以及劉克莊的侄兒劉狪甫
等。劉克莊對此現象表現出批評與自我批評的精神，認爲自己的「聯作」，已
經是跟在別人腳後跟了；同時在後輩的擬作中也出現了「許多事用了又用」，
「許多意說了又說」的重複雷同之作，「雖略改頭換面，大體雷同」，劉克莊
認爲這是文章家一大病矣。劉克莊並指出，如果疾走不能超越夸父，冶容不
能勝過西施，而學步於夸父和西施，那就是「效顰」，這種重複模仿，最好是
「其如勿爲」，表現出強烈地反對態度。

　　縱觀劉克莊散文師法觀，我們還是能看到江西詩派理論對其的影響，如
主張兼採諸家，即所謂「遍參」；主張變化出新，即所謂「活法」。

第二節　鍛鍊精粹，自然暢達

　　作文需要鍊字和煉意。劉勰說：「夫人之立言，因字而生句，積句而成章，
積章而成篇。篇之彪炳，章無疵也；章之明靡，句無玷也；句之清英，字不
妄也。振本而末從，知一而萬畢矣。」〔註44〕歐陽修作《醉翁亭記》，「初說
滁州四面有山，凡數十字。末後改定，只曰『環滁皆山也』五字而已」〔註45〕，
歷來爲文學家所稱道。可見，字句需要反覆推敲，力求精鍊，整篇文章才會
有光采。

　　劉克莊論詩，重視鍛鍊；其論文，同樣重視鍛鍊。他說：「從古文章要琢
磨。」〔註46〕又說：「古文鍛鍊精粹，一字不可增損。」〔註47〕他認爲自己的

〔註43〕劉克莊《跋狪甫侄四友除授制》，見《後村先生大全集》卷108。
〔註44〕周振甫《文心雕龍選譯‧章句》，北京：中華書局，1980年，194頁。
〔註45〕黎靖德《朱子語類》第8冊，卷139，北京：中華書局，1986年，3308頁。《醉
　　　　翁亭記》原文開頭是：「滁州四面皆山，東有烏龍山，西有大豐山，南有花山，
　　　　北有白米山，其西南諸峰，林壑尤美。……」
〔註46〕劉克莊《竹溪間道至水南不入城而返小詩問訊》，見《後村先生大全集》卷39。
〔註47〕劉克莊《退庵集序》，見《後村先生大全集》卷94。

文章「片文隻字狂簡之作，皆積日累月鍛鍊而成」〔註48〕；他也贊同「夫非窮而工，未老而就，不思索而高深，不鍛鍊而精粹者，天成也」〔註49〕。對此，他肯定左思精心錘鍊「十年成一賦」，稱讚呂不韋「懸千金募人增損一字」〔註50〕。劉克莊作文「鍛鍊而精粹」的思想主要體現兩方面：

一、辭意的鍛鍊

首先，鍛鍊的前提需要「大氣魄」、「大力量」。劉克莊在給好友趙葵的信中曾談及「鍛鍊」的問題，他說：

> 然平生……頗略知古今作者旨趣。大率有意於求工者率不能工，惟不求工而自工者爲不可及。求工不能工者滔滔皆是，不求工而自工者，非有大氣魄、大力量不能。〔註51〕

劉克莊認爲「鍛鍊」的目的就是爲了求「工」，即精工。然而現實創作中，卻有許多人刻意「求工」，卻不能眞正的做到精工，這也就是「求工不能工者滔滔皆是」；反過來說，是不是就不需要鍛鍊以「求工」呢？答案當然是否定的。在劉克莊看來，在創作中「不求工而自工者」是「不可及」的事情，創作中不僅需要在文字技巧上下工夫，更重要的是作家必須要具備「大氣魄」、「大力量」，具體來說，就是必須要有淳厚的修養、高潔的品性、廣博的學識、開闊的胸襟、高遠的志趣等。在這裏，劉克莊的意思是說，只有具備了這些「大氣魄」、「大力量」，能「不求工而自工」，更重要的是「求工」也「能工」。可見，散文創作中的鍛鍊以求工，是要以作家的性情、修養爲前提的。這個觀點頗有見地，是劉克莊散文創作理論的創新。

其次，鍛鍊要達到精工、高簡，「一字不可增損」的效果。劉克莊認爲，創作的精工是靠鍛鍊而得。他說：「學以積勤而成，文以精思而工。」〔註52〕何謂精工，也就是做到「一字不可增損」。他在評論姚鏞四六文時說：

> 四六尤高簡，縮廣就狹，刊陳出新，變俗趨雅，斷華返質，一字不可增損，半句之工、片辭之善，賢於它人千篇百首，天下之名作也。然才力有定稟，文字無止法。〔註53〕

〔註48〕劉克莊《辭免兼權中舍狀》，見《後村先生大全集》卷76。
〔註49〕劉克莊《跋趙孟安詩》，見《後村先生大全集》卷106。
〔註50〕劉克莊《竹溪集序》，見《後村先生大全集》卷96。
〔註51〕劉克莊《回信庵書》，見《後村先生大全集》卷132。
〔註52〕劉克莊《竹溪集序》，見《後村先生大全集》卷96。
〔註53〕劉克莊《跋姚鏞縣尉文稿》，見《後村先生大全集》卷99。

劉克莊肯定姚鏞的四六文能通過「縮廣就狹，刊陳出新，變俗趨雅，斷華返質」等鍛鍊之法，達到「一字不可增損」的效果。

劉克莊曾用形象的比喻來說明精工的妙處。他說：

> 鍊字如鑄金，一分銖未化，非良冶也；成章如織索，一經緯不密，非巧婦也。〔註54〕

所以劉克莊主張文章要求做到詞完意整，全篇錘鍊皆善。他又說：

> 余閱他人之作，或一聯警策而全篇陳腐，或初意高深而卒章卑淺。惟太淵詩文設的於心，發無虛弦，具稿於腹，成不加點。讀之盡卷，不見其辭窮義墮處，然猶未盡見其儷語也。別後得其《謝薦舉啟》壹卷，又超詣於散語。〔註55〕

這裏肯定林泳的文章能夠做到字字精鍊，「發無虛弦」，把文章錘鍊的全篇皆善。

然而，鍊字要達到字字精鍊，全篇皆善的程度，難度也極大。因而劉克莊也認可每篇中只有一二字鍛鍊精工的作品。他說：

> 然予觀古人名世之作，或以一字而傳，梁鴻之「噫」是也；或以二字、三字而傳，元道州之「欸乃」，魯山之「於蔿於」是也。
> 〔註56〕

除精工外，劉克莊還要求古文鍛鍊要做到高簡，即要求「辭約而意明，或一章累數十百言，止費二三字體貼出來」〔註57〕。他說：

> 務為高簡，恐貽買菜之嘲；盡黜鉛華，似匪粲花之體。〔註58〕

> 集中四賦二論，高簡流麗，欲逼唐子西、王逢原。〔註59〕

> 為文初不抒思，俄頃成章，皆麗密峻潔，無一字陳腐。五七言精深，四六高簡，散語尤古雅。〔註60〕

劉克莊四六文創作不喜歡繁冗重複，主張簡練明潔，即用較短小的篇幅表現豐富而深刻的內涵。如何做到「高簡」呢？劉克莊贊同鄉賢林光朝的做

〔註54〕劉克莊《宋希仁四六序》，見《後村先生大全集》卷97。

〔註55〕劉克莊《林太淵文稿序》，見《後村先生大全集》卷98。

〔註56〕劉克莊《跋葉介文卷》，見《後村先生大全集》卷101。

〔註57〕劉克莊《跋樂平吳桑書說》，見《後村先生大全集》卷101。

〔註58〕劉克莊《答湯伯紀論四六啟》，見《後村先生大全集》卷126。

〔註59〕劉克莊《勿失集序》，見《後村先生大全集》98。

〔註60〕劉克莊《杜尚書神道碑》，見《後村先生大全集》卷141。

法，「好深湛之思，加鍛鍊之功」，「然以約敵繁、密勝疏、精掃粗」〔註61〕。只有這樣，文章鍊字造語才能「妥帖而不突兀，新奇而不陳腐」〔註62〕。

第三，鍛鍊還要做到精工與自然的統一。劉克莊重視鍛鍊，一方面反對「今人不肯事推敲」〔註63〕，認為不講鍛鍊會造成「波瀾富而句律疏」〔註64〕；另一方面也反對過度鍛鍊，認為鍛鍊過當，就是雕琢，會造成文章「傷正氣」、「損自然」。他說：

> 自先朝設詞科而文字日趨於工，譬錦工之機錦，玉人之攻玉，
> 極天下之組麗瑰美，國家大典冊必屬筆於其人焉。然雜博傷正氣，
> 絺繪損自然，其病乃在於太工。〔註65〕

如何判斷是否鍛鍊過度呢？在劉克莊看來，有幾個標準：

一是要「辭達」，這是寫文章的最高標準。即要求文章言辭通達明白，能恰當的表達作者的思想內容。劉克莊曾批評晚覺的創作，「雖窮搜索雕鐫之功，而不能掩其寒儉刻削之態。……夫子曰：『辭達而已矣。』翁其辭達者與」〔註66〕。劉克莊認為晚覺的文章過於「搜索雕鐫」，顯得「寒儉刻削」，影響「辭達」。他說：

> 夫子曰：「辭達而已矣。」余觀今昔之宗工巨儒，其所論述大薦
> 之郊廟，小刻之金石，皆辭達而聲和者也。竊意達者如長江洪河，
> 千曲萬折，必會於海與？和者如鈞天虞廷，萬舞九奏，必叶於律與？
> 〔註67〕

劉克莊認為「辭達」，即用最恰當、最精鍊、最自然的文辭，準確完整地傳遞和表達作者的思想和情感，而不是用「千曲萬折」之詞或「萬舞九奏」之詞，故意把文章寫得晦澀難懂或辭藻華麗，忽視內容而只重形式，追求所謂的花樣翻新和譁眾取寵。他認為這樣的文章一定不會「會於海」，也不會「叶於律」。真正的「辭達」，感情要真摯，措詞要巧妙，即孔子所說的「情慾信，辭欲巧」〔註68〕。

〔註61〕劉克莊《竹溪詩序》，見《後村先生大全集》卷94。
〔註62〕劉克莊《跋黃牧四六》，見《後村先生大全集》卷107。
〔註63〕劉克莊《題黃景文詩》，見《後村先生大全集》卷37。
〔註64〕劉克莊《後村詩話·前集》，見《後村先生大全集》卷174。
〔註65〕劉克莊《退庵集序》，見《後村先生大全集》卷94。
〔註66〕劉克莊《晚覺聞稿序》，見《後村先生大全集》卷97。
〔註67〕劉克莊《跋方汝一文卷》，見《後村先生大全集》卷106。
〔註68〕林治金《中國古代文章學辭典》，濟南：山東教育出版社，1991年，79頁。

二是要「自然」，即一種絲毫不露斧鑿之痕的自然。劉克莊對「自然」的定位，體現在對作家作品的品評上，他讚揚歐良的古文和賦「言質而綺，簡而不煩，如高人韻士，深衣幅巾，見者屈膝，不待有衮及繡，自然貴重」〔註69〕。在劉克莊看來，「自然」有兩種表現：一種是純天然的，即「不鍛鍊而精粹者，天成也」〔註70〕，這不是一般人筆力所能達到的；另一種經鍛鍊而顯露自然的，這是劉克莊大力提倡的。如劉克莊評價林泳所作「翦截冗長，劖去繁蕪，如以鳳膠續斷、獺髓滅瘢。人見其粹美無瑕，意脈相貫，孰知良工之心苦焉」〔註71〕；評價黃牧的四六文「其追琢如玉斧之修月，其融化如獺髓之滅瘢」〔註72〕；評價方信孺創作能「貫穿群書，為文未嘗起草，初若不入思，細視皆平夷妥帖，無斧鑿痕」〔註73〕。劉克莊認為經過鍛鍊而成的美，也是一種自然美，它不僅不會損傷自然，反而會達到更高層次的自然。

三是要「流暢」，即要求文章語言音節諧暢，如從作者肺腑中流出，而不見人工雕琢之氣，即「流出肺腑，不以鍛鍊斳琱累氣骨」〔註74〕。劉克莊曾說：「古之善鳴者必養其聲之所自出，靜者之辭雅，躁者之辭浮，想者之辭暢，蔽者之辭礙，達者之辭和，狷者之辭激。蓋輕快則鄰於浮，僻晦則傷於礙，刻意則流於激。」〔註75〕他讚揚好友林希逸的文章，「鍛鍊攻苦而音節諧暢，逞幅寬餘而經緯麗密」〔註76〕，肯定林德遇「群書皆出入貫穿，諸文皆暢達流麗」〔註77〕。

二、用事的錘鍊

文章除鍛鍊辭意外，還應該關注用事的錘鍊，特別是四六文的創作更應如此。

宋代四六文興盛，「本朝制、誥、表、啟用四六，自熙豐至今，此文愈甚」

〔註69〕劉克莊《跋歐良司戶文卷》，見《後村先生大全集》卷109。
〔註70〕劉克莊《跋趙孟侒詩》，見《後村先生大全集》卷106。
〔註71〕劉克莊《林太淵文稿序》，見《後村先生大全集》卷98。
〔註72〕劉克莊《跋黃牧四六》，見《後村先生大全集》卷107。
〔註73〕劉克莊《寶謨寺丞詩境方公行狀》，見《後村先生大全集》卷166。
〔註74〕劉克莊《跋周夢云詩文》，見《後村先生大全集》卷106。
〔註75〕劉克莊《跋林合詩卷》，見《後村先生大全集》卷106。
〔註76〕劉克莊《竹溪集序》，見《後村先生大全集》96。
〔註77〕劉克莊《林德遇墓誌銘》，見《後村先生大全集》卷162。

〔註78〕。而四六文有一特點，即「四六家必用全句，必使故事」〔註79〕，「經
義詞賦之士悉尊寵用事」〔註80〕。劉克莊作為南宋晚期的四六名家，其四六
創作在用事方面也頗有心得。具體如下：

第一，用事要以意為主，不為事束縛。劉克莊認為：

> 若欲做向上工夫，則書其材料也，意其工宰也。必多讀然後能
> □□，必精思然後能妙巧。〔註81〕

又說：

> 謂能用事而不為事束縛，能用古人語如自語者，筆力也；能使
> 一篇意脈貫屬而不渙散者，意也。意高則筆力從之矣。〔註82〕

也就是說，只有多讀書，多精思，才能把所讀之書融化於四六文的創作中，
而能使文章意脈貫通而不露堆砌的痕跡，不為事束縛。

劉克莊曾用形象的比喻來說明四六文的創作：

> 作四六如掄眾材而造宮，棟樑榱桷用違其材，拙匠也；如和五
> 味而適口，醎酸甘苦各執其味，族庖也。……用故事如漢王奪張耳
> 軍，如淮陰驅市人而戰，否則金不止，鼓不前，反為故事所使矣；
> 偶全句如龍泉之合太阿，叔寶之婿彥輔，否則目一眇，支偏枯，反
> 為全句所累矣。〔註83〕

他認為作四六文創作不能像拙匠造宮殿「用違其材」，而應該像族庖烹飪能「各
執其味」。用事要講究以意為主，供我驅遣，就像「漢王奪張耳軍」，「淮陰驅
市人而戰」，才能得心應手，為己所用，獲得成功。同樣，用事中的對偶也要
工整、貼切，就像「龍泉」對「太阿」，「叔寶」對「彥輔」，兩事相稱，不可
偏枯。如果作品中只是堆砌材料，不能將故事融化於作品中，這樣的作品「反
為故事所使」，從而成為四六文創作中的弊病；如果作品中的事對不能相稱的
話，用事「反為全句所累」，這也是四六文創作中存在的弊病。

劉克莊曾批評孫覿和李劉的四六文創作，指出他們在用事方面，「鴻慶欠
融化，梅亭稍堆垛，要是文字之病」〔註84〕；同時肯定林泳四六文創作中，

〔註78〕丁福保《歷代詩話續編・誠齋詩話》，北京：中華書局，1983年，1511頁。
〔註79〕劉克莊《林太淵文稿序》，見《後村先生大全集》卷98。
〔註80〕劉克莊《送謝昉序》，見《後村先生大全集》卷96。
〔註81〕劉克莊《答趙檢察書》，見《後村先生大全集》卷134。
〔註82〕劉克莊《跋黃牧四六》，見《後村先生大全集》卷107。
〔註83〕劉克莊《宋希仁四六序》，見《後村先生大全集》卷97。
〔註84〕劉克莊《林太淵文稿序》，見《後村先生大全集》卷98。

用事能「竆截冗長，剗去繁蕪，如以鳳膠續斷、獺髓滅瘢。人見其粹美無瑕，意脈相貫，孰知良工之心苦焉」〔註85〕。因此，在劉克莊看來，一個眞正的四六文創作高手，就應該不爲事束縛，這樣才能達到「全句尤能累文字氣骨」〔註86〕的效果。

第二，用事要比例適中，要避輕虛或重濁。劉克莊在評析湯野孫四六文時說：

> 然四六千變萬態，有用故事而工者，《辭拜相》云：「宜選於眾，舉格於皇天之材；使暨乃僚，纂迪我高后之事。」《收復燕山加恩時宰》云：「昆夷惟其喙矣，周公方且膺之。」是也。有不用故事而工者，《宰相求去》云：「責任非輕，此豈久居之地；從容求去，幸當未厭之時。」《舊相謝降秩》云：「國皆曰殺，雖無可恕之情；毫不加刑，姑用惟輕之典。」是也。有用全句而工者，《謝越州減放降秩》云：「敢效秦人，坐視越人之瘠？欲安劉氏，理知晁氏之危。」是也。有不用全句而工者，《謝不候回降發廩賑濟》略云：「惟比年之通患，視荒政爲具文。昔嘗竊歎於閭閻，今忍自欺於天日？」末聯云：「使殺身有益，尚堅一節以報君；況爲善無傷，敢替初心之及物？」是也。余謂四六家駕清談者輕虛，堆故事者重濁，諛辭傷直道，全句累正氣，寧新毋陳，寧雅毋俗，寧壯浪毋卑弱。君勿忘老夫此語，後有新作毋惜商榷。〔註87〕

他承認四六文創作可以千變萬化，既有用故事而工者，也有不用故事而工者；既有用全句而工者，也有不用全句而工者。但不管如何，劉克莊要求用事在四六中的比例要適當，認爲四六文中如果沒有用事的話，就會顯得「輕虛」，但如果過於堆砌用事，又會顯得「重濁」。他還說：

> 四六家以書爲料。料少而徒恃才思，未免輕踈；料多而不善融化，流爲重濁。二者胥失之。〔註88〕

所以四六文創作中既不能沒有用事，也不能堆砌用事，要避免出現輕虛或重濁的情況，一定要做到「寧新毋陳，寧雅毋俗，寧壯浪毋卑弱」。

〔註85〕劉克莊《林太淵文稿序》，見《後村先生大全集》卷98。
〔註86〕劉克莊《跋方汝玉行卷》，見《後村先生大全集》卷106。
〔註87〕劉克莊《跋湯野孫長短句又四六》，見《後村先生大全集》卷111。
〔註88〕劉克莊《跋方汝玉行卷》，見《後村先生大全集》卷106。

以上從辭意和用事兩方面分別論述了劉克莊關於散文創作中鍛鍊精粹的基本思想。總的來說，劉克莊提出了一些合理的、有價值的眞知灼見，這對於糾正現實創作中存在的一些弊病具有重要的指導意義。

第三節　以文爲戲，意新語工

裴度曾批評韓愈《毛穎傳》的創作「不以文立制，而以文爲戲」〔註89〕，認爲文學應該爲光大儒家規範而發揮力量，而不是成爲遊戲文字。自此，「以文爲戲」作爲一種文學創作心態和方式，開始爲世人所關注。

在唐代，除柳宗元唯一表示支持外，唐人對「以文爲戲」多持否定態度。如張籍曾寫信批評韓愈：「多尚駁雜無實之說，使人陳之於前以爲歡。」〔註90〕王定保也批評說：「韓文公著《毛穎傳》，好博塞之戲。」〔註91〕到宋代，文人中盛行閒逸享樂之風，他們在閒暇之餘，群居唱酬，吟詩作賦。在這種詩酒娛樂、歌舞昇平的社會氛圍下，一股「以文爲戲」之風重新開始悄然興起，如宋代文學中的各種徘諧體以及「戲作」、「戲題」等大量出現；同時宋代各種文字遊戲大量湧現，如出現各種集句、聯句、隱括、迴文、效體仿作等作品。特別是在南宋理宗時期（1225～1264），「以文爲戲」之風在文人群體中得以全面流行。鄭清之是這一風潮的倡導者，「安晚鄭丞相兩宰天下，名位之重，機務之繁，雖操化權而未嘗一日釋筆硯，嘗爲文房四友除授制詔」。〔註92〕即以管城子毛穎（筆）、石鄉侯石虛中（硯）、陳玄（墨）、楮知白（紙）等「文房四友」爲名，擬作出各種制、誥、表、啓、彈文、駁奏等詔文，這些創作都是採用「以文爲戲」的手法。此題經過鄭清之倡導，後林希逸繼之，劉克莊也效顰戲擬數篇。在這些文壇大家的倡引下，一些在文學史上名不見經傳的中小作家，「既而胡卿叔獻及倉部弟各出奇相誇，里中士友如林公掞、方至、黃牧競求工未已」〔註93〕，也對「以文爲戲」的創作表現出濃鬱的興趣。他們把「以文爲戲」的創作手法，引入到制詔的創作中，創作出大量的

〔註89〕 裴度《寄李翱書》，見《全唐文》卷538，上海：上海古籍出版社，1990年，2419頁。

〔註90〕 張籍《上韓昌黎書》，見《全唐文》卷684，上海：上海古籍出版社，1990年，3105頁。

〔註91〕 吳文治《韓愈資料彙編》，北京：中華書局，1983年，62頁。

〔註92〕 劉克莊《方名父松竹梅三友除授四六後語》，見《後村先生大全集》卷111。

〔註93〕 劉克莊《跋䎙甫侄四友除授制》，見《後村先生大全集》卷108。

擬人制詔的作品，他們互相倡和，甚至結集出版，主要有林希逸、胡謙厚編著的《文房四友除授集》、方至的《文房四友除授四六》、吳必大《歲寒三友除授集》、方名父的《松竹梅三友除授四六》、劉狎甫的《四友除授制》、張端義《四友貶制》等。

在這種環境的薰染下，劉克莊也積極參與其中，創作了不少的「以文爲戲」的作品。主要包括兩類：一類是以公文體爲主的「擬人制詔」，如《代中書令管城子毛穎進封管城侯加食邑實封制》、《代毛穎謝表》、《代石鄉侯石虛中除翰林學士誥》、《代石虛中謝表》、《代陳玄除子墨客卿誥》、《代陳玄謝啓》、《賜褚知白詔》、《代褚知白謝表》等，此八篇是劉克莊擬鄭清之、林希逸的詔誥表啓後所作，後被收集到胡謙厚編著的《文房四友除授集》一書；一類是以賦體爲主的嘲戲諧謔之作，此類作品屬「文章自娛戲」，如《譴蠹魚賦》、《吐綬雞賦》、《劾鼠賦》、《詰貓賦》、《蠹賦》、《白髮後賦》、《文止戈爲武賦四韻》等。除創作出「以文爲戲」的作品外，劉克莊還提出「以文爲戲」的創作理論。具體表現在以下幾方面：

一、翻空出奇，幻假成眞

劉克莊認爲，「以文爲戲」創作要能吸引人，必須要出奇，以「假」作眞。他在給吳必大的作品集《山林素封集》作跋時說：

> 昔陶穀尚書伐其翰墨之功，希望大用。善乎藝祖聖訓曰：「吾聞翰林草制依本畫葫蘆耳。」吳君此集十有七篇，皆翻空出奇，幻假成眞，無本之葫蘆也。雖然，有《毛穎》、《革華傳》在前，謂之依本亦可，但文字巧拙，世有公評。君於四六精妙之至矣，余獨惜君才思鬱積無所泄，而姑見於遊戲如此。他日秉筆以鳴國家之盛，當充其所謂精妙者，爲溫潤典雅，爲和平沖澹，新集行則此編爲少作矣。〔註94〕

吳必大擅長寫「以文爲戲」的作品，其作品散見於鄭持正編的《文章善戲》一書中，共有《歲寒三友除授集》十一篇，《無腸公子除授集》三篇〔註95〕。此外，據劉克莊跋文介紹，吳必大尚有《山林素封集》，收文十七篇。這三部集子，都是吳必大用「以文爲戲」的手法創作而成的。劉克莊認爲，翰

〔註94〕劉克莊《跋吳必大檢察山林素封集》，見《後村先生大全集》卷109。
〔註95〕張伯偉《域外漢籍研究集刊》（第4輯），北京：中華書局，2008年，291頁。

林草制本可依葫蘆畫瓢，即使是「以文爲戲」的作品，也可模仿韓愈的《毛穎傳》和《革華傳》，而吳必大卻沒有模仿，而是能「翻空出奇，幻假成眞」，從而創作出「精妙」的四六作品。可見「以文爲戲」的創作，首要條件就是要「翻空出奇」，如果不奇，就不能「幻假成眞」，也就不會有「戲」的魅力。

劉克莊以賦體爲主的嘲戲諧謔之作，可謂篇篇出奇，如《吐綬雞賦》以吐綬雞、家禽爲比，以明君子小人之善惡；《蠹賦》將蠹蟲壞書之事與貪官污吏敗壞國家社稷聯繫起來；《劾鼠賦》喝罵齧書之鼠，《詰貓賦》痛斥瀆職之貓等等，眞可謂譏笑怒罵皆成文章，平淡之中出奇偉。

二、意新語綺，變態無窮

劉克莊認爲，「以文爲戲」必須要創新，不能重複雷同。即使效顰，也要「意益新，語益工」，即要追求內容的新穎獨特，辭藻的華麗精工。他在給方名父《松竹梅三友除授四六》作跋時說：

> 公見之擊節，後效顰而作者益眾，意益新，語益工。又有於四友之外別以歲寒三友命題者。余謂唐虞命官，或一字，或數語而已。叔季王言太繁，而封拜大臣告廷之辭尤繁，往往溢美，且純用儷語，欠古意。等而上之，又有一種難題。……方君名父示余《松竹梅三友除授四六》一卷，年少而筆老，意高而語綺。〔註96〕

劉克莊曾批評自己的「以文爲戲」的創作，「已覺隨人腳跟走矣」，同時又批評里中士友林公扻、方至、黃牧等人的創作「有許多事用了又用，止有許多意說了又說」，「雖略改頭換面，大體雷同，文章家之大病也」〔註97〕。可見，「以文爲戲」創作中的「事」和「意」是不能雷同的，不能跟在別人的腳後跟，而是要能創新。同時，劉克莊也反對創作中只重視辭藻的華麗，而忽視了內容。他肯定「唐虞命官，或一字，或數語而已」，辭藻精工而意思精準；也批評「叔季王言太繁，而封拜大臣告廷之辭尤繁，往往溢美，且純用儷語，欠古意」；讚揚方名父《竹梅三友除授四六》能做到「意高而語綺」。此外，劉克莊還讚揚劉翀甫的《四友除授制》能「融液點化，千變萬態，無一字相

〔註96〕劉克莊《方名父松竹梅三友除授四六後語》，見《後村先生大全集》卷111。
〔註97〕劉克莊《跋翀甫倅四友除授制》，見《後村先生大全集》卷108。

犯」〔註98〕，也讚揚湯野孫的《松竹梅三友除授制》「雖戲用前人《驢加九錫》類例，然意新而語綺」〔註99〕。

　　劉克莊的「以文為戲」創作，善於擺脫窠臼，獨樹一幟。如鄭清之的《楮知白詔》先從《史記》開始，引出「楮先生（即紙）」，「詔曰：朕讀司馬遷《史記》，知楮先生名舊矣」；然後再突出紙「素」、「潔」、「博」、「薄」等特點，「卿養素林下，潔己不污，操行砥平，襟量寬博，躬自厚而薄責於人」；最後寫紙的功用，「凡古今治忽，人物賢不肖，納納容受，豈若輕縑，有窘邊幅。且學貫九流，事窮千栽，六經百氏，靡不該洽，可謂博學多識之士矣」。〔註100〕而劉克莊在寫同樣題材時，卻能另闢蹊徑，寫出新意。如《賜楮知白詔》（卷127）首先從漢儒說起，「漢儒推重賈、仲舒至矣，然於誼曰賈生，於仲舒曰董生，友之而已；獨於楮先生者師稱之，其為世所崇高如此」，把「楮先生（即紙）」抬高到賈誼、董仲舒之上，以師稱之，給人以新鮮感；然後再寫紙的功用和材質，「朕既召穎、泓、玄置左右，三人者皆言汝功用敏於竹帛，材質潔於玉雪，博記古今之書，善摹國家之事，鋪張設飾，非汝不可」；此處雖與鄭清之相似，但劉克莊卻筆鋒一轉，抓住紙的另一特點「卷」展開敘述，「矧方幅之士，沓至於朝，以煥三代之文，而舒六藝之風，雖欲卷而懷之，得乎」，由此引出對「楮先生」的賞賜。全篇可謂新意迭出。

三、以書為料，累文字氣骨

　　劉克莊認為，「以文為戲」創作要富有想像力，要「以書為料」〔註101〕，善於融化，才能積纍文氣。即「以文為戲」的作品通過融彙典故，發揮想像力，才能使文章具有文采，從而喚起讀者的興趣，給讀者「戲」的愉悅。他曾指出張端義的《四友貶制》的缺點是「材料少，邊幅窘，非善辭令者」〔註102〕，而特別推崇李劉的戲作，他說：

　　　　四六家以書為料。料少而徒恃才思，未免輕踈；料多而不善融
　　　化，流為重濁。二者胥失之。時功父新擢第，欲應詞科，西山指榻
　　　上竹夫人戲曰：「試為竹夫人進封制，可乎？」功父須臾成章，末聯

〔註98〕劉克莊《跋翀甫侄四友除授制》，見《後村先生大全集》卷108。
〔註99〕劉克莊《跋湯野孫長短句又四六》，見《後村先生大全集》卷111。
〔註100〕鄭清之《楮知白詔》，見《全宋文》卷7036，第308冊242頁。
〔註101〕劉克莊《跋方汝玉行卷》，見《後村先生大全集》卷106。
〔註102〕劉克莊《跋翀甫侄四友除授制》，見《後村先生大全集》卷108。

云：「保抱攜持，朕不安丙夜之枕；展轉反側，爾尚形四方之風。」
西山稱賞。今人但誦其全句對屬以爲警策，功父佳處世所未知也。
全句尤能累文字氣骨，高手罕用，然不可無也。噫，果留意茲事，
豈惟師梅亭哉！〔註103〕

李劉是南宋後期四六名家，是宋代最用力於四六的文人，他的四六作品多達上千篇，名作也多。眞德秀曾以「竹夫人」爲題讓其戲作，李劉揮筆而就，「須臾成章」。特別是李劉在此作中對屬警策，被眾人認爲是「佳處」。而劉克莊卻指出李劉最大的優點是善於將「高手罕用」的經史全句融化其中，並運用自如，從而使作品累積有「文字氣骨」，既避免了作品因爲材料少而導致「輕疏」，又不使作品因爲材料多，不善融化而導致「重濁」。因而，李劉的戲作爲眞德秀「稱賞」並受到劉克莊的推崇。

劉克莊「以文爲戲」之作也善於運用典故，喜歡「以書爲料」。如在《詰貓賦》中，「謂子蒼輩之聞風兮退避而逡巡。猶鱷憚愈而徙海兮，盜懼會而奔秦」一句，連用韓愈作《告鱷魚文》和士會治理晉國兩個典故，形象而逼眞地渲染了貓的威風，對貓滅鼠寄予厚望；「信羊質之難矯兮，況驢技之已陳」一句，連用楊雄的羊質虎皮和柳宗元的黔驢技窮兩個典故，寫出了貓徒有其表，見鼠而懼，表現出對貓的大失所望。這裏運用四個典故，採用先揚後抑的手法，對懶貓進行了幽默辛辣的揶揄和諷刺。

總之，「以文爲戲」在宋代由一種創作手法上陞爲一種創作理論，雖然是由韓愈、柳宗元發端，但眞正發展成熟卻是在宋代。特別是經過劉克莊的大力提倡，並在創作手法上進行了理論總結，有力地推動了「以文爲戲」發展，使中國的傳統文論不再只重視文學的「傳道」功能，也重視文學的審美娛戲功能。

以上從師法、鍛鍊、遊戲等三方面分別闡述了劉克莊散文創作的基本思想，總的說來，劉克莊的散文創作思想，對於我們認識宋代散文創作理論有一定的參考價值和意義。但是，劉克莊散文創作理論也存在明顯的局限，即散文創作思想主要偏重於形式技法方面，缺乏完整系統地理論闡述。

〔註103〕劉克莊《跋方汝玉行卷》，見《後村先生大全集》卷106。

第三章　劉克莊公牘文研究

　　公牘文，簡稱公文，是古代朝廷、官府常使用的公事文。其文章名目繁多，有詔令類的，如詔、命、令、制、諭等，這是帝王給臣下的指令；也有奏疏類的，如奏、表、議、疏、啓、箚子等，這是臣下給帝王的上書。

　　劉克莊一生仕途坎坷，幾起幾落，其中有三次在朝爲官，擔任過幾項顯赫的職務。第一次是淳祐六年（1246），劉克莊除太府少卿，八月入對三箚，以「文名久著，史學尤精」特賜同進士出身，除秘書少監，兼國史院編修官、實錄院檢討官，後因彈劾史嵩之而被罷。第二次是淳祐十一年（1251），劉克莊再次被起用，歷任秘書監兼太常少卿、直學士院、起居舍人兼侍講，後因進言懇切而被罷。第三次是景定元年（1260）六月，這是劉克莊第三次被起用，先後任秘書監、起居郎、兼權中書舍人。景定二年（1261），除兵部侍郎兼直學士院；三年（1262），權工部尚書兼侍讀，八月，劉克莊乞引年奏狀，告老還鄉。

　　劉克莊在任秘書監、直學士院和中書舍人期間，主要職責就是代皇帝撰寫制、詔、敕和口宣等公文。明代賀復徵云：「按宋亦有內制、外制之別。」〔註1〕其中劉克莊以翰林學士身份撰制的文書爲「內制」，以中書舍人身份撰制的文書爲「外制」。但不管是外制，還是內制，它們都是以皇帝的名義頒發的，故在諸類文體中屬最「尊」的。單就數量而言，劉克莊的詔令文在他的全部散文創作中佔了很大的比重，影響也是最大的。林希逸云：「公在省八十日，草七十制，學士大夫爭相傳誦，以爲前無古人。」〔註2〕洪天賜也

〔註1〕賀復徵《文章辨體彙選》，見文淵閣四庫全書本。
〔註2〕林希逸《後村先生劉公行狀》，見《後村先生大全集》卷194。

云：「公早負盛名，晚掌書命，每一制下，人人傳寫，號眞舍人。」〔註3〕

劉克莊身兼兩制，除了代皇帝擬寫各類詔令外，還積極地向君王建言獻策，參政議政，或反映問題、報告情況，或陳述意見、請求批示，或提出建議、有所諫諍等，留下了內容豐富、數量眾多的奏疏類公牘文。洪天賜讚揚劉克莊「論事不休」，「淫雨有疏，大水有疏，拯饑有疏，捐御莊以助和糴、核冗牒以恤死事各有疏，又有五管見焉。每奏動數千言，懇切至到，異乎以文字發身者」〔註4〕。

然而，學界對劉克莊的公牘文關注甚少。其實，透過劉克莊公牘文這個窗口，可以再觀南宋末年的政治體制、公文寫作及價值取向。

第一節　公牘文的認識價值

從劉克莊公牘文所涉及的內容看，主要包括加官進爵、建言獻策，查失諫諍、糾謬補過。通過研究劉克莊的公牘文，既可以進一步觀照南宋的政治生活、職官制度以及選官標準，也可以從中透視劉克莊的精神風貌與情感世界。

一、「辭免不允詔」中的讓官禮儀

「辭免不允詔」是一種特殊的公牘文，是翰林學士代皇帝對官員提出辭讓官職而作挽留答覆的文書。此類詔書在劉克莊文集中保存較多。其中，既有爲初度呈辭所作，如《賜觀文殿大學士提舉洞霄宮董槐辭免依舊職判福州福建安撫大使恩命不允詔》；也有爲二度呈辭所作，如《賜董槐再辭免判福州福建安撫大使恩命不允詔》；還有爲三度呈辭所作，如《賜董槐三辭免判福州福建安撫大使恩命不允詔》。劉克莊偶而還會使用「不允口宣」，如《賜賈似道辭免進書禮成轉官恩命不允口宣》、《賜朱熠辭免轉官恩命不允口宣》。這些辭免不允詔蘊含了諸多的君臣禮儀、典章制度，從中可以瞭解宋代君臣之間進行情感溝通和思想交流的方式，成爲觀照宋代政治生活、官場文化、人情世故、不同心態的重要窗口。

〔註3〕洪天錫《後村先生墓誌銘》，見《後村先生大全集》卷195。
〔註4〕洪天錫《後村先生墓誌銘》，見《後村先生大全集》卷195。

第一，士大夫讓官以辭榮為高，以示謙讓美德。

深受儒家思想的影響，古人授官，都有讓表，然后皇帝再對官員的呈辭作不允答覆，由此形成了君臣之間的讓官禮儀。這種讓官禮儀，由來已久，「昔舜命九官，夔龍不讓，其它伯益之徒一讓而止，此則治世之法也」〔註5〕。《文心雕龍‧章表》也云：「昔晉文受冊，三辭從命，是以漢末讓表，以三為斷。」〔註6〕至唐代，朝廷還明確規定了讓官者的級別：「景雲九年八月十四日敕：左右承相、侍中、中書令、六尚書以上，欲讓者聽，餘並不許。至開元中，宰相李林甫奏，兩省侍郎及南省諸司侍郎、左右丞，雖是四品，職在清要，亦望聽讓。」〔註7〕從制度上確保了讓官制度的正當性和合理性。從此，官員的讓官禮儀逐漸成為官場的風氣，「諸讓官者或一讓，或再讓，或三讓，皆有品秩」〔註8〕。宋代官職承襲唐制，讓官之風盛行，更是突破了讓官者的級別限制，「頃來士大夫每有除命，不問高下，例輒累讓」，「士大夫稍矜虛名，每得官輒讓，或四五讓以至七八」，「下至布衣陳烈等，初除官亦讓，賜之粟帛亦讓」〔註9〕。在這種官場禮儀的規範下，官員們把辭讓官職當做榮耀，以辭榮為高，以示自己的謙讓美德。《世說新語‧方正》記載王坦之勸其父親王述讓官一事：

> 王述轉尚書令，事行便拜。文度曰：「故應推讓杜許。」藍田云：「汝謂我堪此不？」文度曰：「何為不堪！但克讓自是美事，恐不可闕。……」〔註10〕

王述擔任尚書令，其子王坦之勸他假意把職位讓給杜許，以賺取謙讓的美德。

劉克莊在他擬寫的詔書中，借皇帝之口，點出了官員頻繁辭讓官職的心態。如：

〔註5〕 李燾《續資治通鑒長編》卷190，第14冊，北京：中華書局，1985年，4603頁。

〔註6〕 趙敏俐、尹小林《國學備覽》卷12，北京：首都師範大學出版社，2007年，46頁。

〔註7〕 王溥《唐會要‧冊讓》卷26，北京：中華書局，1955年，489頁。

〔註8〕 李燾《續資治通鑒長編》卷190，第14冊，北京：中華書局，1985年，4604頁。

〔註9〕 李燾《續資治通鑒長編》卷190，第14冊，北京：中華書局，1985年，4604頁。

〔註10〕 徐震堮《世說新語校箋》（上），北京：中華書局，1984年，185頁。注：王述，字懷祖，封藍田侯，人稱王藍田；王坦之，字文度，王承之孫，王述之子。

屬有親疏，固難概論，君於卿相，時有異恩。乃如再疏所陳，必欲十年之待，此廷臣辭遜之常禮，豈家人唯諾之至情！所辭宜不允，仍斷來章。〔註11〕

前已卻謝事之請，茲復陳知足之情。信斯言也，是渭濱之叟可以勿歸于周，淇澳之老不必箴敬于國矣。朕惟士大夫以辭榮爲高，當無事之世，倡勇退之風可矣；時方多故，卿之勳德，其身進退，繫國重輕，奈何致爲臣而去乎！昔裴度雖老，尚佩安危，先臣彥博踰八衷而不得謝。縱卿有退心，不造於朝，國有大疑，朕猶將就訪于家也。其孚此意，勿復有言。〔註12〕

朕累詔留行，卿疏可以止矣，復援錢若水勇退爲言。朕惟若水適值乎世，得遂其志，今爲何時，中外嗁嗁望治，位參廊廟，以身狥國可也，豈得但以退爲高乎？卿既立初節，又欲保晚節；朕謂體群臣，孰若禮大臣。其悉至懷，益肩忠報。〔註13〕

在這些詔書中可以看到，官員頻繁辭讓官職一方面是「常禮」，是官員獲得新官職必須要做的舉動；另一方面也表現出士大夫「以辭榮爲高」或「以退爲高」的心態，以顯示自己的謙讓美德。

第二，皇帝使用「辭免不允詔」，以示任賢重賢。

針對官員的呈辭，皇帝一般作不允答覆，以示重視賢才。「自唐以來，凡讓官者，皆有批答不允。覆，扶又翻」〔註14〕；「近臣比有辭讓官職，皆義所當得，而特以禮辭讓，朝廷固宜必使受之而不聽」〔註15〕。從此辭免不允詔也逐漸成爲慣例。

在「辭免不允詔」中，劉克莊都會代皇帝對辭職的官員表示稱許，以表現朝廷對他們的器重和眷顧之情。如「朕所加禮，國皆曰賢」〔註16〕，「卿與

〔註11〕劉克莊《賜皇弟乃裕再辭免特授檢校少保恩命不允詔》，見《後村先生大全集》卷57。

〔註12〕劉克莊《賜少保觀文殿學士充醴泉觀使魯國公趙葵再上表乞引年致仕不允詔》，見《後村先生大全集》卷56。

〔註13〕劉克莊《擬進參知政事吳潛乞解機政不允襃詔》，見《後村先生大全集》卷55。

〔註14〕司馬光《資治通鑒》卷244，長春：吉林人民出版社，1997年，5515頁。

〔註15〕王安石《辭集賢校理狀（二）》，見《全宋文》卷1381，第63冊，349頁。

〔註16〕劉克莊《賜知樞密院事兼參知政事兼太子賓客朱熠乞俾遂退閒不允詔》，見《後村先生大全集》卷55。

眾君子而同升，何妨賢之有」〔註17〕，「進賢退不肖，以副朝野之望」〔註18〕，「朕敷求賢佐，協濟治功」〔註19〕等。同時劉克莊在辭免不允詔中，還喜歡用「側席」、「仄席」等詞語，以表現皇帝的禮賢下士。如：

> 敕顯伯：朕初改紀，卿首賜環，其眷注在諸臣之右。卿屢以疾來撤，為之進西清之直，需南邦之次，以俟藥喜，又歲餘矣。賢路既開，孔鸞畢集，而目中久不見卿，乃於陽復之日，馳驛再召，側席久之，巽函覆至。夫難進易退，固朕所敬，昔病今愈，獨不可趣造於朝乎！環顧在列，年事蓋有先於卿者，其為朕幡然一來，天裴忠忱，何羞不已！況近臣從容諷議足矣，豈必以筋力為禮哉！〔註20〕

> 敕清叟：朕仄席以待耆英之至，而卿再疏，若重於一出者，其說有二：曰引年，曰知止。朕以為未然。申公八十而議明堂，武公九十而作《抑》戒，豈必皆以謝事遺榮為高乎！古之人有杖於朝者，先朝待元老大臣有命子孫扶掖者，朕甚慕之。宜疾其驅，慰此渴想。
> 〔註21〕

「側席」或「仄席」，謂側坐以待賢良。《漢書·陳湯傳》云：「湯曰：『臣聞楚有子玉得臣，文公為之仄席而坐。』」〔註22〕《後漢書·章帝紀》云：「朕思遲直士，側席異聞。」〔註23〕在這兩篇詔書中，劉克莊用「賢路既開，孔鸞畢集，而目中久不見卿，乃於陽復之日，馳驛再召，側席久之」和「朕仄席以待耆英之至」等語，表明皇帝對陳顯伯和徐清叟的禮遇。陳顯伯（1192～1262），字立夫、汝仁，號竹所。南宋寶慶二年（1226）進士，初調京簿官，歷官至吏部尚書，後加端明殿大學士，進爵長樂郡開國侯。寶祐四年（1256）陳顯伯為考官，評取文天祥及第一，謝枋得、陸秀夫皆其所取之士。徐清

〔註17〕 劉克莊《賜禮部侍郎詹文杓乞補外不允詔》，見《後村先生大全集》卷55。
〔註18〕 劉克莊《賜同知樞密院事權兼參知政事何夢然辭免除參知政事恩命不允詔》，見《後村先生大全集》卷56。
〔註19〕 劉克莊《賜皮龍榮再辭免除參知政事恩命不允詔》，見《後村先生大全集》卷57。
〔註20〕 劉克莊《賜徽猷閣直學士通奉大夫新知建寧府陳顯伯辭免召赴行在恩命不允詔》，見《後村先生大全集》卷56。
〔註21〕 劉克莊《賜觀文殿學士徐清叟再辭免依舊職提舉祐神觀兼侍讀恩命不允詔》，見《後村先生大全集》卷57。
〔註22〕 班固《漢書·陳湯傳》卷70，第9冊，北京：中華書局，1975年，3020頁。
〔註23〕 范曄《後漢書·章帝紀》卷3，第1冊，北京：中華書局，1973年，140頁。

叟（1182～1262），字直翁，一作真翁，浦城人。歷任太常博士、參知政事、資政殿大學士。《宋史·徐清叟傳》（卷420）稱：清叟父子兄弟，以風節相尚，皆為名臣。從文中的「巽函覆至」和「而卿再疏」來看，這是陳顯伯和徐清叟的第二次上表請辭新職，都被宋理宗駁回。宋理宗希望通過辭免不允詔，表明自己的任賢重賢。

第三，「辭免不允詔」暴露出官場的虛偽。

官員的頻繁辭免新職，皇帝以不允詔挽留朝臣。一來一往中，形成了官場中必需遵循的禮儀。官員以辭新職表露臣子的謙下淡泊之性，皇帝以不允顯示皇帝任人的決心。這就形成了君臣之間約定俗成、必須遵守的官場遊戲規則。然而，這些授官表讓又暴露出官場的虛偽。

清代趙翼曾精闢地指出官場讓官的虛偽：

> 昔人每授官，必作讓表，固是難進易退之意。然沿習日久，虛偽成風，浸尋及於唐、宋，益襲為故事。在上者既授之以官，必不因其讓而收回成命；在下者亦明知其辭不允，特借一辭以鳴高。觀唐、宋諸人集中，內外製詞，多有批答不允及斷來章不允之詔，上下相接以偽，徒費筆墨，甚可笑也。〔註24〕

劉克莊對這種虛偽的讓官禮儀也有深刻的認識，他在代擬「辭免不允詔」中，經常直接使用「偽文」、「撝文」、「虛文」、「巽章」等詞，批評官員的頻繁辭官。如：

> 其欽承於詔旨，可略去於偽文。〔註25〕

> 成命已敷，撝文宜略。〔註26〕

> 宜略撝文，欽承茂渥。〔註27〕

> 宜略虛文，共修實政。〔註28〕

> 成命既盼，巽章可止。〔註29〕

〔註24〕趙翼《陔餘叢考·授官表讓》卷26，北京：商務印書館，1957年，545頁。

〔註25〕劉克莊《賜王燴辭免除禮部尚書兼職依舊恩命不允詔》，見《後村先生大全集》卷55。

〔註26〕劉克莊《賜孫附鳳辭免除兼權參知政事恩命不允詔》，見《後村先生大全集》卷57。

〔註27〕劉克莊《賜太傅右丞相兼太子少師賈似道辭免以皇太子宮滿歲推恩特轉一官恩命不允詔》，見《後村先生大全集》卷57。

〔註28〕劉克莊《賜何夢然再辭免同知參政不允口宣》，見《後村先生大全集》卷57。

劉克莊認爲官員獲得新的官職，「增秩固辭，廉遜之風可敬」〔註30〕，但如果辭官太頻繁，會耽誤國政機務，因而希望官員能盡早任新職，「共修實政」〔註31〕，「毋曠機務」〔註32〕。同時，如謙虛太過，就成了虛僞，「再疏辭堅，謙撝太過」〔註33〕，並代皇帝表示非濫授官職，希望官員能誠懇接受，「朕非濫予，丞相非虛受，執謙過矣」〔註34〕；「予寧濫賞，卿勿勞謙」〔註35〕。當然，有時官員頻繁辭官，皇帝也會不高興，會直接向官員表示「異章屢上，得無曠於天工？卿請雖頻，朕言不再」〔註36〕。

二、制書中的選官標準

徐師曾《文體明辨·制》云：「宋承唐制，用以拜三公、三省等官，而罷免大臣亦用之。」〔註37〕《宋史》有云：「拜宰相、樞密使、三公、三少，除開府儀同三司、節度使，加封，加檢校官，並用制。」〔註38〕劉克莊擬寫的制書，多是重要的人事任命。因而，從劉克莊擬寫的制書中，我們不僅可以瞭解南宋理宗朝的選官標準，同時也可以認識到宋代士人所遵循的德行操守。大體說來，主要表現在以下幾方面：

（一）以才授官

在中國古代，入仕爲官是士人們奮鬥的人生目標。而在步入仕途之後又

〔註29〕 劉克莊《賜端明同簽書樞密院事沈炎辭免兼同提舉編修勅令依舊同提舉編修經武要略恩命不允詔》，見《後村先生大全集》卷55。

〔註30〕 劉克莊《賜皮龍榮再辭免加恩不允口宣》，見《後村先生大全集》卷57。

〔註31〕 劉克莊《賜何夢然再辭免同知參政不允口宣》，見《後村先生大全集》卷57。

〔註32〕 劉克莊《賜右丞相賈似道再辭免進書轉官依例加恩不允口宣》，見《後村先生大全集》卷57。

〔註33〕 劉克莊《賜知樞密院事朱熠再辭免以充進呈安奉玉牒禮儀使及經武要略禮畢各特與轉兩官恩命不允詔》，見《後村先生大全集》卷57。

〔註34〕 劉克莊《賜太傅右丞相賈似道再辭免男德生特除秘閣修撰德潤特補承奉郎除直秘閣德生妻特封吳興郡主蕃世妻趙氏特封宜人恩命不允詔》，見《後村先生大全集》卷56。

〔註35〕 劉克莊《賜皮龍榮再辭免加恩不允口宣》，見《後村先生大全集》卷57。

〔註36〕 劉克莊《賜沈炎再辭免除同知樞密院事兼權參知政事恩命不允口宣》，見《後村先生大全集》卷57。

〔註37〕 徐師曾《文體明辨序說》，見《歷代文話》（第二冊），王水照主編，上海：復旦大學出版社，2007年，2049頁。

〔註38〕 脫脫《宋史·職官志》卷162，第12冊，北京：中華書局，1977年，3811頁。

該依據什麼標準更上一層樓呢？劉克莊在其擬寫的制書中，多次以官方文體的形式強調以才授官。他曾代皇帝重申，「朕於士之懷才抱藝者，惟恐不知之，既知之惟恐其伏於下僚，而騰上之不速也」，並且說「朕為官擇人，非為爾擇官也」〔註39〕，希望將官職授予真正有才能的人。如果「非才而賢」，則「不在茲選」〔註40〕之列，強調選官中以才授官的重要。如劉叔子「以其才業優而資歷深」〔註41〕而被授予太府寺丞之職；李塤「茲以才選，晉丞戎監」〔註42〕；謝野「蓋以才選，擢寘農扈」〔註43〕；黃伯諶「由列院而贊大農，以才選非直以家世也」〔註44〕。可見，朝廷希望通過重視人才並憑藉其達到治理國家的目的。

然人各有其長，各有其短。因此，在授官時，也要依據其具體的才華和才幹，授其相應的職務。具體來說，南宋選官的標準主要體現在：

第一，強調要有雋功，即要有突出的功勳。南宋朝廷積極主張「既有雋功，宜受上賞」〔註45〕，這也就成為除授官職的主導思想。劉克莊在制書中曾說：

> 士大夫當以事功自見，垂長衣、橫塵柄者，坐談客耳，如事功何？爾奮儒科，仕邊地，表淮裏江之形勢知之審矣，老校退卒之見聞訪之詳矣。朕合兩淮建捆，爾以刑獄使者參其軍事，耀兵漣海，三年克之，賢賓主之勤勞至矣。朕既命制臣貳夏卿，又命爾為郎，蓋漢人拜冀遂水衡、以議曹丞水衡之意。增重觀風之寄，徑班應宿之躔。可。〔註46〕

劉克莊明確士大夫應該以為國勤奮努力工作的功勳來彰顯自己。但如何彰顯事功呢？對此，劉克莊讚揚郭德安因突出的功勳而獲得能兵部郎官一職。郭德安，《宋史》無傳，他所授的兵部郎官品秩較低。但劉克莊在制書中，卻大力宣傳郭德安的事功，讚揚郭德安能通過科舉奮起，立功邊疆，後又以刑獄

〔註39〕劉克莊《孫桂發除太常寺簿兼太子舍人制》，見《後村先生大全集》卷70。
〔註40〕劉克莊《趙與□戶部員外郎制》，見《後村先生大全集》卷62。
〔註41〕劉克莊《劉叔子除太府寺丞制》，見《後村先生大全集》卷70。
〔註42〕劉克莊《李塤軍器丞制》，見《後村先生大全集》卷65。
〔註43〕劉克莊《謝塾司農簿制》，見《後村先生大全集》卷65。
〔註44〕劉克莊《黃伯諶除司農寺簿制》，見《後村先生大全集》卷67。
〔註45〕劉克莊《右武大夫高州刺史左領衛大將軍呂師龍將蘋草坪所得兩官及父文德回授兩官轉左武大夫制》，見《後村先生大全集》卷70。
〔註46〕劉克莊《郭德安除兵部郎官制》，見《後村先生大全集》卷69。

使者的身份參與軍事，耀兵漣海，三年克之，從而受到朝廷得提拔重用。

又如：

> 《軍志》曰「賞不逾時」，貴其速也。復郢之役，今九年矣，有
> 司始以爾功級來言。歲月雖久，血衣猶在，其遷一秩，薄旌爾勞。
> 夫拔一城，取一邑，偏校之事也。爾既建大將旗鼓，閫外功業有大
> 於復郢者，朝家爵賞有大於遷秩者，爾其懋哉！可。〔註47〕

在此制書中，劉克莊認為獎賞士卒要及時，以鼓勵他們英勇作戰，並委婉地
批評了朝廷不能及時獎勵有功之臣。劉全，《宋史》無傳，其九年前在戰場上
浴血奮戰，立下赫赫戰功，但只獲得「遷一秩」的獎勵，顯得「薄旌爾勞」，
劉克莊希望通過此次任命，做到「朝家爵賞有大於遷秩者」，真正做到因功而
授。

第二，強調敢於「直言」。宋代的時代氛圍較為開放，統治者在政策上也
鼓勵敞開言路，不罪言者，無疑鼓勵了士大夫們參政議政的積極性。劉克莊
在各類制詔文中明確表示，「夫直言，國之華也」〔註48〕，「朕擢慷慨敢言之
人，俾居雄劇」〔註49〕，「朕恢張公道，容受直言」〔註50〕，「朕延訪群臣，
優容讜論，或一時不遇而去，然他日必思其言」〔註51〕。可見，直言敢言是
為臣者必須具備的基本素質，也是為君者選拔官員的重要標準之一：

> 國無法家拂士，何以倚毗；官曰補闕拾遺，賴其箴儆。乃登俊
> 望，俾列賢班。爾負倫魁之名，在勝流之目。生也鄰曲江公之里，
> 鐘此瓌奇；長而客博陵相之門，接其文獻。每雍容於離合去就之際，
> 亦激昂於言議風旨之間。朕改調膠絃，收還威柄，朝綱暫肅而窺伺
> 者眾，國是粗定而堅凝之難。肆求直諒之臣，庶賴切劘之益。昔汲
> 長孺願為中郎將入禁闥，自信其孤忠：王仲舒嘗與諸諫官伏延英，
> 力爭于大事。益陳劘論，勉繼前修。可。〔註52〕

李昂英（1201～1257），是南宋末期著名的政治家和詞人。他敢於當面指責宋

〔註47〕劉克莊《建康都統劉全轉親衛大夫制》，見《後村先生大全集》卷61。
〔註48〕劉克莊《賜同知樞密院事徐清叟再上奏乞解機政不允詔》，見《後村先生大全集》卷55。
〔註49〕劉克莊《章琰殿中侍御史兼侍講制》，見《後村先生大全集》卷60。
〔註50〕劉克莊《江萬里侍御史制》，見《後村先生大全集》卷60。
〔註51〕劉克莊《遊義肅大理寺丞制》，見《後村先生大全集》卷66。
〔註52〕劉克莊《李昂英右正言制》，見《後村先生大全集》卷60。

理宗的過失，甚至越出君臣禮節而犯顏苦諫。淳祐六年（1246），李昴英召為右正言兼侍講。在職期間，他不畏強禦，多次彈劾奸相史嵩之，宋理宗讚譽其「南人無黨」〔註53〕。在制書中，劉克莊肯定李昴英「每雍容於離合去就之際，亦激昂於言議風旨之間」，讚揚李昴英像汲黯和王仲舒一樣，能「力爭於大事」，朝廷需要的正是像李昴英這樣的敢言之臣。

又如：

> 屬者一相獨運，氣焰所鑠，朝野皆瘖。爾以新進士毅然上封書，首折其鋩，有劉向、周堪之風。朕不俟積日累月，拔爾於朝，給箚之言切於上封，造膝之言切於給箚，學積而愈厚，氣養而益剛。玉立道山，退則掩關肅然，無所造請，是能貴重其身矣。序遷校郎，進用未已。夫盛名難居，初節易立，先朝館閣如歐陽修、尹洙，如朱松、范如圭輩人，皆終始持一論，壯老堅一節。爾其勉哉，誰謂華高，企其齊而。可。〔註54〕

徐霖（1215～1261），字景說，號經畈。淳祐四年（1244），試禮部第一，「時宰相史嵩之挾邊功要君，植黨顓國。霖上疏歷言其奸深之狀，以為：『其先也奪陛下之心，其次奪士大夫之心，而其甚也奪豪傑之心。今日之士大夫，嵩之皆變化其心而收攝之矣。且其變化之術甚深，非章章然號於人使之為小人也。常於善類擇其質柔氣弱易以奪之者，親任一二，其或稍有異己，則潛棄而擯遠之，以風其餘。彼以名節之尊不足以易富貴之願，義利之辨亦終暗於妻妾宮室之私，則亦從之而已。』」〔註55〕徐霖針對當時「一相獨運，氣焰所鑠，朝野皆瘖」的局面，大膽直言，指斥權相史嵩之，挫其鋒芒。也正是徐霖的這種敢言精神，被理宗看重。徐霖沒有經過長時間的考察，就被理宗提拔，並讚揚徐霖「給箚之言切於上封，造膝之言切於給箚，學積而愈厚，氣養而益剛」，像歐陽修、尹洙、朱松、范如圭等先朝館閣一樣，「皆終始持一論，壯老堅一節」。

第三，強調能幹實事而非清談。清談之風，始於魏齊王曹芳正始年間，是魏晉名士們談玄論道的一種手段。清談之士，雖崇老、莊，而亦兼融儒學，

〔註53〕周汝昌、夏承燾、唐圭璋等撰《宋詞鑑賞辭典》（下），上海：上海辭書出版社，2003年，1674頁。
〔註54〕劉克莊《徐霖校書郎制》，見《後村先生大全集》卷61。
〔註55〕脫脫《宋史·徐霖傳》卷425，第36冊，北京：中華書局，1977年，12678頁。

但並不輕視政治，其能以超世之懷，建濟世之業。自唐宋以後，賢士大夫皆奉此爲最高的理想境界。然「清談」不結合現實、空談理論的做法也導致人們詬病——清談誤國。在制書中，劉克莊明確反對清談，崇尚實用。他借皇帝口吻說道，「朕鑒昔人清談廢務、浮文妨要之弊，亦必先實踐而後虛譽」〔註56〕，「吾甚患士大夫清談多，實用少」〔註57〕；並告誡官員，「毋若晉人以清談遺事爲高」〔註58〕，「毋若晉人以清談廢務」〔註59〕；希望各級官員能「躬細務而不流於清談」〔註60〕；「惟爾簡要而非清淡，密察而有實用，庶乎能以道御取予者」〔註61〕。在制書中，劉克莊讚揚劉良貴「詣理而不流清談」，故能「進於朝而與聞省闥之事矣」〔註62〕；陳淳祖「以諸生守孤壘，內能使軍民有固志，外能使寇不敢犯」，故能「擢之中秘書，又進之佐太史氏，兼尚書郎」〔註63〕。

　　從以上可以看出，宋理宗在選拔官員時，實用之才是皇帝考慮的重要標準之一。又如：

　　　　人材以用而後見，端坐而談治忽者，平居可以諧世取名，用則泥矣。爾以淮海之俊、場屋之彥，出佐大閫，尤長策畫。入掾二府，與聞機要，朝跡深而郡最高，蓋有實用而非事清談者。當賢哲馳騖不足之際，袖手傍觀可乎？召還省戶，以待器使。可。〔註64〕

劉克莊認爲，人才是因爲實用能幹而被人們發現。余鼇，《宋史》無傳。在此制書中，劉克莊讚揚了余鼇的實用之才：在外領兵，擅長出謀策劃；在朝做官，參與機要事務，是一個「有實用而非事清談」的人。因而，朝廷在需要用人之際，希望余鼇不要「袖手傍觀」，特意把他「召還省戶」，準備對他量材使用。

〔註56〕劉克莊《陳淳祖著作佐郎制》，見《後村先生大全集》卷63。
〔註57〕劉克莊《承議郎告院翁宜轉一官制》，見《後村先生大全集》卷61。
〔註58〕劉克莊《謝堂將作丞徐謂禮將作簿制》，見《後村先生大全集》卷60。
〔註59〕劉克莊《項公澤將作監丞制》，見《後村先生大全集》卷62。
〔註60〕劉克莊《知漳州洪天錫除直實謨閣依舊任制》，見《後村先生大全集》卷69。
〔註61〕劉克莊《賜戶侍陳防辭免除權戶部尚書恩命不允詔》，見《後村先生大全集》卷57。
〔註62〕劉克莊《劉良貴太府丞制》，見《後村先生大全集》卷63。
〔註63〕劉克莊《陳淳祖著作佐郎制》，見《後村先生大全集》卷63。
〔註64〕劉克莊《余鼇除司封郎官制》，見《後村先生大全集》卷70。

（二）以德授官

董仲舒曾向漢武帝建言：「量才而授官，錄德而定位。」〔註65〕也就是說，封建社會在選拔官員時，除了因能授職，量才授官外，朝廷還必須考慮官員們的道德品行，要根據官員們的德行來確定官位，從而把真正的賢能之士選拔到重要的職位上。劉克莊擬寫的制書中也處處體現了以德授官的要求。他說，「老成者國之典刑，德齒者古所尊敬」〔註66〕，「德隆者任重」〔註67〕，「才全而德備，是可以羽儀圜璧、輔導朱邸矣」〔註68〕。並代皇帝表示，「朕登進輔臣，必先德望，非若它官可以序升而次補」〔註69〕，願「擇天下耆德名儒居羽翼之任」〔註70〕。

具體來說，以德授官主要體現在兩方面：

第一，要有忠忱之德，即為官要對皇帝忠心耿耿。這是為臣者必須具備的基本素養和道德品質，也是皇帝選拔官員的重要標準。劉克莊曾借皇帝之口，明確說出「忠，社稷之鎮也」〔註71〕，「朕察其端介忠實，授之以政」〔註72〕。因而，在劉克莊的制書中，多肯定被任命官員的忠誠不二之心。如：

> 朕深惟風憲耳目之寄，艱於擇材；時則有魁壘骨鯁之臣，毅然任重。久矣拾遺於右掖，進之執簡於臺端。爾學本於經，文貫以道，頃改調於膠瑟，趣入侍於細旃。察其忠忱，付以言責。謂臣無玉食，詎宜作於福威；謂盜竊寶弓，尤特嚴於書法。然後君子小人之界限定，家臣世卿之芽蘖除。顧泰道之消長靡常，善類之離合難必，朝

〔註65〕班固《漢書·董仲舒傳》卷56，第8冊，北京：中華書局，1975年，2513頁。

〔註66〕劉克莊《賜提舉洞霄宮徐清叟辭免依舊職提舉祐神觀兼侍讀恩命不允詔》，見《後村先生大全集》卷56。

〔註67〕劉克莊《賜右丞相兼太子少師賈似道辭免皇太子宮滿歲特轉一官恩命不允詔》，見《後村先生大全集》卷57。

〔註68〕劉克莊《孫桂發國子監簿莊文教授制》，見《後村先生大全集》卷66。

〔註69〕劉克莊《賜楊棟辭免除端明殿學士同簽書樞密院事兼太子賓客恩命不允詔》，見《後村先生大全集》卷57。

〔註70〕劉克莊《賜端明同簽書樞密院事兼太子賓客楊棟辭免以皇太子宮滿歲特轉一官恩命不允詔》，見《後村先生大全集》卷57。

〔註71〕劉克莊《賜同知樞密院事徐清叟再上奏乞解機政不允詔》，見《後村先生大全集》卷55。

〔註72〕劉克莊《賜皮龍榮再辭免除參知政事恩命不允詔》，見《後村先生大全集》卷57。

> 陽鳴之和者少，狂瀾倒而回之難，欲局面之堅凝，賴寸心之突兀。
>
> 范仲淹負爲諫官、爲御史之望，出於親除；司馬光論結人主、結宰
>
> 相之非，勉哉特立。可。〔註73〕

古代御史掌糾彈百官，正吏治之職，故以「風憲」稱御史。劉克莊認爲，作爲御史，需要的「魁壘骨鯁之臣」，能夠毅然承擔重任的。淳祐六年（1246），江萬里因爲被宋理宗「察其忠忱」而被「付以言責」，陞遷爲殿中侍御史，承擔起進言勸諫的責任。江萬里（1198～1275），字子遠，號古心。江萬里秉性耿直，臨事不能無言，一生始終不忘忠心愛國。在任殿中侍御史期間，江萬里表現的「器望清峻，論議風采，傾動一時」〔註74〕。後其母病危，江萬里因公務繁忙不能脫身，只是派其弟回家探望，當他親自返家裏，其母已病故。因爲此事，江萬里被奸人誹議，誣其「不忠不孝」而被貶賦閒 12 年。南宋將亡，江萬里被任命爲左丞相兼樞密院使，力主抗元，因與賈似道相牴觸而被再度罷官。後聽到襄樊失守，江萬里就在屋旁芝山背後的田裏挖鑿了一個水池，並掛上匾額，稱作「止水」，以此借物明志，表示將於身許國。等到傳來敵警，江萬里對門人說：「大勢不可支，余雖不在位，當與國爲存亡。」〔註75〕言畢，偕子江鎬及左右相繼從容投水而死，以身殉國。朝廷得悉其事，爲之震動，賜諡文忠，以表彰江萬里的忠貞爲國。

又如：

> 士大夫便文營私者多，盡瘁奉公者少。爾淳熙夕郎之孫，克肖
>
> 前人，迭更事任，忠而能力，專城而民譽美，煮海而鹺莢羨，《周官》
>
> 所謂廉能之吏也。今遽以疾請老，嗟夫瀕於殆矣，不可得而留矣。
>
> 進直小龍，以勸勞臣，以識朕用才不盡之恨。〔註76〕

「便文營私」，典出趙充國。《漢書》云：「充國曰：『諸君但欲便文自營，非爲公家忠計也。』」〔註77〕批評那些舞文弄墨混事的人只想在寫文書時方便而

〔註73〕劉克莊《江萬里殿中侍御史制》，見《後村先生大全集》卷 60。

〔註74〕脫脫《宋史‧江萬里傳》卷 418，第 36 冊，北京：中華書局，1977 年，12523頁。

〔註75〕脫脫《宋史‧江萬里傳》卷 418，第 36 冊，北京：中華書局，1977 年，12525頁。

〔註76〕劉克莊《金文剛龍圖閣致仕制》，見《後村先生大全集》卷 63。

〔註77〕班固《漢書‧趙充國傳》卷 69，第 9 冊，北京：中華書局，1975 年，2982頁。

為自己打算，不是為國家的忠心著想。在這裏，劉克莊藉此典故批評士大夫多不能為國忠心。相反，劉克莊卻大力褒揚金文剛「忠而能力，專城而民譽美，煮海而鹺莢羨」。金文剛（1188～1258），字子潛，忠肅公安節之孫。初補長沙民曹，受知真德秀，遂為真氏門人。後調常州法曹，屬知常德府、提舉浙西常平茶鹽義倉，遷將作監，升直寶謨閣，進直龍圖閣。金文剛曾向宋理宗進言，「人才最急，選用必以心術聞望為先」〔註78〕，指出朝廷任命應首先考慮官員們的思想品質及聲望。對於士人們來說，為官的基本思想品質應該是為國盡忠盡職。金文剛也是這樣要求自己，因而也為宋理宗贊為「忠而能力」。寶祐六年（1258），金文剛「以疾請老」，宋理宗為表彰其功勳，特進封金文剛為直龍圖閣學士，「以識朕用才不盡之恨」。

第二，要有直節之德。「直節」，是指「守正不阿的操守」，即處理事情能公平正直，不講情面，這也是為官者必須具備的素養。宋代士人也最講求氣節，「每感激論天下事，奮不顧身，一時士大夫矯厲尚風節」〔註79〕。劉克莊也云，「必靖共正直，必據依名節」〔註80〕；並代皇帝言，「士趨利祿，俗弊教失，朕患夫一世之瀾倒也，欲擢廉退、獎志節以挽回之」〔註81〕；「乃出新綸，以褒直節」〔註82〕；「播明綸，以旌直節」〔註83〕；「頃以直節，服於邇聯」〔註84〕；「揭日貴名，昂霄直節」〔註85〕。可以看出，是否具有氣節，也是皇帝在授官時要考慮的一個因素。如：

> 士君子立身大節，常於離合去就之際見之。爾揭貴名而挾高科，嘗有列於朝矣。出而倅袁，凶相方以多簿錄、窮隱寄、廣連逮為富強，堂檄三倅，各行一郡。爾當之衡，獨不肯受風旨，且昌言其非，遂觸相嗔罷去，其大節有可觀者。使之橫經，進之掌禮，非曰為爾光寵，顧今奉常古夷、夔之任，宜屬之清流。夫《儀禮》蓋曲臺淹

〔註78〕 林希逸《宋故朝奉大夫直龍圖閣金公文剛墓誌銘》，見《全宋文》卷7743，第336冊，93頁。

〔註79〕 脫脫《宋史·范仲淹傳》卷314，第29冊，北京：中華書局，1977年，10268頁。

〔註80〕 劉克莊《林光世司農少卿制》，見《後村先生大全集》卷66。

〔註81〕 劉克莊《王湜武諭制》，見《後村先生大全集》卷60。

〔註82〕 劉克莊《何夢然右諫議大夫制》，見《後村先生大全集》卷62。

〔註83〕 劉克莊《范純父除侍御史兼侍讀制》，見《後村先生大全集》卷67。

〔註84〕 劉克莊《王伯大刑部尚書制》，見《後村先生大全集》卷60。

〔註85〕 劉克莊《工部侍郎楊棟磨勘轉中大夫制》，見《後村先生大全集》卷63。

中諸家聚訟之案祖也，諡筆亦革袞斧鉞隻字褒貶之遺意也，人將於
爾有考焉。可。〔註86〕

劉克莊認爲，士大夫安身立命的大節，當表現在「離合去就之際」。章鑒（1214
～1294），字公秉，號杭山，別號萬叟。其爲官清廉，政事嚴謹，寬厚與人，
一生憂國憂民。在制書中，劉克莊讚揚章鑒在面對凶相的「多簿錄、窮隱寄、
廣連逮」時，能寫出聲討的文書，「昌言其非」，雖觸怒權貴而被罷去，但「其
大節有可觀者」。

又如：

> 本朝自葉祖洽以希合時好爲舉首之後，三歲一魁，未嘗乏人。
> 其間卓然以清風勁節照映千古者，前九成、後十朋而已。爾對策有
> 直聲，造膝有忠言，可得而能也。出秉麾節，以玉雪持身，以冰蘗
> 倡官吏，它人口談者爾躬行之，不可得而能也。改紀以來，孔鸞畢
> 集，爾雖衰疢，朕懷其賢，亦既更素輿而御祥琴矣。麟寺鶴禁，皆
> 爾舊遊，其幡然一來，以究爾平昔之學，以慰朕久不見生之意。可。
> 〔註87〕

葉祖洽（1046～1117），字敦禮。熙寧三年（1070），策試進士時，葉祖洽因刻
意投合當時還佔據上風的改革派，被呂惠卿擢爲第一。劉克莊認爲，宋朝自
從葉祖洽以來，歷次科舉所選拔的人才，不再是像葉祖洽那樣的迎合之輩，
而多是「以清風勁節照映千古」的人才，如張九成、王十朋。張九成（1092
～1159），字子韶。紹興二年（1132），朝廷策試進士，九成慷慨陳詞，直言不
諱，痛陳宋金形勢，認爲「去讒節欲，遠佞防奸」，爲中興之道。因得考官賞
識，選爲廷試第一，被宋高宗親選爲狀元。王十朋（1112～1171），字龜齡，
號梅溪。王十朋以名節聞名於世，剛直不阿，批評朝政，直言不諱。紹興二
十七年（1157年）他以「攬權」中興爲對，中進士第一，被擢爲狀元。在制
書中，劉克莊讚揚留夢炎「出秉麾節，以玉雪持身，以冰蘗倡官吏，它人口
談者爾躬行之」，認爲此種氣節是「不可得而能也」。

（三）以廉授官

所謂「廉」，即指其具有清廉正直、奉法爲公，不貪污放縱、毒害百姓等
爲官的道德準則。漢代選拔官吏，除博學多才外，更須孝順父母，行爲清廉，

〔註86〕劉克莊《章鑒除太常博士制》，見《後村先生大全集》卷68。
〔註87〕劉克莊《留夢炎宗正少卿制》，見《後村先生大全集》卷66。

故稱爲孝廉。沒有「孝廉」品德者不能爲官，從此以廉授官也就成爲選拔官吏的重要內容之一，受到歷代統治者的重視，「大小職官，有貪暴殘民者立罷，終身不錄。其不能廉直，雖處重任，亦代之」〔註88〕。宋理宗也大力提倡以廉授官。在劉克莊擬寫的制書中，以廉授官的選官標準也隨處可見。如劉克莊代皇帝言，「朕貴德而賤貨，獎廉而惡貪矣」〔註89〕，「貪暴者解印，蕩析者奠枕」〔註90〕；認爲「惟仁可以蘇凋瘁之民，惟廉可以洗饕墨之俗」〔註91〕；並讚揚王燴能「立身秉端靖之操，歷官著廉直之名」〔註92〕，范純父「有廉直之聲，亦既賓之周行矣」〔註93〕。又如：

> 官冗而材乏，員多而闕少，胥吏售奸，賢愚同滯，仕者皆病之矣，朕欲得一佳吏部郎而用之。爾大醇以名父子，擢奉常第，教胄子有師道，掾公府有賢名，去而作牧，又以廉平稱，乃下璽書，俾佐銓筦。夫寡援者孤寒也，汝甄拔之；撓法者財勢也，汝杜絕之。
> 使選人無扞格齟齬之歎，則汝獲清通簡要之譽。可。〔註94〕

在此制書中，劉克莊指出了朝廷用人方面存在的弊端，即「官冗而材乏，員多而闕少，胥吏售奸，賢愚同滯」。因而在任命章大醇爲侍左郎官時，劉克莊高度讚揚了章大醇的才能，「教胄子有師道，掾公府有賢名」，更重要的是章大醇「又以廉平稱」，因此獲得銓選重用。

總之，劉克莊擬寫的制書中，關於選官思想的內容是極爲豐富的。這與宋理宗親政後實施一系列改革措施有很大關係。自端平元年（1234）開始，宋理宗親政，立志中興，採取了罷黜史黨、親擢臺諫、澄清吏治、整頓財政等措施，同時也重視人才的選拔和使用，網羅了一批賢良之士，一時朝堂之上，人才濟濟，政風爲之一變，有「小元祐」之稱。但是，從劉克莊的制書中可以看出，南宋理宗時期選拔官員並沒有脫離傳統儒家所遵循的忠君愛國、志潔行廉的範疇。

〔註88〕畢沅《續資治通鑒‧宋仁宗天聖四年》卷37，第2冊，北京：中華書局，1979年，840頁。
〔註89〕劉克莊《卓夢卿直寶章閣廣南提舶制》，見《後村先生大全集》卷64。
〔註90〕劉克莊《鄭逢辰直寶章閣依舊江西提刑兼知贛州制》，見《後村先生大全集》卷61。
〔註91〕劉克莊《皮龍榮除資政殿學士知潭州制》，見《後村先生大全集》卷68。
〔註92〕劉克莊《王燴農少兼左司制》，見《後村先生大全集》卷60。
〔註93〕劉克莊《范純父軍器監簿制》，見《後村先生大全集》卷62。
〔註94〕劉克莊《章大醇侍左郎官制》，見《後村先生大全集》卷60。

三、箚子中的治國才能

宋代盛行箚子。箚子，又稱劄子，是一種比較自由簡便的公文，凡百官上殿奏事，或知制誥以上的官員非時有所奏，皆可用箚子，是一種上行公文。宋代以後的箚子，既可作上行文也可作下行文。劉克莊上奏的箚子，多是就南宋後期有關政事問題所作的，其內容廣泛，體現出劉克莊的治國思想及政治才能，具體表現在：

（一）陳其弊政，極言直諫

劉克莊多次入京赴任，使其有機會面見宋理宗，參與有關事務的討論。劉克莊官職雖然逐漸做大了，但他經常陳時政得失，犯龍顏進諫，不改其剛直秉性。

第一，言委任之失。自端平更化以來〔註95〕，宋理宗勵精圖治，採取了一系列改革措施，雖取得一定的成效，但卻「不能善者」。究其原因，劉克莊認為，關鍵在於用人之失，出現權臣亂政的現象。端平二年（1235）七月十一日，劉克莊在向理宗輪對時極言用人之失，他說：

> 臣共惟陛下屬精更化，並建二揆，共起治功，興君英辟之規模也。大臣同心輔政，兼收群策，不主己見，先正名臣之德業也。以此圖回，何向不濟？然天下之勢，宜強而日趨於弱，宜安而日趨於危，其故何歟？服天下莫若公，今也失之私；鎮天下莫若重，今也失之輕。二失不去，雖聖君賢相，終不能以善治。……陛下受命於天，柄臣掠功於己。因私天位，遂德柄臣；因德柄臣，遂失君道，……因私天位，遂疏同氣；因疏同氣，遂失家道……若夫憂讒畏譏，有狼跋之嗟；厭事避權，動魚羹之興，非輕歟？若夫以匹夫橫議而變政，因走卒偶語而易令，非輕歟？然則天下之治，安得堅凝？臣謂藥今之病，救今之弊，別無奇策，不過去其私而服之以公，去其輕而鎮之以重而已。〔註96〕

劉克莊首先肯定宋理宗自端平更化以來取得顯著變化，但也指出端平更化並

〔註95〕端平更化：是紹定六年（1233）史彌遠病死、宋理宗親政改元「端平」後實施的改革。端平更化革除了史彌遠時期的很多弊端，但其它改革措施或失敗或流於表面，未能成功。

〔註96〕劉克莊《輪對箚子・端平二年七月十一日》（一），見《後村先生大全集》卷51。

沒有改變南宋「日趨於弱」、「日趨於危」的趨勢。劉克莊認爲其根本在於用
人方面存在公私、輕重不分的現象。「私」，指貴戚之寵；「輕」，指相權及發
令不重。劉克莊批評宋理宗把皇位看作一己之私，過多得寵幸貴戚權臣，疏
遠了「同氣」的大臣，使得他們「憂讒畏議」、「厭事避權」，紛紛想辭官請乞。
同時，劉克莊還批評宋理宗聽信「匹夫橫議」、「走卒偶語」，輕易改變政策法
令，從而造成政局不穩。最後，劉克莊明確提出，「藥今之病，救今之弊」的
良方，就在於「去其私而服之以公」、「去其輕而鎮之以重」，使用賢臣，這樣
才能杜絕黨人干政，實現國家長治久安。

淳祐六年（1246）八月二十三日，劉克莊再次向宋理宗入對，進一步反
思宋理宗在用人委任方面存在的失誤。他說：

> 臣聞更化則善治，化愈更而治愈不能善者，咎不在它，一曰委
> 任之失，……深惟本朝以仁立國，勢趨於弱。粤自全盛至於偏安，
> 雖二百年間名臣輩出，而夷狄之患，未有能當之者。有一人焉，出
> 而當之，入主舉國以聽，天下亦幸其集事，而不暇也。臣竊議其後，
> 若景德之於寇準，慶曆之於呂夷簡，靖康之於李綱，建炎之於秦檜
> 是也。然幸澶州，斃撻覽，準實能戰；卻二酋，全京師，綱實能守；
> 遣富、范，盟遼夏，返河南，還東朝，夷簡、檜實能和。陛下慨思
> 其人而不可得，遂取其似是而非者而相之。夫以借助滅守緒爲戰則
> 不武，以厚幣奉僑蓋爲和、以清野蹙國爲守則不智。實未嘗和，實
> 未嘗戰，實不能守，而自負和、戰、守之功，迭執和、戰、守之權，
> 人主舉國而聽，天下明知其不足集事，畏之而不敢議，既去而畏之
> 未已，豈非以叔文起復之謀雖沮於獨斷，盧杞見思之語已暄於群聽
> 乎！議者求其說而不可得，則又曰：思其能把握而負荷也，思其能
> 致富強也。是又不然。祿去公室，政出世卿，不可以言把握；盡江
> 之外，惟有移蹕，不可以言負荷；實則增料，名曰縮楮，實則再榷，
> 名曰浮鹽，不可以言富強。已試亡具，視準、綱、夷簡薰猶不同，
> 又不足以望檜萬一，此委任之失一也。昔者不擇其人，而任之太專；
> 今也懲前之專，雖擇其人而未嘗盡授以柄。官無緊慢，動煩親擢，
> 有不由中書進擬者矣；事無鉅細，多出聖裁，有不容外庭與聞者矣。
> 臣不知陛下聚名流於臺省旗廈清望之地，嘗置簿宮中考其所言行否
> 乎，抑但日進呈託而已乎？將使之爲四諫官、三舍人乎，抑調護使

之勿言、宣諭使之奉詔乎？將使之爲程頤、朱熹乎，抑使之倚閣春
秋而談青苗乎？其大者登人望於廟堂之上，將責之以韓琦、富弼之
事乎，抑使之今日曰「領聖旨」，明日曰「聖學非臣所及」乎？此委
任之失二也。〔註97〕

在這裏，劉克莊明確指出宋理宗在用人方面存在兩大失誤：一是重用權貴，
批評宋理宗「慨思其人而不可得，遂取其似是而非者而相之」，藉此指斥奸相
史嵩之。史嵩之以借助滅殘金爲戰，「以厚幣奉俸盞爲和，以清野蹙國爲守」，
而造成朝廷之憂；二是不受臣以柄，批評宋理宗「昔者不擇其人而任之太專，
今也雖擇其人而不授以柄」，雖網羅了不少「名流於臺省庥廈清望之地」，但
他們最終無所建樹，最終淪爲「調護使之勿言、宣諭使之奉詔」的下場。

　　第二，言謀謨之誤。「謀謨」，即謀劃，制定謀略。劉克莊對宋理宗在治
國方略方面出現的問題也進行了大膽地批評。南宋後期，蒙古頻繁南侵，民
族矛盾空前尖銳。在國家存亡之際，宋理宗不是發憤圖強，而是不顧國家安
危，熱衷於推崇和扶持理學，致力於打擊其它學派。劉克莊對此頗多微詞，
在淳祐六年（1246）《召對箚子》中說：

天下望治，甚於饑渴，而諸君子虛名過於實用，清談多於行事，
大臣有翕受之量而無主宰之力，同列有不說之色而無畿假之和，桑
陰易移，機事屢失。桑維翰一日易十節度使，今代一邊閫，淹久而
後決：郭子儀朝聞命夕引道，今遣一儒帥，迫趣而始行。薄物細故，
紛拿不已，急政要務，謙遜未遑，未免有不言防秋而言《春秋》、不
言炮石而言安石之譏。夫廢《春秋》，用安石，致禍之本也，於時尚
以爲不急，況今之不急有甚於此者乎？此謀謨之誤一也。昔劉摯當
軸，憂章惇覆出，主調停之議，用牢籠之策，於是宣仁諭摯曰：「如
惇者，雖以相位遜之，不可復收矣。」厥後諸賢之禍甚酷，摯幾覆
族，而宣仁在天之謗至南渡而後明。小人怨毒，上及君親，於縉紳
乎何有！陛下之聖固無愧於宣仁，諸臣之賢恐未及於劉摯，奈何不
鑒覆車之轍，反操入室之戈，助群小而自攻乎！洛、蜀分朋而頤、
軾逐，布、忠彥爭權而京相。今廟謨睽異，邪黨揶揄，臣實未知其
所終。此謀謨之誤二也。〔註98〕

〔註97〕劉克莊《召對箚子・淳祐六年八月二十三日》，見《後村先生大全集》卷52。
〔註98〕劉克莊《召對箚子・淳祐六年八月二十三日》，見《後村先生大全集》卷52。

－79－

劉克莊指出宋理宗的治國方略方面也存在的兩大失誤：第一大失誤是致力於「不急之甚」，不思救亡圖存的「急政要務」。宋理宗一直希望使理學成為正統官學，早在寶慶三年（1227）就封朱熹為信國公。淳祐元年（1241）正月，理宗又分別加封周敦頤為汝南伯、程顥為河南伯、程頤為伊陽伯、張載為郿伯，並將他們與朱熹一起從祀孔廟。對於宋理宗崇理的舉動，劉克莊認為造成諸君子重「虛名」輕「實用」，重「清談」輕「行事」；「大臣有翕受之量而無主宰之力，同列有不說之色而無釀假之和」。相反，面對蒙軍南侵，南宋朝廷想「代一邊閫，淹久而後決」，想「遣一儒帥，迫趣而始行」。面對此困境，劉克莊譏諷宋理宗的崇理為「薄物細故」，批評宋理宗對涉及國家安危的「急政要務」卻「謙遜未遑」，以致使得人們覺得「未免有不言『防秋』而言《春秋》；不言『炮石』而言（王）安石之譏」。劉克莊進而認為，罷斥新學等學派及崇奉理學派的舉動，「於時尚以為不急，況今之不急有甚於此者乎」。第二大失誤是崇尚理學，排斥異己。劉克莊借元祐之初，副相劉摯提出調和新舊兩黨關係但被太皇太后高氏所拒絕，終於引發新舊黨爭的不斷加劇，從而導致姦臣蔡京擅權後北宋走向滅亡的悲劇。隨即指出「今廟謨暌異」，只重用理學人士，排斥其它學派人士，以致遭到「邪黨（當是指新學派等人士）揶揄」，實在不知道今後將如何發展，暗示南宋有可能會重蹈北宋因新舊黨爭而導致滅亡的覆轍。

　　景定元年（1260）冬，七十多歲的劉克莊重新被起用，仍不忘提醒宋理宗要致力於國家大事，而不要將主要精力放在崇尚理學排斥異己方面，在同年召對時指出：

　　　　王羲之譏諸賢以清談廢務，浮文妨要，先朝用楊時為給諫，或
　　者尚有不言防秋、不言炮石之誚，然則先急政要務，後薄物細故，
　　非士大夫責乎？臣雖老詩，一念憂愛，狂言望擇。〔註99〕

劉克莊批評北宋末年以二程弟子楊時為首的理學家們不顧國家安危，致力於攻擊王安石及新學派，希望宋理宗能「先急政要務，後薄物細故」，能分清孰輕孰重。

（二）揭斥權貴，倡用君子

　　宋理宗在位四十年之間，期間雖有中興之志，但多數時期卻為政昏聵，

〔註99〕劉克莊《庚申召對箚子》（一），見《後村先生大全集》卷52。

賢臣不用，朝政相繼落入史彌遠、史嵩之、丁大全、賈似道等一大批奸相之手，國家內憂奸忤、外患強敵。面對此情形，劉克莊直言敢諫，無所畏懼，雖屢遭罷黜，卻他不改其正直秉性。

第一，揭斥凶相弄權。劉克莊對專權驕橫的宰相史彌遠、史嵩之等人，進行堅決的鬥爭。淳祐六年（1246），劉克莊首次入對，雖明言委任之失和謀謨之誤，卻都把指斥的矛頭對準史嵩之，史嵩之最終也因此僅以金紫光祿大夫、永國公致仕。淳祐十一年（1251），傳言史嵩之將恢復相位，劉克莊再次向理宗直前入對，極諫史嵩之不可復用，他說：

> 陛下曩語群臣，以爲其人決不復用，天地祖宗實聞斯言。今道途訛傳，乃曰落致仕矣，建督府矣。……又曰某人嘗以御斲示人矣，又曰陛下已戒其勿修怨矣。臣知陛下萬無是事，設或有之，此誤不少。夫啜羹之樂羊，不如放麑之西巴。今雖乏才，何至復託國於匿哀無父之人乎！秦檜用事，朝廷一日無檜則東南不安。若夫當軸數年，哨騎歲至，策免七載，羽檄日稀，其去留不繫於成敗審矣，何至復注意於挾虜要君之人乎！向使陛下終始柄任，不加廢退，偃月之禍不過及於士大夫而止。今君臣之義，判然已久，彼其以坏國之富，震主之威，繆飾不情之恭順，陰懷非常之忿毒，外豈可以寸鐵，內豈可以假之寸權乎！神宗之於安石，恩禮隆矣，晚議建儲，師傅之選乃屬馬、呂，安石不預也。豈非以其元豐失權，鍾山黇筆，有如陳瑾之所云乎！陛下恩禮其人不加於安石，防慮之道宜鑒於神宗，不可忽也。議者不先爲君父憂，而切切然以修怨爲懼，相顧而不敢言，雖言亦不足以感悟陛下之聽。臣觀秦檜再相之初，未嘗不牢籠李光、胡寅之流，久則當世名臣舉族貶竄，闔門廢錮，上而至尊亦有靴中七首之防矣。吁，豈非所謂一大可憂者乎！〔註100〕

此箚子劉克莊首先表明自己的態度，明確史嵩之「決不復用」，並疏列史嵩之之罪，指出即使現今缺乏可使用的人才，也不能把強國的重託交付給像史嵩之那樣的「匿哀無父之人」的手上？其次再援以秦檜爲商鑒，指出復用史嵩之可能會導致「當世名臣，舉族貶竄，闔門廢錮」的嚴重後果。

劉克莊還詳細分析了凶相弄權的本質：

〔註100〕劉克莊《直前箚子·十月一日，疏留中，閏十月論罷》，見《後村先生大全集》卷52。

　　凶相弄權，以富強自詭，輔聖天子而行霸政，爲天下宰而設騙
局。朝野之人相與竊議曰：相非相，狙也；政事堂非政事堂，壟斷
也。其所操之術，所行之事，適足以殄民蠹國，安能富強？〔註101〕
這裏的「凶相」蓋指史彌遠。劉克莊指出凶相以「富強自詭」，而「行霸政」、
「設騙局」的眞實本質，從而造成國土淪喪、人民遭殃的嚴重後果。劉克莊
對凶相弄權的本質及後果的形象描述，讓「傳者歎其形容之工」〔註102〕。
　　第二，嚴懲貪官污吏。對於貪官污吏，劉克莊明確表示「不可引用」：

　　臣仰惟陛下待群臣，海涵春育，恩德至厚，片言寸長，靡不甄
錄，惟貪者、嚲者，詔諭大臣不可引用。聖謨洋洋，與孝宗御製《用
人論》相爲表裏，天下傳誦。臣不揆疏賤，輒因聖訓之所及而推廣
聖意之所未及，以傚芹曝。太宰八柄，一曰奪，以馭其貧，注謂估
籍之類。國初有棄市者，乾、淳間有笞黥者。元豐貶舒旦，不以近
臣而屈法；南渡責鄒栩，不以名家而漏網。臣竊怪有爲湘臬而乾沒
富民鉅萬之贓，爲閩漕又席捲一路牢盆之利者，具獄來上，終於幸
免，俄而擢爲畿內監司矣。其說曰：名勝也，議賢也。烏乎，自古
及今，豈有犯贓之名勝哉！陛下惡貪而眞貪幸免，至於權奸所不樂
之人，例託此名以污之。如洙貪公使、軾販私鹽、舜欽賣故紙會客
之類，或無證驗，或不取伏辨，貶削矣，追索矣，所謂犯贓之名勝，
擁巨貲，享涼臺燠館、錦衣玉食、歌童舞女之樂自若。而不幸被污
之人，大者破家，小者失官。臣謂陛下果欲去貪，必先覈實。凡獄
詞明白、贓狀狼藉者，雖名勝勿貸。其無證驗、未伏辨者，既昭雪
之，又進用之，則人心伏而貪風革矣。〔註103〕

劉克莊明確指出貪官污吏不僅不能引用，反而應該嚴懲。劉克莊肯定南宋
「乾、淳間」的做法，對貪官污吏實施「棄市」、「笞黥」；劉克莊還肯定「貶
舒旦」和「責鄒栩」之舉，認爲對貪官就應該是「不以近臣而屈法」，「不以
名家而漏網」，必須對貪官污吏進行嚴懲；劉克莊認爲，宋理宗如果想要去
貪，必須首先要證據確鑿，既要對那些「擁巨貲，享涼臺燠館、錦衣玉食、
歌童舞女之樂」的貪官們進行「貶削」，實施嚴懲；也要對那些被「不幸被

〔註101〕劉克莊《庚申召對劄子》（一），見《後村先生大全集》卷52。
〔註102〕林希逸《後村先生劉公行狀》，見《後村先生大全集》卷194。
〔註103〕劉克莊《庚申召對劄子》（二），見《後村先生大全集》卷52。

污之人」，進行「昭雪」，進而用之，這樣才能眞正做到「人心伏而貪風革」。

第三，倡用君子賢士。劉克莊認爲，「天下大事當合天下之賢儁共圖之」〔註104〕，如果爲君者「稍厭君子，復思小人」，將造成「朝野譁傳，莫不失望」〔註105〕。因而，劉克莊希望宋理宗能重君子而斥小人。他說：

> 嗟夫！君子小人並立於世，小人享其樂，君子當其憂，小人飲其甘，君子味其苦。小人善交結，故負罪而見思；君子拙迎合，故輸忠而獲厭。小人恃智巧，君子恃天理人心之正，而天與人又有時而不然。檜十九年，彌遠二十六年，而衍七十日，光九月，君子之難取必於天如此。慶曆議減任子，任子不可減而仲淹、琦罷；淳熙議裁恩霈，恩霈不可裁而龔茂良逐。小人作《流共工於幽州賦》以快之，君子之不見樂於人如此。天與人皆不可恃，所恃者人主而已。親之猶恐其疏，縻之猶恐其去，奈何外示眷禮，內萌厭倦，使之皆岌岌不自保乎！名臣殄瘁，時事寖非。弓旌所招，稍稍引去，見幾而作者未已也；彈射所驅，往往復還，躡跡而至者未已也。曾肇有言：「竊觀近日上意漸變。」深味此語，可爲寒心。臣願陛下堅凝初志，無使邪說搖正論、小人間君子如肇所慮，則用今之二相與今之諸賢足矣。不然，雖舉十六相，彼四凶之來，不知十六相者何恃而安乎？或曰：今天下最急者，兵與楮二事。有人焉，能制兵之驕，扶楮之賤，雖非君子，盍用之以紓一時之急乎？臣曰不然。宣、靖之禍，蔡京爲之也。虜騎長驅，京已貶責，乃自言有禦狄之策以求復用。當時不惑其言，天下後世亦不追恨其策之未試，何也？京惟無策，所以至此；既已至此，策將安出？小人欺世之術每類於此。嗚呼！堅守京師者李綱也，再造江表者趙鼎也，尊中國、攘夷狄者張浚也，皆君子也。國存至今，用君子之力也，使京復用則國亡久矣，此陛下之商鑒也。〔註106〕

劉克莊分析了君子與小人的區別，並以歷史上的君子小人進行對比分析，感慨「君子之難取必於天如此」、「君子之不見樂於人如此」。劉克莊認爲「天與

〔註104〕劉克莊《庚申召對箚子》（一），見《後村先生大全集》卷52。
〔註105〕劉克莊《輪對箚子・端平二年七月十一日》（二），見《後村先生大全集》卷51。
〔註106〕劉克莊《輪對箚子・端平二年七月十一日》（二），見《後村先生大全集》卷51。

人皆不可恃」，「人主」才是關鍵。因此，劉克莊希望宋理宗能堅定自己的意志，重君子而斥小人，不要出現曾肇所擔心的「邪說搖正論、小人間君子」的現象發生，從而使君子「寒心」；劉克莊聯繫到現實，認爲現今的鄭清之、喬行簡二相及諸賢足堪重任。最後，劉克莊指出，南宋之所以能「存至今」，最關鍵的是因爲能重用像李綱、趙鼎、張浚那樣的君子；相反，如果重用像蔡京那樣的小人，就有可能導致亡國，以此希望宋理宗能從中吸取歷史教訓。

　　劉克莊還希望宋理宗能重新重用那些因言濟王事而被斥去的善類者。他說，「善類之合莫盛於本朝，言路之通亦莫盛於本朝」；並指出，自北宋以來，「甘其苦言，養其直氣，有立行其說者，有久而思之者，有始忤而終合者，有自常調拔爲清望官者」，肯定宋理宗能效法祖宗，「待群臣至厚，記憶所及，野無遺賢」。但劉克莊也指出，「其間尙有跡遠位卑而滯者，其人昔尙盛年，今已暮景」，希望宋理宗同樣能「收之於霜降水涸之餘，納之於天覆地載之內，遠者稍近之，滯者稍擢之，使善類常合，言路常通」〔註107〕。劉克莊此言意指宋理宗還有「收召未盡」的賢臣善類。宋理宗讀後問還有誰，劉克莊回答說：「從臣如王遂、徐清叟、方大琮，庶僚如湯巾、潘牥，不幸已歿。存者如黃自然、王邁，自然近已召用，餘人皆年事已高，願陛下收錄之。」〔註108〕

　　另外，劉克莊也主張嘉獎朝士直言議政者。他說，「大小之臣囊封甌奏，往往播騰」，「其大意不過責難於吾君，責備於吾相」；議論君上者，「或言掖庭，或言戚里，或言土木，或言聚斂」；議論大臣者，「或指除授，或指賓客，或指子弟」。劉克莊希望君相「毋怪其如此」，要有「聽納之意」，直言議政者才不會有「厭倦之疑」，這樣才是國家之福，「國之美也」。並認爲只有「聖君而後可以責難」，「賢相而後可以責備」；假使議政者遇到「猜忌愎諫之主，沉忮怙權之相」，還有誰肯「以身試不測之禍乎」？因而懇切希望宋理宗能褒獎這些直言議政者，「採用其言之可行者以涵養其氣，甄錄其人之可進者以招徠其類」〔註109〕。

〔註107〕此段引文載於《召對箚子‧淳祐六年八月二十三日》（二），見《後村先生大全集》卷52。

〔註108〕林希逸《後村先生劉公行狀》，見《後村先生大全集》卷194。

〔註109〕此段引文載於《召對箚子‧辛亥五月一日》（二），見《後村先生大全集》卷52。

（三）雪冤濟王，勸立皇儲

濟王，名竑，爲宋宗室趙希瞿之子。宋寧宗無後，就立趙竑爲皇子。趙竑與權相史彌遠有隙，爲彌遠所懼恨。嘉定十七年（1224）閏八月，寧宗駕崩，趙竑當立，而史彌遠卻矯詔廢皇太子趙竑，擁立趙昀爲帝，即宋理宗。理宗即位後，假託遺詔，封趙竑爲濟王，賜地湖州，將趙竑趕出了京師。史彌遠的廢立之舉，引起朝野內外的普遍不滿。寶慶元年（1225）正月，湖州潘壬起兵，密謀擁立趙竑爲帝，趙竑不得已勉從，這就是「湖州之變」，也稱「濟王之變」。後趙竑反悔，親率州兵討伐，平定了叛亂。湖州之變給理宗和史彌遠帶來極大震動，認爲只要趙竑活著，就是對皇位的巨大威脅，若不徹底解決，必將後患無窮。於是，史彌遠矯詔逼趙竑自殺，原本的皇位繼承人含冤而死。隨後朝廷以趙竑病重不治布告天下，宋理宗也曾準備追贈趙竑爲少師，允許在臨安治喪，準葬西山寺；而史彌遠親信卻奏請收回成命，理宗從之，遂依史彌遠之意，追奪趙竑的爵位，追貶趙竑爲巴陵郡公，再貶爲巴陵縣公，將他打成朝廷的罪人。趙竑的悲慘遭遇，引起舉國上下的廣泛同情；朝廷對湖州之變的處理結果，又激起正直之人的義憤。名臣眞德秀、魏了翁、洪咨夔等人紛紛上書，爲濟王鳴不平，指責理宗處理此事不當。而宋理宗卻壓制各界的抗議，那些爲趙竑鳴冤叫屈者紛紛被貶離朝。

端平二年（1235）七月，在首次入朝爲官不久，劉克莊就不顧安危，不計仕途進退，大膽向宋理宗指出，「陛下受命於天，柄臣掠功於己。因私天位，遂德柄臣；因德柄臣，遂失君道」，「因私天位，遂疏同氣；因疏同氣，遂失家道」〔註110〕，建議對濟王復爵雪冤，以收人心。他說：

> 夫惟以天位歸諸天命而不歸諸人力，裁柄臣之恩然後可以示臣子之戒，雪故王之冤然後可以召天地之和。〔註111〕

劉克莊並在「貼黃」〔註112〕中進一步指出：

> 臣竊見菑川之事出於迫脅，向者止議其罪，不原其情，近者雖復其爵，未雪其枉，皆議臣過計，非陛下本心。臣猶記訃告之初，

〔註110〕劉克莊《輪對箚子‧端平二年七月十一日》（一），見《後村先生大全集》卷51。
〔註111〕劉克莊《輪對箚子‧端平二年七月十一日》（一），見《後村先生大全集》卷51。
〔註112〕貼黃：宋大臣奏疏、箚子皆用白紙書寫，如意有未盡，以黃紙摘要另寫，附於正文之後，有時一奏疏後附十數條，亦稱貼黃。

．

　　震悼報朝，亟命有司討論贈典，陛下本心蓋如此。文致潛逆，削奪
封爵，乃當時小人之謀，繳駁論列，各有主名，豈陛下本心哉？美
官歸此曹，惡謗叢陛下，此曹之罪不討，則陛下之謗不解。陛下何
不下尺紙之詔，曰「故王素有東海王彊、寧王憲之志，不幸遭變，
朕於同氣友愛素隆，而某人等實間朕骨肉，離朕手足，使太母不得
全鳲鳩平均之德，使人主不得盡脊令急難之情。朕既痛心疾首，追
咎往事，前日繳駁論列之人，宜伏江充、蘇文之誅」。德音辨誣則四
海之心悅矣，厚禮改葬則九原之憾釋矣。〔註113〕

文中的「苕川之事」，即指「湖州之變」。劉克莊明確指出「苕川之事」是濟
王「出於脅迫」才不得已勉從，現在雖然恢復了其爵位，但並沒有爲其徹底
平冤昭雪。劉克莊認爲，當初由於史彌遠等小人的陰謀，使濟王遭受「文致
潛逆，削奪封爵」的結局，這也使得宋理宗遭到天下人的謗解。因此劉克莊
希望理宗能下尺紙詔書，一爲自己「辨誣」，二爲濟王雪冤，「厚禮改葬」，這
樣才會使「四海之心悅矣」、「九原之憾釋矣」。劉克莊如此激切言論，獲得當
時名臣擊節讚歎，「不意二劉之後，有此佳作」〔註114〕。嘉熙元年（1237），
劉克莊與方大琮、王邁、潘牥四人因「在端平初妄論記」〔註115〕，言濟王之
冤，追究史彌遠之罪，被蔣峴彈劾而罷官，「自是群臣無復敢言濟王之冤者」
〔註116〕。

　　劉克莊對理宗未立皇儲一事也甚爲憂心。早在端平二年（1235），劉克莊
輪對時，就曾提出過「國本未立」之事〔註117〕。淳祐六年（1246），宋理宗已
經年過四十歲，仍然沒有兒子，立儲之事一直未定。十月，劉克莊參與轉對，
言國本未建事。劉克莊指出，理宗已經「踐阼二紀，國本未建，中外寒心」〔註
118〕，深以皇儲未立爲憂。他說：

　　　　陛下貴爲天子，守一祖十二宗之業，繫四海九州島億兆人之命，
　　而鶴禁無主器之子，雞鳴無問寢之人，陛下樂乎否也？禋類上帝，

〔註113〕劉克莊《輪對箚子・端平二年七月十一日・貼黃》（一），見《後村先生大全
　　　　集》卷51。
〔註114〕洪天錫《後村先生墓誌銘》，見《後村先生大全集》卷195。
〔註115〕劉克莊《答洪帥侍郎書》，見《後村先生大全集》卷133。
〔註116〕畢沅《續資治通鑒》（四），卷169。長沙：嶽麓書社，2008年，36頁。
〔註117〕劉克莊《輪對箚子・端平二年七月十一日・貼黃》（一），見《後村先生大全
　　　　集》卷51。
〔註118〕劉克莊《轉對箚子・淳祐六年十月一日》，見《後村先生大全集》卷52。

歇謁原廟，不知其幾矣，陟降惟至尊，祼薦無後繼，陛下嘗反顧乎
否也？獻議者曰宜早定，宜豫建；沮議者曰不可忽，曰有所待。陛
下於二者之說，亦嘗求其情乎？蓋建成立順，黃門常侍之謀也；埋
璧於庭而以群公子卜，巴姬之意也；諉曰人主家事，世績、林甫之
言也。國家大事而與左右邪諂之人謀之，鮮有不爲所搖者。古今一
律，不可不察。臣嘗以爲此事在唐宣宗、後唐明宗行之則甚難，在
我仁宗、高宗行之則甚易。毓英宗、孝宗于禁中也，皆擇於未入之
前，而定於既入之後。異其名爵，別其名稱，自幼至長，自侄爲子，
不待建儲而人望固有所繫矣。若夫朝取一人焉，暮取一人焉，一出
焉，一入焉，舉棋之勢未定，當璧之覬寢廣，非所以嚴宗廟而尊本
統也。〔註119〕

這裏，劉克莊連續質問理宗，指出太子所居之處「無主器之子」，「陛下樂乎
否也」？「祼薦無後繼，陛下嘗反顧乎否也」？面對「獻議者」和「沮議者」
不同觀點，劉克莊明確指出，像立儲這樣的「國家大事」，是不能與「左右邪
諂之人謀之」。劉克莊通過援引歷史上眾多立儲之事爲例，建議理宗可以傚仿
嘉祐、紹興故事，從宗室子弟中擇其優者爲皇子，「擇於未入之前，而定於既
入之後」，然後「異其名爵，別其名稱」，待其長大之後再立爲皇儲，這樣其
人望自然也就建立起來。相反，如果不及早立皇儲，將有害於「宗廟」及「本
統」。宋理宗聽了劉克莊意忠辭婉的話後，甚爲感動，也覺得立儲之事不能再
無限期拖延下去，遂開始物色皇子人選。淳祐六年（1246）十月，理宗將弟
弟趙與芮七歲的兒子德孫接入宮內接受教育，賜名孟啓。然而，人選雖已定，
但名分未定。淳祐十一年（1251），劉克莊再次向理宗奏對，指出立皇儲一事
「雖已建旄鉞，疏王爵，然終未明白洞達於天下」〔註120〕，懇請理宗採納自
己在淳祐六年（1246）提出的「『自侄爲子』之說，早定名號，以重祖宗之付
託，以解朝野之疑惑」〔註121〕。然而劉克莊立儲建議，並沒有得到宋理宗的
積極響應。直到寶祐元年（1253）正月，理宗才下詔立德孫爲皇子，賜名禥；
景定元年（1260）六月，趙禥被立爲皇太子，賜字長源，才正式確立其皇儲

〔註119〕劉克莊《轉對箚子・淳祐六年十月一日》，見《後村先生大全集》卷52。
〔註120〕劉克莊《召對箚子・辛亥五月一日・貼黃》（二），見《後村先生大全集》卷
　　　　 52。
〔註121〕劉克莊《召對箚子・辛亥五月一日・貼黃》（二），見《後村先生大全集》卷
　　　　 52。

身份。這距劉克莊端平二年（1235）首次提出立儲之事已經過去了25年，此時的劉克莊正賦閒在家。

（四）憂勤國事，體恤民情

端平元年（1234）九月，劉克莊始入朝爲官，任宗正簿。在此之前，劉克莊歷任縣、州之僚屬及正官，又曾參議數幕府，且遍歷路分監司。因而劉克莊對於民生疾苦、士風吏治、邊防要害，皆了然於胸。故入朝後，劉克莊立朝論政，總能侃侃而言，皆有依據。

第一，憂邊防之患。端平元年（1234）正月，在南宋和蒙古軍合圍之下，金朝滅亡。宋理宗急於收復位於河南的原北宋東京開封府、西京河南府和南京應天府三京。七月，宋兵進駐洛陽。得知宋朝開戰，蒙古軍隊隨即南下伐宋，八月，蒙古軍進攻洛陽，宋兵最終被蒙古軍大敗而退回原來的防線。這就是歷史上的「端平入洛」事件。「端平入洛」失敗後，面對宋蒙對峙局面，劉克莊深感憂患，九月入朝，首次奏對，討論的就是邊患問題。他說：

> 臣聞禍敗之來，常患於不知與知之而不憂。女眞既滅，韃與我鄰，重兵潰於游騎，厚禮加於小使，朝野凜然，如控弦百萬之臨境，可謂知所憂矣，然臣猶以爲未知所以憂也。蓋自南北分裂，其間大戰者有數。曹操赤壁之役，符堅淝水之役，逆亮瓜州之役，皆奔北而去，或僅脫身煙焰，或聞風聲鶴唳而遁，或變起帳下，殞於叢鏑。彼惟不來，來則爲南師所勝。殷浩山桑之役，桓溫襄邑之役，褚裒代陂之役，皆狼狽而返，或絀廢爲民，或委罪偏禆，或聞哭聲慚憤發病而死。此惟不往，往則爲北師所敗。今之韃戎變詐不過如操，強盛不過如堅，兇殘不過如亮，假令傾國大入，是天亡此胡，使之送死，而謀臣勇將奮躍以立功名之機也，何以深憂爲哉！臣之所憂者，今之將帥德望未必如浩，材能未必如溫，器識未必如裒，而鳴劍抵掌，坐談關河，鼻息所衝，上拂雲漢，非笑蔡謨、王羲之、孫綽不可易之言，經營王鎮惡、到彥之、哥舒翰不能守之地，一舉而僨軍，然猶未懲，臣恐再舉而覆國矣。〔註122〕

劉克莊首先明確表達了自己深切的憂患意識：所謂「知所憂」，即爲宋蒙兩軍邊境重兵對峙而憂；所謂「未知所以憂」，即爲南宋缺乏優秀將帥而憂，這也

〔註122〕劉克莊《備對劄子·端平元年九月》（二），見《後村先生大全集》卷51。

是劉克莊最爲憂慮的。劉克莊指出，歷史上南北對峙中，赤壁之役、淝水之役、瓜州之役皆能「爲南師所勝」，而山桑之役、襄邑之役、代陂之役卻「爲北師所敗」，然而，其中勝敗的關鍵在於將帥。劉克莊認爲，「今之將帥」在德望、材能、器識等方面甚至不如「爲北師所敗」的殷浩、桓溫、褚裒。因而劉克莊擔心任用他們在與如狼似虎的蒙古軍作戰時，「恐再舉而覆國矣」。如何擇帥呢？在隨後的「貼黃」中，劉克莊以晉人委任將帥爲例，進一步明確指出，委任將帥應該「至專」，明確軍事指揮上的權利要「未嘗偏重」。

　　第二，獻籌財用之計。自開禧（1205）北伐後，南宋一系列軍事行動失利，再加上理財無方，導致財政狀況不斷惡化。宋理宗親政後，面臨「財用不足」的嚴重局面，具體來說：一是「稅榷俱重，不可復加」，二是「日造楮十六萬以給調度，楮賤如糞土而造未已」。面對這樣的形勢，士大夫紛紛「獻議盈廷」，但只能指出「財用不足」之病卻不能提出眞正的解決辦法來。劉克莊爲此也提出了自己的「裕國寬民之要方」：

　　　臣有裕國寬民之要方，不過沒入大贓吏數十家之貲，然度寬大之朝決不忍行，請條其次者。一曰罷編戶和糴之擾。計產抛數，非其樂從，低估高量，幾於豪奪，歲歲爲民患苦，故曰罷之善。或曰軍旅之興，水旱無備，則奈何？臣謂與其糴於中下之戶，孰若糴於富貴之家。昔之所謂富貴者，不過聚象犀珠玉之好，窮聲色耳目之奉，其尤鄙者，則多積雄中之金而已。至於吞噬千家之膏腴，連亙數路之阡陌，歲入號百萬斛，則自開闢以來未之有也，亞乎此者又數家焉。臣愚以爲此類宜令所居郡縣各按版籍，十糴其七，若旁郡鄰縣之僑產則全糴焉，糴十年止。十年之外，國用少紓，則給其直。臣聞安邊所官田歲可收三十萬斛，此數家者歲可糴數十萬斛，則編戶可以勿糴矣。二曰追大吏乾沒之贓。比年顓閫之臣、尹京之臣、總餉之臣、握兵之臣、擁麾持節之臣，未有不暴富者。其人在藝祖、孝皇之朝，皆當極刑；其貲產繩以《周官》馭貲之法，皆當沒入。今各優游寓里，晏然享封君之富。臣愚以爲此類宜令有司覈其簿籍，前所乾沒，今悉追取，別儲之以備邊費，亦一策也。昔人或相三君而無衣帛之妾，或造國元老而僅有桑八百株、田十五頃。土山之墅，平泉之莊，所直幾何，世猶譏議。今一家遂有百萬金、倉一所，此何可哉！一貪倡之，眾貪和之，毒徧四海，人心憤怒之日久矣。今

也田當沒入，止羅其粟，粟之外貨寶如山自若也；貨當沒入，止追
其贓，其不追者猶不勝用也。此於貴家大吏無甚損，而國與民皆可
小蘇，不亦簡而易行乎？臣所慮者，上則陛下念其攀鱗附翼之功，
下則大臣牽於維桑與梓之情，雖以臣言爲然，終不忍用。是則朝廷
於此數家及數十大贓吏信無負矣，如國與民何！惟陛下圖之。
〔註123〕

劉克莊提出的解決方法主要是沒收「大贓吏」的財物。具體來說，第一條措
施是「罷編戶和糴之擾」。「和糴」，原指官府出資向百姓公平購買糧食，來避
免糧食欠收的時候出現饑荒。唐中期以後，逐漸成爲官府強加於百姓的抑配
徵購。劉克莊指出「編戶和糴」制度實質是「低估高量，幾於豪奪」，造成「歲
歲爲民患苦」，因而主張廢除這項向百姓強取豪奪的制度，提出應該向「富貴
之家」徵購糧食，並由各地郡縣「按版籍」來征收，「十糴其七」，「糴十年止」；
這樣朝廷每年就可以徵購到糧食大四十萬斛，完全可以不用向百姓徵糧。第
二條措施是「追大吏乾沒之贓」。「乾沒」，即謂侵吞公家或別人的財物，也指
投機圖利。劉克莊認爲一些處於位高權重的大官吏沒有不貪污暴富的，這在
以前是要受到「極刑」，贓款要沒收；現今可以命令「有司覈其簿籍」，如有
貪污，「今悉追取」，這樣將所沒收的贓款可以用作軍費。當然，最後劉克莊
也表示出自己的擔心，認爲宋理宗可能會感念這些「貴家大吏」的功勞與感
情，「終不忍用」自己所提出的建議。

第三，解百姓之困。自宋蒙開戰以來，南宋軍事上的失利，使處於戰爭
漩渦中的南宋百姓流離失所；再加上各種苛捐雜稅，以及頻繁的自然災害，
使百姓的處境愈加困難。對此劉克莊深感憂慮，如何救民於水火，也就成爲
他向宋理宗重點奏對的問題。淳祐六年（1246）八月，劉克莊接受召對時，
提出江東當務之急爲恤貧民處流民。

如何體恤貧民呢？劉克莊說：

其一曰恤貧民。兵興以來，瀕江之人困於和糴，困於軍需，
困於浮鹽，困於抛買，困於招軍。和糴則低估高量，軍需則籠奪
百貨，浮鹽則扣戶抑配，抛買則一錢而取以百錢之物，招軍則募
錢、衣裝皆隅保自備，一卒就募而一家破矣。昔之豪戶巨產化爲
貧弱，名區要市，所至蕭疏，蘇息無期，侵年轉急，二稅有預借

〔註123〕劉克莊《備對箚子·端平元年九月》（三），見《後村先生大全集》卷51。

−90−

至淳祐九年者。民生斯時，尤可哀痛，宜擇良吏，勤而拊之。頃歲督師者，至誅某郡之吏，傳首列城；總餉者亦斷人一支，以威所部。上下交征，民不見德。向非陛下至仁，戒飭數下，蠲逋負，減租稅，而專閫主計之臣亦皆一時遴選，稍於其間有所弛張，則民怨盜起久矣。國家版圖日蹙，如江浙、荊湖、閩廣十餘路，禮樂衣冠一線之脈寄焉。臣願陛下選拔帥守監司，常用明治亂、知大體之人，守令循良者擢之，貪殘者斥之，民心愛戴而不貳，則天命眷顧而不釋矣。〔註124〕

劉克莊首先分析了江東百姓所遭受的各種困難。指出如此多的困難使得「豪戶」的巨產也被化為貧弱；「名區要市」也變得蕭條落敗；百姓休養生息更是遙遙無期；各種掠奪、搾取百姓財物的事件急劇增多；百姓需要交納的兩稅也提前預借到三年以後。劉克莊對百姓的困境深表哀痛，認為朝廷應該選擇「良吏」，採取嚴厲措施，樹立威嚴，斷絕上下互相爭奪私利，免除或減輕百姓積欠的租稅，實行張弛有度的治理，才能避免「民怨盜起」。同時，劉克莊也希望宋理宗能選拔真正「明治亂、知大體」的帥守監司、守令循良為民辦事，這樣才能得到「民心愛戴」。

如何處理流民呢？劉克莊說：

其二曰處流民。今沿流諸郡，流移悉已布滿。此曹群聚無統，飢餓無憀，或橫行江中沉舟奪貨，或夜出墟落斬關探囊，有司雖稍捕獲，梟磔相望，終不能止。古者以移民為常，漢遷諸豪於五陵，諸葛亮以一隅之力，尚能拔關中戶口入蜀而不聞後患，良以主能制客而客不勝主故也。今州縣單弱無守備，田裏凋殘無積蓄。如饒州譙樓欲壓，扶以二木，城圮可踰，濠塞為陸，郡兵千人，未嘗簡稽。以此推之，它州可見。一夫攘臂疾呼，必為執事者之憂。臣願陛下申命諸郡，繕城池，搜辛乘，勵隅總，使金湯之勢、旗鼓之容隱然足恃，則主能制客矣。千人所聚，必有一人智謀材武出其上者，牢寵而任使之，分之勿使聚，弱之勿使強，則客不勝主矣。夫基本厚，主勢尊，威令行，則徂詐作使；苟為不然，陳勝輟耕，高歡結客，皆吾民也，況流移者乎！臣每怪韃在草地，哨騎在淮北，幹腹之謀

在安南，議者咸知防虜；而流民近在目，爲腹心之謀則未有以爲急
者。〔註125〕

劉克莊認爲流民如不妥善處理，會因爲「群聚無統，飢餓無憀」，而導致殺人
搶劫的事情發生，即使官府抓捕，但也「終不能止」，不能平息事態。因而，
劉克莊提出可以采用古代常用的「移民」之策，才能實現「主能制客而客不
勝主」，實現國家的穩定。具體來說，要做到「主能制客」，即要把流民遷移
到人少田多的州縣去，從而發展當地生產；同時命令各地官員，修繕城池、
整頓軍隊、鼓勵隅團的軍事總管。這樣，流民處於這種「金湯之勢、旗鼓之
容」當中，是不敢犯事作亂。而要做到「客不勝主」，就要從流民中選拔出一
位「智謀材武」出眾的人，來管理這些流民，通過「分之勿使聚，弱之勿使
強」，才能實現「客不勝主」。

　　總之，通過箚子，劉克莊呈現出自己治國理政的才能。從他的言辭當中，
我們可以看到一位慷慨陳詞的政治家形象，身在任上心繫邊疆，體恤民間疾
苦，或直陳弊政，或極言直諫，以政績優異和卓越膽識而聞於朝廷。

第二節　公牘文的文學價值

　　在劉克莊的散文創作中，公牘文所佔的比重很大。這些公牘文或代皇帝
言，或答對詔問，或直陳政事，或自表心跡，反映了劉克莊從政 40 餘年的政
治見解和主張，表現了他治國議事的才能。與純粹文學作品相比，公牘文更
注重實用性，有其固定的寫作規範，顯得千人一面，也缺乏文采。但是，作
爲一個具有深厚文學素養與功力的文壇盟主，作爲一個萬眾矚目能夠秉持公
心的政治家，劉克莊撰寫的公牘文卻相當謹嚴、公允、富有情感和文采。概
括起來，其文學價值主要體現在以下幾方面：

一、情感豐富，充沛深沉

　　劉勰曾云：「夫情動而言行。」〔註126〕又云：「辭以情發。」〔註127〕也云：

〔註125〕劉克莊《召對箚子‧淳祐六年八月二十三日》（三），見《後村先生大全集》
　　　　卷52。
〔註126〕周振甫《文心雕龍選譯‧體性》，北京：中華書局，1980年，137頁。
〔註127〕周振甫《文心雕龍選譯‧物色》，北京：中華書局，1980年，180頁。

「五情發而爲辭章。」〔註128〕公牘文屬於程序文章，其本身不強調文學的感性色彩，但劉克莊的公牘文，在宗旨明確，道理正確，文思縝密，結構嚴謹的前提下，更注重從情感上打動皇上，既曉之以理，更動之以情。因此在劉克莊的公牘文中，字裏行間處處閃現著充沛而深沉的情感。

一種是憂國恤民之情。

南宋後期，外族入侵，民族矛盾尖銳，國家的危亡牽動著劉克莊一顆熾熱的愛國之心。在他擬寫的詔令類公牘文中，筆端總是流淌著一股眞摯深沉的憂國恤民之情。如：《賜參知政事皮龍榮辭免兼權知樞密院事恩命不允詔》中，「今遠則邊患未已，虜情叵測，隱憂之衡慮；近則大農乏絕，幾民饑歉，坐視之無策」〔註129〕，表達出對外族入侵、百姓歉收的憂慮。《改瀘州爲江安州仍降爲軍事詔》中，「痛念城中衣冠士民，或闔門死義，或縋城獻策，雖爲其迫脅者，亦不忘國恩，延頸以待王師之至，慨然不已」〔註130〕，表達出對戰爭中軍民的爲國捐軀、忠心愛國的痛惜和崇敬。《漣水三城已遂收復赦文》中，「丁壯苦饋糧於千里，吏士不解甲者三年」〔註131〕，表達出對百姓和官兵支持收復失地的讚賞。《陳淳祖直秘閣仍舊浙西提舉兼安吉州制》中，「災傷之民尚嗷嗷望惠，倘移麾節於他人之手，是奪嬰孩於慈母之懷」，表達出對災民的關愛。《賜宰臣賈似道等上表奏請皇帝御正殿不允詔》中，「晨盼親禮，夕現霽華，活民命於阽危，表天心之仁愛」〔註132〕，表達出對救百姓於水火的期望。《賜戶侍陳防辭免除權戶部尙書恩命不允詔》中，「邊備未弛，兵費愈闊，國甚貧矣。前世類加賦於民以贍經用，朕非惟不忍也」；《郎伋翁宦爲講回易視舶司歲解捌倍各轉一官制》中，「寧貧國而不忍加賦於民，稍收遣利之在官吏、商賈者，亦不可已之勢也」〔註133〕，兩段中「不忍」二字，表達出對百姓過重負擔的體恤。《倪普監察御史兼殿講制》中，「厥今虜暴特皮膚之淺患，民饑爲心腹之近憂」〔註134〕；《林希逸依舊寶謨閣廣東運判制》中，

〔註128〕周振甫《文心雕龍選譯·情采》，北京：中華書局，1980 年，168 頁。

〔註129〕劉克莊《賜參知政事皮龍榮辭免兼權知樞密院事恩命不允詔》，見《後村先生大全集》卷 56。

〔註130〕劉克莊《改瀘州爲江安州仍降爲軍事詔》，見《後村先生大全集》卷 53。

〔註131〕劉克莊《漣水三城已遂收復赦文》，見《後村先生大全集》卷 53。

〔註132〕劉克莊《賜宰臣賈似道等上表奏請皇帝御正殿不允詔》，見《後村先生大全集》卷 57。

〔註133〕劉克莊《郎伋翁宦爲講回易視舶司歲解捌倍各轉一官制》，見《後村先生大全集》卷 62。

〔註134〕劉克莊《倪普監察御史兼殿講制》，見《後村先生大全集》卷 64。

「吾甚憂嶺海之民，地遠而天高也。地遠則饕殘易逞，天高則疾苦難想」〔註135〕，表達出對百姓生活疾苦的牽腸掛肚。

此外，在劉克莊的奏疏類公牘文中，字裏行間中也流露出對君主、朝廷和社稷安危的深厚感情，表現了劉克莊深深的憂國憂民之情。如既有憂「明主方屬精更始而或者恐其惰終，大臣方奉公履正而或者過於責備，善類方合而間有異同齟齬之跡，國是方定而已有反覆動搖之戒」〔註136〕；也有憂「將帥德望未必如浩，材能未必如溫，器識未必如袞，而鳴劍抵掌，坐談關河，鼻息所衝，上拂雲漢，非笑蔡謨、王羲之、孫綽不可易之言，經營王鎮惡、到彥之、哥舒翰不能守之地，一舉而僨軍，然猶未懲，臣恐再舉而覆國矣」〔註137〕。既有「以國本未定爲憂」〔註138〕，也有以傳史嵩之將復相爲憂〔註139〕。既表達出「國以危懼存，以佚樂亡」〔註140〕的警誡之憂；也流露出「州縣單弱無守備，田裏凋殘無積蓄」〔註141〕的現實之憂。諸此憂情，在劉克莊的奏疏中，不一而足。

一種是憤奸憎惡之情。

在民族危亡之際，對於南宋一些變節投降的叛將，劉克莊則表現出一種極大的憤恨之情。如：

> 有敕：朕憤叛將之孤恩，命宣威而致討，取彼郛郭，歸之版圖。〔註142〕

> 朕憤逆整之孤恩，據堅城而拒命，劫持官吏，屠害忠良。饑噬飽揚，眞養成於鷹虎，毀冠裂冕，甘下拜於犬羊。朕拊髀而嗟，投袂而起。必討叛臣之罪，必復寧人之疆。……〔註143〕

這裏的「叛將」和「叛臣」指的是劉整。劉整（1212～1275），字武仲，河南

〔註135〕劉克莊《林希逸依舊寶謨閣廣東運判制》，見《後村先生大全集》卷64。

〔註136〕劉克莊《備對箚子・端平元年九月》（一），見《後村先生大全集》卷51。

〔註137〕劉克莊《備對箚子・端平元年九月》（二），見《後村先生大全集》卷51。

〔註138〕劉克莊《召對箚子・辛亥五月一日・貼黃》（二），見《後村先生大全集》卷52。

〔註139〕劉克莊《直前箚子・十月一日，疏留中，閏十月論罷》，見《後村先生大全集》卷52。

〔註140〕劉克莊《庚申召對箚子》（一），見《後村先生大全集》卷52。

〔註141〕劉克莊《召對箚子・淳祐六年八月二十三日》（三），見《後村先生大全集》卷52。

〔註142〕劉克莊《呂文德加恩口宣》，見《後村先生大全集》卷54。

〔註143〕劉克莊《收復瀘州獎諭宣制兩闡立功將帥詔》，見《後村先生大全集》卷53。

鄧縣人，曾以 18 騎襲破金國信陽，軍中呼為「賽（李）存孝」。景定二年（1261），劉整任潼川府路安撫副使兼知瀘州時，以所領 15 軍、州、戶口 30 萬向蒙古軍投降。南宋方面丟失大半個四川，戰爭形勢急轉直下。劉克莊借宋理宗之口表達出憤怒之情，「朕憤叛將之孤恩」，為了爭奪失地，宋理宗先命俞興討伐劉整，結果卻被劉整打敗，後命呂文德務必收復瀘州。宋軍首先收復了瀘州外堡，然後採取步步為營、堅壁圍攻的戰術向瀘州推進。劉整難以支持，次年（1262）初撤出，將瀘州民徙往成都、潼川。正月，呂文德收復瀘州。劉克莊在隨後擬寫的嘉獎詔書中，仍然對劉整的被判變節，表示出憤憤不平，痛斥叛軍「劫持官吏，屠害忠良」，「毀冠裂冕，甘下拜於犬羊」，表達出討伐叛臣，收復失地的決心和毅力。

　　同樣，對於權貴奸相，劉克莊也是不容妥協的，在其擬寫的詔書中，毫不客氣的表現其的憎惡之情。如《史嵩之守金紫光祿大夫永國公致仕制》：

　　　　朕守位以仁，退人以禮。大夫致君事，雖未及於希年；師尹具民瞻，務曲全其晚節。矧預陳於悃愊，俾遂掛於衣冠。具官某久歷邊陲，寖升廊廟。始猶沽譽，欲招徠名勝之流；及既盜權，專呼吸陰邪之黨。內擅朝而震主，外挾虜以要君。仇公論而失士心，倍權法而斂民怨。變遭陟岵，禮缺戴星，致清議之交譏，咎墨績之非古。我聞在昔，求忠臣於孝子之門；人謂斯何，豈天下有無父之國！起盧之命，幸而中寢，行道之言，有不忍聞。靡俟終喪，遽先請老，自恃身謀之周密，安知眾口之沸騰。或昌言欲壞延齡之麻，或力執不下盧杞之詔。宇宙雖廣，有粟得而食諸？霜露既濡，啜泣何嗟及矣！其聽還於官政，以扶植於綱常。噫！罪臣猶知之，卿勿廢省循之義：退天之道也，朕樂聞止足之言。庶蓋前愆，亦保終吉。〔註144〕

嘉熙三年（1239），史嵩之為相，前後八載，上蒙蔽君主，下抑塞群臣，奸權誤國，實為大惡。淳祐六年（1246）四月，劉克莊除太府少卿，首次入對，就第一個站出來彈劾史嵩之的誤國罪行。十一月，史嵩之因父喪而自乞掛冠。宋理宗批示「史嵩之除觀文殿大學士致仕」〔註145〕，並責成劉克莊草制誥詞。根據宋代職官規定，觀文殿大學士是宋代最高級的官職，被授予者須曾任宰

〔註144〕劉克莊《史嵩之守金紫光祿大夫永國公致仕制》，見《後村先生大全集》卷61。
〔註145〕劉克莊《掖垣日記》，見《後村先生大全集》卷80。

相或爲元勳重德。然而，史嵩之姦邪，擬非其倫。面對皇命，劉克莊依然剛正不阿，據理力爭，數十次駁回皇帝對其獎譽的「成命」，力阻史嵩之除職致仕之命。最終，史嵩之僅以「金紫光祿大夫、永國公致仕。除職旨揮，更不施行」〔註146〕。在隨後擬寫史嵩之致仕的制書中，劉克莊還不忘歷數史嵩之的罪行，「及既盜權，專呼吸陰邪之黨。內擅朝而震主，外挾虜以要君。仇公論而失士心，倍權法而斂民怨」，表現出憎惡之情，並告誡史嵩之，「罪臣猶知之，卿勿廢省循之義；退天之道也，朕樂聞止足之言」，直指史嵩之爲「罪臣」。至此，劉克莊這種不屈不饒，竭力迴天的精神，當時公論稱快。丞相遊似致信劉克莊，云：「諸賢盡力迴天，聖主捨己從人，書之簡冊，有光多矣。」〔註147〕讚揚劉克莊的高風亮節，可以書之史冊。

白居易在《與元九書》中曾說：「感人心者，莫先乎情。」可見，有情感才能寫出感動人心的文章。劉克莊的公牘文，辭情兼備，明白曉暢，意旨明確。在他筆下，即使是程序化的公文文體，也能因流淌著眞摯的情感而具有了文學的感染力。

二、觀點鮮明，說理透徹

奏疏類公牘文是專門寫給皇帝看的，多是臣子向皇帝陳述意見或表達政見。因此，臣下要使自己的意見或政見得到皇帝的首肯並得以實行，就必須寫好奏疏。奏疏本質上屬議論文，講求陳述事理的技巧，觀點要鮮明實在，說理要透徹嚴謹，做到以理服人。

如劉克莊的《奏乞坐下史嵩之致仕罪名狀》目的在於反對史嵩之守本官致仕〔註148〕。在論述中，劉克莊首先明確，宋理宗同意史嵩之致仕，「中外臣庶莫不鼓舞」；接著援引歷史上「進退大臣，皆著功罪」爲例，提出史嵩之「有無父之罪四」、「有無君之罪七」等十一項大罪；批評史嵩之「其心膽粗大，志望無厭，盜威柄爲己物，視英主如遺腹委裘，天下皆謂斯人必爲國家之疽根禍本」。然後劉克莊指出「舊相致仕，必有製辭」，今「臣遵奉詔旨，即以書行」，卻未知爲褒爲貶。若從史嵩之自乞，「則合用杜衍、歐陽修之例」，可

〔註146〕林希逸《後村先生劉公行狀》，見《後村先生大全集》卷194。

〔註147〕林希逸《後村先生劉公行狀》，見《後村先生大全集》卷194。

〔註148〕劉克莊《掖垣日記·奏乞坐下史嵩之致仕罪名狀》，見《後村先生大全集》卷80。

以用「褒詞以寵加之」，但如「以舊宰相禮貌之，過矣」，這「何以示天下後世」？若「設為貶詞」，「則既不坐下罪名，秉筆者何所按據」？強烈要求理宗明確坐實史嵩之罪名，這樣才能在其「乞明詔著其所以致仕之因，庶幾詞臣有所按據，見之訓詞，以塞公議，以昭國法，宜若可施行矣」。這篇奏疏，劉克莊態度明確，堅決反對史嵩之以宰相之職致仕；在分析反對原因時，劉克莊分析的有理有據，既有以丁謂、蔡確、秦檜等反面人物為例，也有以正面人物杜衍、歐陽修等正面人物為例，從正、反兩方面進行分析，分析透徹，做到以理服人。最後，在劉克莊的堅持之下，史嵩之最後只能降低官職，以金紫光祿大夫、永國公致仕，而不是史嵩之所希望的以宰相之職致仕。

又如劉克莊《繳厲文翁依前資政殿學士知建康府沿江制置使江東安撫使兼行宮留守暫兼淮西總領奏狀》明確反對厲文翁初沿江制置使等職務的任命〔註149〕。景定二年（1261）九月，厲文翁被授予前資政殿學士、知建康府、沿江制置使、江東安撫使、兼行宮留守、暫兼淮西總領等職務。劉克莊這篇奏狀，目的在於指出厲文翁的資歷不足以堪以重任。在論述中劉克莊首先表示眾人聽到這一任命後的態度，「眾聽咸駭」；接著分析反對的原因：其一是金陵是重鎮，「平時尚且以元老重臣為之」，何況目前是非常時期，「點虜逆雛，狡謀叵測」，更需要一位能「遮蔽江北風寒、應援上流緩急」的統帥。其二是厲文翁「素行與其宦業，天下自有公議」，並指出「江上透渡之事」，厲文翁「作俑誤國」，要負主要責任。因此，劉克莊指出其它任命「尚於安危大計無預」，唯獨「沿江制置使」一職，「以閫鉞留鑰授之」，是厲文翁不足以當此重任的。為了打消宋理宗的任命，劉克莊進一步分析了厲文翁平素的為官所為，「溯其所至，為四明則四明壞，為九江則壞九江」，「今再至四明，曾未旬月，不聞有善政」。最後，劉克莊指出，厲文翁如此壞的名聲，「移之金陵，內何以服將士吏民之心，外何以寒夷狄奸雄之膽」，因此希望宋理宗能「收回成命，別加任使」，自己寧「冒犯天顏」，也不會擬寫此項任命詔書。整篇奏狀，態度堅決，分析透徹，最後理宗從之，僅授沿海制置使知慶元府，而初擬除知建康府、沿江制置使、江東安撫使、兼行宮留守、暫兼淮西總領等要職皆被免除。

〔註149〕劉克莊《繳厲文翁依前資政殿學士知建康府沿江制置使江東安撫使兼行宮留守暫兼淮西總領奏狀》，見《後村先生大全集》卷81。

三、駢散相間，匀稱跌宕

公牘文以駢體爲主，也有駢散相間。明代徐師曾云：「古之詔詞，皆用散文，故能深厚爾雅，感動乎人。六朝而下，文尚偶麗，而詔亦用之，然非獨用於詔也。後代漸復古文，而專以四六施諸詔、誥、制、敕、表、箋、簡、啓等類，則失之矣。然亦有用散文者，不可謂古法盡廢也。」〔註150〕近人孫德謙也說：「駢體之中，使無散行，則其氣不能疏放，而敘事亦不清晰。」〔註151〕因此，從表達效果看，駢散相間的句式安排，或顯得句式匀稱整齊，音節琅琅上口；或顯得長短錯落有致，具有跌宕變化之感。從而給這類莊重的文體帶來了生機，既具有「文」的色彩，又給人以藝術美感。

劉克莊的公牘文，既有全用駢體的，如《趙葵明堂加恩口宣》：

> 有敕：熙事聿成，與臣鄰而同慶；湛恩溥及，豈勳舊之敢遺？
> 昭示眷懷，對揚休命。〔註152〕

此口宣句子雖短，卻是標準得四六體，句式較爲匀稱，音韻鏗鏘，適合口頭宣讀。

此外，也有全用散體的，如《楊公幾爲宣司結局循兩資制》：

> 吾大臣董師荊蜀，士之從者如雲，然有王命非板授者十九人而已。爾一選人而預於十九人之數，以才選也。策勳飲至，宜有旌異。
> 可。〔註153〕

此制書首句使用比喻，鮮明生動，一氣呵成，簡潔明瞭。

然而，劉克莊的公牘文，出現較多的還是駢散相間。如《魏克愚浙東提刑制》：

> 自漢人有南陽、洛陽不可問之語，後遂以爲口實。浙水東去天尺五，朕之初潛也，既爲之選廉平守帥，又擢近臣知德意志慮者出將使指，所以惠越人者至矣。爾以名臣子爲尚書郎，有清通之譽，其爲朕往建臬臺。昔臣光相元祐，以十科取士，惟監司必舉聰明公正者。夫聰明則愁歎之民吐氣，公正則饕殘之吏革面。以敬讞獄，

〔註150〕徐師曾《文體明辨序說》，見《歷代文話》，王水照主編，上海：復旦大學出版社，2007年，2083頁。

〔註151〕孫德謙《六朝麗指》，轉引自尹恭弘《駢文》，北京：人民文學出版社，1994年，39頁。

〔註152〕劉克莊《趙葵明堂加恩口宣》，見《後村先生大全集》卷54。

〔註153〕劉克莊《楊公幾爲宣司結局循兩資制》，見《後村先生大全集》卷62。

> 則可長我王國；以理決訟，雖帝鄉近親，豈有不可問者乎？欽哉，
>
> 毋忽朕命。可。〔註154〕

此制書可以分兩部分，第一部分從開頭到「惟監司必舉聰明公正者」，用大段散體句式，先論浙東對朝廷的重要，指出應選得力官員前往治理，以恩惠當地百姓；進而稱美魏克愚，擔任浙東提點刑獄是完全可以勝任的。第二部分最後用駢體句式，希望魏克愚能夠在提點刑獄任上為民做主，嚴懲貪官，做到聰明公正。全篇駢散參半，文字一氣貫注，既具有長短錯落之美，有顯得勻稱跌宕，增加了實用性文章的文學色彩。

四、語言生動，修辭多樣

　　詔令類公牘文屬於下行文，多為指令性通告，要體現出皇權至高無上的威嚴。因而，此類公文經常要用到一些口氣比較嚴厲的詞語，便於政令的實施。從總體而言，劉克莊的公牘文在語言、修辭方面，表現出多樣化的特點。

　　（一）劉克莊充分發揮語言豐富的表現力，使詔書避免了乾巴巴的直白訓誡。主要表現在：

　　一是思慮嚴密，行文謹慎。一篇好的詔書，在語言上應該經得住推敲，要敘事清楚，論述嚴密。如《擬戒飭知舉以下手詔》：

> 朕試天下士於春官，凡十有三詔矣，名卿由此途出，項背相望。朕又表章儒先、崇尚理學以倡率之。然文治日隆，文弊日滋。大率斷章勦句以命題，而詞賦牽合，有慚古風，經義破碎，甚於詞賦，言理者不切乎事，論事者不根乎理。往往流於高虛鄙淺，非文之弊也，衡文者之責也。唐命贄而得愈、觀，先朝命修而得鞏、軾，士論既愜，文體亦變。卿等皆極一時之選，其體朕意，以贄、修自勉，定去取於重厚浮薄之間，察抱負於言語文字之表，必有真才實學出焉。朕將親策於廷，以驗卿等之藻鑑。故茲詔示，想宜知悉。〔註155〕

這是一篇告誡科舉考試的詔文。景定二年（1261），宋理宗欽點劉克莊草擬科舉詔，認為此詔書「非劉某不可」〔註156〕。劉克莊草擬此詔書時，行文比較謹慎，思慮周全。首先肯定宋理宗在人才選拔和提倡儒學等方面取得的成就；

〔註154〕劉克莊《魏克愚浙東提刑制》，見《後村先生大全集》卷62。
〔註155〕劉克莊《擬戒飭知舉以下手詔》，見《後村先生大全集》卷53。
〔註156〕洪天賜《後村先生墓誌銘》，見《後村先生大全集》卷195。

然後筆鋒一轉，批評了南宋科舉考試中存在的弊端。文章指出正是由於科舉考試中「大率斷章剿句以命題，而詞賦牽合，有慚古風，經義破碎，甚於詞賦，言理者不切乎事，論事者不根乎理」的弊端，造成了選拔出的人才「流於高虛鄙淺」。因而文章最後希望主持科舉考試的官員們能夠以陸贄和歐陽修自勉，勇敢得擔負起責任，爲國選拔出有「眞才實學」的人才。

二是形象親切生動。劉克莊草擬的公牘文也不乏富有形象性的描述性語言，如「春陽載熙，將母行遭，彩衣畫繡，父老歡迎，有足樂者，奚以辭爲」〔註157〕，句式整齊，具有鮮明的節奏感，寥寥數語就將父老鄉親的熱烈歡迎的場面勾畫的十分形象生動。又如「卿其即就，力疾治事，以節裕財，以廉化俗，使民不加賦而大農足，吏不犯法而京兆清」〔註158〕，數筆將皇帝對官員的期許形象地表達出來。又如「自吾有狄患，而爾有智勇，自奮於兵間，周旋三邊，大小百戰。昔援蜀，今復瀘，其功尤偉」〔註159〕，數筆就勾勒出的個智勇雙全，豐功至偉的將軍形象。再如「彼虜獸蹄鳥跡所過，悉返耕鋤；吾民雞鳴犬吠相聞，絕無枹鼓。但有貪吏解印而去，不使長官負弩而迎。皦皦遠瓜李之嫌，謙謙盡桑梓之敬。載嘉美績，乃出新綸。噫！南國憩棠，勿剪之陰常在；西清簪筆，候對之班最高」〔註160〕，生動形象地描述了百姓安居樂業的幸福生活。

（二）劉克莊還運用多樣化的修辭手法，使其公牘文文采斐然，明白曉暢。主要表現在：

一是連續反問，發人深思。劉克莊喜歡連續運用多個問句形式，鋪陳反覆，以此提出深刻的問題，啓人思考。如：「然未再歲三調守，送故迎新，得無費耗公私乎？吏得無緣絕簿書爲奸乎？所易新吏又未必賢乎？」〔註161〕連續三問，批評了官員的頻繁調動帶來的弊端。又如：「爾策勳於翰墨場，才學

〔註157〕劉克莊《賜皮龍榮再辭免除資政殿大學士知潭州恩命不允詔》，見《後村先生大全集》卷56。

〔註158〕劉克莊《賜高衡孫辭免除戶部侍郎兼知臨安府兼浙西安撫使恩命不允詔》，見《後村先生大全集》卷55。

〔註159〕劉克莊《賜太尉保康軍節度使呂文德辭免除開府儀同三司職任依舊恩命不允詔》，見《後村先生大全集》卷56。

〔註160〕劉克莊《曾穎茂除寶章閣待制依舊江西轉運使兼知隆興府制》，見《後村先生大全集》卷71。

〔註161〕劉克莊《季鏞除升直煥章閣依舊知紹興府兼主管兩浙東路安撫司公事制》，見《後村先生大全集》卷70。

不優乎？射策爲甲科郎，名第不高乎？德興縣譜，見謂廉平，不在政事科乎？」
〔註162〕通過三問，明確提出官員的選拔應該是注重才學、名第或政事。再如：

> 敕清叟：詔墨猶濕，奏函覆上，勇退未已，爲之憮然。朕於士
> 大夫之在列者，未嘗輒聽其去，況二三大臣乎？卿知時事之艱，宜
> 念股肱之竭力，任本兵之重，盍強精神而折衝，豈必以潔身辭位爲
> 高耶？卿素著直諒，數聞忠鯁。夫直言，國之華也，忠，社稷之鎮
> 也，朕方倚卿爲重，又何危殆之有？〔註163〕

此詔文通篇全用反問，以此拒絕徐清叟的請辭。

　　二是比喻說理，馴雅雋妙。劉克莊善於運用恰當的比喻，使說理淺顯易
懂，化抽象爲具體，使制詔顯得典雅莊重，雋永美妙，更容易讓人理解和接
受。如「士在朝猶玉韞山、珠潛淵，草木爲之輝潤，其去也則黯然無光」〔註
164〕，把士大夫比作是珠玉，讚美士大夫能爲朝廷增添輝潤；「傳祖訓而得髓，
取世科如摘髭」〔註165〕，把科舉高第喻爲摘取髭鬚，讚揚高衡孫輕而易舉就
能科舉高中。又如「去若鴻冥而鵠舉，來如麟獲而鳳儀」〔註166〕，把官員的
仕途沉浮比喻爲大雁黃鵠的遠走高飛和麒麟鳳凰的終獲重用；「值虎守關，耽
耽之視可畏；如駒在谷，皎皎之操不渝」〔註167〕，把官員比作在谷的白駒，
說明賢者留於朝廷，能夠保持高潔的情操。再如「比以積陰爲診，淫潦兼旬，
耳簷溜如聞歡愁，睹蒙霧如畏威怒」〔註168〕，連續運用了兩個比喻，把屋簷
流下的雨水比作愁怨，把酷寒之氣比作威怒；「下襄樊之精甲如建瓴，援漢鄂
之危城於累卵」〔註169〕，用「建瓴」比喻具有居高臨下的氣勢，不可阻遏，
用「累卵」比喻形勢非常危險。這些比喻，形象生動，給威嚴的制詔文增添
了一絲文學色彩。

〔註162〕劉克莊《卓得慶秘書郎制》，見《後村先生大全集》卷66。
〔註163〕劉克莊《賜同知樞密院事徐清叟再上奏乞解機政不允詔》，見《後村先生大全
　　　　集》卷55。
〔註164〕劉克莊《陳合著作佐郎制》，見《後村先生大全集》卷50。
〔註165〕劉克莊《高衡孫權刑部侍郎制》，見《後村先生大全集》卷63。
〔註166〕劉克莊《程公許禮部尚書制》，見《後村先生大全集》卷60。
〔註167〕劉克莊《應繇權兵部侍郎兼權吏侍制》，見《後村先生大全集》卷60。
〔註168〕劉克莊《賜宰臣賈似道等上表奏請皇帝御正殿不允詔》，見《後村先生大全集》
　　　　卷57。
〔註169〕劉克莊《御前都統制蘇劉義特轉十官……諸軍都統制制》，見《後村先生大全
　　　　集》卷62。

　　三是巧於用典，借古說今。公牘文文注重用典，它能使表述言簡意深，含蓄而富於魅力。因而，在劉克莊的公牘文中，也存在大量使用典故的現象，通過典故以喻今事。如《曾穎茂依前集撰知隆興府兼江西運副制》中，「必推救焚拯溺之心，必體被髮纓冠之義，必獲五善，必寬一分，使落霞孤鶩之觀復還，而木牛流馬之運不絕，民有生意，軍無乏興」〔註170〕。這句話連用四個典故，分別是：「救焚拯溺」典，出自王充《論衡‧自紀》：「救火拯溺，義不得好，辯論是非，言不得巧。」「被髮纓冠」典，出自《孟子‧離婁下》：「今有同室之人鬥者，救之，雖被髮纓冠而救之可也。」「落霞孤鶩」典，出自王勃《滕王閣序》：「落霞與孤鶩齊飛，秋水共長天一色。」這裏用來借指滕王閣的美景；「木牛流馬」，出自陳壽《三國志‧蜀志‧諸葛亮傳》：「亮性長於巧思，損益連弩，木牛流馬，皆出其意。」這裏用來借指運送糧草。此四典表明皇帝希望曾穎茂能在隆興府任上，要有救百姓於困境的決心，大力發展經濟，重現歷史上滕王閣的勝景和繁榮的景象。

　　要之，劉克莊所寫的公牘文詞情懇切，氣勢恢宏，言簡意賅中能盡事理，實現了經世致用與文采斐然、實用與美感的和諧統一，具備了文學的一些基本特徵。劉克莊也因此成為南宋後期一位公文大家，其所寫的公文，成為同仁和後輩們爭相傳誦與模仿的範本。

〔註170〕劉克莊《曾穎茂依前集撰知隆興府兼江西運副制》，見《後村先生大全集》卷64。

第四章 劉克莊「進故事」研究

　　自漢唐代以來，爲了探尋治國之道，歷代君主一般會通過侍講侍讀或經筵進講的方式，由廷臣在皇帝或太子面前講經論史。其目的在於發揮經史的精義，指出歷史的鑑戒，最後歸結到現實，以期古爲今用。這種經筵講學，在宋代正式制度化，規定「每年二月至五月，八月至冬至，每逢單日舉行經筵，由講官輪流入侍講讀，名曰春講、秋講」〔註1〕。在經筵講學中，經筵講官們會經常性地被要求、被鼓勵奏進前代與本朝的「故事」。通過對往昔事蹟的言談，經筵講官們往往也會藉此發揮己見，陳說對時下政事的看法，論辯政事得失，希望能影響君主的施政。因此，「進故事」在宋代就成爲臣僚進言、君主納言的重要途徑。如元祐二年（1087）十月，宋哲宗「命講讀官進故事。遇不講日，輪具漢唐故事有益政體者二條進入」〔註2〕；南宋建炎四年（1130）八月，宋高宗命侍從官進故事，「詔侍從官日一員輪值，進故事關治體者」〔註3〕。可見，雖然奏進的是「故事」，但落腳點卻是當前的「政體」、「治體」。

　　在今存宋人文集中，有不少「進故事」的內容。例如范祖禹的《范太史集》中，其中卷27是「進故事」，主要記錄著范祖禹在哲宗朝元祐年間（1086～1093）所進的二十餘條故事。又如廖剛的《高峰文集》，其中卷6是「進故事」，記錄著廖剛在紹興元年（1141）擔任御史中丞後向宋高宗奏進的故事十六條。劉克莊曾經三次擔任過經筵講官的重任。分別是：淳祐六年（1246）

〔註1〕 李贄注，張友臣譯《史綱評要》，北京：中華書局，2008年，254頁，見「經筵」注釋。
〔註2〕 《九朝編年備要》卷22，文淵閣四庫全書本。
〔註3〕 脫脫《宋史·高宗本紀》卷26，第2冊，北京：中華書局，1977年481頁。

八月，劉克莊兼任崇政殿說書；淳祐十一年（1251）五月，再次兼任崇政殿說書；景定二年（1261）三月，兼侍講。在擔任經筵講官期間，劉克莊共進故事 15 篇。

雖然宋人文集中保存了大量的「進故事」，但是「進故事」作為一種文體並不見於宋呂祖謙《宋文鑒》、明吳訥《文章辨體》、徐師曾《文體明辨》、王世貞《藝苑巵言》、清姚鼐《古文辭類纂》、曾國藩《經史百家雜鈔》等著作中。然直到清代，莊仲方編纂的《宋文苑》把「進故事」列為五十五類文體之一，「進故事」才真正具有文體學的意義。

劉克莊精於史學，在「進故事」中，劉克莊常以歷史上的經驗教訓開導宋理宗。因而，對劉克莊「進故事」的研究，將有助於我們瞭解劉克莊「進故事」的動機、目的以及文學價值。

第一節　「進故事」的價值取向

作為宋代朝廷經筵講學的一種特殊形式，「進故事」的聽眾是皇帝，因而其行文目的明確，注重經世致用，針對性強，講究時效。劉克莊三次擔任經筵講官的時間雖然不長，但卻是在宋理宗親政時期擔任的。宋理宗在親政之初立志中興，從端平元年（1234）到淳祐十二年（1252）的近 20 年間，宋理宗在政治、經濟、軍事、文化等各方面採取了一系列改革措施：拔賢黜佞、整頓吏治，整頓財政，出師汴洛、部署抗蒙。這就是史稱的「端平更化」。因而透過劉克莊的「進故事」，可以窺見「端平更化」期間的一些治國方略的調整。同時，劉克莊也通過「進故事」這樣一個平臺呈現其政治識見、對現實社會的思考、對政治弊端的不滿，以及振國濟民的情懷。可以說，「進故事」是劉克莊的政治理想、價值觀念的載體，它體現出獨特而鮮明的價值取向。

一、以民為本的儒家情懷

中國古代有豐富的民本思想，早在春秋時期，管仲就提出：「夫霸王之所始也，以人為本，本理則國固，本亂則國危。」〔註 4〕《尚書》指出，「民可

〔註 4〕戴望《諸子集成・管子校正・霸言》第 5 冊，石家莊：河北人民出版社，1992
　　　年，144 頁。

近，不可下；民爲邦本，本固邦寧」〔註5〕，將「以人爲本」拓展爲「以民爲本」。此外，孔子倡言的「仁愛」，孟子認爲「民爲貴，社稷次之，君爲輕」〔註6〕，荀子進而比喻「君者，舟也；庶人者，水也。水則載舟，水則覆舟。」〔註7〕「以民爲本」成爲儒家經邦治國的政治理念，國家能否長治久安就在於其是否眞正做到以「民爲邦本」。

作爲深受儒家思想影響的劉克莊，在其所進的「故事」當中，也處處散發出其以民爲本的儒家情懷。這具體表現在：

一要積極理財，富國裕民。宋理宗即位之初，曾頒佈過一些關於財政改革的詔令，但效果並不明顯。到了端平年間，「財用不足」已成了當時南宋的「不可藥之病」〔註8〕，南宋事實上府庫已竭、根本已空，再加上自然災害頻繁，由此導致經濟秩序遭到破壞，廣大百姓深受其害，這極大地威脅到南宋統治的穩定。劉克莊通過「進故事」，提出了自己的財政改革主張。如《進故事·辛亥九月二十日》云：

> 臣嘗考論古今，自漢中葉筦榷之法行，上而公卿，下而賢良文學，各持一論。……昔之理財者，摧抑富商巨賈之盜利權者爾，逐什一以養口體者不問也；削弱豪家大姓之侵細民者爾，營斗升以育妻子者不問也。天地所產，海之魚鹽，藪之薪蒸，漆枲絲紵之百貨，械器陶冶之一藝，蓋販夫販婦、園夫紅女所資以爲命者，苟操幹之無遺，則歎愁之寧免？漢算緡錢，下逮末作之人；唐爲宮市，害及鬻樵之夫。治世氣象，不宜如此。向也榷酤摧契，信有遺利；今囊括殆盡，弓張末弛。倅失利源，邑困繭絲之取；邑無生意，民受池魚之殃。治世氣象，不宜如此。議者排之愈力，執事者持之愈堅，踵漢庭鹽鐵論之弊，失先朝前輩儒臣治賦之意，麟趾之澤息，蔓尾之謗興，將安取此？臣觀今日事勢，損上未易言也，酌中制以取之足矣；裕民未易言也，損末利以還之足矣。昔陳恕令三司吏各條茶法，第爲三等，曰：「上者取利太深，可行之商賈，不可行之朝廷，

〔註5〕 孔安國傳，孔穎達等正義《尚書正義·五子之歌》，上海：上海古籍出版社，1990年，97頁。

〔註6〕 萬麗華，藍旭譯注《孟子·盡心下》，北京：中華書局，2006年，324頁。

〔註7〕 荀子《荀子·王制》，文淵閣四庫全書本。

〔註8〕 劉克莊《備對箚子》（三），見《後村先生大全集》卷51。

吾用其中者。」眞計臣之心也。王旦遣澧臣，曰：「朝廷權利至矣。」
眞大臣之言也。惟陛下詔廟堂省府亟圖之。〔註9〕

「筦搉」，亦作「管權」，指官府對鹽、鐵、酒等施行專賣政策。964年，宋太祖下令各州，每年所收的民租和管權收入，除地方支用外，絹帛之類全部運送京師。南宋的專賣政策繼承北宋，少有變更。劉克莊曾云：「簿錄網已密，筦搉弓遂張。」〔註10〕可見，宋代對鹽、鐵、酒等商品實行國家專賣政策促進了經濟有較大發展，但專賣之法過於嚴密，既不利於商品生產和流通，也不利於財政稅收，並且嚴重導致百姓利益受損。因而劉克莊在此「進故事」中批評了南宋政府實行的商品專賣政策，認爲以往朝廷理財，重在「搉抑富商巨賈之盜利權者」和「削弱豪家大姓之侵細民者」，而對「養口體者」和「育妻子者」採取不問政策；劉克莊進一步指出，「天地所產，海之魚鹽，藪之薪蒸，漆枲絲紵之百貨，械器陶冶之一藝」，本是「販夫販婦、園夫紅女」賴以生存的生活資料，卻因爲實行了商品專賣而導致百姓利益受損；劉克莊還借漢唐商品專賣而損害百姓利益一事，「漢算緡錢，下逮末作之人；唐爲宮市，害及鬻樵之夫」，兩次勸說理宗「治世氣象，不宜如此」，而贊同陳恕所說「上者取利太深，可行之商賈，不可行之朝廷，吾用其中者」和王旦所說「朝廷權利至矣」，希望理宗能「詔廟堂省府亟圖之」，解決民生之困。

二要募民入粟，散利薄徵。頻繁水災給本已拮据的南宋財政造成了更大的打擊。劉克莊多次通過「進故事」建議興利除弊，減輕人民負擔。如《進故事·辛酉七月十五日》云：

臣惟救災以粟爲本，漢至文、景，晁錯始獻策募民入粟縣官，得以拜爵，得以除罪。始令輸於邊，邊食足則令入粟郡縣。文帝行其說，六百石爵上造，四千石爲五大夫，萬二千石爲大庶長。其後雖有軍役水旱，民不困乏，至於下詔蠲天下田租稅之半，明年又全蠲之。其後上郡以西旱，修賣爵令而裁其價以招之，及徒復輸，得輸粟以除罪。臣昨修《孝宗實錄》，士民以入粟拜爵者歲不絕書。及朱熹召對，語及賑荒，聖訓告以補授入粟之人，且曰：「至此又說愛惜名器不得。」臣伏見此二郡巨室甚多，若朝廷採漢文、景及乾、淳已行，許之入粟於官，籍數來上，隨其多寡優與補授。白身人補

〔註9〕劉克莊《進故事·辛亥九月二十日》，見《後村先生大全集》卷86。
〔註10〕劉克莊《雜興五首》，見《後村先生大全集》卷36。

官，已仕者減舉員或轉秩，士人免舉升甲首，冤者與伸雪，負譴者
從未減，不待科抑，人自樂輸。雖云秋成絕望，或囷倉偶有於宿儲，
或智力能運於他處。所入既多，然後用曾鞏前說，每戶計口多寡，
各貸兩月，向後得熟，歸粟於官。臣又見《孝錄》，遇災傷州縣率停
其年二稅，或減分數，候次年帶補。凡此之類，皆合舉行。臣聞今
歲浙東、江湖、福建皆得上熟，自吳門至常、潤亦稔，惟二郡及近
畿數邑被災。曾鞏欲賑十州，故請貸粟百萬石，今止貸二郡及三數
邑，亦朝廷事力可辨，況又募民入粟相助乎！此事當如救焚拯溺，
若上之人付之悠悠，下之人必以具文塞責。臣聞縣令字民之官，不
損猶應言損。唐代宗之言：「立而視其死，孔距心之罪。」代宗非英
辟，距心非賢大夫，然其言乃千萬世檢放賑恤不刊之論。惟陛下詔
攸司亟圖之。取進止。〔註11〕

景定二年（1261），湖、秀二州發生水災。針對湖、秀二州水災，劉克莊認為
可採用歷史上晁錯「募民入粟縣官，得以拜爵，得以除罪」之法來解決救災
問題，理由是於湖、秀二州「巨室甚多」，若採用募民「入粟於官」的方法，
可以相助救急，籌得糧食，解決災民的吃飯問題。並且指出救災如同「救焚
拯溺」，強調「若上之人付之悠悠，下之人必以具文塞責」，希望理宗能如唐
代宗所言，「立而視其死，孔距心之罪」，盡快解決賑災問題。

　　針對各地水災，劉克莊還提出散利薄徵的建議。如《進故事·辛酉八月
二十日》云：

　　　地官荒政十二，以散利薄徵為首。說者謂散利是發公財之已藏
　　者，汲黯是也；薄徵是減民租之未輸者，陽城是也。今已藏者羽化
　　無可發矣，未輸者預借而起催矣。〔註12〕

「荒政」，是中國古代救濟饑荒的法令、制度與政策、措施的統稱。《周禮·
地官·大司徒》記載了對付災害的十二條對策〔註13〕，以保證老百姓不致流
離失所。劉克莊認為，這十二條救災對策中，應以「散利薄徵為首」。「散利」，

〔註11〕劉克莊《進故事·辛酉七月十五日》，見《後村先生大全集》卷87。
〔註12〕劉克莊《進故事·辛酉八月二十日》，見《後村先生大全集》卷87。
〔註13〕《周禮·地官·大司徒》云：「以荒政十有二聚萬民。一曰散利，二曰薄徵，
　　　三曰緩刑，四曰弛力，五曰舍禁，六曰去幾，七曰眚禮，八曰殺哀，九曰蕃
　　　樂，十曰多昏，十有一曰索鬼神，十有二曰除盜賊。」見《周禮·儀禮·禮
　　　記》，陳戍國點校，長沙：嶽麓書社，2006年，24頁。

即開倉發放救濟物資;「薄徵」,即減輕賦稅。劉克莊還以汲黯開倉和陽城減租爲例,希望朝廷能散利薄徵,賑恤救災。

三要省刑慎罰,矜民恤情。劉克莊還以自己曾擔任江東提舉的經歷爲「故事」,提出要省刑慎罰的主張。如《進故事·辛酉八月二十日》云:

> 臣少爲獄掾,竊見諸犯劫盜,必先核實其所居是與不是災傷地分而爲輕重焉,始悟法意與地官經文暗合。臣竊恐浙西官吏斷此等獄或不原其初意爲饑所驅,一切以柱後惠文從事,以傷陛下好生之德,而干陰陽之和。蓋周家賑荒,先之以散利薄徵而最後始及於除盜。夫必使之有求生之路,如是而不悛則法行焉,雖死不怨殺者矣。
>
> 〔註14〕

面對饑民的鋌而走險,劉克莊認爲斷獄者應當體諒其初衷,省刑慎罰,矜民恤情。劉克莊以自身經歷爲例,「臣少爲獄掾,竊見諸犯劫盜,必先核實其所居是與不是災傷地分而爲輕重焉,始悟法意與地官經文暗合」,告誡災區的官員在斷此等獄時,一定要體諒災民「爲饑所驅」的初衷,如果斷獄者一切從嚴處理,那會「傷陛下好生之德」,因而希望國家在救災時,能「先之以散利薄徵而最後始及於除盜」,從而務必使災民「有求生之路」。

針對在賑災的過程中出現的「饑民有聚眾借糧者,有持械發窖者,有劫奪軍器□船者,駸駸至於殺人矣」〔註15〕的現象,劉克莊也明確反對朝廷「調戈船巡警,又命大將收其伉健材武者爲兵」〔註16〕,用武力來鎮壓災民,認爲此「皆補瀉常法也,非救急之劑也」。劉克莊希望統治者能體恤民情,在特殊時期不能用極端手段對付百姓。

二、整飭吏治的批判精神

吏治,指古代官吏特別是地方官吏管理和統治民眾的方式和治績。中國歷代統治者十分重視吏治,韓非子甚至主張「治吏不治民」〔註17〕,所以,整飭吏治既是每一個朝代正常運行的基本保證,又是一個國家富於希望的重要標誌。宋理宗親政之前,史彌遠把持朝政,獨斷專行,他的黨羽幾乎控制

〔註14〕 劉克莊《進故事·辛酉八月二十日》,見《後村先生大全集》卷87。
〔註15〕 劉克莊《進故事·辛酉八月二十日》,見《後村先生大全集》卷87。
〔註16〕 劉克莊《進故事·辛酉八月二十日》,見《後村先生大全集》卷87。
〔註17〕 張覺《韓非子校注》,長沙:嶽麓書社,2006年,472頁。

了從中央到地方的重要職位。史彌遠死後，如何整飭吏治，消除史黨的影響，就成爲宋理宗更化面臨的一個重要問題。劉克莊通過向宋理宗「進故事」，大膽指出吏治中存在的問題，並提出了改革的措施。具體如下：

一是希望宋理宗能明察秋毫，勿爲小人蠱惑。如《進故事·壬戌寅月初十日》云：

> 臣按丁謂之竄海島也，天下料其不復返矣。流人表奏，無路自通，謂設計上表祈哀，厚賂估客，外封與河南尹，尹不敢啓視，馳驛繳奏。雖以仁祖聖明，亦爲之動，果得內徙。甚矣，小人之可畏也！置之萬里鯨波之外，猶能用小術數脱歸。於時穆修有「卻訝有虞刑政失，四凶何事不量移」之句。謂之卒於光州，天也。使其老壽，國家之患、縉紳之禍，必有如王曾之所憂者。曾豈幸人之死哉？臣嘗謂人主之尊如天，威如雷霆，權柄如龍泉、太阿，然小人或得而玩褻之，籤弄之。彼小人安能自通於人主，必有爲之奧主、爲之內調者。夫惟有奧主則譽言日至，有內調則動息必知，進紛華以悦其耳目，求嗜好以蠱其心志。人主不察，以爲愛己也，親之信之，然後墮其術中，彼不動聲色而得吾之柄矣。臣姑舉其略。商鞅因景監，李斯因趙高，李訓因王守澄，丁謂因雷允恭，迷國誤朝，如出一轍。善乎！李石責北司之言曰：「李訓固可罪，然訓由何人以進？」北司慚沮。若但誅貶訓、謂而守澄、允恭則陽陽自若，禁防稍弛，詭秘潛行，臣恐四凶有時而量移矣。臣願陛下推原禍端始於爲奧主、內調者，既疏遠之，又疏遠之。仍詔攸司奉行元日之詔，寬餘黨非寬死黨，赦輕罪非赦重罪，以一人心，以杜後患。〔註18〕

劉克莊首先從權臣丁謂由崖州量移到光州一事，指出「小人之可畏也！置之萬里鯨波之外，猶能用小術數脱歸」；其次分析小人借助「奧主」、「內調者」（即靠山）之力，蠱惑人主，「進紛華以悦其耳目，求嗜好以蠱其心志」，導致「人主不察，以爲愛己也，親之信之，然後墮其術中」，小人也由此「不動聲色而得吾之柄」；然後再結合歷史上商鞅勾結景監、李斯勾結趙高，李訓勾結王守澄，丁謂勾結雷允恭等事例，譴責小人多勾結朝中靠山，導致「迷國誤朝」；最後希望宋理宗能明察秋毫，疏遠「奧主、內調者」，勿爲小人蠱惑，「寬餘黨非寬死黨，赦輕罪非赦重罪，以一人心，以杜後患」。

〔註18〕劉克莊《進故事·壬戌寅月初十日》，見《後村先生大全集》卷87。

劉克莊還痛斥權奸誤國，希望理宗能以之爲鑒。如《進故事・丙午十二月初六》云：

> 臣恭惟高宗皇帝聰明聖武，侔德周宣、漢光，中興之英主也。初罷檜相，明斥其罪，形之親箚，載之訓辭，榜之朝堂，又奪其職名，天下謂檜不復用矣。後五年再入，又二年再相，在位十九年然後死。臣按邊躇錢塘本趙鼎之謀也，時和議已有萌矣。向使鼎與諸賢主謀於內，諸名將宣力於外，必不專恃和，雖和必不至於甚卑屈。於是檜用計逐鼎，挾虜自重。高宗始欲和約之堅，舉國以聽，然大柄一失，不可復收，甚眷鼎、濬而鼎、濬不得不貶，甚眷世忠、俊而世忠、俊不得不罷，甚眷飛而飛不得不誅，甚惡熺而熺爲執政。一時名臣如李光、王庶、曾開、晏敦復、李邴遜、胡寅、張九成、胡銓諸人，或過海，或投荒，或老死山林，專欲除人望以孤主勢。此猶可也，其甚者陰懷異志，撼搖普安，雖至尊亦有靴中七首之防。甚矣，姦臣之可畏哉！其既退也，必有術自通，以媒復進；其復進也，必有術自固而不復退。謀伏於既退之時，禍烈於復進之後，臣於檜之始末有感焉。若夫無檜之功，有檜之罪，以一身戰九州島四海之公議，要領獲全，毫毛無傷，其奸慝之狀不形之親箚，不載之訓辭，不榜之朝堂，不付出諫官御史論疏，不削奪，他日安知不如檜之復出乎？惟聖主留意。〔註19〕

劉克莊痛斥權奸秦檜誤國，「挾虜自重」，指出秦檜「欲除人望以孤主勢」，而誣陷眾多主戰派和名臣，使他們或被罷，或被誅，「或過海，或投荒，或老死山林」；更嚴重的是，秦檜賣主求榮，「陰懷異志，撼搖普安」。劉克莊由此感慨「姦臣之可畏哉」，指出姦臣即使被貶也會採取不擇手段，「以媒復進」，進而「禍烈於復進之後」。因而劉克莊希望理宗能明辨「奸慝之狀」，並以之爲鑒，以防他日有如秦檜之類的姦臣再次出現。

二是提出裁冗員，核名實，簡政節用。趙匡胤取得政權後，爲了防止文官武將專權，制訂出一整套集中政權、兵權、財權、司法權等各種制度，使得專制主義中央集權達到前所未有的程度，導致各級政府權力分散，形成了疊床架屋的龐大官僚機構。南宋基本上沿襲北宋官制，不僅行政機構重疊，官員職責不清，互相推諉扯皮，辦事效率很低；而且眾多官員的俸祿，成爲

〔註19〕劉克莊《進故事・丙午十二月初六》，見《後村先生大全集》卷86。

封建國家一項數目很大的財政支出，加重了人民的經濟負擔。劉克莊希望宋理宗能採取必要措施，精簡機構，整飭吏治，提高國家各級機構的效能，同時減少國家對冗官餘吏不必要的開支，相應地減輕了人民負擔。如《進故事·辛酉三月十八日》云：

> 臣端平初以樞掾兼侍右郎官，竊見本選小使臣凡一萬三千九百餘人，臣因奏對，尚患其冗。白首重來，蒙恩攝貳夏卿，每坐曹據案書押，副尉以下文帖不知其幾千萬紙。由此推之，大小使臣之給告身、綾紙者，又不知其幾也。南渡初，諸大將軍中有所謂武功隊，謂一隊之人皆武功郎。夫非高爵厚祿無以得人之死力，況此一資半級，豈容靳惜？第補授既多，稽考實難，至有以十年前補帖欲脫漏差注者，賴郎官趙必普精明，察知頂冒，毀抹二帖。又以此一事推之，所謂頂冒脫漏者無窮也，司之所發摘者不過一二，若捧土以塞江河，等為亡益。臣謂戰士捐軀赴敵，廩祿終身未足酬勞，若其身已歿而補授帖牒轉入他人之手，為國耗蠹，無時而已，豈不甚可痛哉！臣愚見謂一軍之中某為真立功人，某為頂冒人，惟主帥尤知其詳。今諸大將豈無賢如趙摶者，當時鄂渚一軍所刷至三萬五千餘件，陛下何不以此事下詔風屬諸大將，使各刷具所掌尺籍伍符中事故人姓名，拘其告箚牒帖繳申朝廷，以討軍實，以省兵餉。俟諸處申到，取其根刷多者，法孝廟賞趙摶家法，使有所勸。其奉詔不謹或差功級者，用文帝罰魏尚故事，使有所懲，以副陛下綜覈名實之意。取進止。〔註20〕

劉克莊批評了朝廷冗官太甚，他說：「臣端平初以樞掾兼侍右郎官，竊見本選小使臣凡一萬三千九百餘人」，接著以官員用紙為例，指出冗員太甚，造成行政資源浪費，「副尉以下文帖不知其幾千萬紙。由此推之，大小使臣之給告身、綾紙者，又不知其幾也」；接著劉克莊又批評了軍隊中存在冒領軍功的現象，他說：「戰士捐軀赴敵，廩祿終身未足酬勞，若其身已歿而補授帖牒轉入他人之手，為國耗蠹，無時而已，豈不甚可痛哉！」針對此現象，劉克莊以趙摶剔除三萬五千餘件冒頂事件為例，希望宋理宗能「以此事下詔風屬諸大將」，綜覈名實，剔除「具所掌尺籍伍符中事故人姓名，拘其告箚牒帖繳申朝廷」，達到「以討軍實，以省兵餉」的目的。劉克莊最後建議宋理宗效法嚴罰魏尚

〔註20〕劉克莊《進故事·辛酉三月十八日》，見《後村先生大全集》卷86。

的漢文帝，嚴懲那些「奉詔不謹或差功級者」官員，以此真正落實朝廷核名實、簡政節用的目的。

三是主張重用名臣，宜明功罪，做到賞善罰惡。如《進故事・壬戌七月初六日》云：

> 臣聞賞罰軍國之綱紀，宜賞而罰則有功者怠，宜罰而賞則負罪者玩。以此御軍，軍不可禦；以此治國，則國不可治矣。夫功莫大於保境衛民，罪莫大於債軍蹙國。今有負債軍蹙國之罪，宜罰而賞，人心憤鬱，臣請為陛下精白言之。……臣嘗謂得臣治兵嚴而奉己薄，晉文公以其存亡為憂喜。及城濮之敗，楚子使謂之曰：「大夫若入，其如申息之老何？」得臣聞而自殺。殷浩有德有言，當時以其出處卜江左隆替。及山桑之敗，廢為庶人。若二閫無得臣之才與浩之德，而債軍蹙國之罪大於城濮、山桑之敗，削奪終身，猶為輕典，而又可以復玷缺乎？《語》有之：「既往不咎。」臣非敢曉曉然咎既往也，議者皆謂此二人者，其身雖已閒退，其力猶足以交結貴近，經營召用，天下事豈堪此曹再壞耶？臣愚欲望陛下覽楚殺得臣、晉廢殷浩之事，申諭大臣，二人牽復之外，永不得收用，以解天下之疑惑，以存朝廷之紀綱。宗社幸甚。取進止。〔註21〕

劉克莊首先指出「宜賞而罰」和「宜罰而賞」的危害，「宜賞而罰則有功者怠，宜罰而賞則負罪者玩」，如以此御軍治國，則會導致「軍不可禦」，「國不可治」；然後通過對楚殺得臣、晉廢殷浩之事的分析，希望理宗能明功罪，嚴賞罰，重任人。

劉克莊還針對用人方面出現的不良現象進行進諫。如《進故事・辛亥六月九日》主要針對朝中出現的不按常規經中書等省議定，而由宮內直接發出詔令現象，暗諷鄭清之戀位貪榮，漸失讜直，希望「小臣能以去就為輕，雖大事可論；大臣能以去就為輕，雖內降可執，橫恩可寢」，勸諫理宗能「以朝廷紀綱為重，貴近干請為輕」。又如《進故事・辛亥七月初十日》主要論皇戚親貴不必賜任官職，希望理宗能遵循祖宗之法，對皇戚親貴「但賦以祿而不任以事」，避免出現「與寒士爭進」的現象。

〔註21〕劉克莊《進故事・壬戌七月初六日》，見《後村先生大全集》卷87。

三、實施積極的防禦政策

南宋中後期，蒙古在北方地區迅速崛起。宋端平元年（1234）十二月，蒙古遣使責問宋破壞盟約出兵河南，作為侵宋的藉口。次年六月，蒙古決定侵宋，兵分東、中、西三路大舉南侵。淳祐十一年（1251）初，蒙哥繼承汗位後，又不斷派軍向宋進擾。寶祐元年（1253），忽必烈分三道進軍雲南，攻陷大理。此後，蒙軍招降吐蕃，控制了西南地區，從西南方面對南宋造成了大包圍的形勢。寶祐五年（1257）春，蒙哥汗下詔大舉侵宋。景定元年（1260）七月，忽必烈以宋拘禁使臣郝經為背約，下詔侵宋。隨著蒙古軍的頻繁入侵，構成了對南宋朝的巨大威脅。面對急劇變化的局勢，劉克莊曾多次通過「進故事」向理宗進言，提出治軍禦敵的對策。具體如下：

一是要居重御輕，戒輕敵冒進。淳祐十一年（1251），蒙古易主，蒙哥初即位，當時有盛傳「胡運寖衰」。南宋執政者因而盲目樂觀，輕謀進取，缺乏冷靜思考和決策。劉克莊以峻切之辭予以告誡，以喚起南宋統治者的危機感。如《進故事・辛亥閏月初一日》云：

> 竊惟居重御輕者安，虛內事外者危。胡運寖衰，士氣稍振，荊甲搗虛，重碎土疆，蜀兵攻堅，大獻俘馘，向也我師畏韃如虎，今遂能袒裼而暴，下車而搏，雖未遽收下莊子之功，然亦頗奮馮婦之勇矣。此皆陛下廟謨帷略、長駕遠馭所致。如聞閫臣忠憤激發，荊紐一勝，蜀謀再舉，識者憂之。臣觀晉入畫江自守，精兵名將往往分佈沿流重鎮，如庾翼在襄陽，陶侃在武昌，褚裒在京口，桓溫在姑熟之類。故昔人有「長江千里，如人七尺之軀，護風寒者不過數處」之喻，而自江以北之地則付之祖逖、劉琨輩，使自疆理。琨握空拳守并，逖以素隊千人、布三千匹渡江，不給鎧仗。晉人能量事力、權輕重如此，偏安一隅而不害其立國，非偶然也。今之閫臣握兵柄，操利權，朝家又抽摘科降以助之，適值目前之靜，遂有分表之經營，比之晉人則似輕堂奧而重極邊，虛根本而事遠略。臣不敢援引前古，姑以近事言之。趙范欲圖唐、鄧，唐、鄧不可得而棗陽先失，於是安、隨、郢、復、均、房之境皆為丘墟。趙彥吶欲圖秦、鞏，秦、鞏不可得而劍關不守，五十四州蕩覆。豈非外重而不能禦、內虛而無以守，其勢必至此歟？臣竊私憂過計，謂江陵重然後可以援襄、樊，重慶實然後可以圖漢中。范與彥吶即吾龜鑒矣。蔡謨、

> 王羲之、孫綽之言，蓋英雄豪傑之所誚侮，以爲怯懦者，然自晉至
> 今，欲保守金甌使之無缺者，終不能易此論也。惟陛下詔閫臣熟籌
> 之。〔註22〕

劉克莊首先提出自己的觀點，「居重馭輕者安，虛內事外者危」，強調要沿江防禦當居重馭輕，不可輕敵冒進；批評了當時一些將領盲目樂觀，只知逞「馮婦之勇」，「蜀謀再舉」。接著劉克莊分析東晉因爲能夠把「精兵名將往往分佈沿流重鎮」，所以才能夠「偏安一隅而不害其立國」，藉此希望南宋將領們能像晉人一樣，「輕堂奧而重極邊，虛根本而事遠略」；並以趙范和趙彥吶爲例，「趙范欲圖唐、鄧，唐、鄧不可得而襄陽先失，於是安、隨、郢、復、均、房之境皆爲丘墟」，「趙彥吶欲圖秦、鞏，秦、鞏不可得而劍關不守，五十四州蕩覆」，指出趙范和趙彥皆因「外重而不能馭、內虛而無以守」，輕敵冒進，導致大片領土喪失。劉克莊認爲只有「江陵重然後可以援襄、樊，重慶實然後可以圖漢中」，趙范和趙彥吶的失敗完全可以避免。劉克莊最後指出，面對敵強我弱，重要的是戒冒進輕敵，而應該注重馭守之策，才能「金甌使之無缺」，希望理宗和將領們能夠深思熟慮，作出正確決策。

二是邊患雖稍紓，仍當戒懼儉勤。劉克莊認爲，即使邊患危機稍有解除，也要繼續戒懼儉勤，未雨綢繆。如《進故事‧壬戌三月初三日》云：

> 臣叨塵朝列以來，每見君相之所深憂、中外之所通患，瀘將據瀘以畔也，漣、海未復也。籌西事者恐其幹沅、播，梗嘉、渝；慮東鄙者防其突山陽，窺海道。上下皇皇，憂在旦暮。賴天悔禍而人助順，將帥叶力，英豪慕義，歸疆闢國，一月三捷。凡向之深憂通患者，至此而冰釋矣。此皆陛下憂勤一念，惟天惟祖宗隱相啓祐之力，溥率同慶而臣獨有隱憂。臣聞古人以敵國外患比之法家拂士，言君心敬肆之頃，天下治亂分焉。楚雖克庸而申儆箴訓國人者愈嚴，晉雖敗楚於城濮，然文公猶有憂色。臣嘗反覆左氏所書，曰申儆者，謂戒懼之不可息；曰箴訓者，謂篳路藍縷，謂民生在勤；曰文公有憂色者，謂得臣猶在。臣妄謂今日邊患紓矣，外間或言禁中排當頗密，能如前日之戒懼否？湖山舟艦稍盛，能如先朝之篳路藍縷否？又曰謢必烈猶存，憂不大於得臣否？此雖遊談聚議之訛，然亦私憂過計之意。昔鄭有武功而子產懼，晉復覆業而范文子諫，臣雖不及

〔註22〕 劉克莊《進故事‧辛亥閏月初一日》，見《後村先生大全集》卷86。

前賢，惟願陛下戒懼儉勤常如虜偷渡時，大臣洪毅忠壯常如蘋草坪、白鹿磯時，公卿百執事常如吳潛聚議移蹕時。及茲閒暇，相與汎掃朝廷，綢繆牖戶，以續藝祖開基之運，以保光堯壽皇中天之業，臣俺黮餘景，歸老田裏，尚能作爲頌詩，歌舞太平。臣不勝倦倦。〔註23〕

此「進故事」作於景定三年（1262）三月。這年正月，宋軍「將帥叶力，英豪慕義」，打敗叛將劉整，收復瀘州。隨後戰事「一月三捷」，邊境安危也稍有緩和。面對朝廷上下「溥率同慶」，劉克莊「獨有隱憂」，提醒理宗，「古人以敵國外患比之法家拂士」，認爲外患可以與輔佐君主的賢士相提並論，這樣國君才能「心敬肆之頃」。劉克莊隨後以楚晉爲例，指出楚雖克庸，晉雖敗楚，但他們並沒有放鬆警惕，或「申儆箴訓國人者愈嚴」，要求群臣要「戒懼之不可怠」，要「篳路藍縷」、「民生在勤」；或面「有憂色」，因爲楚將成得臣還在。劉克莊通過連續三問，提醒宋理宗，希望理宗「戒懼儉勤常如虜偷渡時，大臣洪毅忠壯常如蘋草坪、白鹿磯時，公卿百執事常如吳潛聚議移蹕時」，做到未雨綢繆，「以續藝祖開基之運，以保光堯壽皇中天之業」。

　　三是希望擇帥以望實爲主，求帥當儲於平日。如《進故事・辛酉十月廿九日》云：

臣以史考之，初夏竦招討五路，仲淹、琦各帥一路以副竦。及竦無功罷去，仲淹等始自副帥升經略招討使，韓、范並駐涇原，擢彥博帥秦鳳，兼知秦州，可謂極一時之選。余靖尚且謂「使彥博守秦，恩信未洽，緩急有難，兵將安肯用命」。又云：「彥博新進，羌賊固輕之矣。」靖乃四諫之一，其言如此。時彥博未立貝州之功，名論尚輕，未得儕於韓、范耳。以此知謀帥當以望實爲主，而權譎不與焉。如羊祜不但邊人信之，敵國之人亦信之，曰「叔子豈酖人者」。如孔明，不但徐庶以爲臥龍、爲俊傑，雖司馬懿亦以爲奇材。今日帥材絕少，臣謂當以此法求之，又當儲之於平日而不當求之於一旦。於路帥中儲閫帥，於閫帥中儲宣威，儲督視。士大夫中豈無杜預、陶侃，科舉中豈無郭汾陽，偏禆行伍中豈無呂蒙、齡石，參佐中豈無馬總、溫造、王庶、劉子羽，然不求其望實而但取其權譎，誤矣。昔者趙括談兵，父不能過，而秦人輕之，以爲易與，卒誘而

坑之。雖括母亦知其必敗。噫，母婦人也，猶不可欺，況國人乎！
況敵國之人乎！臣敢以此慶曆諫臣所以告仁祖者爲陛下獻。取進
止。〔註24〕

劉克莊通過分析余靖反對文彥博守秦一事，明確擇帥的標準「當以望實爲主，
而權譎不與焉」；並以羊祜和諸葛亮爲例，認爲所選之帥不僅要能得到手下將
領的信任，還要能得到對手的敬重。劉克莊還針對「今日帥材絕少」的問題，
強調求帥當儲於平日，非一日之功可就，應該「於路帥中儲閫帥，於閫帥中
儲宣威，儲督視」，認爲只有通過層層選拔，相信朝廷能夠選拔出像杜預、陶
侃、郭子儀、呂蒙、朱齡石等一樣的帥材。最後，劉克莊還以趙括紙上談兵
誤國爲例，指出了擇帥「不求其望實而但取其權譎」的危害性，希望宋理宗
能引以爲戒。

　　總之，劉克莊通過「進故事」，闡明了自己的政治見解以及對時政的看法，
表現出對國事的憂慮，對民生的關注，充滿了一股強烈的危機感和憂患意識。
然而，由於宋理宗的腐敗無能、不辨忠奸，多次任用奸相佞臣，排斥打擊忠
臣良將，致使南宋統治日益腐敗，朝綱不濟。劉克莊雖借史勸諫，但也無法
挽救南宋被滅亡的命運。

第二節　「進故事」的文體新變

　　在宋人文集中，保留了不少「進故事」，如《范太史集》卷 27 主要收集
范祖禹向宋哲宗奏進的二十餘條故事；《高峰文集》卷 6 收集廖剛向宋高宗奏
進的十六條故事。通過比較，可以看出劉克莊的「進故事」具有以下特點：

　　一是標題的規範化。在前人的「進故事」中，范祖禹用「進故事」作標
題，但沒有標注所進「故事」的時間；廖剛「進故事」的標題格式是「時間
＋文種」，其中有年、月、日全標的，如《元年十一月二十六日進故事》；也
有省略年份的，如《十二月四日進故事》；也有只標明日期的，如《十一日進
故事》。而劉克莊「進故事」的標題直接標明「進故事」，然後注明年、月、
日，如《進故事·丙午九月二十日》、《進故事·辛亥六月九日》。

　　二是注明「故事」出處。范祖禹的「進故事」是直接「援引故事」，沒
有注明出處；廖剛的「進故事」有時會在文章開頭中注明出處，如《六月

初三進故事》，其開頭是「《三寶實訓》：太宗皇帝嘗曰：『大凡有國家者，未有不欲進君子，退小人。然君子少而小人多，何也？』呂蒙正曰：『此繫時運盛衰，苟邦國隆盛，則君子道長，及其將衰，則小人在位。』」〔註25〕而劉克莊進故事的格式比較固定，都會在「援引故事」之後注明出處，如《進故事‧辛酉正月二十八日》開頭先「援引故事」：「李錡誅，憲宗將輦取其貲，李絳與裴洎諫曰：『錡僭侈誅求，六州之人怨入骨髓，願以其財賜本道，代貧民租稅。』制可。」〔註26〕然後在故事之後注明出處為「出《唐書‧李絳傳》」。

　　三是擴大所進「故事」的時代範圍。考察三人所進「故事」的時代，范祖禹、廖剛的「故事」主要為以漢、唐故事為主，劉克莊的「故事」時代範圍更廣，轉向以宋本朝故事為主，兼有其它朝代的故事。具體如下表所示：

作　者	所進故事的時代及條數			
	漢	唐	本朝（宋）	其它
范祖禹	9	9	2	春秋1
廖剛	2	6	6	戰國2
劉克莊	2	1	11	春秋2、晉書4

　　另外，考察所進的「故事」，劉克莊善於從前代史書中選取「故事」，如《進故事‧丙午九月二十日》中的「故事」出自《漢書‧陸賈傳》：

　　　　呂太后時，諸呂擅權，欲危劉氏，右丞相陳平患之，力不能爭。嘗燕居深念，陸賈往，直入坐，曰：「何念深也？」平曰：「生揣我何念？」賈曰：「不過患諸呂耳。」陳平曰：「然。為之奈何？」賈曰：「天下安，注意相；天下危，注意將。將相和則士豫附，士豫附，天下雖有變，則權不分。權不分，為社稷計，在兩君掌握耳。君何不交驩太尉？」平用其計，兩人深相結，呂氏謀益壞。〔註27〕

劉克莊也特別注重從本朝「實錄」中選取「故事」，如《進故事‧辛酉三月十八日》中的「故事」出自《宋實錄‧孝宗實錄》：

　　　　乾道二年，鄂州都統制趙撙根刷告敕、宣劄、綾紙、文帖共三

〔註25〕廖剛《六月初三進故事》，見《全宋文》第139冊，卷2998，132頁。
〔註26〕劉克莊《進故事‧辛酉正月二十八日》，見《後村先生大全集》卷86。
〔註27〕劉克莊《進故事‧丙午九月二十日》，見《後村先生大全集》卷86。

萬五千九百餘件，繳申朝廷毀抹，謂宜優賞，詔以撐爲龍神衛四廂
都指揮。〔註28〕

此外，劉克莊還從前朝奏議中選取「故事」，如《進故事・辛酉七月十五
日》中的「故事」出自就出自曾鞏的奏議《救災議》：

河北水災，百姓暴露乏食，有司建請發廩，壯者人日二升，幼
者人日一升。議者以爲水災所毀敗者甚眾，可謂非常之變；遭非常
之變者，亦必有非常之恩。使乏食之民相率以待二升之米，則其勢
不暇於他爲，是以饑殍養之而已。被災者十餘州，州以二萬戶計之，
半爲不被災、不仰食縣官者，其半每戶壯者六人，幼者四人，計月
受粟五石。欲下詔貸以粟一百萬石，使可以支兩月，不妨其營生，
而勿日給。〔註29〕

四是增加「故事」的數量。范祖禹和廖剛的「進故事」都是「一事一講」，
即每次進一個故事。而劉克莊的進故事，突破了「一事一講」的限制，有時
會援引多個故事，出自多部史書，如《進故事・辛亥七月初十日》中的「故
事」來自《續資治通鑑長編》和《高宗聖政》；《進故事・壬戌七月初六日》
中的「故事」來自《左傳・僖公二十八年》和《晉書・殷浩傳》。有時劉克莊
的「進故事」還會出自同一部史書不同歷史人物的故事，如《進故事・辛亥
閏月初一日》中的「故事」來自《晉書》中的《殷浩傳》、《王羲之傳》、《孫
綽傳》等。

五是嚴格使用敬謙語。「進故事」面向特殊的聽眾，在用語上，要求使用
敬謙語。如范祖禹的「進故事」在「援引故事」之後，繼之以「臣祖禹曰」、
「臣祖禹謹案」、「臣祖禹以爲」等敬謙語領起後面的「聯繫時政」的內容，
並且文章的結尾處也沒有用任何敬謙語。廖剛的「進故事」多以「臣謂」、「臣
聞」、「臣嘗竊謂」等敬謙語領起，結尾處也沒有用敬謙語。但比較起來，劉
克莊「進故事」中的敬謙語使用得更嚴格。劉克莊的「進故事」多以「臣恭
惟」、「臣竊惟」、「臣竊見」等敬謙語引出所進「故事」的分析；中間聯繫時
政，詳細鋪陳自己的認識，發表對朝政時事的意見，以備皇帝參閱；結尾詞
是「惟聖主留意」、「惟陛下留神」、「惟陛下垂聽」或「取進止」，以示尊重和
表示希望，希望統治者能以史爲鑒，吸取歷代統治的經驗教訓。

〔註28〕劉克莊《進故事・辛酉三月十八日》，見《後村先生大全集》卷86。
〔註29〕劉克莊《進故事・辛酉七月十五日》，見《後村先生大全集》卷87。

　　六是密切聯繫當下時事。一般來說，臣僚進獻歷代君臣對答及對政事處斷的故事，目標則在於指導朝廷大政。但范祖禹和廖剛的「進故事」中的闡述多是「就史論史」，觸及時事的議論並不十分敏感。如范祖禹所奏進的「唐太宗縱死囚使歸家」故事，只是簡單表明自己對該事件的評價：

　　　　臣祖禹以爲，太宗縱天下死囚，皆如期自歸，此由至仁愛人、

　　　　至誠感物之所致也。《書》曰『好生之德洽於民心』，太宗之謂也。

〔註30〕

范祖禹並沒有聯繫當下時政。而劉克莊卻以歷代及本朝的故事爲規範朝政的依憑和教育帝王的範本，雖然奏進的是「故事」，但落腳點卻是當前的「政體」、「治體」，用來指導現實的朝廷大政，具體如下表所示：

「進故事」的時間	故事出處	聯繫時政
淳祐六年（1246）九月二十日	《漢書・陸賈傳》	論將相和睦，君臣一體，則國家之憂患可弭
淳祐六年（1246）十二月六日	《宋實錄・高宗實錄》《秦檜傳》	論秦檜誤國之鑒
淳祐十一年（1251）六月九日	《國史・杜衍傳》	論內降事
淳祐十一年（1251）七月十日	《續資治通鑑長編》《高宗聖政》	論皇戚親貴不必賜任官職
淳祐十一年（1251）九月二十日	《續資治通鑑長編》	陳民生利害
淳祐十一年（1251）閏十月初一	《晉書・殷浩傳》《晉書・王羲之傳》《晉書・孫綽傳》	論沿江防禦當居重禦輕，不可輕敵冒進
景定二年（1261）正月二十八日	《新唐書・李絳傳》	論薄錄大奸贓家貲田產，以籌資安邊，以輕租賦
景定二年（1261）三月十八日	《宋實錄・孝宗實錄》	論裁冗員，核名實，簡政節用
景定二年（1261）六月九日	《漢書・五行志》	言天變基於人事，革弊政方能絕天變

〔註30〕范祖禹《進故事》，見《全宋文》第 98 冊，卷 2998，272 頁。

「進故事」的時間	故事出處	聯繫時政
景定二年（1261） 七月十五日	曾鞏《救災議》	以湖、秀二州水災，奏可募民入粟，相互救急
景定二年（1261） 八月二十日	《宋實錄・孝宗實錄》	嘉入粟者，言當散利薄徵，賑恤救災；民或鋌而走險，斷獄者當原其初衷
景定二年（1261） 十月二十九日	《續資治通鑑長編》	論擇帥當以望實為主，勿取權謠；求帥當儲於平日，非一日之功可就
景定三年（1262） 正月初十	《國史・丁謂傳》	諫理宗明察，勿為小人蠱惑
景定三年（1262） 三月初三	《左傳・成公十六年》	論邊患雖稍紓，仍當戒懼儉勤，未雨綢繆
景定三年（1262） 七月六日	《左傳・僖公二十八年》 《晉書・殷浩傳》	論明功罪，嚴賞罰，重任人

　　總之，劉克莊「進故事」創作，打破傳統束縛，力求創新，呈現出其富有魅力的特色，開拓了「進故事」創作的新路，為宋代「進故事」的發展做出了貢獻。

第三節　「進故事」的文學價值

　　宋代臣僚利用「進故事」的機會闡述自己對朝政時事的意見，以備皇帝參閱。而要使皇帝接受並採納自己的意見，寫作時就必須精心構造。范祖禹的「進故事」擅長「就史論史」，篇幅簡短，以散體為主。廖剛的「進故事」的篇幅有所增加，論述較為詳細，偶而會夾雜一些駢體。而劉克莊的「進故事」篇幅較長，論述具體，具有政論文的特點：

一、直切主旨，情理並具

　　「進故事」所陳奏的對象是掌握決定大權的皇帝，因此，要使「進故事」中的政見得以施行，必須講究陳述事理的技巧，做到主旨明確，理論精要。劉克莊「進故事」，注重開頭下工夫，喜歡將主旨語放在開頭，從而抓住皇上的心，使其有興趣聽下去。如《進故事・辛亥閏月初一日》開頭直切主旨，「竊

惟居重馭輕者安，虛內事外者危」〔註31〕，造成先聲奪人的效果；再如《進故事・辛酉正月二十八日》，「臣竊惟蠹天下之財莫如兵」〔註32〕，開頭用警策的語言點明主旨，總領全篇；又如《進故事・壬戌七月初六日》，「臣聞賞罰軍國之綱紀，宜賞而罰則有功者怠，宜罰而賞則負罪者玩。以此御軍，軍不可馭；以此治國，則國不可治矣。夫功莫大於保境衛民，罪莫大於債軍蠹國。今有負債軍蠹國之罪，宜罰而賞，人心憤鬱，臣請為陛下精白言之」〔註33〕，開頭主旨明確，使皇上能得其要領。

同時，劉克莊還注重從情感上打動皇上，既曉之以理，更動之以情。如《進故事・辛酉七月十五日》云：

河北水災，百姓暴露乏食，有司建請發廩，壯者人日二升，幼者人日一升。議者以為水災所毀敗者甚眾（一），可謂非常之變；遭非常之變者，亦必有非常之恩。使乏食之民相率以待二升之米，則其勢不暇於他為，是以饑殍養之而已。被災者十餘州，州以二萬戶計之，半為不被災、不仰食縣官者，其半每戶壯者六人，幼者四人，計月受粟五石。欲下詔貸以粟一百萬石，使可以支兩月，不妨其營生，而勿日給。

──出曾鞏《救災議》

臣竊惟邇者湖、秀二州水災，從昔之所創見，陛下焦勞，憂形玉色，使常平使者守雪，以儒生代貴遊。二州之人莫不延頸望惠，而迨今月餘，未聞朝廷有大蠲弛，意者郡縣體量未為歟？臺郡條畫未上歟？臣惟救災以粟為本，漢至文、景，晁錯始獻策募民入粟縣官，得以拜爵，得以除罪。始令輸於邊，邊食足則令入粟郡縣。文帝行其說，六百石爵上造，四千石為五大夫，萬二千石為大庶長。其後雖有軍役水旱，民不困乏，至於下詔蠲天下田租稅之半，明年又全蠲之。其後上郡以西旱，修賣爵令而裁其價以招之，及徒復輸作，得輸粟以除罪。臣昨修《孝宗實錄》，士民以入粟拜爵者歲不絕書。及朱熹召對，語及賑荒，聖訓告以補授入粟之人，且曰：「至此又說愛惜名器不得。」臣伏見此二郡巨室甚多，若朝廷採漢文、景

〔註31〕劉克莊《進故事・辛亥閏月初一日》，見《後村先生大全集》卷86。
〔註32〕劉克莊《進故事・辛酉正月二十八日》，見《後村先生大全集》卷86。
〔註33〕劉克莊《進故事・壬戌七月初六日》，見《後村先生大全集》卷87。

及榦、淳已行，許之入粟於官，籍數來上，隨其多寡優與補授。白身人補官，已仕者減舉員或轉秩，士人免舉升甲首，冤者與伸雪，負譴者從未減，不待科抑，人自樂輸。雖云秋成絕望，或困倉偶有於宿儲，或智力能運於他處。所入既多，然後用曾鞏前說，每戶計口多寡，各貸兩月，向後得熟，歸粟於官。臣又見《孝錄》，遇災傷州縣率停其年二稅，或減分數，候次年帶補。凡此之類，皆合舉行。臣聞今歲浙東、江湖、福建皆得上熟，自吳門至常、潤亦稔，惟二郡及近畿數邑被災。曾鞏欲賑十州，故請貸粟百萬石，今止貸二郡及三數邑，亦朝廷事力可辦，況又募民入粟相助乎！此事當如救焚拯溺，若上之人付之悠悠，下之人必以具文塞責。臣聞縣令字民之官，不損猶應言損。唐代宗之言：「立而視其死，孔距心之罪」，代宗非英辟，距心非賢大夫，然其言乃千萬世檢放賑恤不刊之論。惟陛下詔攸司亟圖之。取進止。〔註34〕

面對湖、秀二州水災，劉克莊向皇帝進獻曾鞏的《救災議》，指出神宗熙寧元年（1068）九月，「河北水災，百姓暴露乏食」，曾鞏向朝廷提出「遭非常之變者，亦必有非常之恩」，要打破常規，大力扶持災民生產自救的建議。對此，劉克莊明確提出「惟救災以粟爲本」，認爲可採用歷史上晁錯「募民入粟縣官，得以拜爵，得以除罪」和「蠲天下田租稅之半」的做法來解決救災問題；劉克莊詳細分析了此做法的可行性，認爲湖、秀二州「巨室甚多」，若採用募民「入粟於官」的方法，「白身人補官，已仕者減舉員或轉秩，士人免舉升甲首，冤者與伸雪，負譴者從未減，不待科抑，人自樂輸」；同時減免百姓租稅，「停其年二稅，或減分數，候次年帶補」；劉克莊並提出由朝廷出資爲百姓貸款，「每戶計口多寡，各貸兩月」，用於災民就地恢復生活和生產，而貸款日後可以用糧食來還，「向後得熟，歸粟於官」。最後，劉克莊向皇帝懇切指出，救災如同「救焚拯溺」，強調「若上之人付之悠悠，下之人必以具文塞責」，希望理盡快解決賑災問題。全篇圍繞災後如何籌糧提出建議，立論精要，有理有據，寫得語重心長，情眞詞切，充分表達了劉克莊對皇帝的殷殷之情。

〔註34〕劉克莊《進故事・辛酉七月十五日》，見《後村先生大全集》卷87。

二、博古通今，引證精當

「進故事」的宗旨在於懲勸匡輔，從歷史故事中，可以知社會的進退得失，可以知政治的興衰治亂，也可以瞭解歷史人物個人品德的善惡美醜。因而「進故事」常寓理於史，寓理於事，從而易於為皇帝接受。

劉克莊在「進故事」時，常常引經據典，使自己的論證做到持之有故，言之成理，這樣更有易於為皇帝所採納。如《進故事・辛亥六月九日》云：

> 杜衍為相，尤抑絕僥倖，凡內降與恩澤者一切不與，每積至十數則封還之。或詰責其人，上謂歐陽修曰：「外人知杜衍封還內降耶，吾居禁中，每以杜衍不可告之而止者多於所封還也，其助我多矣。」
> ——出《國史》杜衍本傳

> 臣按內降非盛世事也。《詩》詠后妃，以無私謁為賢；桑林禱旱，以婦謁盛自責。蓋自昔未嘗無是事，但古先哲王理欲明，界限嚴，能防其微、杜其漸爾。降及叔季，非惟不能防杜，又且開局破鏑以導其業，西園賣官、斜封墨敕，至今遺臭。故諸葛亮有合宮府為一體之論，唐人有「不經鳳閣鸞臺何名為敕」之歎。惟我朝家法最善，雖一薰籠之微，必由朝廷出令，列聖相承，莫之有改。其後老蔡用事，患同列異議，始請細箚以行之。初猶處分大事，既而俯及細微。後不勝多，至使小臣楊球、張補代書，謂之東廊御筆，汜成禍亂。臣嘗竊論祖宗盛時內降絕少，間出一二，則有論列者，有繳駁者，有執奏者。誨、純仁等寧謫而不以濮議為是，茂良、必大寧去而不與兩知閣並立，衍寧罷而不肯求容權倖之間，此所以為極治之朝也。臣採之輿言，謂邇日蹊隧傍啓，廟堂積輕，中外除授間有不由大臣啓擬、近臣薦進者。顯仕率貴遊之子，專城多恩澤之侯。畿郡調守，上煩宸斷；小臣改秩，或出中批。既累至公，亦傷大體。求者與者奉行者皆以為常，不以為異，遂使天下之人以誨、純仁、茂良、必大之事責望有司，以衍之事責望大臣，以仁宗禁之語責望明主，臣竊為陛下君臣惜之。本朝名相多矣，惟衍號為能卻內降者，豈有他道哉！臣嘗考之，其拜也在慶曆四年九月，其免也在明年正月，當國僅三數月。噫，此衍之所以能直道而行乎！臣故謂小臣能以去就為輕，雖大事可論；大臣能以去就為輕，雖內降可執，橫恩可寢。

> 人主能以朝廷紀綱爲重，貴近干請爲輕，則堂陛尊而命令肅矣。惟
> 陛下留神。〔註35〕

此「故事」主要是論內降之事。內降，即皇帝不按常規經中書等省議定，而
由宮內直接發出詔令。爲了說明「內降非盛世事也」，劉克莊引用了許多歷史
上相關典故，如讚揚了桑林禱神求雨的商湯，指出古先哲王能「理欲明，界
限嚴，能防其微、杜其漸爾」；批評了西園賣官的漢靈帝，「斜封墨敕，至今
遺臭」；讚同諸葛亮「合宮府爲一體」的做法和劉禕之「不經鳳閣鸞臺何名爲
敕」感歎。同時劉克莊還引用了本朝的相關典故，指出「祖宗盛時內降絕少，
間出一二，則有論列者，有繳駁者，有執奏者」，如有「寧謫而不以濮議爲是」
的呂誨和范純仁，「去而不與兩知閣並立」的龔茂良和周必大，「寧罷而不肯
求容權倖之間」的杜衍。劉克莊認爲是他們造就了「極治之朝」，所以針對朝
廷「邇日蹊隧傍啓，廟堂積輕，中外除授間有不由大臣啓擬、近臣薦進者」
的不良現象，劉克莊借機暗諷鄭清之戀位貪榮，漸失謹直，希望「小臣能以
去就爲輕，雖大事可論；大臣能以去就爲輕，雖內降可執，橫恩可寢」，勸諫
理宗能「以朝廷紀綱爲重，貴近干請爲輕，則堂陛尊而命令肅矣」，杜絕內降
之事。文中引古證今，說明內降不足事，批評宋理宗濫用內降詔令而對社會
造成危害，增強了文章的說服力。

三、變化靈活，手法多樣

劉克莊在「進故事」中表達思想觀點時，既非單調死板的平鋪直敘，也
非乾巴巴的直白的訓誡說教，而是十分講究句子的靈活多變，充分發揮了語
言的表現力，富有文采。

一是善於使用駢散相間的格式。「進故事」是宋代經筵講官講學的重要文
本，一般以散體爲主。而劉克莊「進故事」出現較多的還是駢散相間。如《進
故事·丙午九月二十日》中，開頭使用散體，敘述故事：

> 臣按是時劉氏之危甚矣，賈爲平、勃謀，宜有奇策，而其言不
> 過曰「將相和則士豫附，士豫附天下雖有變則權不分」而已。以《漢
> 書》考之，平、勃未嘗有不和之事，其必同欲安劉，同欲誅呂，而
> 賈之言如此，豈非當時將相亦嘗有小拖格未通之情歟！大臣之情未

〔註35〕劉克莊《進故事·辛亥六月九日》，見《後村先生大全集》卷86。

通，則小臣觀望，莫敢親附，姦人窺伺，陰圖權柄。貫以一言通之，二人者亦幡然相結，呂氏固在掌握中矣。〔註36〕

中間一大段使用駢體，如：

種、蠡共國而越霸，廉、藺相下而趙重，丙、魏同心而漢中興，李、郭相勉而唐再造，呂、范懼而夏羌臣，趙、張睦而劉麟走，皆將相和之驗也。〔註37〕

這一段駢體的使用，增強了句式的對稱美和音調的節奏感，強化了語言表達的說服力。這段駢體又有排比的特點，鋪陳了歷史上眾多將相和睦，君臣一體，則國家憂患可消除的史實，全篇語意暢達，氣勢充沛，感染力極強。

二是融敘事、抒情、議論於一體。如《進故事‧丙午十二月初六》云：

臣恭惟高宗皇帝聰明聖武，侔德周宣、漢光，中興之英主也。初罷檜相，明斥其罪，形之親箚，載之訓辭，榜之朝堂，又奪其職名，天下謂檜不復用矣。後五年再入，又二年再相，在位十九年然後死。臣按邅蹕錢塘本趙鼎之謀也，時和議已有萌矣。向使鼎與諸賢主謀於內，諸名將宣力於外，必不專恃和，雖和必不至於甚卑屈。於是檜用計逐鼎，挾虜自重。高宗始欲和約之堅，舉國以聽，然大柄一失，不可復收，甚眷鼎、濬而鼎、濬不得不貶，甚眷世忠、俊而世忠、俊不得不罷，甚眷飛而飛不得不誅，甚惡熺而熺為執政。一時名臣如李光、王庶、曾開、晏敦復、李迴遜、胡寅、張九成、胡銓諸人，或過海，或投荒，或老死山林，專欲除人望以孤主勢。此猶可也，其甚者陰懷異志，撼搖普安，雖至尊亦有靴中七首之防。甚矣，姦臣之可畏哉！其既退也，必有術自通，以媒復進；其復進也，必有術自固而不復退。謀伏於既退之時，禍烈於復進之後，臣於檜之始末有感焉。若夫無檜之功，有檜之罪，以一身戰九州島四海之公議，要領獲全，毫毛無傷，其奸慝之狀不形之親箚，不載之訓辭，不榜之朝堂，不付出諫官御史論疏，不削奪，他日安知不如檜之復出乎？惟聖主留意。〔註38〕

此「故事」中，劉克莊首先抒情，讚揚宋高宗聖明英武，「臣恭惟高宗皇帝聰

〔註36〕劉克莊《進故事‧丙午九月二十日》，見《後村先生大全集》卷86。
〔註37〕劉克莊《進故事‧丙午九月二十日》，見《後村先生大全集》卷86。
〔註38〕劉克莊《進故事‧丙午十二月初六》，見《後村先生大全集》卷86。

明聖武，侔德周宣、漢光，中興之英主也」；再敘秦檜誤國之事，「向使鼎與諸賢主謀於內，諸名將宣力於外，必不專恃和，雖和必不至於甚卑屈。於是檜用計逐鼎，挾虜自重。高宗始欲和約之堅，舉國以聽，然大柄一失，不可復收，甚眷鼎、澮而鼎、澮不得不貶，甚眷世忠、俊而世忠、俊不得不罷，甚眷飛而飛不得不誅，甚惡熺而熺爲執政。一時名臣如李光、王庶、曾開、晏敦復、李邇遜、胡寅、張九成、胡銓諸人，或過海，或投荒，或老死山林，專欲除人望以孤主勢」；最後議論，痛斥姦臣可畏，「甚矣，姦臣之可畏哉！其既退也，必有術自通，以媒復進；其復進也，必有術自固而不復退。謀伏於既退之時，禍烈於復進之後，臣於檜之始末有感焉。若夫無檜之功，有檜之罪，以一身戰九州島四海之公議，要領獲全，毫毛無傷，其奸慝之狀不形之親箚，不載之訓辭，不榜之朝堂，不付出諫官御史論疏，不削奪，他日安知不如檜之復出乎」。全篇將說理、議論、敘事、抒情有機地結合，痛斥秦檜扶植黨羽、倡和誤國、排斥異己、殘害忠良。字裏行間洋溢著對忠良之士的崇高敬意，流露出伸張正義、痛斥邪惡的凜然正氣。語兼駢散，氣勢排宕，聲韻和諧，用典也很貼切，即富文采，又有強烈的感情色彩，文學成就甚高。

綜上所述，劉克莊利用進「故事」的機會，論大水，論拯饑，論量材，論用人，論捐禦莊以助和糴，論核冗牒以恤死事，通過借鑒前朝興衰之事，闡述對於朝政時事的意見，提出自己的治國方略，有裨君德，有補時政，深受宋理宗讚譽。同時，在創作中，劉克莊對「進故事」這種特殊的文體進一步加以規範和創新，既注重抒發眞情實感，曉之以理，動之以情，又注重藝術技巧的錘鍊，使其「進故事」具有較高的史料價值和文學價值。

第五章　劉克莊書判研究

　　書判，是古代的訴訟判詞，也是一種特殊的公文。發展到宋代，書判出現了兩個轉變：一是由駢體轉變爲散體，二是由擬判轉變爲實判，這也標誌著書判逐漸走向成熟。特別是到了南宋，書判得到了長足的發展，如出現了宋代唯一的一部判詞集——《名公書判清明集》。此外，鄭樵也在其《通志‧藝文八》中將「案判」列爲藝文的一類。

　　淳祐四年（1244）冬，劉克莊除江東提刑。劉克莊在任內「一意訪求民瘼，澤物洗冤。劾廣信貪守，黥南康點胥，皆有奧援者，公論稱快」〔註1〕。其任期雖短，但卻留下了內容極爲豐富的書判，「獄案千紙，一覽盡得其情，而行之以恕」〔註2〕。開慶元年（1259），劉克莊編成《續稿》五十卷，仿曾鞏之例，將《江東臬司書判》二卷附於文集之終，並爲這兩卷書判寫了跋語：

　　　　……，兩陳臬事，每念歐公夷陵閱舊牘之言，於聽訟拆獄之際，必字字對越乃敢下筆，未嘗以私喜怒參其間。所決滯訟疑獄多矣，性懶收拾，存者惟建溪十餘冊，江東三大冊。然縣案不過民間雞蟲得失，今摘取臬司書判稍緊切者爲二卷，附於續稿之後。昔曾南豐《元豐類稿》五十卷、續稿四十卷，末後數卷……微而使院行遣呈覆之類，皆著於編，豈非儒學史事，粗言細語，同一機杼，有不可得而廢歟？姑存之以示子孫。〔註3〕

〔註1〕林希逸《後村先生劉公行狀》，見《後村先生大全集》卷194。
〔註2〕林希逸《後村先生劉公行狀》，見《後村先生大全集》卷194。
〔註3〕劉克莊《跋〈江東臬司書判〉》，見《後村先生大全集》卷193。

劉克莊承認自己受了歐陽修以及曾鞏的影響，認爲斷獄必需認眞，儒學與吏事不可偏廢，因而緝錄書判以傳之後世。可見，他對其書判的重視。

在《大全集》中，共收入劉克莊書判 37 篇。另外，《名公書判清明集》也收入 22 篇，其中有 12 篇爲《大全集》未收，現保存的劉克莊書判實有 49 篇。然而，學界對劉克莊書判研究甚少，只有邢鐵《南宋女兒繼承權考察——〈建昌縣劉氏訴立嗣事〉再解讀》〔註4〕和董煥君《劉克莊的司法審判精神》〔註5〕兩篇學術論文，前者主要是通過對劉克莊《建昌縣劉氏訴立嗣事》的解讀，側重探討南宋婦女的家產繼承權問題；後者主要探討劉克莊在司法審判中體現出的理學世界觀。這些研究雖取得一定的成果，但不夠深入，有必要進一步深入探討劉克莊書判所體現出的價值取向、思想內涵及所取得藝術成就。

第一節　書判的價值取向

書判究竟該提倡什麼？反對什麼？如何判？應使人心服口服。謝枋得云：「明官判斷公案，須要說得人心服。若只能責人，亦非高手。」〔註6〕劉克莊在江東提舉任內，救窮劾貪，斷獄洗冤，被百姓稱爲良吏。因而透過書判可以看出劉克莊在司法審判過程中的價值取向。

一、有理與法，以和爲貴

劉克莊曾說：「公事到官，有理與法。」〔註7〕又說：「官司則欲民間和睦，風俗淳厚。」〔註8〕意思是說，法官判案要兼顧天理和法律，從而達到使民間和睦、風俗淳厚的目的。判詞要論理，這個「理」，既包括法理、倫理，也包括事理。法理有科條，倫理爲人所共知，事理卻常常隱含在具體案情之中。

〔註4〕邢鐵《南宋女兒繼承權考察——〈建昌縣劉氏訴立嗣事〉再解讀》，《中國史研究》，2010 年第 1 期。

〔註5〕董煥君《劉克莊的司法審判精神》，《科教導刊》，2010 年第 4 期。

〔註6〕謝枋得《文章軌範評文》，見《歷代文話》（第一冊），王水照主編，上海：復旦大學出版社，2007 年，1049 頁。

〔註7〕劉克莊《女家已回定貼而翻悔判》，見《名公書判清明集》，中國社會科學院歷史研究所宋遼金元史研究室校，北京：中華書局，1987 年，347 頁。下同略。

〔註8〕劉克莊《建昌縣劉氏訴立嗣事判》，見《後村先生大全集》卷 193。

因此，在劉克莊看來，涉及案件的百姓，沒有大奸大惡之徒，之所以訟諸公堂，也多是一些小的過錯，不過是「民間雞蟲得失」〔註9〕。因而在儒家的天理、人情、綱常倫理的影響下，劉克莊判案既要體現儒家的天理人情高於法理的價值取向，更要注重判詞規勸的功能，通過判詞使其知美醜、善惡，一心向善，以和爲貴，從而實現天下大治。

如劉克莊審理「兄侵淩其弟」的案件：

> 人不幸處兄弟之變，或挾長相淩，或逞強相向，產業分析之不均，財物侵奪之無義，固是不得其平。然而人倫之愛，不可磨滅，若一一如常人究極，至於極盡，則又幾於傷恩矣。丁瑠、丁增係親兄弟，父死之時，其家有產錢六、七貫文。丁瑠不能自立，躭溺村婦，縱情飲博，家道漸廢，逮至兄弟分析，不無偏重之患。既分之後，丁瑠將承分田業典賣罄盡。又垂涎其弟，侵漁不已。丁增有牛二頭，寄養丘州八家，丁瑠則牽去出賣。丁增有禾三百餘貼，頓留東田倉內，丁增則搬歸其家。丁增無如兄何，遂經府、縣，並牽牛搬禾人陳論。追到丁瑠，無以爲辭，卻稱牛是眾錢買到，禾係祖母在日生放之物。尋行拖照，丁增買牛自有照據，祖母身死已久，安得有禾留至今日。蓋丁增原係東田居住，因出贅縣坊，內有少租禾安頓東田倉內。丁瑠挾長而淩其弟，逞強而奪其物，而到官尚復巧辨飾非，以蓋其罪。官司不當以法廢恩，不欲盡情根究，引監丁瑠，備牛兩頭，仍量備禾二貼，交還丁增。如更不體官司寬恤之意，恃頑不還，並勒丘州八，仍追搬禾人一併監還。丘州八、阿張押下，行知寨、楊九、劉二先放。〔註10〕

丁瑠和丁增是早已分家的親兄弟，丁瑠不僅將承分產業典賣罄盡，還強行賣掉弟弟丁增的兩頭牛，搬走三百餘貼禾。爲此，丁增告到縣府。此案經劉克莊審理，最後判決丁瑠交還牛並歸還禾兩帖。按《宋刑統・賊盜律》中對「盜親屬財物」的規定，「若同居卑幼，將人盜己家財物者，以私輒用財物論加二等」〔註11〕。劉克莊本應按「盜親屬財物」法對丁瑠進行嚴屬處罰，但劉克莊沒有這樣做，他的理由是「人倫之愛，不可磨滅」，「官司不當以法廢恩」，

〔註9〕　劉克莊《跋〈江東臬司書判〉》，見《後村先生大全集》卷193。
〔註10〕　劉克莊《兄侵淩其弟判》，見《名公書判清明集》，373頁。
〔註11〕　薛梅卿點校《宋刑統》，卷20，北京：法律出版社，1999年，353頁。

因此劉克莊對此案件最終採取「寬恤之意」，對有罪的丁瑠是重罪輕判，而把丁增的損失，作為顧全兄弟和睦之情而付出的代價。此可見劉克莊優先考慮的仍是情理因素。

又如劉克莊處理「兄弟爭財」的訴訟，

> 「棠棣之華，鄂不韡韡，凡今之人，莫如兄弟」，豈非天倫之至愛，舉天下無越於此乎！徐端之一弟、一兄，皆以儒學發身，可謂白屋起家者之盛事，新安教授乃其季氏也。鴻雁行飛，一日千里，門戶寖寖榮盛，徐端此身何患其不溫飽，而弟亦何忍坐視其兄而不養乎？塤以倡之，篪以和之，此天機自然之應也。今乃肆作弗靖，視之如仇敵，乘其迂從之來，陵虐之狀，殊駭聽聞。且其家起自寒素，生理至微，鄉曲所共知也。端謂其遊從就學之日，用過眾錢一千緡，是時雙親無恙，縱公家有教導之費，父實主之，今乃責償，以此恩愛何在？況徐教授執出伯兄前後家書，具言其家窘束之狀，歷歷如此，徐端雖竄身吏役，惟利之饕，豈得不知同氣之大義，顛冥錯亂，絕滅天理，一至於此乎！前此見於兩府判之詳議者至矣，盡矣，州家恐為風教之羞，且從愈廳所中，修以和議。過此以往，或徐端更肆無饜之欲，囂訟不已，明正典刑，有司之所不容姑息也。

〔註12〕

此案件可以說是對《詩經‧棠棣》中「棠棣之華，鄂不韡韡，凡今之人，莫如兄弟」之精神的演繹，處處體現出以儒家思想作為對是非曲直判斷、取捨的標準。此案起因，是徐端責其弟償還其「遊從就學」時欠下的「眾錢一千緡」的債務。在判決書中，劉克莊首先引用《棠棣》之語，強調「天倫之至愛，舉天下無越」，指出徐端「門戶寖寖榮盛」，根本不用擔心「溫飽」問題，因而不應該向弟弟索債；希望徐端能「塤以倡之，篪以和之」，不要「惟利之饕」，「顛冥錯亂，絕滅天理」，不能把弟弟視之如「仇敵」，要「知同氣之大義」。整個判決，劉克莊沒有對徐端能否索得債務做出明確的裁示，而是處處曉之以理，動之以情，希望徐端兄弟倆能「修以和議」。並在判詞最後警告徐端，如其「更肆無饜之欲，囂訟不已」，「有司之所」則將對其「不容姑息」。這一案件的處理，充分體現了儒家的天理人情高於法理的價值取向。

〔註12〕劉克莊《兄弟爭財判》，見《名公書判清明集》，374頁。

二、調解息訟，合爲折衷

《論語·顏淵》記載：「子曰：聽訟，吾猶人也。必也使無訟乎。」從這句話中，可以看出孔子「不以聽訟爲難，而以使民無訟爲貴」[註13]的理念，即沒有訴訟才是最理想的狀態。然而在現實生活中，因追財逐利而對簿公堂的現象已不可避免，「無訟」只能是封建社會追求的最高理想境界，因而統治階層只能將追求「無訟」的理想轉向了更爲現實的「息訟」。「息訟」也就成爲歷代統治者爲達到「無訟」境界而採取的一種典型的治理模式。劉克莊在審理訴訟案件時，無不以息訟爲要旨。

如劉克莊在審理「謝迪女悔婚」一案時說：

> 謝迪雖不肯招認定親帖子，但引上全行書鋪辨驗，見得上件帖子係謝迪男必洪親筆書寫，謝迪初詞亦云勉寫回帖。今乃並與回帖隱諱不認，是何胸中擾擾，前後不相照應如此。在法：許嫁女，已投婚書及有私約而輒悔者，杖六十，更許他人者，杖一百，已成者徒一年，女追歸前夫。定親帖子雖非婚書，豈非私約乎？律文又云：雖無許婚之書，但受聘財亦是。注云：聘財無多少之限。然則受縑一疋，豈非聘財乎？況定帖之內，開載奩匣數目，明言謝氏女子與劉教授宅宣教議親，詳悉明白，又非其它草帖之比。官司未欲以文法相繩，仰謝迪父子更自推詳法意，從長較議，不可待官司以柱後惠文從事，悔之無及。兩爭人並押下評議，來日呈。

> 再判：字蹤不可得而掩，尚謂之假帖，可乎？婚男嫁女，非小事也，何不詳審於議親之初？既回定帖，卻行翻悔，合與不合成婚，由法不由知縣。更自推詳元判，從長較議元承，並勸劉穎母子，既已興訟，縱使成婚，有何面目相見，只宜兩下對定而已。今晚更無定論，不免追人寄收。

> 再判：和對之事，豈無鄉曲親戚可以調護，知縣非和對公事之人，照已判監索縑帖，一日呈。

> 再判：定帖分明，條法分明，更不從長評議，又不齎出縑帖，必要訊荊下獄而後已，何也？再今晚。

> 再判：公事到官，有理與法，形勢何預焉？謝迪廣求書箚，又

〔註13〕朱熹《論語集注》，小墨妙亭覆宋本。

託人來干懇，謂之倚恃形勢亦可。既回定帖與人，又自翻悔，若據
條法，止得還親，再今晚別有施行。

　　再判：在法，諸背先約，與他人爲婚，追歸前夫。已嫁尚追，
況未嫁乎？劉穎若無絕意，謝迪只得踐盟，不然，爭訟未有已也。
仰更詳法制，兩下從長對定，申。

　　再判：照放，各給事由。〔註14〕

此案件若根據宋法「許嫁女，已投婚書及有私約而輒悔者，杖六十，更許他
人者，杖一百，已成者徒一年，女追歸前夫」的規定，謝迪之女「止得還親」；
然而，劉克莊並沒有「以文法相繩」，而是考慮到謝迪父女堅持己見，認爲「定
親帖子非婚書」，堅持悔婚；而劉穎母子卻堅持要兌現婚約，「若無絕意，謝
迪只得踐盟」，在雙方分歧較大時，雙方爭訟將會「未有已也」。於是，劉克
莊採取了多方勸導的辦法，一方面明確告知謝迪父女，「定親帖子雖非婚書，
豈非私約乎」？並引用「雖無許婚之書，但受聘財亦是」的法律規定，向謝
迪父女分析，「在法，諸背先約，與他人爲婚，追歸前夫。已嫁尚追，況未嫁
乎」？要求謝迪父女「更自推詳法意，從長較議」，避免「待官司以柱後惠文
從事，悔之無及」；另一方面又勸導劉穎母子對這樁婚姻要有清醒地認識，「既
已興訟，縱使成婚，有何面目相見」。經過前後七次勸和，以及「兩下從長對
定」，雙方答應各退讓一步，劉克莊終於調解成功，「各給事由」。從這個案件
中可以看見劉克莊爲使雙方息訟的良苦用心。

　　又如在判決「德興縣董黨訴立繼事」一案時：

　　　臺牒所謂引誼歸宗以明一本，不刊之言也，如此則無訟矣。惟
其訟久未熄，合爲折衷。董黨見逐於母雖久，然自始至終止訟其僕，
未嘗歸怨於其母，況嘗爲所養父承重，別無不孝破蕩之跡，向來之
逐之也，其罪其情之可諒一也。補中綾紙既作所養父三代，今則進
退兩難，其情之可諒二也。但此事當以恩誼感動，不可以訟求勝。
帖兩縣，請董、許二士亦以臺牒及當職此判，請二士更爲調護。趙
氏若能念董黨乃夫在日所立，幡然悔悟，復收爲子，則子無履霜在
野之怨，母無毀室取子之誚矣。蓋見行條令雖有夫亡從妻之法，亦
有父在日所立不得遣逐之文。趙氏若不幡然悔悟，它日續立者恐未

────────────

〔註14〕劉克莊《女家已回定貼而翻悔判》，見《名公書判清明集》，346頁。

得安穩，豈如及今雙立，求絕爭訟，保守門戶乎！董黨亦宜自去轉
懇親戚調停母氏，不可專靠官司。〔註15〕

劉克莊指出雙方因「訟久未熄」，因而採取「合爲折衷」的處理方法。此案件
起因，是董黨被養母趙氏「見逐」，希望能「引誼歸宗」。劉克莊爲使董黨母
子日後能夠和睦，一方面告誡趙氏，董黨雖提起訴訟，但並沒有「歸怨於其
母」，再加上董黨也曾贍養其養父，並沒有「不孝破蕩之跡」，然而卻被趙氏
「逐之」，可見曲在趙氏；明確告知趙氏，「董黨乃夫在日所立」，國法「有父
在日所立不得遣逐」的規定，勸其「幡然悔悟，復收爲子」；並提醒趙氏，如
趙氏他日再立其它繼子，恐會使其「未得安穩」。另一方面又開導董黨，勸其
「當以恩誼感動，不可以訟求勝」，並要求董黨「宜自去轉懇親戚調停母氏，
不可專靠官司」。劉克莊通過雙向勸誡的方式，「合爲折衷」，從而達到使董黨
與其養母因各自內心負疚而息訟的目的。

三、嚴懲妄訴、譴責助訟

　　在追求息訟崇尚和諧的同時，劉克莊對於妄興訴訟和濫助他人興訟的，
也是甚爲痛惡，他說：「教唆詞訟之人，則欲蕩析別人財產，離間別人之骨肉，
以求其所大欲。」〔註16〕認爲這些無事生非之人，只會導致司法煩亂和社會
不安定。因而遇有此類人，劉克莊都會採取嚴厲手段，進行懲罰或譴責。

　　如在處理「鉛山縣賴信溺死」一案中：

致死公事，至檢驗而止；檢驗有疑，至聚檢而止。賴信身死，
據聚檢官所申，痕瘃惟左眉一擦痕，兩膝各有一磕痕，兩手十指指
甲俱碎，驗是溺水身死。一船二三百人，不能泅者皆不死，而兩渡
子獨溺死，可見平日稔惡，鬼得而誅。此去年三月二十七日事也。
其日都保並買撲人與地分各不曾申，亦無血屬之詞，卻係本縣自行
舉覺。然單內明言渡子不量渡船力勝，只要乞取燒香客人錢，攬載
既多，船遂乎沉，亦足以見兩渡子身死之由。賴進者乃死人賴信之
父，自厥子溺死，了無一字經縣。經隔一月，至四月二十三日，始
經州行下，而枝蔓之獄興矣。騷擾奉縣之人可也，又擾及鄰境之人。
將及一年，賴進之訟愈健，縣吏之訐愈行。始則謂丘班子用石拋打

〔註15〕劉克莊《德興縣董黨訴立繼事判》，見《後村先生大全集》卷192。
〔註16〕劉克莊《建昌縣劉氏訴立嗣事判》，見《後村先生大全集》卷193。

賴信下水，繼又謂裴丙用拳打賴四左眉。以聚檢格目考之，拳痕擦
痕要自不同，豈可捏合遷就，以擦爲拳？當職白首州縣，見此等事
多矣。賴信溺死分明，賴進受役勢家，買撲人渡，交通縣吏，妄於
子死一月之後旋生枉死情節，致興大獄。知縣明不能察，受教於吏，
奉司隔遠，止憑血屬偏詞，當職若非親履兩縣，亦未知上件曲折。
賴進從輕勘杖一百，編管五百里，一行人並放。榜縣門。推吏送饒
州根勘，帖問知縣及檢驗官失實之罪。〔註17〕

劉克莊聚檢官已驗明賴信爲「溺水身死」，證據確鑿，其父賴進也「自厥子溺
死，了無一字經縣」，沒有提出異議；然而一月之後，賴進因「受役勢家，買
撲人渡，交通縣吏，妄於子死一月之後旋生枉死情節，致興大獄」；導致此案
審理「將及一年」而「賴進之訟愈健」，不僅「騷擾奉縣之人」，又「擾及鄰
境之人」，也使得縣吏「見此等事多矣」。最後，劉克莊將妄興訴訟的賴進「從
輕勘杖一百，編管五百里」，使賴進受到本不該有的懲罰。

又如在審理「張惜兒自縊身死」一案中：

大辟公事，合是的親血屬有詞。張惜兒之死，張千九其父也，
阿楊其母也，張千十其叔也，此三人自始至終無詞，而事不干己之
人王百七、王大三輒經縣，以爲死有冤濫。本縣察見，已將兩名勘
下杖責，有張世行者，輒經州、經本司告許弟婦姜氏閨門陰私，以
致惜兒冤死。當職令畫宗支，見得世行與姜氏夫服紀甚疎，卻而不
行，不謂本州島已有委官體究之判。縣尉纏得此事，以爲奇貨，牽
聯枝蔓，必欲造成一段公事。當職引上張千九面問，據稱其女實以
病風妄罵，於初三日主母姜氏喚阿楊教誨，阿楊用柴條打惜兒兩下。
至初五日，張千九、張千十各在姜氏家，見惜兒發熱妄語，其父煮
粥未熟，惜兒忽於廁屋自縊。親莫親於父子，再三審詰，其詞堅確
如此。女使妄罵，主母呼其母訓責，此亦人之常情；及其自縊，則
有出於人意表，在姜氏未見有可論之罪。本州島雖判體究，知縣執
申可也，縣尉據實事回申亦可也，今撰造公事人各端坐於家，而姜
氏一家俱就囹圄，惜兒父母亦遭繫累，外人反爲血屬，血屬反拘官
司。憲臣置司之所，獄事不得其平如此，則耳目何以及遠哉！張伯
圭因立嗣之怨欲覆叔母之家，張世行亦疎族，王百七、王大三以外

〔註17〕劉克莊《鉛山縣禁勘裴五四等爲賴信溺死事判》，見《後村先生大全集》卷193。

人而白撰大辟之獄，帖縣並巡尉專人解來。一日，姜氏添福、張千九、劉紗雲乙並放（二），吳夔出入孤兒寡婦之家，略無瓜李之嫌，又與其婢探梅有奸，各照減降旨揮勘杖八十。令吳夔責狀，今後更登張氏之門，定行追斷編管。縣尉昨對移鉛山縣，誤勘大辟公事，以平人爲凶身，已免按劾，今茲所爲如此，帖問，仍閣俸。牒州，今後此等詞狀，非的親血屬勿受，違追都吏。推司累日不申入門款，帖司理勘杖一百，斷訖申。〔註18〕

劉克莊首先明確「大辟公事，合是的親（即嫡親）血屬有詞」，而本案中，死者父母張千九和阿楊知曉其女是因「發熱妄語」而自縊身死，因而「自始至終無詞」。此案本可以了結，誰知「事不干己之人」王百七、王大三卻無中生有，「以爲死有冤濫」，於是上告經縣；另外，與死者父親張千九關係「甚疏」的張世行也「告訐」死者主母「姜氏閨門陰私，以致惜兒冤死」，撰造出新的「公事」。對於這件案中案，劉克莊指出，本已十分簡單明瞭的案件，卻因爲王百七、王大三、張世行三個「事不干己之人」而「白撰大辟之獄」，造成「姜氏一家俱就囹圄，惜兒父母亦遭繫累」，落得「外人反爲血屬，血屬反拘官司」的結果。因此，劉克莊最後對此三人判決「勘下杖責」的懲罰；並且明示「獄事不得其平如此」，其原因就是由於這些「事不干己之人」所導致的；並警告各地官府，「今後此等詞狀，非的親血屬勿受，違追都吏」。此外，在「俞行父、傅三七爭山之訟」一案中，劉克莊也對自稱是俞行父表親的祖主簿「欲以私干縣尉」而助俞行父興訟不已，進行了譴責，「祖主簿姓祖，而干預姓俞、姓傅人之訟，無乃不干己乎」？〔註19〕可見，劉克莊很注重對妄興訴訟之人的處理。

四、反對箠楚，體小恤弱

歷來斷案，都會把斷案的方式與刑訊聯繫起來，「訪聞判官廳每每違法用刑，決撻之類動以百計」。〔註20〕劉克莊明確反對使用刑訊，認爲要通過各種證據來察明案件背後之情，而不是一味的通過刑訊來解決問題。

〔註18〕劉克莊《饒州司理院申張惜兒自縊身死事判》，見《後村先生大全集》卷192。
〔註19〕劉克莊《爭山妄指界至判》，見《名公書判清明集》，157頁。
〔註20〕胡石壁《約束州縣屬官不許違法用刑》，見《名公書判清明集》，36頁。

　　如在審理「朱超等人趯死程七五」〔註21〕一案中，劉克莊明確反對對證人實施行刑，他說：「當職嘗爲獄官，每以情求情，不以棰楚求情。」所謂「棰楚」，古代打人用具，引申爲杖刑。在此案審理之初，劉克莊就曾「切切丁寧」饒州羅司理「勿恃棰楚」。然而，當職審判官卻沒有聽從劉克莊的告誡，反而以「絣弔悶絕，用水灌醒」等酷刑向證人程六用刑。對此，劉克莊認爲使用行刑並不會給審判帶來幫助，並指出程六即使被「絣弔棰楚」，也「終不肯證其主之喝打」。最後，劉克莊喟然而歎曰：「鞠獄如羅司理慘矣，終不能使一小童證其主。」

　　又如在處理「催苗重疊斷杖」一案中：

> 設若詳覆公事皆自本州島島斷遣而後申照會，則格目亦就本州島島書填可也。司理對移繁昌主簿，牒通判將推司決脊杖十五，編管建康府，以爲不守三尺之戒。當職按：饒州兼僉樂平趙主簿催苗重疊斷杖一事，縱是吏卒，亦不當於濕瘡上鞭撻，況吏人之子乎？又五日而兩勘杖乎？具析申，據趙主簿具析到公狀，奉判：人無貴賤，身體髮膚受之父母一也。先賢作縣令，遣一力助其子，云此亦人之子也，可善遇之。主簿似未知此樣意思。只如三月二十七日斷杖，四月初八日復決，豈非濕瘡上再決乎？似此催科，傷朝廷之仁厚，損主簿之陰隲。當職以提點刑獄名官，不得不諄諄告戒，今後不宜如此。〔註22〕

此案件中，劉克莊批駁饒州兼僉樂平趙主簿在審訊時非法對犯罪嫌疑人兩次用刑，「縱是吏卒，亦不當於濕瘡上鞭撻，況吏人之子乎？又五日而兩勘杖乎」？並「諄諄告戒」趙主簿，「人無貴賤，身體髮膚受之父母一也」，指出濫用行刑既會「傷朝廷之仁厚」，也會「損主簿之陰隲」，責令其「今後不宜如此」。

　　此外，劉克莊在司法審判中還關心弱勢群體，維護百姓的合法權益。爲使無辜百姓免受欺凌，劉克莊執法非常小心嚴謹。如在「朱超等人趯死程七五」〔註23〕一案中，劉克莊雖「採之道途之言，參之賢士大夫之說」，但還是

〔註21〕劉克莊《饒州州院推勘朱超等爲趯死程七五事判》，見《後村先生大全集》卷192。

〔註22〕劉克莊《太平府通判申追司理院承勘僧可諒身死推吏事判》，見《後村先生大全集》卷192。

〔註23〕劉克莊《饒州州院推勘朱超等爲趯死程七五事判》，見《後村先生大全集》卷192。

擔心會錯判，因而又「連日披閱案牘，引上一行人反覆研究」，表現出劉克莊嚴謹篤慎的的司法理念。又如在「戶案呈委官檢踏旱傷事」〔註24〕一案中，針對官府檢查旱災地區賦稅時出現的問題，劉克莊批評檢旱官吏「所至」之處，或只「與豪富人交通」，或「不過在轎子內，咸憑吏卒里胥口說，遂筆之於案牘耳」，而導致「貧民下戶鮮受其惠」。為糾正此弊端，劉克莊親自「訪之土人與過往官員」，明確「今年通收七分之類，卻於三分損內斟酌普放一番」，從而使朝廷的旱災減稅政策能真正惠及貧民下戶，「庶幾實惠及民，貧富均霑」；避免出現「官司有檢放之名，豪強受檢放之實，貧弱反不在檢放之列」的現象。

　　總之，我們不難發現，這些書判寄蘊了劉克莊在司法裁判中的價值取向，即以「經」、「史」、「法律」為準繩，以情理為目標，以息訟為要旨，重視緩和、協調當事人之間的關係，減少社會矛盾，穩定社會秩序，體現出劉克莊的人文精神。

第二節　判官的素質

　　劉克莊明察善斷，執法不阿，同時又宅心仁厚，「處之以恕」〔註25〕，實有古良吏之風。透過其書判，從中可以看到劉克莊對各種社會問題的深入思考。

　　在劉克莊看來，作為封建時代的官員，要懂得因勢權變，為民做主，做到替民紓困解難。相反，如果拙於政事，只會造成生事擾民，瀆職慢政。因此，在其書判中，有許多涉及到對官員們為官之道的思考，從中我們可以看到劉克莊在飭嚴吏治、以正官德的基本態度。

一、廉政愛民

　　在劉克莊看來，為官者的執政水平如何，直接關係著民生的甘苦與民心的相背。尤其是在司法審判的過程中，對於不為民做主，不能維護貧弱百姓合法權益的官員，劉克莊經常提出訓誡和斥責。

　　如在《弋陽縣民戶訴本縣預借事判》中，劉克莊斥責弋陽知縣沒有「愛

〔註24〕劉克莊《戶案呈委官檢踏旱傷事判》，見《後村先生大全集》卷192。
〔註25〕林希逸《後村先生劉公行狀》，見《後村先生大全集》卷194。

人之心」,「知縣或奮由科第,或出於名門,豈其略無學道愛人之心哉」〔註26〕?又如在《浮梁縣申余震龍等不伏充役事判》中,劉克莊批評浮梁知縣把百姓看做是「頑民」,「豈有八都皆是頑民之理,如此是忿嫉百姓也」〔註27〕。又如在《饒州州院申徐雲二自刎身死事判》中斥責饒州知縣「長官為民父母,何忍下此筆哉」!批評其「在任三年,亦廉謹無過,但此等事累盛德、害陰隲亦不少矣,帖報今後聽訟更鬚子細」〔註28〕;又如在《鄱陽縣申勘餘干縣許珪為毆叔及妄訴弟婦墮胎驚死弟許十八事判》批評鄱陽知縣「剖決民訟,不論道理,以白為黑,以曲為直」,告誡今後「有如此者,書擬官奪俸一月,追吏人問」〔註29〕。又如在《戶案呈委官檢踏旱傷事判》中訓誡民間檢查旱傷工作的官吏,不要只與「與豪富人交通」,不能在「在轎子內,咸憑吏卒里胥口說,遂筆之於案牘耳」,而是要實地勘察,「訪之土人與過往官員」,才能使國家的減稅政策「實惠及民,貧富均霑」〔註30〕。

　　貪污受賄是官場的惡習,宋代亦然。劉克莊對沒有「愛人之心」的貪官深惡痛絕。如他在審理「南康衛軍前都吏樊銓冒受爵命」一案中,對樊銓身為都吏卻貪贓枉法,施行了重判。其判詞說:

> 樊銓為都吏日,將本軍已申朝廷樁下修城見錢三萬貫,妄以賑荒為辭,將錢變為會,會變為米,既而曰米曰會皆羽化不存,遂使前入之樁積一空,本郡之緩急無備。朝廷發下進武校尉綾紙,與人抽拈,眾人各出錢物,樊銓輒為暗齰,稱是自己拈得。所積不義之財既富,遂有仕宦之想,徑將綾紙參部,公然作進士書填,且冒注吉州安福稅監,赴任攝職,冒請俸祿。其居鄉自稱稅院,轎馬出入,前呵後殿,恣為威風,置買膏腴,跨連鄰境,莊田園圃,士大夫有所不如。生放課錢,令部曲擒捉欠債之人,繃弔拷訊,過於官法。當職引上被傷之人,當廳驗視,追送縣獄,又以財力買囑官吏,欲反坐詞人以罪名。以一吏之微,盜用府庫錢物,冒受朝廷爵命,憑恃豪富,侵削貧弱,一郡之巨蠹也。聞其志得意滿,侍妾悉皆道裝,

〔註26〕劉克莊《弋陽縣民戶訴本縣預借事判》,見《後村先生大全集》卷192。
〔註27〕劉克莊《浮梁縣申余震龍等不伏充役事判》,見《後村先生大全集》卷192。
〔註28〕劉克莊《饒州州院申徐雲二自刎身死事判》,見《後村先生大全集》卷192。
〔註29〕劉克莊《鄱陽縣申勘餘干縣許珪為毆叔及妄訴弟婦墮胎驚死弟許十八事判》,見《後村先生大全集》卷192。
〔註30〕劉克莊《戶案呈委官檢踏旱傷事判》,見《後村先生大全集》卷192。

陰設鉤致之術，濁亂衣冠之家。干名犯分，闔郡切齒，擢髮不足數
罪。今且以本是胥吏而冒稱進士，冒受進武綾紙、監稅省箚，從條
決脊杖二十，刺面，配二千里州軍牢城。牒饒州，只令取上引斷押
發，乃將冒受綾紙、省箚繳申朝省，乞行毀抹。估到家業，催申帳
目，候到，撥付本軍，爲今歲救荒之備。仍榜本軍。〔註31〕

樊銓作爲一個小都吏，犯下種種罪行：「盜用府庫錢物」，致使「本郡之緩急無
備」；「冒受朝廷爵命」，不僅「恣爲威風，置買膏腴」，而且還「生放課錢，令
部曲擒捉欠債之人，繃弔拷訊，過於官法」，甚至還「以財力買囑官吏，欲反坐
詞人以罪名」。劉克莊痛斥樊銓「以一吏之微」，「憑恃豪富，侵削貧弱」，而成
爲「一郡之巨蠹」。因而對於「本是胥吏而冒稱進士，冒受進武綾紙、監稅省箚」
的貪官，劉克莊最後判以重刑，「決脊杖二十，刺面，配二千里州軍牢城」。

二、不能傷「朝廷之仁厚」

　　劉克莊認爲，在司法審判中，爲官者不僅要愛護百姓，視民如子，還要
體現出朝廷對百姓的關愛，所做的判決既要符合民情人心，又不失朝廷仁厚
寬愛之心。

　　如在「太平府通判申追司理院承勘僧可諒身死推吏事判」一案中，劉克
莊曾痛斥饒州趙主簿通過濫用行刑來催科的做法。其判詞說：

　　　　設若詳覆公事皆自本州島斷遣而後申照會，則格目亦就本州島
書填可也。司理對移繁昌主簿，牒通判將推司決脊杖十五，編管建
康府，以爲不守三尺之戒。當職按：饒州兼僉樂平趙主簿催苗重疊
斷杖一事，縱是吏卒，亦不當於濕瘡上鞭撻，況吏人之子乎？又五
日而兩勘杖乎？具析申，據趙主簿具析到公狀，奉判：人無貴賤，
身體髮膚受之父母一也。先賢作縣令，遣一力助其子，云此亦人之
子也，可善遇之。主簿似未知此樣意思。只如三月二十七日斷杖，
四月初八日復決，豈非濕瘡上再決乎？似此催科，傷朝廷之仁厚，
損主簿之陰隲。當職以提點刑獄名官，不得不諄諄告戒，今後不宜
如此。〔註32〕

〔註31〕劉克莊《饒州州院申勘南康衛軍前都吏樊銓冒受爵命事判》，見《後村先生大
　　　　全集》卷193。
〔註32〕劉克莊《太平府通判申追司理院承勘僧可諒身死推吏事判》，見《後村先生大
　　　　全集》卷192。

劉克莊要求各地官員在催收租稅中，不能隨便使用「斷杖」，「縱是吏卒，亦不當於濕瘡上鞭撻」，何況是「吏人」的子民；並認為「人無貴賤，身體髮膚受之父母」，為官者「可善遇之」，要做合情合法；最後諄諄告誡為官者，「似此催科，傷朝廷之仁厚，損主簿之陰隲」。

又如在審理「呂孝純訴池口立都巡催科」一案中，劉克莊對在災害之年，因催科而傷害百姓的案件，更是深惡痛絕。其判詞說：

> 天旱如此，百姓飯碗未知何所取給，所望州縣長官力行好事，庶幾膏澤感格，歲事可望。而當此夏稅起催之時，或委州官、或委兼領巡尉下鄉，或差郡吏下縣，置場創局，吏卒並緣，動成群隊，布滿村落，民不聊生。在法，省限未滿，不當追呼。今不惟魚貫被追，甚者杖責械繫，暴於炎天烈日之中，傷朝廷之仁厚，斷國家之命脈，何為而不致旱也！本司除已將越職催科官別作施行外，合行下所部郡縣，今後催科專委縣道，如長官緩不及事，則委佐官一員助之。如郡官、巡檢並免催科，郡吏併合抽回。省限未滿，止宜勸諭輸納，不可遽有追呼鞭撻。如仍前數弊，不肯更張，許被害人陳訴，別有施行。〔註33〕

劉克莊告誡州縣官不得於災荒之時，追催稅糧。他說，「天旱如此，百姓飯碗未知何所取給」，而各地「或委州官、或委兼領巡尉下鄉，或差郡吏下縣」，卻「置場創局，吏卒並緣，動成群隊，布滿村落」。劉克莊斥責他們的催科行為造成「民不聊生」；批評他們採取野蠻手段，對百姓「杖責械繫」，把百姓「暴於炎天烈日之中」，不僅有「傷朝廷之仁厚」，而且還「斷國家之命脈」；最後責令各級官員今後催科要「專委縣道，如長官緩不及事，則委佐官一員助之」，同時，郡官和巡檢不得擔任催稅等工作，「如郡官、巡檢並免催科，郡吏併合抽回」；並明確官員在催科的過程中，應該採取「勸諭輸納」的方式，「不可遽有追呼鞭撻」，告誡官員「如仍前數弊，不肯更張，許被害人陳訴，別有施行」，對有令不行的官員將實行懲罰。

三、具有法、理、情的通變之才

在宋代，隨著城市經濟的發展，財產爭訟成為民事訴訟的重要內容之一。

〔註33〕劉克莊《貴池縣申呂孝純訴池口立都巡催科事判》，見《後村先生大全集》卷192。

而立繼之爭名義上是爲延續香火，實際上也是圍繞爭奪財產繼承權展開的。
宋人爲此多有感慨立繼之爭，「爲義乎，爲利乎」？由於所爭之人大多是親戚、
朋友、鄰居的關係，所以立繼之爭，財產爭訟既敗壞了儒家所倡導的和親睦
族的美德，同時又影響了社會的安定。如何處理這層關係，成爲宋代判官們
必須要面對的難題。

　　如涉及立同宗昭穆不相當者爲嗣的爭產訴訟。宗祧繼承是封建宗法社會
制度的產物，「有子立長，無子立嗣」，也就成爲歷代的法例。對於有子孫相
承的家庭而言，確立宗祧繼承人並不困難，以嫡長子爲主要繼承人即可。而
對於沒有子孫的家庭而言，就存在如何選擇立嗣的問題。宋代法令明確規定：
「無子者，聽養同宗於昭穆相當者。」〔註34〕這就是說，立嗣的條件要求爲
同宗昭穆相當者。然而，立昭穆相當者雖是一條基本原則，但如果同宗中無
昭穆相當者可立時，該如何處理呢？如在審理「建昌縣劉氏訴立嗣事」〔註35〕
一案中，劉克莊就面臨立同宗昭穆不相當者爲嗣的情況。其案情是：田縣丞
有二子，即養子世光與親子珍珍。縣丞身後財產合作均分。世光死後無子，
二女尚幼。珍珍生母劉氏欲並世光一份財產歸珍珍；縣丞之弟田通仕亦欲以
己子世德爲世光後而謀取一份財產。但世德與世光是同輩的堂兄弟，昭穆不
順，不可爲世光之嗣。而依法「戶絕財產盡給在室諸女」，因此珍珍亦不可得
世光一份財產，但「族中皆無可立之人」。面對此種情況，爲使世光不斷香火，
劉克莊並沒有一味的堅守立嗣當爲「同宗於昭穆相當者」的法例，而是靈活
變通，考慮實際情況，仍然同意立同宗昭穆不相當者爲嗣，允許立世德爲世
光後。劉克莊在判詞中說，「世俗以弟爲子。固亦有之，必須宗族無間言而後
可」，「田通仕欲以子世德繼登仕之後，昭穆不順，本不應立，以其係親房，
姑令繼絕」。

　　又如涉及宗族親戚的爭產訴訟。在儒家看來，宗族、親戚之間骨肉相連，
正應以義爲本，以天倫爲念，而不可存利己之心。然而，在金錢和享樂面前，
人們一旦無法抵擋利欲的誘惑，家庭成員之間經濟利益之爭也就不可避免，
由此導致家族失和、兄弟反目、卑幼相訴的訴訟，也就會給儒家所宣傳的倫
理觀念，以及社會的安定和諧造成極大威脅。宋代司法官們面對此等問題又

〔註34〕薛梅卿點校《宋刑統・戶婚律》，卷 12，北京：法律出版社，1999 年，217
　　　　頁。
〔註35〕劉克莊《建昌縣劉氏訴立嗣事判》，見《後村先生大全集》卷 193。

該如何解決呢？劉克莊高度重視對此類案件的處理，在維護封建法律和倫理觀念的基礎上，綜合運用法、理和情，希望通過息訟以保家道的昌盛與和諧。如在「已嫁妻欲據前夫物業」〔註36〕一案中，趙氏前夫魏景宣「既沒」，後「改嫁劉有光」；劉有光「遂以接腳爲名，鵲巢鳩居」，佔據前夫物業，引起前夫兄弟魏景讜、魏景烈的異議，遂以趙氏改嫁爲名告到官府。在此案件中，劉克莊指出，趙氏若「能守柏舟共姜之志，則長有魏氏之屋，宜也」；然既已改嫁劉有光，而「劉有光非其族類，乃欲據其屋，誠所未安」；況且「魏景宣非無子孫」，魏氏兄弟也並未分家，係「同居親共分，法不應召接腳夫」。因此，劉克莊最終判決，明確「劉氏改嫁，於義已絕，不能更占前夫屋業，合歸劉貢士家，事姑與夫，乃合情法」，判趙氏合歸劉家。

　　受傳統儒家思想的影響，中國人具有濃厚的家庭觀念、家族意識。而婚姻的目的在通過嫁娶的方式、將兩個異姓家族聯結在一起，組建成新的家庭。因而家庭、婚姻問題也就成爲生活中最常見且最普遍的問題，處理不好，同樣會引發各種社會問題。如在「女家已回定帖而翻悔判」〔註37〕一案中，謝迪父女收了劉穎母子的聘財，並已有了私約，但又想翻悔。劉克莊指出，根據法律規定，「許嫁女，已投婚書及有私約而輒悔者」，應該受到「杖六十」的懲罰；但劉克莊並未「以文法相繩」，而是耐心地做雙方的勸和工作：首先讓雙方明白，「婚男嫁女，非小事也，何不詳審於議親之初？既回定帖，卻行翻悔，合與不合成婚，由法不由知縣」；一方面勸謝迪父女，「既回定帖與人，又自翻悔，若據條法，止得還親」，「劉穎若無絕意，謝迪只得踐盟」，希望謝迪父女「更自推詳法意，從長較議，不可待官司以杜後惠文從事，悔之無及」；另一方面又勸劉穎母子「既已興訟，縱便成婚，有何面目相見」，要求雙方「仰更詳法制，兩下從長對定」；經過反覆對定，最後雙方同意放棄先約，「各給事由」。劉克莊在此案件中，並沒有嚴格執行法律的規定，而是屈公法而循人情，希望當事雙方能夠通過交涉和談判，以達到雙方都能接受的結果。

　　劉克莊曾說：「於聽訟折獄之際，必字字對越，乃敢下筆，未嘗以私喜怒參其間。」〔註38〕也云：「據案下筆，惟知有理法耳。」〔註39〕也就是說，在劉克莊看來，無論是刑獄或是聽訟，都必須「字字對越」，實事求是後，才能

〔註36〕劉克莊《已嫁妻欲據前夫屋業判》，見《名公書判清明集》，353頁。
〔註37〕劉克莊《女家已回定帖而翻悔判》，見《名公書判清明集》，346頁。
〔註38〕劉克莊《跋〈江東臬司書判〉》，見《後村先生大全集》卷193。
〔註39〕劉克莊《已嫁妻欲據前夫屋業判》，見《名公書判清明集》，353頁。

下筆擬判，不嘗摻雜私人的「人情」喜怒。因此反映在其書判中，即詳細記載案件所發生的事情，透過「理法」的行政程序，找出道理，檢查法令，做出最合於「情理法」的判決。

第三節　書判的文學特色

書判，既是司法案件審理結果的書面文件，也是法律和文學結合的產物。劉克莊的書判注重對案件事實的認定與分析，重視對案件事實的法律評價，定罪量刑準確，說理具有針對性和說服力，因而具有章法嚴謹，邏輯性強等特點。除此之外，劉克莊的書判亦具有文學特色。

一、採用「情法兼到」的對話方式

作為一種司法文書，書判傳達的是國家司法機關的意志，要求當事人必須在國家機器的監督下強制執行判決。因而，書判一般屬於典型的獨白文體，它「具有強烈針對性、實用性」，「其交際目的、任務和對象都具體而明確，而且其言語行為具有充分的權威和約束力」〔註40〕。劉克莊的書判，大都是屬於這種類型。

但是，劉克莊在書判中還使用「情法兼到」的特殊對話方式，即在判決中，劉克莊只是反覆宣示法律條文和審判規範，沒有作出明確的最終判決，而是與當事人在法律允許的範圍內尋找更好的解決方法。如劉克莊在審理「謝迪女悔婚」一案時有這樣一連串的對話：

> （初判）……在法：許嫁女，已投婚書及有私約而輒悔者，杖六十，更許他人者，杖一百，已成者徒一年，女追歸前夫。定親帖子雖非婚書，豈非私約乎？律文又云：雖無許婚之書，但受聘財亦是。注云：聘財無多少之限。然則受縑一疋，豈非聘財乎？況定帖之內，開載奩匣數目，明言謝氏女子與劉教授宅宣教議親，詳悉明白，又非其它草帖之比。官司未欲以文法相繩，仰謝迪父子更自推詳法意，從長較議，不可待官司以柱後惠文從事，悔之無及。兩爭人並押下評議，來日呈。

〔註40〕 趙靜《司法判詞的表達與實踐——以古代判詞為中心》，復旦大學博士學位論文，2004年，46頁。

　　再判：字蹤不可得而掩，尚謂之假帖，可乎？婚男嫁女，非小事也，何不詳審於議親之初？既回定帖，卻行翻悔，合與不合成婚，由法不由知縣。更自推詳元判，從長較議元承，並勸劉穎母子，既已興訟，縱使成婚，有何面目相見，只宜兩下對定而已。今晚更無定論，不免追人寄收。

　　再判：和對之事，豈無鄉曲親戚可以調護，知縣非和對公事之人，照已判監索繾帖，一日呈。

　　再判：定帖分明，條法分明，更不從長評議，又不齎出繾帖，必要訊荊下獄而後已，何也？再今晚。

　　再判：公事到官，有理與法，形勢何預焉？謝迪廣求書箚，又託人來干懇，謂之倚恃形勢亦可。既回定帖與人，又自翻悔，若據條法，止得還親，再今晚別有施行。

　　再判：在法，諸背先約，與他人爲婚，追歸前夫。已嫁尚追，況未嫁乎？劉穎若無絕意，謝迪只得踐盟，不然，爭訟未有已也。仰更詳法制，兩下從長對定，申。

　　再判：照放，各給事由。〔註41〕

在此案件中，劉克莊沒有直接行使司法審判的決定權，而是採用七次判決的形式和當事人進行特殊的對話，反覆宣示案件適用的規範，把相關法律文本和可能的判決告知給當事人，如「初判」中劉克莊引用一大段相關法律和解釋，以及「六判」中引用「諸背先約，與他人爲婚，追歸前夫」的法律條文等，讓其作爲當事人之間進行交涉和談判的參照，通過「從長評議」，以期尋找到更妥當的解決方法。劉克莊通過這種特殊的對話方式，以最大的耐心調節當事人的司法糾紛，有利於處理案件時做到「情法兼到」，一方面要執行法律規範，另一方面要因地制宜並充分考慮當事人的意志，以達到息訟的目的。

　　此外，劉克莊書判中甚至出現了大量的人物對話描寫。如《建昌縣劉氏訴立嗣事判》：

　　……，又云：「族中皆無可立之人，可憐！可憐！」又云：「登仕與珍郎自是兩分。」又云：「登仕二女，使誰抬舉？」又云：「劉氏後生婦女，今被鼓動出官，浮財用盡，必是賣產，一男二女斷然

〔註41〕劉克莊《女家已回定帖而翻悔判》，見《名公書判清明集》，346頁。

流下。」又云：「老來厭聞骨肉無義爭訟，須與族人和議。」〔註42〕
在此案件中，劉克莊直接用與當事人的對話方式介紹案情。

二、使用詩化的語言形式

　　唐代書判以駢體為主。至宋代，突破駢體判詞藩籬，開散體作判之先河
的當屬北宋的王回。徐師曾贊其判詞「脫去四六，純用古文，庶乎能超二代
之衰」，但可惜的是，其書判不屬上乘，知名度不高，「後人不能用」〔註43〕。
後經朱熹、胡穎、劉克莊等名家的倡導和實踐，散體書判才日臻完美。劉克
莊的書判主要是以散體為主，但偶而也會在其書判中顯示一下他的詩才，嵌
進一些駢體語言。如：

　　　傷朝廷之仁厚，斷國家之命脈。〔註44〕

　　　傷朝廷之仁厚，損主簿之陰隲。〔註45〕

　　　採之道途之言，參之賢士大夫之說。〔註46〕

　　　恤孤之誼無聞，謀產之念太切。〔註47〕

　　　以行父兄弟為直，以傳三七為曲。〔註48〕

　　　夫有出妻之理，妻無棄夫之條。〔註49〕

　　　納采於已呈身之後，交爵於未合巹之前。〔註50〕

劉克莊的書判亦常用抒情色彩濃鬱的詩化句式。如《兄弟爭財判》中：

　　　「棠棣之華，鄂不韡韡，凡今之人，莫如兄弟」，豈非天倫之至
　　愛，舉天下無越於此乎！徐端之一弟、一兄，皆以儒學發身，可謂

〔註42〕劉克莊《建昌縣劉氏訴立嗣事判》，見《後村先生大全集》卷193。
〔註43〕徐師曾《文體明辨序說》，見《歷代文話》（第二冊），王水照主編，上海：復
　　　旦大學出版社，2007，2098頁。
〔註44〕劉克莊《貴池縣申呂孝純訴池口立都巡催科事判》，見《後村先生大全集》卷
　　　192。
〔註45〕劉克莊《太平府通判申追司理院承勘僧可諒身死推吏事判》，見《後村先生大
　　　全集》卷192。
〔註46〕劉克莊《饒州州院推勘朱超等為趲死程七五事判》，見《後村先生大全集》卷
　　　192。
〔註47〕劉克莊《建昌縣劉氏訴立嗣事判》，見《後村先生大全集》卷193。
〔註48〕劉克莊《爭山妄指界至判》，見《名公書判清明集》，157頁。
〔註49〕劉克莊《妻以夫家貧而仳離判》，見《名公書判清明集》，345頁。
〔註50〕劉克莊《已嫁妻欲據前夫屋業判》，見《名公書判清明集》，353頁。

白屋起家者之盛事，新安教授乃其季氏也。鴻雁行飛，一日千里，
門戶寖寖榮盛，徐端此身何患其不溫飽，而弟亦何忍坐視其兄而不
養乎？塤以倡之，篪以和之，此天機自然之應也。今乃肆作弗靖，
視之如仇敵，乘其迂從之來，陵虐之狀，殊駭聽聞。且其家起自寒
素，生理至微，鄉曲所共知也。端謂其遊從就學之日，用過眾錢一
千緡，是時雙親無恙，縱公家有教導之費，父實主之，今乃責償，
以此恩愛何在？況徐教授執出伯兄前後家書，具言其家窘束之狀，
歷歷如此，徐端雖竄身吏役，惟利之饕，豈得不知同氣之大義，顛
冥錯亂，絕滅天理，一至於此乎！前此見於兩府判之詳議者至矣，
盡矣，州家恐為風教之羞，且從愈廳所申，修以和議。過此以往，
或徐端更肆無饜之欲，囂訟不已，明正典刑，有司之所不容姑息也。

〔註51〕

此書判中，劉克莊開頭就引用《詩經‧棠棣》中「棠棣之華，鄂不韡韡，凡
今之人，莫如兄弟」的詩句表達兄弟應該互相友愛，接著用「鴻雁行飛，一
日千里」、「塤以倡之，篪以和之」，「迂從之來，陵虐之狀」等駢句，表達了
本應該是塤倡篪和，和睦相處的兄弟倆，卻因發展的貧富懸殊，最終「視之
如仇敵」，在法庭上相向的尷尬局面。劉克莊在書判中使用這些詩話句式，把
枯燥刻板，技術性很強的公文，寫的具有濃重的文學色彩。

三、善用修辭手法

書判雖然是非常嚴肅、莊重的文體，要求客觀地再現案件事實，準確地
表達司法官的態度，並代表朝廷作出莊嚴的判決。但有時為了增加表達效果、
增強說服力，司法官在書判中也會運用各種修辭手法，提高表達地準確性，
達到勸導與說服的目的。正如美國司法官理查德‧A‧波斯納所言：「修辭在
法律中有很大作用，因為很多法律問題無法用邏輯或實證的證明來解決。」〔註
52〕因而在以事實和法律為依據的前提下，劉克莊書判中也使用了不同的修辭
手法，行教化於藝術之中。具體來說，主要有：

第一，運用典故。

〔註51〕劉克莊《兄弟爭財判》，見《名公書判清明集》，374 頁。
〔註52〕理查德‧A‧波斯納《法律與文學》（增訂本），李國慶譯，北京：中國政法大
學出版社，2002 年，360 頁。

　　典故用得適當，可以收到很好的修辭效果。能顯得既典雅風趣又含蓄有致，可以使語言更加精練，言簡意賅，辭近旨遠。如在《兄弟爭財判》中，劉克莊有兩處使用典故，一處是「棠棣之華，鄂不韡韡，凡今之人，莫如兄弟」，這是明用典故，直接引用《詩經・棠棣》的詩句；一處是「塤以倡之，篪以和之」，這是暗用典故，化用《詩經・何人斯》中「伯氏吹塤，仲氏吹篪」的詩句。這兩個典故表達的都是兄弟應該相互友愛、和睦。劉克莊使用這兩個典故，目的是希望此案件中的徐端兄弟倆不要「視之如仇敵」，而應該「修以和議」〔註53〕。又如在《已嫁妻欲據前夫屋業判》中，「第趙氏先嫁魏景宣，景宣既沒，趙氏能守柏舟共姜之志，則長有魏氏之屋，宜也」一句，其中「柏舟共姜」的典故出自《詩經・柏舟》。春秋時期，衛世子共伯夫婦感情十分恩愛，曾經山盟海誓他們的愛情至死不變。後來共伯去世，其父母想要他妻子共姜改嫁。共姜堅決不答應，就做一首詩《柏舟》來證明他們的愛情，讓其父母打消這個念頭〔註54〕。劉克莊使用此典故，借指婦女喪夫後守節不嫁，就可以繼承死去丈夫的家產。又如在《黟縣申本縣得熟即無旱傷尋具黟縣雨暘帳呈判》中，劉克莊使用了「古人謂：縣令，字民之官，不損猶應言損」一語，此典故出自《資治通鑑》（卷225）：「京兆尹黎幹奏秋霖損稼，韓奏幹不實；上命御史按視，丁未，還奏，『所損凡三萬餘頃。』渭南令劉澡阿附度支，稱縣境苗獨不損；御史趙計奏與澡同。上曰：『霖雨溥博，豈得渭南獨無！』更命御史朱敖視之，損三千餘頃。上歎息久之，曰：『縣令，字民之官，不損猶應言損，乃不仁如是乎！』貶澡南浦尉，計澧州司戶，而不問。」〔註55〕劉克莊使用此典故，批評黟縣謊報旱情。

　　第二，喜用反問。

　　劉克莊喜歡在駁斥被告或原告時使用反問的修辭手法，以增強說理的雄辯性。如《爭山妄指界至判》中，「且祖主簿姓祖，而干預姓俞、姓傅人之訟，無乃不干己乎？至於封閉鄰人門戶，將不潔潑人墳墓，此豈賢大夫之所宜為？」連續使用兩個反問，一是譴責祖主簿事「不干己」，卻亂助俞行父興訟不已〔註56〕；二是斥責俞行父將傅三七新墳澆潑作踐行為，不是賢大夫所為。

〔註53〕劉克莊《兄弟爭財判》，見《名公書判清明集》，374頁。
〔註54〕劉克莊《已嫁妻欲據前夫屋業判》，見《名公書判清明集》，353頁。
〔註55〕劉克莊《黟縣申本縣得熟即無旱傷尋具黟縣雨暘帳呈判》，見《後村先生大全集》卷192。
〔註56〕劉克莊《爭山妄指界至判》，見《名公書判清明集》，157頁。

特別的是，劉克莊在《安仁縣妄攤鹽錢事判》中，全文只有三句話，其中兩句就用反問，「吳興四父子乃制牒所不追究之人，本縣憑何追擾？可見縱甲攤乙，又縱乙攤丙，為民父母，寧忍之乎？帖具因依申。」〔註57〕另外，劉克莊在《建昌縣鄧不偽訴吳千二等行劫及阿高訴夫陳三五身死事判》中，共用了六個反問。在《建昌縣劉氏訴立嗣事判》中，共有十一個反問。

此外，劉克莊的書判中比較常見的修辭格還有比喻、借代、排比和反語等。如「諸郡率謂旱傷不至於甚，如信州虞守謂晚禾倍熟，與百姓爭較蠲放分寸，如割身肉」〔註58〕一句中，「如割身肉」是明喻；「長官為民父母，何忍下此筆哉」〔註59〕一句中，「長官為民父母」是暗喻。如「當職嘗為獄官，每以情求情，不以箠楚求情」〔註60〕一句中，「箠楚」原指打人用具，這裏用來代指「杖刑」。如《饒州州院推勘朱超等為趙死程七五事判》一文中，連續用了六句「此一大可疑也」，排比鋪陳此案件中存在的六大疑點〔註61〕。如「使神其有知，其肯歆此祭乎」〔註62〕一句，反話正說，表明朝廷禁止隨意屠殺耕牛。

總之，劉克莊的書判在道德教化與感化的同時，也富於人情味和人性化色彩，更貼近普通百姓生活，也更具有說服力，做到文學性與法理的相得益彰。

〔註57〕 劉克莊《安仁縣妄攤鹽錢事判》，見《後村先生大全集》卷192。
〔註58〕 劉克莊《徽州韓知郡申蠲放旱傷事判》，見《後村先生大全集》卷192。
〔註59〕 劉克莊《饒州州院申徐雲二自刎身死事判》，見《後村先生大全集》卷192。
〔註60〕 劉克莊《饒州州院推勘朱超等為趙死程七五事判》，見《後村先生大全集》卷192。
〔註61〕 劉克莊《饒州州院推勘朱超等為趙死程七五事判》，見《後村先生大全集》卷192。
〔註62〕 劉克莊《屠牛於廟判》，見《名公書判清明集》，534頁。

第六章　劉克莊碑誌文研究

　　碑誌，又稱碑文、碑銘，是刻在碑上的紀念文字。先秦時期，尚未有專門的文體名；東漢時期，蔡邕開始將刻於碑石的文辭命名爲「碑文」，如《郭有道碑文》等；而眞正直接用「碑」作爲文體名的，當屬陸機。其在《文賦》中云：「碑披文以相質。」〔註1〕以簡潔的語言概括了碑的特點，並將碑與詩、賦、誄等文體相提並論。而對「碑」這種文體作清晰論說的則出現在劉勰的《文心雕龍》中。他說：「碑者，埤也。上古帝王，紀號封禪，樹石埤嶽，故曰碑也。」〔註2〕

　　碑誌按其用途和內容分，主要有記功碑文、公事廟宇碑文和墓碑文三類〔註3〕，本文所論及的碑誌文主要是指墓碑文。墓碑文主要是用來記述死者生前事蹟，同時表達悼念、稱頌之情。墓碑文名目繁多，爲安葬設立的稱「墓碑」，也稱「墓表」、「墓碣」；列於墓道前者稱「神道碑」，入墓穴者稱「墓誌」，或稱「墓誌銘」、「壙銘」。這些碑誌名稱雖不同，但性質都是一樣的。

　　宋代文集中的碑誌很多，而撰寫碑誌的要求很高，一般是道德高尚的能文之士才有資格撰寫碑誌文。劉克莊是南宋末年的創作碑誌文大家。作爲四朝元老與文章宗師，劉克莊在政界和文壇都有廣泛的交遊，他或參與了諸多墓主生前所從事的社會活動，或與墓主有難忘的生活經歷。因而，劉克莊所寫的碑誌，「晦能使之顯，微能使之著」〔註4〕，影響巨大，求銘者甚眾，「達

〔註1〕張少康《文賦集釋》，北京：人民文學出版社，2005年，99頁。
〔註2〕周振甫《文心雕龍注釋‧誄碑》，北京：人民文學出版社，2002年，128頁。
〔註3〕褚斌傑《中國古代文體概論》，北京：北京大學出版社，1992年，427頁。
〔註4〕劉克莊《忠訓陳君宜人李氏墓誌銘》，見《後村先生大全集》卷160。

官顯人欲銘先世勳德，必託公文以傳」〔註5〕，「銘敘先世勳德，以不得公文
爲恥」〔註6〕。劉克莊一生中寫下了大量碑誌，主要有神道碑和墓誌銘。據筆
者統計，劉克莊文集中，神道碑共 14 篇，墓誌銘共 156 篇。目前，學界尚未
關注劉克莊碑誌文。

第一節　劉克莊的碑誌寫作原則

　　歐陽修和曾鞏是宋代碑誌寫作大家。歐陽修主張碑誌必須「簡而有法」〔註
7〕，力主「事信言文」〔註8〕。曾鞏認爲碑誌容易「不實」的原因在於死者子
孫爲借碑誌「褒揚其親」、「以誇後世」，提出碑誌創作應該「蓄道德而能文章」
〔註9〕。劉克莊在其不文章中常常論及碑誌寫作，因而值得認眞探討。

一、倡「銘必有據」

　　王邁曾云：「君銘德潤皆實錄，它日無忘餘也」〔註10〕，讚揚劉克莊爲方
大琮撰寫的碑誌「皆實錄」，並囑託劉克莊能在它日也爲自己撰寫碑誌。重「實
錄」，是劉克莊碑誌文的一大特點。他說：

> 凡當世山林丘園之士皆得以秉筆記載。〔註11〕

> 撫其實而銘之。〔註12〕

> 凡余所書皆有稽據。〔註13〕

> 銘必有據也。〔註14〕

劉克莊的這一主張，更多地是來自於他史學家的嚴謹精神。劉勰《文心雕龍・
誄碑》云：「夫屬碑之體，資乎史才」〔註15〕，要求以寫史的精神來創作碑誌。

〔註5〕洪天錫《後村先生墓誌銘》，見《後村先生大全集》卷195。
〔註6〕林希逸《後村先生劉公行狀》，見《後村先生大全集》卷194。
〔註7〕歐陽修《書尹師魯墓誌》，見《全宋文》卷718，第34冊，81頁。
〔註8〕歐陽修《代人上王樞密求先集序書》，見《全宋文》卷698，第33冊，78頁。
〔註9〕曾鞏《寄歐陽舍人書》，見《全宋文》卷1246，第57冊，247頁。
〔註10〕劉克莊《朧軒王少卿墓誌銘》，見《後村先生大全集》卷152。
〔註11〕劉克莊《習靜叔父墓誌銘》，見《後村先生大全集》卷151。
〔註12〕劉克莊《大理卿丘公墓誌銘》，見《後村先生大全集》卷154。
〔註13〕劉克莊《直寶章閣羅公墓誌銘》，見《後村先生大全集》卷162。
〔註14〕劉克莊《王翁源墓誌銘》，見《後村先生大全集》卷148。
〔註15〕周振甫《文心雕龍注釋・誄碑》，北京：人民文學出版社，2002年，128頁。

劉克莊精於史學，也曾數任史職。他四十八歲擔任宗正簿，負責掌握皇族的名籍簿，每年需排出同姓諸侯王世譜，分別他們的嫡庶身份及其與皇帝在血緣上的親疏關係。四十九歲時，擔任樞密院編修官。六十歲，又因「文名久著，史學尤精」，被「特賜同進士出身」，同時兼國史院編修官，實錄院檢討官，專典史事。六十五歲，又被召為史館同修撰，負責編校史館書籍和修撰工作。在擔任各種史官期間，劉克莊修纂和撰寫了不少的史學著作，如《玉牒初草》二卷，為實錄體，較詳細記載經筵臣僚進講之語；還有《錄聖語申時政記所狀》、《錄聖語奏申狀》等。史官意識與碑誌文寫作一脈相通。

　　劉克莊撰寫碑誌，都會寫明與墓主的關係：或為其同僚，如《孟少保神道碑》中：「克莊念端平初與公同朝，及公以馬帥往戍淮右，猶及祖餞。歲晚奉詔，秉筆表阡，乃係以銘。」〔註16〕或為其同窗，如《林貢士墓誌銘》中：「余幼與君俱從鄉先生方澤孺，小君三歲，相親狎也。」〔註17〕或為其師，如《龍學余尚書神道碑》中：「予先君昔與公同為樞掾，情好如兄弟，但姓不同耳。某甫冠，受教於公。」〔註18〕又如《方子默墓誌銘》：「然受教四十餘年，情誼素篤，記河東之先友，傳襄陽之耆舊，固後死者之責，不容辭也中。」〔註19〕或為其友，如《趙仲白墓誌銘》中：「時願哭謂予：『子幸銘吾先人！』念昔與仲白遊二十年，嘗約歲晚入山讀書，仲白棄予而夭，行而無所詣也，疑而無所訂也，瑕而莫予攻也，忘而莫予鞭也，嗚呼悲夫！」〔註20〕又如《刑部趙郎中墓誌銘》中：「余大病起，視筆硯如仇，聞公葬，作而曰：公四十年故友也，銘公非余而誰？」〔註21〕或為其親戚，如《林程鄉墓誌銘》中：「前葬，來乞銘。余祖母令人，君之姑也。」〔註22〕又如《少奇墓誌銘》中：「少奇嘗語強甫曰：『人修短不可期，某它日倘得伯父志乎？』強甫白其語，余為一慟。」〔註23〕或為其弟子，如《丁倩監舶墓誌銘》中：「余為樞掾，君尚丱角，拱立親傍執弟子職，貌甚恭也。」〔註24〕

〔註16〕劉克莊《孟少保神道碑》，見《後村先生大全集》卷143。
〔註17〕劉克莊《林貢士墓誌銘》，見《後村先生大全集》卷154。
〔註18〕劉克莊《龍學余尚書神道碑》，見《後村先生大全集》卷145。
〔註19〕劉克莊《方子默墓誌銘》，見《後村先生大全集》卷148。
〔註20〕劉克莊《趙仲白墓誌銘》，見《後村先生大全集》卷148。
〔註21〕劉克莊《刑部趙郎中墓誌銘》，見《後村先生大全集》卷152。
〔註22〕劉克莊《林程鄉墓誌銘》，見《後村先生大全集》卷148。
〔註23〕劉克莊《少奇墓誌銘》，見《後村先生大全集》卷151。
〔註24〕劉克莊《丁倩監舶墓誌銘》，見《後村先生大全集》卷156。

有時，因熟人請託爲其先人求銘，劉克莊都會要求他們提供史料依據。
如《王翁源墓誌銘》中：

> 余友王必成字宗可，俊人也，有場屋聲，六上春官不中第，終
> 於寧德令。其弟自成字志可，吉人也，未幾復終於翁源令，里巷嗟
> 惜。翁源君將葬，孤時來乞銘。余曰：「銘必有據也，子之先人官薄
> 而事軼，惡乎銘？」時袖書一卷，載君世出言行無毫粟漏失。余覽
> 之，愀然曰：是可銘已！〔註25〕

可見，劉克莊撰寫的碑誌，或因與墓主相交相識而能做到眞實可信，或因有
提供立傳的史料而能做到有根有據，體現了他對碑誌實錄性的遵循。

二、避「諛墓之誚」

諛墓，指爲了替死者歌功頌德，在製作碑誌時不論其功績如何，一概誇
大其詞予以頌揚的行爲。韓愈歷來有諛墓之譏，他曾經爲當時許多豪門貴族
創作碑誌，碑誌中一概溢美之詞，而不論墓主人品如何。李商隱《記齊魯二
生》記載：「劉又持韓退之金數斤去，曰：『此諛墓中人所得爾，不若與劉君
爲壽。』愈不能止。」〔註26〕此言韓愈爲人作碑銘，多諛辭而得大筆酬金，
劉又以諛墓譏之。

劉克莊在撰寫碑誌的時，非常注意史料的眞實，希望做到事信而文，避
免出現對墓主稱譽不實，小美大贊，無美稱美乃至以惡爲美的「諛墓」現象。
他說：「然爲人作墓誌必咨問行狀中事，亦可見前輩直筆實錄之意，可以爲諛
墓者之戒。」〔註27〕特別是到晚年在寫碑誌時，劉克莊都會時時警醒自己，
他說：「余老避諛墓之誚。」〔註28〕或說：「余以暮年懲諛墓之誚。」〔註29〕

當然，劉克莊所創作的碑誌中，主要是爲熟知的人而寫，人情的因素很
大。其碑誌中所稱讚的，或美德、或政績、或人品，無疑有隱惡揚善的成分，
這是由碑誌的文體所決定的。自秦漢以後，碑誌文寫作體例日趨成熟固定。
這就是稱美不稱惡，以頌爲主，銘功頌美。劉熙《釋名》解釋「碑」時也云：

〔註25〕劉克莊《王翁源墓誌銘》，見《後村先生大全集》卷148。
〔註26〕李商隱《樊南文集‧雜記》，馮浩詳注，錢振倫、錢振常箋注，上海：上海古
籍出版社，1988年，488頁。
〔註27〕劉克莊《跋東坡穎師聽琴水調及山谷帖》，見《後村先生大全集》卷102。
〔註28〕劉克莊《方清卿墓誌銘》，見《後村先生大全集》卷158。
〔註29〕劉克莊《特奏名林君墓誌銘》，見《後村先生大全集》卷161。

「碑者，被也。……臣子追述君父之功美，以書其上，後人因焉。故建於道陌之頭，顯見之處，名其文謂之碑也。」〔註30〕但劉克莊很注意掌握其分寸，以合乎史傳筆法來寫，追求記人寫事的真實可靠，避免出現言過其實的、諛墓之嫌。

　　如在《英德趙使君墓誌銘》中，劉克莊與墓主趙必健「不識」，但仍為其撰寫碑誌，其原因一是墓主之子徵銘書信「其詞甚哀，讀之使人感動」〔註31〕；二是墓主曾因劉克莊的堂弟劉希仁（字居厚）推薦，「居厚首薦公才學」；最重要的是墓主的行狀是由劉克莊「所敬畏」的李伯玉所撰，「李公實狀公之行」。因此劉克莊「採摭而書之」，寫下了這篇碑誌。在碑誌的最後，為避免被說「諛墓」，「余觀昔之秉銘筆者多採門生故吏之所記載，雖退之不免諛墓之誚」，劉克莊肯定的語氣表明自己不會這樣，「余志公阡則異於是」；並且對兩位推薦人進行了詳細介紹，「居厚，賢監司也，涇渭明，舉刺公；李公端人也，衷斧嚴，褒貶當。凡余所述，皆本居厚薦書、李公行實，無愧辭矣。居厚名希仁，李公名伯玉」。劉克莊以此表明自己所撰寫的碑誌能夠做到真實可靠，不虛美。

三、宜「以情度情」

　　碑誌是在送亡之際使用，於情於理都應該表達哀思。因此，劉克莊還認為，撰寫碑誌，需要「以情度情」，即撰寫者要以飽含的深情表達出對逝者的哀思和感懷。劉克莊表示，自己一直以來都努力實踐，希望能達到這樣境界。他說：

> 或警余曰：「子禁綺語而操彤管乎？」余曰：「蒙叟不云乎：既謂之人，烏得無情？」余昔亦踐此境，每讀潘騎省、韋蘇州諸人悼亡之作，輒悲不自勝，猶謂久必消磨，今老矣，而其哀如新。以情度情，丘君有斷弦之痛而無鼓缶之歌也決矣。〔註32〕

在這裏，劉克莊用莊子之語反駁有人對他的警告，認為只要是人，都會有感情的；並且表示自己在閱讀優秀悼亡之作時，同樣會「悲不自勝」，為之感動；即使「今老矣」，重新去欣賞這些作品，仍然是「其哀如新」。因此，撰寫者

〔註30〕劉熙《釋名》，天津：天津古籍出版社，1999年，32頁。
〔註31〕劉克莊《英德趙使君墓誌銘》，見《後村先生大全集》卷160。
〔註32〕劉克莊《趙孺人墓誌銘》，見《後村先生大全集》卷150。

只有「以情度情」，會像丘君一樣，感受到「斷弦之痛」，而不是像垂暮老人的輓歌。

縱觀劉克莊創作的碑誌，雖是應酬性的應用文，卻能熔敘事、議論、抒情於一爐，具有感動人心的的力量。劉克莊碑誌中抒情的特點表現在：

一是含蓄蘊藉。劉克莊的一些碑誌，看似用極平淡的語氣敘述，細細體味，卻蕩氣迴腸。如其爲亡妻所作的碑誌：

> 爲余妻十九年，余宦不遂，江湖嶺海，行路萬里，君不以遠近
> 必俱。嘗覆舟嵩灘，十口從死獲生，告身橐裝漂失且盡，余方窘撓，
> 君夷然如平時。又嘗泛灘江，柁折舟漩，危在瞬息，君亦無怖容。
> 余貧居之日多，君節縮營薪水，未嘗歎不足。即有祿米，君奉養服
> 用一不改舊。蓋其儉至惜一錢，然於孤遺則抽簪脫珥無所吝；其仁
> 至不呵叱奴婢，然家務劇易粗細不戒而集。余歷官行己，退休之念
> 常勇於進爲，澹泊之味每釀於酣咍者，君佐之也。余調建陽令，君
> 已胃弱惡食，抵官且愈矣，復感風痹，神色逾好，不類病人。余垂
> 滿，君苦脾泄，餌歲丹黃芽百粒不止。既亟，父老爇炬環匝縣門，
> 膜拜所謂佛者爲君祈安。既逝，邑人相弔，如喪親戚。既訃，鄉之
> 賢士大夫皆唁余曰：「孝敬慈順可爲內則者，今亡矣。」……事姑太
> 碩人恭敬，處妯娌柔順，待族戚有恩意。……君有至性，忠孝大指
> 皆暗與吾徒合。往年虜騎大入，余當從主帥督戰，君適患懸癰，呻
> 呼聒鄰壁。余猶豫未發，君曰：「婦病小撓，虜入大恥，若之何以小
> 妨大也？」余娩其言，即日渡江。臨絕尚惓惓姑父，又以昌屬余，
> 不忍訣。余曰：「鰥餘身，拊而子，不使君有遺恨也。」君頷之而暝。
> 及是爲雙壙，復爲冢舍以讀書休息，而今而後可以修身俟命矣。

〔註33〕

嘉定二年（1209），劉克莊娶林節爲妻。十九年來，劉克莊和妻子林節感情深厚。劉克莊爲官，妻子「遠近必俱」，出生入死，坦然面對。此篇碑誌中，劉克莊精心選擇幾則日常生活小事，突出了亡妻孝敬慈順、賢淑儉約。特別是在妻子病重期間，妻子仍義無反顧的支持劉克莊的事業，曉以大義。碑誌文筆落處，不事雕琢，用極其平淡的語言，娓娓道來，看似波瀾不驚，實際上哀思綿綿。特別是碑誌的最後，妻子「不忍訣」的場景，更是讓人潸然淚下，

1〔註33〕　劉克莊《亡室墓誌銘》，見《後村先生大全集》卷148。

令人動容。劉克莊全篇並沒有使用表達強烈感情的「嗚呼哀哉」一類的感歎詞，而是通過平淡的敘述，含蓄而不顯露地表明自己失去愛妻和賢內助的深切悲痛。

　　二是直抒胸臆。即劉克莊在碑誌中直接抒發悲痛之情，如其為侄子偉甫所作的碑誌中，最後是一段直接抒情的文字：

> 嗟夫！人患無子也，有子也未敢望其成長也，成長也未敢望其
> 秀美也。若夫成長矣，秀美矣，望之如此之久，成之如此之難，奪
> 之如此之速！智足以知吾家典刑文獻之傳而不使之嗣守，材足以在
> 聖門言語政事之科而不得以展究，瘞青春於長夜，埋白璧於黃壤，
> 可悲也夫！〔註34〕

文章以「嗟夫」一聲悲號開始，營造出悲傷的氛圍，抒發失去親人的痛苦，飽含深情，令人動容。

　　又如其為好友林彬之所作的的碑誌：

> 初，余與方公德潤、王公實之及公少同里，晚同朝，方公長二
> 公一歲，二公長余三歲。四人者仕之日少，止之日多，有把臂入林、
> 尊酒論文之樂。不幸德潤、實之仙去，惟余與公相視皆七十餘，酒
> 邊感慨，談諧道舊。年未及吾二人者或儳，必言戲之曰：「君方耳順，
> 不宜躐等。」眾為一笑。余辭禁從還里，謂可以尋前盟，公遂埋玉，
> 前之躐等者今皆從心，而余年八十矣，銘德潤，銘實之，又銘公。
> 嗚呼，人徒羨久生之可樂，而孰知後死之鮮懼也，悲夫！〔註35〕

劉克莊首先回顧自己與方德潤、王邁和林彬之的友情；然而好友一個個先自己而逝，劉克莊悲從中來，「余年八十矣，銘德潤，銘實之，又銘公」，感慨「人徒羨久生之可樂，而孰知後死之鮮懼也，悲夫」！直接抒發失去好友的悲痛。情真意切，催人淚下。

　　總之，作為南宋文壇一代宗師的劉克莊，他以史學家的實錄精神來撰寫碑誌，做到「銘必有據」，既避「諛墓之誚」，又能抒發悲痛之情。因而，劉克莊所撰寫的碑誌在當時影響巨大，其提出的碑誌創作理論，對碑誌創作的健康發展，是有積極意義的。

〔註34〕劉克莊《少奇墓誌銘》，見《後村先生大全集》卷151。
〔註35〕劉克莊《圍山林侍郎神道碑》，見《後村先生大全集》卷145。

第二節　碑誌文的文體價值

　　劉克莊的碑誌，主要包括神道碑和墓誌銘兩類。神道碑立於地上，墓誌銘埋於地下。一般來說，碑主顯貴，志主卑微，且碑大志小。考察劉克莊的碑誌文，在文體格式方面看，神道碑和墓誌銘一脈相承，開頭有標題，靈活多樣；中間有墓誌，記人敘事，以散體為主；後有銘文，抒情頌德，以駢體為主。不同之處是，神道碑文辭趨於繁富，篇幅很長，鋪陳敘事更為詳盡；而墓誌銘篇幅相對短小，敘事簡明扼要，渲染較少。具體來說，具有以下特點：

一、碑誌標題中的禮儀

　　碑誌文的標題，一方面表明墓主的身份與姓氏，另一方面表明作者對墓主的評價與定位。劉克莊碑誌文的標題，呈現出靈活、多樣化的特點，具體如下表：

序號	類　　型	舉　　例
1	姓＋官職＋文種	《丁給事神道碑》、《杜尚書神道碑》、《孟少保神道碑》、《卓推官墓誌銘》、《杜郎中墓誌銘》、《林判官墓誌銘》、《顧監丞墓誌銘》、《楊監稅墓誌銘》、《林經略墓誌銘》、《宋經略墓誌銘》、《宋通判墓誌銘》等
2	閣職＋姓＋官職＋文種	《龍學余尚書神道碑》、《寶學趙尚書神道碑》《待制徐侍郎神道碑》等
3	閣職／官職＋姓＋尊稱＋文種	《直秘閣林公墓誌銘》、《直煥章閣林公墓誌銘》、《承奉郎林君墓誌銘》、《太學博士吳公墓誌銘》、《大理卿丘公墓誌銘》、《左藏吳君墓誌銘》、《安撫殿撰趙公墓誌銘》、《通守江君墓誌銘》、《宣教郎林君墓誌銘》等
4	地名／閣職＋官職＋姓＋尊稱＋文種	《巴陵通守方君墓誌銘》、《煥學尚書黃公神道碑》等
5	號＋姓＋閣職／官職＋文種	《忠肅陳觀文神道碑》、《毅齋鄭觀文神道碑》、《圍山林侍郎神道碑》、《警齋吳侍郎神道碑》、《鐵庵方閣學墓誌銘》、《臞軒王少卿墓誌銘》等

序號	類　　　　型	舉　　　例
6	號＋閣職＋姓＋尊稱＋文種	《虛齋資政趙公神道碑》
7	姓＋尊稱／官職＋字＋尊稱	《方君岩仲墓誌銘》、《方秘書蒙仲墓誌銘》
8	地名＋官職＋姓＋尊稱＋文種	《知常州寺丞陳公墓誌銘》
9	地名＋姓＋官職＋文種	《武義劉丞墓誌銘》、《英德趙使君墓誌銘》
10	姓＋名／字／號＋文種	《趙仲白墓誌銘》、《方武成墓誌銘》、《方子默墓誌銘》、《丁元有墓誌銘》、《方子約墓誌銘》、《方東叔墓誌銘》、《林養直墓誌銘》、《潘庭堅墓誌銘》、《方潛仲墓誌銘》、《林公輔墓誌銘》、《鄭德言墓誌銘》、《鄭君傅墓誌銘》、《林景大墓誌銘》、《何君伸墓誌銘》、《方采伯墓誌銘》、《馮巽甫墓誌銘》等
11	姓＋名／字＋官職＋文種	《鄭珣宣教墓誌銘》、《趙克勤吏部墓誌銘》、《方景絢判官墓誌銘》、《李艮翁禮部墓誌銘》、《吳君謀少卿墓誌銘》、《陳光仲常卿墓誌銘》等
12	姓＋關係＋官職／學職＋文種	《方甥貢士墓誌銘》、《鄭甥主學墓誌銘》
13	部門＋姓＋官職＋文種	《刑部趙郎中墓誌銘》、《禮部王郎中墓誌銘》
14	姓＋地名＋文種	《林沅州墓誌銘》、《林程鄉墓誌銘》、《王翁源墓誌銘》、《林龍溪墓誌銘》、《方揭陽墓誌銘》、《劉贛州墓誌銘》、《胡藤州墓誌銘》、《陳惠安墓誌銘》,《林貴州墓誌銘》、《林韶州墓誌銘》、《薛潮州墓誌銘》
15	號＋姓＋尊稱＋文種	《臞庵敖先生墓誌銘》、《南窗陳居士墓誌銘》 《野塘趙處士墓誌銘》、《我軒何君墓誌銘》
16	姓＋地名＋名＋文種	《黃柳州簡墓誌銘》、《方寧鄉壬墓誌銘》

序號	類　型	舉　例
17	名／字／地名＋關係＋文種	《審淵弟墓誌銘》、《習靜叔父墓誌銘》、《周士侄墓誌銘》、《工部弟墓誌銘》、《古田弟墓誌銘》、《惠州弟墓誌銘》、《六二弟墓誌銘》、《規甫侄墓誌銘》、《去華侄墓誌銘》、《少奇墓誌銘》等
18	姓＋尊稱＋文種	《林君墓誌銘》

　　根據以上列表可以看出，劉克莊碑誌的標題蘊含以下禮儀色彩：

　　第一，在劉克莊碑誌文中，碑誌標題稱官職仍是主流，但在官職的稱呼與使用上有所不同。如墓主一生歷任不同的官職（實職），碑誌標題中會使用墓主最尊的官職。如《杜尚書神道碑》、《葉寺丞墓誌銘》；如果墓主生前還獲得過榮譽官職（虛職），如龍圖閣、天章閣、寶文閣、寶謨閣、寶章閣之類，標題一般也會稱呼墓主獲得的最後一個榮譽官職。如《龍學余尚書神道碑》、《待制徐侍郎神道碑》等。另外，劉克莊有時也會用墓主生前任職所在地來代指其官職，如《林程鄉墓誌銘》中，林沉曾知梅州程鄉縣。有時，爲表示尊敬，劉克莊也會在姓氏之後附上「公」、「君」之類的尊稱。如《直秘閣林公墓誌銘》、《特奏名林君墓誌銘》。

　　第二，劉克莊在爲親戚朋友撰寫碑誌時，會在標題上表明墓主與作者的關係。如《習靜叔父墓誌銘》、《審淵弟墓誌銘》、《規甫侄墓誌銘》等。有時，劉克莊也會稱呼墓主的號或諡號以示尊重，如《瞿庵敖先生墓誌銘》中，「瞿庵先生」是敖陶孫的號，《忠肅陳觀文神道碑》中「忠肅」是陳韡的諡號。但較多的是直接稱呼墓主的姓、名、字或號，以示親切，如《趙仲白墓誌銘》、《方武成墓誌銘》、《馮巽甫墓誌銘》、《方景楫墓誌銘》、《孫花翁墓誌銘》等。

　　第三，劉克莊還留下不少婦女碑誌，共有 35 篇，比例相當高，達到 22.4％。這些婦女大多身份高貴，屬夫貴妻榮型的上層婦女。在她們的碑誌標題中，比較常見的形式是用封號﹝註 36﹞，並在前面冠以婦姓，表現出婦女的個性和自我，這類標題形式在劉克莊的碑誌中較多，如《周夫人墓誌銘》、《張碩人墓誌銘》、《聶令人墓誌銘》、《弟婦方宜人墓誌銘》、《顧安人墓誌銘》、《柯

﹝註 36﹞　（清）徐松《宋會要輯稿・儀制十》記載：宋徽宗政和二年（1112 年），定外命婦封號爲九等，即國夫人、郡夫人、淑人、碩人、令人、恭人、宜人、安人、孺人。北京：中華書局，1957 年。

孺人墓誌銘》等。這一標題形式的出現，在出嫁婦女以夫為天的封建社會，特別是在理學盛行的南宋社會，可讓我們窺見南宋婦女社會地位的提升，反映出南宋婦女有著相對獨立的個人意識和地位。當然，在劉克莊碑誌中，也有少部分標題中冠以夫姓，如《方君薛氏墓誌銘》、《劉君方氏壙銘》、《忠訓陳君宜人李氏墓誌銘》、《陳處士黃夫人墓誌銘》等。

第四，劉克莊還為僧人、道士創作了碑誌。作為一個特殊群體，僧人、道士比較常見的稱呼是「道士」、「禪師」等，如《閣皁道士楊固卿墓誌銘》、《明禪師墓誌銘》、《徑山佛鑒禪師塔銘》等，他們都是當時社會上有成就的僧人或道士。更特別是，劉克莊在稱呼僧道時，還喜歡單稱名字中最後一字，再冠以「首座」、「師」，或用寺院名來標識。如《賢首座塔銘》中，「賢」是僧人祖賢的師名；《超師墓誌銘》中，「超」是僧人宗超的師名；《誠少林日九座墓誌銘》是二位僧人的的墓誌，「誠」是德誠的師名，「嘗住邑之嵩山少林」，「日」是「祖日」的師名，「住九座」。另外，劉克莊在僧、道碑誌文名稱上也有多樣性的特點，除了常用的墓誌銘外，還有塔銘的別名，如《賢首座塔銘》、《徑山佛鑒禪師塔銘》等。

二、墓誌的體式

墓誌文主要是對死者表示哀悼，並列舉其生平事蹟及其德善功烈。其文字比較莊重，寫作格式也比較固定。明代王行說：「凡墓誌銘，書法有例。其大要十有三事焉：曰諱、曰字、曰姓氏、曰鄉邑、曰族出、曰行治、曰履歷、曰卒日、曰壽年、曰妻、曰子、曰葬日、曰葬地，其序如此。」〔註37〕這種十三事結構安排，最早在南北朝時即已成型並固定下來，此後的碑誌文也多繼承了這種結構，即以墓主成長生活為順序，由墓主出場推及到成長地方，再到家族，依次介紹。

劉克莊碑誌文的墓誌內容及結構安排上，十三事仍然是其主要關注的方面，但其中也出現了一些新的體式，在行文格式上有所突破。同時，劉克莊也更多地介入到碑誌墓主的生平活動中。具體表現如下：

第一，突破十三事敘述的順序。

劉克莊的墓誌，其十三事敘述的順序大多是延續南北朝時期成型的順序來安排結構。如《林君墓誌銘》：

〔註37〕《墓銘舉例》卷一，文淵閣四庫全書本。

　　　　林氏居北郭者尤盛。君名崖，字希文，以長樂□□□爲曾大父，
隱君天覺爲大父，琪爲父。君群從六七人，皆有俊聲，角立競爽，
如漢荀陳、晉王謝家然，策於天子之庭、薦於鄉於澧者相踵也。君
少美風度，眾中常如玉雪照人，謂必速化騰上者。既而頓挫場屋，
亦不甚戚戚，以讀書教子爲樂。暇日與親朋酬觴賦詩，圍棋賭墅，
若甚放達，不屑家人生產者。晚稍廣先疇，飾舊廬焉。及群從凋零
略盡，名歸然獨存，意造物乘除之理則然。俄以背瘍卒，年六十一，
以寶祐四年臘月壬申，葬於松嶺茅洋山之原。配泰湖陳氏。男一人，
於卿，力於學。女二人，長適方松，次適黃天瑞，皆名族。黃氏女
先卒，方氏女二十餘即嫠居，介潔自持，爲里節婦。君雖不遇，然
其才施於家、教行於子者如此，余□於山甫之婦，君外孫也，故於
卿以埋文屬余。〔註38〕

此墓誌開頭先介紹墓主的姓氏、名諱及世系，中間介紹墓主事蹟，最後介紹
墓主壽年、家庭情況，大體按照十三事的敘述順序進行寫作。

　　但是，劉克莊也不拘一格，大膽突破十三事敘述順序，破「體」爲文。
或先敘述葬地，如《禮部王郎中墓誌銘》開頭：「寶祐改元五月壬寅，葬尙書
郎王公於郡南嘉禾鄉平山之原。」〔註39〕又如《孫花翁墓誌銘》開頭：「季蕃
客死錢塘，妻子弟兄皆前卒，故人立齋杜公、節齋趙公與江湖士友葬之於西
湖北山水仙王廟之側，自斂至葬皆出姚君垣手。」〔註40〕或先敘述世系，如
《亡室墓誌銘》開頭：「福清林氏自南渡百年，號禮法家。君曾祖通，龍圖閣
直學士。祖埏，知沅州。父璪，今爲朝請大夫、直秘閣。」〔註41〕或先交代
寫作背景，如《趙孺人墓誌銘》中，開頭交代墓主丈夫前來求銘的過程。「余
六任觀廟，而食崇禧之祿最久。屛居野外，人知余不復用，凡求名利而西者
與得所求而南者鮮及余門，徑草沒膝。一日有新漳浦西尉丘君雙薦求謁，袖
西山先生與其大父遺墨數幅，俾余跋尾，意甚眷眷。察君之色，若將有求於
余者，叩之，踧踖而對曰：『吾婦趙氏將葬，丐子一銘，可乎？』余辭以老病
不任。君抵溫陵，以書來求益堅，余大兒與趙有連，亦累累言之。」〔註42〕

〔註38〕劉克莊《林君墓誌銘》，見《後村先生大全集》卷157。
〔註39〕劉克莊《禮部王郎中墓誌銘》，見《後村先生大全集》卷155。
〔註40〕劉克莊《孫花翁墓誌銘》，見《後村先生大全集》卷150。
〔註41〕劉克莊《亡室墓誌銘》，見《後村先生大全集》卷148。
〔註42〕劉克莊《趙孺人墓誌銘》，見《後村先生大全集》卷150。

或先敘述墓主的事蹟，如《方子默墓誌銘》中，開頭詳細介紹墓主的事蹟，最後才簡單介紹墓主的卒日、名諱、族出、家庭情況、葬日等〔註43〕。

第二，交代作求銘情況或作銘緣由。

一般來說，墓誌的內容以記載墓主的世系、生卒年月、名字和籍貫為主，濃墨重彩地敘述墓主生前的功業美德。但是，劉克莊還喜歡在開頭或尾部交代作銘的緣由。

劉克莊喜歡在墓誌中直接寫明緣由。其寫作緣由，情況不一。

一是墓主後人持狀請銘。古人替人寫碑誌，一般由墓主家人提供死者的行狀，再請道德高尚的人作銘。如《黃柳州簡墓誌銘》中：「朝請大夫黃公諱簡字德廉將葬，孤濬明奉《家傳》來乞銘。余喟然曰：『公吾故人也，銘其可辭？』」〔註44〕又如《方寧鄉壬墓誌銘》中：「余友方岩仲十年來以其王父寧鄉大夫君宰上之銘屬余，餘思鈍，久不克就。岩仲見輒面命，別去隔江湖嶺海，書督趣無虛歲。余晚蒙恩放還故山，岩仲又來責諾。余喟然起謝曰：『寧鄉仁人志士也，岩仲孝子順孫也，余雖貶荒，其敢辭？』」〔註45〕又如《鄭逢原墓誌銘》中：「余謝事之明年，鄭貢士南吉將葬其二親，來求銘於余。時余已八表，才盡而思澀，諾人誌銘或健忘失記，或常掛懷抱而累歲不克為，其人往往厭倦不復至。南吉守餘數月，不懈益勤，余喟然曰：所諾諸家，其官高卑、人顯晦未暇論，姑以迫葬欲掩諸幽者為先。」〔註46〕又如《陳處士黃夫人墓誌銘》中：余友陳霆鉉叔求余銘其母黃夫人之墓，余以耄荒久、菁華竭辭。鉉叔求不怠，語益悲，歲晚走長須遺餘書：「信夕夢偉大夫責霆曰：『汝為母乞銘而遺其父，孝子固如是耶？』霆驚悟。」〔註47〕論次二親言行，飭長須守余門，必得銘乃歸。

二是墓主遺願求銘。劉克莊撰寫的碑誌流傳甚廣，影響較大。因而有些墓主在生前就立下遺願，希望由劉克莊為自己作銘，作者則如實道來。如《刑部趙郎中墓誌銘》中：「諸孤奉《家傳》使來致治命曰：『必以後村銘我。』乃敘而銘之。」〔註48〕又如《矓軒王少卿墓誌銘》中：「公嘗語余：『君銘德

〔註43〕劉克莊《方子默墓誌銘》，見《後村先生大全集》卷148。
〔註44〕劉克莊《黃柳州簡墓誌銘》，見《後村先生大全集》卷149。
〔註45〕劉克莊《方寧鄉壬墓誌銘》，見《後村先生大全集》卷151。
〔註46〕劉克莊《鄭逢原墓誌銘》，見《後村先生大全集》卷162。
〔註47〕劉克莊《陳處士黃夫人墓誌銘》，見《後村先生大全集》卷164。
〔註48〕劉克莊《刑部趙郎中墓誌銘》，見《後村先生大全集》卷152。

潤皆實錄，它日無忘余也。』」〔註49〕又如《陳惠安墓誌銘》中：「俄而君之子以書來訃曰：『楸伯不孝，先君以淳祐壬子十月庚申卒於惠安官舍。且死，曰：知我者後村翁，汝往謁銘。』」〔註50〕又如《南窗陳居士墓誌銘》中：「前葬，學錄君與萬福請於余曰：『吾家東塘父子皆龍泉所銘，最後銘長齋者，陳君壽老之筆，故居士遺命曰：必賢而有文者銘我。』」〔註51〕等等。

三是奉詔作銘。劉克莊還有一篇是由皇帝下詔爲南宋名將孟珙撰寫碑誌。如《孟少保神道碑》序「奉敕撰。」指出此銘是奉詔而作的，「惟宰上之碑學士院久未克爲，公二子請不已，天子命辭臣克莊曰：『汝爲之。』……克莊念端平初與公同朝，及公以馬帥往戍淮右，猶及祖餞。歲晚奉詔，秉筆表阡，乃係以銘」〔註52〕。

第三，敘述與墓主或其親屬的交遊情況。

劉克莊好交遊，其曾云：「某自少壯好交遊海內英雋，至老不衰。閒居無事時，四方士友委刺者必倒屣下榻，行卷者必還贄和韻，未嘗敢失禮於互鄉童子，人所共知。」〔註53〕因而在其墓誌中，也經常敘述與墓主的交遊情況。

如劉克莊在《周夫人墓誌銘》中敘述與墓主兒子熊大經的交往情況，「豐城熊君大經，忠孝人也。余令建陽，君爲主簿，常勉余以善，有過必面規不少恕。秩滿，別余曰：『吾歸養吾親矣。』既別，余逢人必問君所向，曰：『未嘗出也。』余甚賢之，猶意未必堅且久也」〔註54〕。又如其在《宋經略墓誌銘》中敘述與宋慈的交往情況，「余爲建陽令，獲友其邑中豪傑，而尤所敬愛者曰宋公惠父。時江右峒寇張甚，公奉辟書，慷慨就道，余置酒賦詞祖餞，期之以辛公幼安、王公宣子之事。公果以才業奮，歷中外，當事任，立勳績，名爲世卿者垂二十載，聲望與辛、王二公相頡頏焉」〔註55〕。又如在《方景絢判官墓誌銘》中，劉克莊敘述與方景絢的交遊情況，「余少及與里中前一輩方子默、柯東海遊，皆喜稱景絢爲人。子默之言曰：「景絢，吾宗英也。」東海之言曰：「景絢，吾畏友也」〔註56〕。又如《陳光仲常卿墓誌銘》中敘述與

〔註49〕劉克莊《朧軒王少卿墓誌銘》，見《後村先生大全集》卷152。
〔註50〕劉克莊《陳惠安墓誌銘》，見《後村先生大全集》卷155。
〔註51〕劉克莊《南窗陳居士墓誌銘》，見《後村先生大全集》卷160。
〔註52〕劉克莊《孟少保神道碑》，見《後村先生大全集》卷143。
〔註53〕劉克莊《答劉少文書》，見《後村先生大全集》卷132。
〔註54〕劉克莊《周夫人墓誌銘》，見《後村先生大全集》卷149。
〔註55〕劉克莊《宋經略墓誌銘》，見《後村先生大全集》卷159。
〔註56〕劉克莊《方景絢判官墓誌銘》，見《後村先生大全集》卷160。

陳光仲的交往情況，「陳、劉二氏，父祖世聯牆，子弟幼同學。余爲童子時，與君及二兄俱受學於鄉先生方澤儒。余及長公已冠，仲兄與君尙髫髦。長君伯有尤英妙，爲澤儒先生器重。余時方抄誦歐、曾、李泰伯、夾漈湘鄉二鄭、艾軒遺文，冥搜苦思，欲與方駕，人皆笑其迂，惟君兄弟與余同好」〔註57〕。

第四，敘述墓主的文學成就或學術造詣。

劉克莊對墓主的文學成就、學術造詣更爲關注。凡是墓主有文學或學術上的成就，劉克莊通常都會在墓誌中提及。

如他在《煥學尙書黃公神道碑》中指出：「公文律高，丞相周公稱其正大恢閎，詳雅溫醇。誠齋楊公見公詩，以爲得山谷單傳。然公貫穿百家，融液眾體，不但以元和腳、江西派爲重。考宏詞，得眞、留二公。有《竹坡集》四十卷、奏議三十卷、講學十卷、進故事十二卷。」〔註58〕在《警齋吳侍郎神道碑》中，劉克莊指出：「公文章溫潤典雅，各有體裁，凡數十卷。惟奏議三大帙，皆通達國體，切當帝心，宜別爲集。」〔註59〕在《龍學余尙書神道碑》中，他認爲：「公有《使燕錄》一卷，紀金、韃情狀尤詳。……有《須知》一卷。……有《條約》一卷。……公所著書有《周易啓蒙》、《毛詩說略》、《春秋大旨》、《戴記序發略》、《掖垣類稿》、《肯堂賓談隨筆》、《肯堂職業》及雜記錄各若干卷，藏於家。」〔註60〕如《方清卿墓誌銘》中，他亦認爲：「清卿方氏，名汝一，幼奇逸，落筆皆可傳誦。壯悔少作，積研尋之功、深沉之思，著《易論》二十篇，《江東將相論》十篇，《評二漢史贊》若干篇，記序詩詞名《小園僻稿》者數百篇。其文皆探幽抉微，紬哇崇雅。其剖析義理，區別賢佞，凜然有不可犯之色。」〔註61〕如《林經略墓誌銘》中：「所著有《奏議》、《史評》、《通鑒綱條》、《雜著》，藏於家。」〔註62〕。

又如他在《虛齋資政趙公神道碑》中指出：

公位偏而有主眷，才高而有經學，意者謗恚之所由生歟！曩余與公同奉詔纂史，貴人或語余曰：「後村乃助人作史耶！」余遜謝曰：「上使克莊副趙公，爲人之佐而短其長，人將不食吾餘矣。」未幾

〔註57〕劉克莊《陳光仲常卿墓誌銘》，見《後村先生大全集》卷165。
〔註58〕劉克莊《煥學尙書黃公神道碑》，見《後村先生大全集》卷142。
〔註59〕劉克莊《警齋吳侍郎神道碑》，見《後村先生大全集》卷147。
〔註60〕劉克莊《龍學余尙書神道碑》，見《後村先生大全集》卷145。
〔註61〕劉克莊《方清卿墓誌銘》，見《後村先生大全集》卷158。
〔註62〕劉克莊《林經略墓誌銘》，見《後村先生大全集》卷156。

> 俱去，恭者猶以詆公爲未快，並詆公所厚者，牽聯及於余焉。公有
> 《易通》、《詩書傳》、《莊子解》、奏議、進故事、《易疏義》、雜著各
> 若干卷。晚於《詩》學尤深，惟《國風》自《衛》以後未斷手，以
> 遺稿付若稔，俾緒成之。湯秘書漢見公《莊子解》，太息謂余：「某
> 與公皆不能及。」其爲世所重如此。……經學外，於天文、地理、
> 曆書、丹經皆研究，雖小藝鄙事亦精絕。度曲要眇，奕高無對。楷
> 法逼《黃庭經》、《樂毅論》，嘗自箚奏狀，上命謄本付外而眞跡留禁
> 中。與人尺牘皆可寶玩。〔註63〕

劉克莊詳細介紹了趙以夫的學術上取得成就。趙以夫不僅精通經學，著述頗豐，「有《易通》、《詩書傳》、《莊子解》、奏議、進故事、《易疏義》、雜著各若干卷」，而且還對天文、地理、曆書、丹經等都有研究；同時趙以夫還擅長書法，其上奏給皇帝的箚子、奏狀，眞跡都被留在宮中。

此外，劉克莊還有意借碑誌存史，摘錄那些身居官位的墓主們上書或奏對的內容，爲後世編寫史書提供了重要而豐富的材料。

第五，善於運用運用小說筆法刻畫人物。

在碑誌中，劉克莊以文學手法寫人，刻畫了眾多性格鮮明、神采飛揚、富有生命力和藝術美的人物形象。這些人物中，有達官貴人，有普通仕子，也有下層民眾。如「介潔高遠，凍餓自守，樂而不改」〔註64〕的楊固卿，「文高氣直」、「廉靖自守」〔註65〕的卓先，「不肯屈理以狥勢」〔註66〕的林誕等；同時劉克莊還描寫了不少女性形象。如有「孝敬慈順」、「賢淑儉約」〔註67〕的妻子林節，恪守「婦道」、「妻道」、「母道」〔註68〕的陳垣之妻鄭懿柔等等。

劉克莊善於運用小說筆法來刻畫人物形象：

一是直接引用人物的語言。劉克莊善於抓住墓主性格中最突出的某一方面，通過言語描寫，寥寥數語，就刻畫出人物的主要特色，給人留下鮮明的印象。如《林龍溪墓誌銘》中：

〔註63〕劉克莊《盧齋資政趙公神道碑》，見《後村先生大全集》卷142。
〔註64〕劉克莊《閣皂道士楊固卿墓誌銘》，見《後村先生大全集》卷148。
〔註65〕劉克莊《卓推官墓誌銘》，見《後村先生大全集》卷148。
〔註66〕劉克莊《林沅州墓誌銘》，見《後村先生大全集》卷148。
〔註67〕劉克莊《亡室墓誌銘》，見《後村先生大全集》卷148。
〔註68〕劉克莊《孺人鄭氏墓誌銘》，見《後村先生大全集》卷148。

　　　　宰龍溪，壹意捫摩，以炫智立威爲恥，聽訟恕，督賦寬，曰：「寧
　　　　得罪上官，無得罪細民；寧貧吾縣，無貧吾赤子。」雖被訶詰，終
　　　　不改度。〔註69〕

直接引用人物寥寥數語，道出其愛國愛民之情。

　　又如《李節婦墓誌銘》：

　　　　李氏，莆田士人王孝曾之妻也。嫁期月，孝曾死，里中慕其容
　　　　德，爭求娶。兄弟憐其少寡，將奪嫁。李曰：「夫死而背之，不義；
　　　　姑老而棄之，不孝。請勿復言，吾死王氏矣。」或曰：「如貧何？」
　　　　李曰：「蔬食足矣。」或曰：「如無子何？」李曰：「絕者不可繼乎？」
　　　　〔註70〕

劉克莊直接引用人物之間的對話，就把李氏貞潔烈婦的形象刻畫地栩栩如
生。最後，劉克莊在「錄李氏之事」時，也爲之「抑揚反覆」，連聲感歎，「可
敬也夫！可敬也夫！」〔註71〕

　　二是描述墓主的生活環境。如《程孺人墓誌銘》：

　　　　甘蔗洲，福唐大聚落也。清溪古榕，映帶環合，居者二千餘家。
　　　　程、黃，洲大姓也，世爲姻，如古朱、陳。〔註72〕

即通過描述墓主生前的生活環境，襯託人物身份和社會地位。又如《方隱君
墓誌銘》：

　　　　出郡城北可十里，其地皆平疇沃野，清泉古木，方氏聚居焉，
　　　　數百年文獻故家也。上世有與伊川同學者，又有與坡公厚善者，有
　　　　爲朱、張高第者，一門擢科級爲名卿大夫者，不可悉數。〔註73〕

即描述墓主生前所居之地自然環境和文化學術環境。

　　三是通過細節刻畫人物形象。如《巴陵通守方君墓誌銘》：

　　　　會族兄寶謨公信孺使虜軍前議和，請君輔行，遂以樞密督視行
　　　　府準備差遣爲使。屬虜許寶謨公見堂上，余班堂下，君苦爭，虜不
　　　　能奪。伴話者犯寧考嫌名，君慍見責之。又欲以佩刀易君劍，君曰：

〔註69〕劉克莊《林龍溪墓誌銘》，見《後村先生大全集》卷149。
〔註70〕劉克莊《李節婦墓誌銘》，見《後村先生大全集》卷149。
〔註71〕劉克莊《李節婦墓誌銘》，見《後村先生大全集》卷149。
〔註72〕劉克莊《程孺人墓誌銘》，見《後村先生大全集》卷161。
〔註73〕劉克莊《方隱君墓誌銘》，見《後村先生大全集》卷161。

「吾以所乘駒易子之馬，可乎？」虜曰：「官馬不可易。」君亦曰：

「官劍也。」〔註74〕

劉克莊在墓誌中抓住「易劍」這個細節，刻畫了墓主出使金國不辱使命，維護南宋利益的形象。

三、破「體」爲銘

銘文，用韻文撰寫，以讚揚、悼念或安慰死者之詞總括全篇。傳統的銘文以四言爲主，偶而也間有他體。劉克莊在碑誌中的銘文富於變化，具有如下特點：

第一，句式的會通。

劉克莊在碑誌中的銘文四言居多。如：

君有遺墨，字若不多，有志無時，命也奈何！悲哉此言，蓋本臺卿，匪我銘君，乃君自銘。〔註75〕

其銘文有的四言之間雜以六言、七言或以六言、七言結束。如：「簡短一篇，寂寥數句，是惟劉子之文，揭諸熊母之墓。」〔註76〕前面兩句是四言銘文，後面兩句是六言銘文。又如：「士有抱負，患相未知；相知之矣，乃扼弗施。杜登庸而滄浪搯，富遭遇而徂徠危。匪今獨然，從昔有之。嗟哉德言，吾將尤誰！」〔註77〕在前後各四句四言銘文中間夾雜了兩句七言銘文。還有的四言之間雜以駢體，如：「石門至君，世傳洛學，仰承先儒，俯淑後覺。使借玉階，使侍經幄，可以批九淵之鱗，折五鹿之角。惜其有山澤之臞，無雨露之渥。天道逶迤，儒効迂邈，食其報者，其在珌、璞。」〔註78〕前六句、後四句四言銘文的中間夾雜了七五對的駢體。又如：「一簞半菽，共安臞儒之貧；萬鍾五鼎，不待令子之貴。可悲也夫！可悲也夫！」〔註79〕開頭四句是四六對的駢體，最後兩句四言銘文。

除四言銘文外，劉克莊碑誌中其它各體銘文也明顯增加。如有三言銘文，這種銘文比較簡潔。如：「吁嗟君，少崛奇。既期頤，不惰衰。廉自持，吟自

〔註74〕劉克莊《巴陵通守方君墓誌銘》，見《後村先生大全集》卷149。
〔註75〕劉克莊《韓隱君墓誌銘》，見《後村先生大全集》卷148。
〔註76〕劉克莊《周夫人墓誌銘》，見《後村先生大全集》卷149。
〔註77〕劉克莊《鄭德言墓誌銘》，見《後村先生大全集》卷154。
〔註78〕劉克莊《趙教授墓誌銘》，見《後村先生大全集》卷155。
〔註79〕劉克莊《顧安人墓誌銘》，見《後村先生大全集》卷149。

怡。吁嗟天，理難推。巢見焚，稿無遺。今不銘，後孰知。」〔註80〕又如：「窮不求，吟不憂，歸茲丘。」〔註81〕短短九個字就將墓主一生做出精彩評價。

劉克莊在碑誌中也用五言寫銘文。如：

> 本朝名公卿，家庭俱貂蟬。仲儀於文正，子頤于忠宣。
> 東都事遠矣，姑述近者焉。福公有復齋，紫岩有南軒。
> 皆以子淑後，豈惟翁拜前。卓哉肯堂公，忠肅之嫡傳。
> 追懷慶元初，隻手扶廈顛。迂續天命永，矯揉國論偏。
> 色線用不盡，一券付象賢。及雷密輸忠，授鉞勞籌邊。
> 平生仁義諫，丹青累百篇。居中每不久，去若箭離弦。
> 防江垂四期，鎮湘亦六年。念昔坐春風，琅琅聞雜言。
> 長慟閟一丘，孰能起九原。斯文屬後死，雖耄猶勉旃。
> 幸與木石老，附名石壁扞。〔註82〕

這則五言銘文如果單列出來，完全可以把它看成是一首五言古詩，對偶工整，一韻到底。

劉克莊在碑誌中以七言寫的銘文具有七言絕句的意味，如：「髭眉老蒼九尺長，毫芒流落萬丈光。杜、韓二語孰可當，槼翁採之銘君藏。」〔註83〕也有近似七言律詩的，如：「古鹽鐵吏多慘核，大者狠噬小蔓螫。君於其間以儒飾，閩廣小試皆底績，冶工懷惠邑人惜。君既未享於陽報，象賢必食其陰隲。」〔註84〕還有以七言歌行體為銘的，如：

> 夫人門閥伴崔盧，乃翁擇對嬪臞儒。稿砧開卷婦聞鑪，下睦姒娣上承姑。老天報以雙明珠，大夫記室不少須。夫人老壽乘潘輿，僅見少公兩輪朱。歲晚鈇鉞填閩都，追懷顧復常欷歔。翁仲可有亦可無，冢傍萬家良區區。古者彤管之所書，率觀其子及其夫。君嘗載筆承明廬，請勒豐碑峴西隅。我次遺事徵諜圖，大夫鹿門翁之徒。夫人壺范玉雪如，萊妻陶母其人歟。實嫩非有一字諛，銘之以待後董狐。〔註85〕

〔註80〕劉克莊《卓推官墓誌銘》，見《後村先生大全集》卷148。
〔註81〕劉克莊《閤皂道士楊固卿墓誌銘》，見《後村先生大全集》卷148。
〔註82〕劉克莊《龍學余尚書神道碑》，見《後村先生大全集》卷145。
〔註83〕劉克莊《方隱君墓誌銘》，見《後村先生大全集》卷161。
〔註84〕劉克莊《趙通判墓誌銘》，見《後村先生大全集》卷165。
〔註85〕劉克莊《夫人宗氏墓誌銘》，見《後村先生大全集》卷161。

劉克莊在碑誌中還以騷體撰寫銘文。如：

> 昔有信不見察於世兮，忠不見容於朝。血變化而爲碧兮，氣鬱
> 勃而爲潮。悲二子之積憤兮，貫千載而未消。嗟吾友則異是兮，安
> 一生之寂寥。曰性命之相通兮，賦予之相邊。非余命之多忤兮，余
> 性之所招。寓雅言於善謔兮，散牢愁於長謠。悟人間之刺促兮，返
> 物初而超搖。生不嗅腥腐兮，死寧淪於屬妖。爲靈芝於銅池兮，爲
> 喬雲於璿霄。亂曰：往眞、魏之倡和兮，嘗迭奏於咸韶；彼李、蔣
> 之喧啾兮，又何以異於蟬蜩？〔註86〕

劉克莊偶而還會用六言寫碑誌中的銘文。如：「惟古昔之交誼，貫窮達而與偕。已致身於雲霄，尙回首於蒿萊。嗟魯山之終隱，實清朝之遺材。惜山深而林密，莫綆汲而轂推。余又退而老矣，奚所施餘力哉。託亡友於片石，昭故人之餘哀。」〔註87〕此外，在劉克莊碑文中，有些銘文是四六駢文的變體，如：「兄掩此坎兮，永抱仲氏之悲；友書此石兮，以慰伯氏之思。」〔註88〕這段銘文如果去掉「兮」字，成了「兄掩此坎，永抱仲氏之悲；友書此石，以慰伯氏之思」，就成了一個完整的四六駢句。

劉克莊還有些銘文采用「獨木橋體」，也稱「福唐體」，即使用同一個字作爲全篇或一半以上韻腳的詞，如：「其然諾則盟歃也，其官箴則玉雪也，仁哉其惻怛也，悲哉其變滅也。吾特書之，恐武城絃歌之絕也；又屢書之不一書之，補山陰縣譜之缺也。」〔註89〕通首韻腳都用「也」字，這是「獨木橋體」的一種變格。劉克莊偶而也會在「獨木橋體」中雜糅九言或散體，如「其訥也賢於人之辨也，其晦也賢於人之衒也，其卑也賢於人之顯也，身之嗇宜其後之衍也。」〔註90〕是九言的獨木橋體銘文；又如：「黔婁、於陵仲子之妻遠矣，世之婦人鮮不以富貴利達望夫子也。君則異是，以廉退爲耆好，以義命爲限止也。然彼健而此廢、彼壽而此夭者，則又何理也？嗟嗟乎君，行路之所哀，況恩誼與倫紀也！夫既無獲於彼，則宜有傳於此也。烏虖悲夫！」〔註91〕則是會通散體和獨木橋體寫的銘文。

〔註86〕劉克莊《臞軒王少卿墓誌銘》，見《後村先生大全集》卷152。
〔註87〕劉克莊《陳魯山墓誌銘》，見《後村先生大全集》卷153。
〔註88〕劉克莊《方潛仲墓誌銘》，見《後村先生大全集》卷152。
〔註89〕劉克莊《趙閩宰墓誌銘》，見《後村先生大全集》卷165。
〔註90〕劉克莊《武義劉丞墓誌銘》，見《後村先生大全集》卷153。
〔註91〕劉克莊《亡室墓誌銘》，見《後村先生大全集》卷148。

第二，表現手法的兼用。

一般來說，碑誌文中，墓誌敘事，銘文抒情，但劉克莊在碑誌中的銘文，同樣可以融敘事、議論、抒情於一體。如：

> 韃行中原，磨牙涉食，戰無勍敵，攻無堅壁。不論書生，雖有韓、白，猝然遇之，敗撓奔北。近而光、滁，遠則荊、益，朝猶金湯，暮已瓦礫。開闢以來，未覯斯賊，譬之猰貐，莫與角力。顯允杜公，眇然逢掖，其守二城，危在旦夕。鐵騎數重，攢炮千百，公甚整暇，登陴指畫。某捍樓櫓，某劫寨柵，椎牛釃酒，輂金輿帛。以我忠赤，當彼矢石，公猶暴露，孰敢顧惜。虜氣衰竭，公乘其隙，忽雷萬鼓，四面出擊。名王橫屍，權帝敗績，所獲駝馬，器甲山積。露布至京，朝野動色，然後華人，知韃可敵。然後異類，知憚中國。然後邊臣，知守疆場。公身遠外，公性孤直。大使督相，巧詆重劾，淳祐聖人，卓然不惑。奎墨昭回，曰卿忠實，眾方狺吠，上獨卵翼。晚思識公，召以常伯。公來何遲，公去何亟。手開綠野，清談永日。自方喬松，人比召畢。妖星忽隕，壯士驚唶。過江百年，非無人物，畏虜二字，膏肓之疾。昔在典午，僅推琨、逖，爰及炎、紹，復有綱、澤。皆以儒帥，守固戰克。繼者誰歟，杜公其匹。惜余老矣，涸硯燥筆，事偉詞卑，不究勳德。〔註92〕

這一銘文可以單獨成篇，對墓主事蹟的介紹較為詳細：有時代背景介紹，「韃行中原，磨牙涉食，戰無勍敵，攻無堅壁」；也有具體敘事，「顯允杜公，眇然逢掖，其守二城，危在旦夕。鐵騎數重，攢炮千百，公甚整暇，登陴指畫。某捍樓櫓，某劫寨柵，椎牛釃酒，輂金輿帛。以我忠赤，當彼矢石，公猶暴露，孰敢顧惜。虜氣衰竭，公乘其隙，忽雷萬鼓，四面出擊。名王橫屍，權帝敗績，所獲駝馬，器甲山積」；還有議論，「昔在典午，僅推琨、逖，爰及炎、紹，復有綱、澤。皆以儒帥，守固戰克。繼者誰歟，杜公其匹」；最後劉克莊抒發了對墓主個人感情，「惜余老矣，涸硯燥筆，事偉詞卑，不究勳德。」

劉克莊有時還會在銘文中補敘墓誌中未曾交代過的內容。如《王翁源墓誌銘》中的銘文：

> 吾嘗遊君兄弟之間，長君彬彬，少君謙謙，然寧德無一名之遂，

〔註92〕劉克莊《杜尚書神道碑》，見《後村先生大全集》卷141。

翁源有終身之淹。嗟夫！畀不肖者常豐，予善人者常嗇，莫致詰於茫昧，庶有光於幽潛。〔註93〕

這段銘文在開頭補敘了與墓主的交往情況。又如《巴陵通守方君墓誌銘》中的銘文：

宗卿仗節過故宮，手攀陵栢號悲風，還奏有淚濺衰龍。紹興、開禧時不同，祖主復仇孫和戎。憤平恥歇耆舊空，反覆前事思遺忠。〔註94〕

劉克莊在墓誌中並沒有交代造成墓主「所遭如此」的原因，而是在銘文進行解釋「紹興、開禧時不同，祖主復仇孫和戎」，南宋統治者實行不同的對金政策，才導致主張抗金復國的主戰派只能「憤平恥歇耆舊空，反覆前事思遺忠」。

劉克莊在墓誌的銘文中還採用多種修辭手法。如「人見其溫克也，不知其更闊也；見其平夷也，不知其屈折也；見其嘲玩也，不知其鬱積之所泄也」〔註95〕，即用排比表現林秀發不爲人發現的另一面。「如線之宗孰亢？垂白之母孰養？孩而幼者孰仰？」〔註96〕則通過連續三個反問，表現了劉克莊對姪子英年早逝的悲痛之情。而在「自志其母，惟柳、歐陽，柳無足云，歐母不亡，夫人家傳，可補彤史，烏呼賢哉，此母此子」〔註97〕中，使用了兩個典故：一個是柳宗元曾爲母親作《先太夫人河東縣太君歸祔志》事，一個是歐陽修爲母親作《先君墓表》事。又如「古者彤管之所書，率觀其子及其夫」〔註98〕，「彤管」原指古代女史用以記事的杆身漆朱的筆，這裏代指女子文墨之事。劉克莊有時還採用浪漫主義表現手法，給銘文增添一抹神秘色彩。如：

吾聞奇偉之士，常在世間，太白、曼卿，不死而仙，信斯言也。

峭壁之上，懸瀑之下，安知吾武成者不追雲逐月、來往而盤桓耶！

不然，若斯人者，豈其奄奄而遂盡於九泉耶！悲夫！〔註99〕

這裏想像方武成死後可以成仙，能夠在「峭壁之上，懸瀑之下」，「追雲逐月」、「來往而盤桓」，表達對好友逝去悲痛之情。

〔註93〕劉克莊《王翁源墓誌銘》，見《後村先生大全集》卷148。

〔註94〕劉克莊《巴陵通守方君墓誌銘》，見《後村先生大全集》卷149。

〔註95〕劉克莊《林實甫墓誌銘》，見《後村先生大全集》卷159。

〔註96〕劉克莊《周士任墓誌銘》，見《後村先生大全集》卷159。

〔註97〕劉克莊《雷母宜人王氏墓誌銘》，見《後村先生大全集》卷161。

〔註98〕劉克莊《夫人宗氏墓誌銘》，見《後村先生大全集》卷161。

〔註99〕劉克莊《方武成墓誌銘》，見《後村先生大全集》卷148。

第三，善用疊詞，使銘文增添古雅的特色。

劉克莊善於使用疊詞，增添了語言的韻律美，更豐富了語言的表達涵義。如「觀其當炎炎之際，觀其處寂寂之際，其賢學者之所愧，其詩作者不能廢」〔註100〕，使用疊詞「炎炎」、「寂寂」；如「蓬蓬然知其身之蛻也，戚戚然憂其孫之穉也」〔註101〕，使用疊詞「蓬蓬然」、「戚戚然」；如「遺音琅琅，託我以死，乃贊次之，以告太史」，使用疊詞「琅琅」〔註102〕；如「前沈後何兮迭居兩地，天夢夢兮胡足恃。彼陽陽兮銜浮榮之青傘，公兮立清議之赤幡」〔註103〕，使用疊詞「夢夢」、「陽陽」、「矯矯」；如「堂堂二疏，落落兩麾」〔註104〕，使用「堂堂」、「落落」，等等。

林希逸曾指出劉克莊文章具有「不主一家而兼備眾體」，「融貫古今」〔註105〕的特點。所謂「兼備眾體」，即是說，劉克莊善於吸收其它文體的體式或者表現手法來寫文章。劉克莊的碑誌文寫作，注重標題的多樣性，客觀反映墓主的生平事蹟，注重抒發真情實感，同時還破「體」為文，因而使得他的碑誌創作具有較高的文學價值。

〔註100〕劉克莊《我軒何君墓誌銘》，見《後村先生大全集》卷164。

〔註101〕劉克莊《方採伯墓誌銘》，見《後村先生大全集》卷157。

〔註102〕劉克莊《虛齋資政趙公神道碑》，見《後村先生大全集》卷142。

〔註103〕劉克莊《秘書少監饒公墓誌銘》，見《後村先生大全集》卷162。

〔註104〕劉克莊《太學博士吳公墓誌銘》，見《後村先生大全集》卷154。

〔註105〕林希逸《後村集序》，見《全宋文》卷7732，第335冊，340頁。

第七章　劉克莊的其它散文

　　劉克莊散文數量眾多，文體種類比較繁雜。除前面提到的公牘文、進故事、書判、碑誌文等文體外，劉克莊在當時為世人所稱道的文體還有序跋文和辭賦。

　　劉克莊的序跋文中有大量的書畫題跋，顯示了劉克莊廣泛的藝術興趣和極高的藝術修養。同時，劉克莊還致力於辭賦創作，提出了不少辭賦批評，從辭賦的體式、題材、語言等方面都做出了許多寶貴的探索和嘗試。因而，本章主要介紹劉克莊序跋文所體現出的學術價值，以及劉克莊的辭賦理論與創作。

第一節　劉克莊序跋文的學術價值

　　序跋，即序文和跋文的合稱。序是寫在書前或文前的文字，跋是寫在書後與文後的文字。《文選》無「題跋」文體一說，而將「序」列為一體；南宋呂祖謙《宋文鑒》出現為「題跋」專立類目的文選，將「題跋」獨立列出，與「序」並列，收錄了歐陽修、王安石、蘇軾、黃庭堅等22家題跋，共2卷46篇。此後，以「序跋」或者「題跋」為名的序跋文作為一種獨立文體，開始成為各種文章學著作、文選不可或缺的基本概念和分類標準。明末毛晉《津逮秘書》大規模輯集宋人題跋，共收歐陽修、蘇軾、曾鞏、蘇頌、秦觀、黃庭堅、晁補之、張耒、李之儀、米芾、釋德洪、朱熹、洪邁、陳傅良、周必大、陸游、葉適、真德秀、魏了翁、劉克莊等20家共70卷的題跋作品，數量極為可觀〔註1〕。

〔註1〕朱迎平《宋代題跋文的勃興及其文化意蘊》，《文學遺產》，2000年第4期。

　　序跋在宋代勃興，士人們開始用序跋這種體裁，探討學術問題，發表學術看法，記載學術成果，逐漸成爲了普遍的做法。這不僅折射出當時學術文化的全面昌盛，而且展示了士人豐富的精神世界，飽含學術價值。

　　劉克莊創作了大量的序跋文，在《後村先生大全集》中有序 5 卷，共 83 篇；題跋 13 卷，共 419 篇。後世對劉克莊的題跋評價很高，毛晉稱其「偶有題跋，後人輒以爲定衡」〔註 2〕；《四庫總目提要》稱其「題跋諸篇，尤爲獨擅」〔註 3〕；近人張鈞衡更稱其「考據精祥，文詞爾雅，在宋人中不在樓攻媿、周益公之下，實爲宋末一大家」〔註 4〕。

　　劉克莊的序跋有兩點值得重視：一是在序跋中表述其對詩詞文創作的看法；二是在序跋中保存其對書畫品鑒的見解。目前，學界較多關注劉克莊在序跋文中對詩、詞創作的看法，並取得了一定成果，而對劉克莊書畫品鑒的見解很少涉及。劉克莊的序跋文中有大量的書畫題跋，篇目甚多，顯示出劉克莊廣泛的藝術興趣和極高的藝術修養。通過研究劉克莊這些題跋，不但可以考察劉克莊品鑒書畫的藝術眼光，還可以瞭解宋代書畫藝術及其傳承。

一、書畫題跋中的藝術品鑒

　　劉克莊精通書畫，才思敏捷，曾多次參與藝術的鑒賞活動。端平元年（1234），眞德秀被召，劉克莊與鄭逢辰等爲眞德秀餞行。期間，「伯昌與眞公子仁夫各出篋中書畫，俾余鑒定」，劉克莊推辭不過，於是「伏觚板操觚，半日間了數十軸，眞公見之稱善」〔註 5〕。劉克莊既爲妹婿方采收藏的數十幅北宋墨跡作題跋，也爲好友方審權所收藏的書畫碑帖留下將近三卷的題跋文字，還與林希逸共同鑒賞書畫作品，詩跋賡和。這些書畫品鑒活動，充分展示了劉克莊較高的藝術品鑒能力。

　　第一，對蔡襄書法的品評。

　　蔡襄（1012～1067），字君謨，宋代四大書法家之一，官至端明殿學士，卒贈禮部侍郎，諡號忠惠。其書法學習王羲之、顏眞卿、柳公權，渾厚端莊，雄偉遒麗。眞、行、草、隸四體都達到妙勝之境。歐陽修稱「蔡君謨獨步當

〔註 2〕　毛晉《跋汲古閣宋六十名家詞後村別調》，見《後村詞箋注》，錢仲聯箋注，
　　　　　上海：上海古籍出版社，1980 年，404 頁。
〔註 3〕　《四庫總目提要·後村集》卷 163，文淵閣四庫全書本。
〔註 4〕　《跋後村先生題跋》，《適園叢書》第三集。
〔註 5〕　劉克莊《跋鄭子善通守諸帖·總跋》，見《後村先生大全集》卷 110。

世」〔註6〕；蘇軾評「君謨行書第一，小楷第二，草書第三，就其所長求其所短，大字爲少疏也」〔註7〕，並說「君謨天資既高，積學至深，心手相應，變化無窮，遂爲本朝第一」〔註8〕；《宋史》稱：「襄工於書，爲當時第一，仁宗尤愛之。」〔註9〕

　　劉克莊書畫題跋，品鑒最多的是蔡襄的書法作品，這與蔡襄同爲莆田人有很大關係。劉克莊曾說：「莆巨姓，推方氏，自端明蔡公貴盛時，已與爲昏。」〔註10〕「端明蔡公」指的是蔡襄。「已與爲昏」，是說方宙娶蔡襄之女爲妻〔註11〕。方宙，「字子正，爲忠惠宅相，多收蔡公與其交遊帖」〔註12〕。而劉克莊又與方宙的曾孫方審權爲好友，劉克莊小方審權七歲，「早交下風」〔註13〕。因爲祖上的關係，「蔡公沒將二百年，宅相子孫寶其遺墨」〔註14〕，方審權因而收藏有「上世之法書古帖」〔註15〕，劉克莊也因「公曾孫審權示余以其家所藏諸老翰墨」〔註16〕而得以一飽眼福。另外，劉克莊妹婿方采亦收藏有蔡襄的字帖作品，「今蔡氏聽藏歸於墨林」〔註17〕，「墨林君家藏蔡字多矣，小楷以《茶錄》爲冠，眞草以《千文》爲冠，大字以此帖（指《唐人詩帖》）爲冠」〔註18〕。

　　劉克莊關於蔡襄書法的題跋有 14 篇之多，如《跋蔡端明臨眞草千文》、《跋蔡端明臨唐太宗哀冊》、《跋蔡端明三司日錄》、《跋蔡端明帖（一）》、《跋蔡端明帖（二）》、《跋蔡端明書唐人詩帖》、《跋蔡忠惠帖》、《跋蔡公帖十二》、

〔註6〕歐陽修《蘇子美蔡君謨書》，見《全宋文》卷744，第35冊，195頁。

〔註7〕蘇軾《論君謨書》，見《全宋文》卷1939，第89冊，365頁。

〔註8〕蘇軾《評楊氏所藏歐蔡書》，見《全宋文》卷1940，第89冊，375頁。

〔註9〕脫脫《宋史·蔡襄傳》卷320，第30冊，北京：中華書局，1977年，10400頁。

〔註10〕劉克莊《方采伯墓誌銘》，見《後村先生大全集》卷157。

〔註11〕劉克莊《跋陳了翁鄭介夫帖》云：「公名宙，字子正，君謨之婿。」見《後村先生大全集》卷102。

〔註12〕劉克莊《跋魯簡肅吳文肅宋次道帖》，見《後村先生大全集》卷102。

〔註13〕劉克莊《方隱君墓誌銘》，見《後村先生大全集》卷161。

〔註14〕劉克莊《跋蔡端明帖》（二），見《後村先生大全集》卷102。注：「宅相」，即女婿。

〔註15〕劉克莊《祭方聽蛙審權文》，見《後村先生大全集》卷139。

〔註16〕劉克莊《跋王輔道所作河東方漕墓誌》，見《後村先生大全集》卷104。

〔註17〕劉克莊《跋歐陽文忠公帖》，見《後村先生大全集》卷103。注：方采，字采伯，號墨林，克莊妹婿。

〔註18〕劉克莊《跋蔡端明書唐人詩帖》，見《後村先生大全集》卷102。

《跋蔡公書朝賢送行詩序》、《再跋蔡公書朝賢送行詩序》、《又跋蔡公書四軸》、《跋蔡公十帖》、《跋蔡忠惠公國論要目眞跡》、《跋歐蔡二公帖》等。

劉克莊對蔡襄的書法作品推崇備至。如《跋蔡端明臨眞草千文》稱「忠惠蔡公書法爲本朝第一，然二王帖、眞草《千文》、《樂毅論》皆有臨本，而《千文》尤爲妙絕，豈非備眾體然後能自成一家歟」〔註19〕。《跋蔡端明三司日錄》稱「蔡公本以名節翰墨著名」〔註20〕。《跋蔡公帖十二》「蔡公臨《轉授訣》九分逼眞，使率更見之，不能辨也。嗚呼，可謂藝之至者矣」〔註21〕。《跋歐蔡二公帖》稱「蔡公與筆工信求散卓，且寄絲轐勒帛與之，前輩克勤小物如此」〔註22〕。《又跋蔡公書四軸》稱《孝嚴殿記》「在公眾書中筆畫差瘦，蓋公暮年得意書，與《清暑堂記》皆從心不踰矩之筆也」〔註23〕；因此，對蔡襄逝世給書法界帶來的損失，劉克莊也頗多感慨，「自蔡公仙去，里中書學遂絕」〔註24〕。

在宋四家中，蘇軾、黃庭堅、米芾都以行草、行楷見長，而蔡襄卻喜歡寫楷書。劉克莊在《跋蔡公書朝賢送行詩序》指出：

> 余聞古之善書者，由楷以入行草，非由行草而入楷也。羲、獻、虞、褚皆然。本朝惟蔡公備此能事，米無楷字。蓋行草易而楷難，故藏帖之家有價米無價蔡。〔註25〕

劉克莊認爲，一個優秀的書法家，應該像王羲之、王獻之、虞世南、褚遂良一樣，首先從練習楷書開始，再到行書、草書，而本朝只有蔡襄能做到「由楷以入行草」，而米芾卻「無楷字」。因此藏家收藏的字帖中，「有價米無價蔡」，原因就在於「行草易而楷難」。

劉克莊還高度讚賞蔡襄創作的《觀書記》字帖，他說：

> 蔡帖惟《觀書記》眞行草諸體皆備，當爲公遺墨之冠。此軸若使靈寶見之，必穴廚後竊去；使京東學究見之，必設計豪奪；使米

〔註19〕劉克莊《跋蔡端明臨眞草千文》，見《後村先生大全集》卷101。
〔註20〕劉克莊《跋蔡端明三司日錄》，見《後村先生大全集》卷101。
〔註21〕劉克莊《跋蔡公帖十二‧臨率更〈轉授訣〉》，見《後村先生大全集》卷105。
〔註22〕劉克莊《跋歐蔡二公帖》，見《後村先生大全集》卷107。
〔註23〕劉克莊《又跋蔡公書四軸‧〈孝嚴殿記〉》，見《後村先生大全集》卷105。
〔註24〕劉克莊《跋卓君景福臨淳化集帖》，見《後村先生大全集》卷101。
〔註25〕劉克莊《跋蔡公書朝賢送行詩序》，見《後村先生大全集》卷105。

顓見之，必要作贋本脫換。敬則其善藏之，無落諸人奸便。〔註26〕
劉克莊認爲《觀書記》字帖是蔡襄「遺墨之冠」，「眞行草諸體皆備」，並用幽
默戲謔的口吻寫出此帖在面對靈寶、京東學究、米芾時，可能要遇到的遭遇。

第二，對李公麟繪畫的品評。

李公麟（1049～1106），北宋著名畫家。字伯時，號龍眠居士，宋代安徽
舒州人。其博學好古，遺墨傳世頗多，尤以畫著名，凡人物、釋道、鞍馬、
山水、花鳥，無所不精，時推爲宋畫中第一人，傳世作品有《五馬圖》、《山
莊圖》、《維摩詰圖》等。劉克莊非常欣賞李公麟的繪畫創作，在其書畫題跋
中，有專門爲李公麟繪畫作品作題跋，如《跋李伯時羅漢》、《跋伯時臨韓幹
馬》、《跋李伯時畫十國圖》、《跋龍眠畫四天王》等；也還在不同的題跋中提
及到李公麟的創作技巧。

在中國繪畫技法中，白描畫法是和李公麟的名字緊緊聯繫在一起的，「古
畫皆著色，墨畫盛於本朝。始惟文與可、李伯時，後東坡、寶晉父子迭爲之，
廉宣仲、王清叔亦著名」〔註27〕。「墨畫」即白描畫法，是指純用線條和濃淡
墨色描繪實物。作爲北宋時期一位頗具影響的畫家，李公麟的白描繪畫爲當
世第一。劉克莊曾高度評價其創作：

> 前世名畫如顧、陸、吳道子輩，皆不能不著色，故例以丹青二
> 字目畫家。至龍眠始掃去粉黛，淡毫輕墨，高雅超詣，譬如幽人勝
> 士褐衣草履，居然簡遠，固不假袞繡蟬冕爲重也。於乎，亦可謂天
> 下之絕藝矣！〔註28〕

劉克莊認爲，古代畫家特別是顧愷之、陸探微、吳道子等名家繪畫喜歡著色，
而李公麟卻反其道而行之，所作繪畫皆不著色，富有創造性地開拓了「掃去
粉黛、淡毫輕墨」，不施丹青而光采動人的新「白描」畫面，爲「天下絕藝矣」。

李公麟作畫，「以紙不以絹，以墨不以丹青」〔註29〕。劉克莊指出，判斷
李伯時畫馬作品是其自作還是臨摹的最簡單的方法是，「若用素紙，不出色，
是伯時馬也」〔註30〕。針對「畫神鬼易，畫狗馬難」的言論，劉克莊認爲「此

〔註26〕劉克莊《跋蔡公帖十二・〈觀書記〉》，見《後村先生大全集》卷105。
〔註27〕劉克莊《跋小米畫》，見《後村先生大全集》卷105。
〔註28〕劉克莊《跋李伯時羅漢》，見《後村先生大全集》卷99。
〔註29〕劉克莊《跋伯時臨韓幹馬》，見《後村先生大全集》卷102。
〔註30〕劉克莊《跋伯時臨韓幹馬》，見《後村先生大全集》卷102。

論殊未然」，並指出，「自古至今，畫神鬼者多矣，唐惟一道子、本朝惟一伯時入神品」，稱讚李公麟神鬼之作爲「神品」，「其畫天王大神通、大威猛之狀，與夫侍女之妍，將吏之武，兵械之盛，不施丹繪而縈映巧妙，變化恍惚，觀者莫知其作如何下筆，非伯時不能作也」。〔註31〕

劉克莊的畫跋，還記載了李公麟畫作中的異國風情。如《跋李伯時畫十國圖》：

> 十國者，……皆去漢唐舊都萬餘里，然日本、日南、波斯至今猶與中國相聞，則所圖亦非虛幻恍惚意貌爲之者。其王或蓬首席地，或戎服踞坐，或剪髮露肝，或丫髻跣行，或與群下接膝而飲，或瞑目酣醉，曲盡鄙野乞索之態。惟天竺者乘象，往往國俗皆然，不必文殊、普賢也。荒遠小夷，非有衣冠禮樂之教，而其國人所以奉其主者甚恭，或執蓋，或奏技，或獻寶，或雅舞，或膜拜，或進酒，或扶上鞍，其笙簫鼓笛樽罍牲果之類亦與今同。又一國不知名者，爲鷙獸將犯穹蒼、或張弓抽矢、或徒手欲搏之狀，華人尊君親上者無以加也。畫外國人物非一家，精妙鮮有及此。舊題云李伯時學吳道子畫，按梁元帝自畫《職貢圖》，至唐猶存，似非道子作古，竊意此畫源流甚遠。

劉克莊認爲，儘管有的外邦「去漢唐舊都萬餘里」，但李公麟所畫卻「非虛幻恍惚意爲之者」。在所繪的《十國圖》中，李公麟所畫的是海外邦國向北宋朝廷進貢的情形，三眼人也被作爲殊方異俗記錄在案，劉克莊高度評價李公麟的創造，指出「畫外國人物非一家，精妙鮮有及此」，只可惜此畫今已失傳。

第三，對陳宓書法的品評。

陳宓（1171～1230），字師復，號復齋，陳俊卿之子。陳宓工書法，是蔡襄之後的南宋又一大書法家，劉克莊曾贊「近時陳師復善書」〔註32〕。陳宓與劉克莊往來甚早，曾爲劉克莊的「園囿池館」題「金鳳池」三字〔註33〕，是劉克莊亦師亦友的前輩。同時，兩人文字往來又多，也有書法上的薰染切磋，劉克莊曾云：

> 復余亦復齋所厚，憶赴靖安簿、儀眞督郵、江淮間幕，公大書

〔註31〕劉克莊《跋龍眠畫四天王》，見《後村先生大全集》卷107。
〔註32〕劉克莊《跋舊潭帖》，見《後村先生大全集》卷102。
〔註33〕劉克莊《跋董明府叔宏溪莊圖詠》，見《後村先生大全集》卷100。

三序相餞，或爲余書碑板歌詩，他尺牘滿篋。余曩不知愛惜，往往
爲人取去，晚始收拾，則存者無幾矣。〔註34〕

陳宓以歐陽詢爲師，「復齋本學歐陽」，「少時實師《九成宮記》」〔註35〕，
早年「以楷法擅名」〔註36〕，晚年則「行草尤妙，有二王筆意」〔註37〕。陳
宓志向高遠，認爲書法創作「豈能長寄率更籬落下哉」〔註38〕，故能超越唐
人藩籬，「去歐、虞、褚、薛而自爲一家者」〔註39〕。

陳宓在書法方面的造詣，劉克莊給予了高度評價：

自蔡公仙去，里中書學遂絕。近歲二陳出焉，崇清宜大字，愈
大愈奇；復齋字可至二三尺，而小楷行草，端勁秀麗，在崇清上。
寸紙流落，人爭寶藏。至今後生輩結字運筆，十人中九作復齋體。
〔註40〕

此處「蔡公」即指蔡襄，「二陳」指陳俊卿與陳宓兩父子，「崇清」指陳孔碩。
劉克莊拿陳孔碩與陳宓對比。陳孔碩，字膚仲，一字崇清，號北山，其工書
法，尤精於篆。嘉定七年（1214），陳孔碩篆書《卦德亭銘並序》，刻於桂林
隱山。眞德秀稱「北山先生陳公，詞章翰墨爲近世第一。此其未五十時書也，
筆勢遒美已如此。至晚歲則猶龍騰虎踔，不可搏執矣」〔註41〕。劉克莊亦贊
其書法，「楷篆極妙」〔註42〕。在這裏，劉克莊認爲，陳孔碩的書法「宜大字，
愈大愈奇」，而陳宓的書法「可至二三尺」，並且「小楷行草，端勁秀麗」，成
就在陳孔碩之上，不僅「人爭寶藏」，而且自成一家，「後生輩結字運筆，十
人中九作復齋體」，影響甚大。

劉克莊還讚揚陳宓臨摹的《蘭亭序》字帖具有「意似」的特點，他說：

善書者未有不臨《禊帖》，然有貌似之者，有意似之者。余謂貌
似之者，優孟之效孫叔敖也；意似之者，魯男子之學柳下惠也。復
齋所臨，其意似者耶！〔註43〕

〔註34〕劉克莊《跋鄭南恩家陳復齋遺墨》，見《後村先生大全集》卷110。
〔註35〕劉克莊《跋卓君景福臨淳化集帖》，見《後村先生大全集》卷101。
〔註36〕劉克莊《跋鄭南恩家陳復齋遺墨》，見《後村先生大全集》卷110。
〔註37〕劉克莊《跋鄭南恩家陳復齋遺墨》，見《後村先生大全集》卷110。
〔註38〕劉克莊《跋鄭南恩家陳復齋遺墨》，見《後村先生大全集》卷110。
〔註39〕劉克莊《跋卓君景福臨淳化集帖》，見《後村先生大全集》卷101。
〔註40〕劉克莊《跋卓君景福臨淳化集帖》，見《後村先生大全集》卷101。
〔註41〕眞德秀《跋陳北山帖》，見《全宋文》第313冊，卷7174，248頁。
〔註42〕劉克莊《跋董明府叔宏溪莊圖詠》，見《後村先生大全集》卷100。
〔註43〕劉克莊《跋復齋臨蘭亭帖》，見《後村先生大全集》卷104。

「禊帖」,《蘭亭序》帖的別稱,晉王羲之著名行書法帖之一。劉克莊認爲陳宓的臨摹,不是僅僅追求外在形式的模仿,而是注重追求「意似」,即注重對《蘭亭序》內在的神韻意氣的繼承與發揚,這比「貌似」的層次更高,境界更深。

第四,對其它人書畫的品評。

宋代書法、繪畫藝術有長足的發展,出現了一大批書畫家。除蔡襄、李公麟、陳宓外,劉克莊還對歷代其它書畫家及其作品進行過評論,其評論能抓住關鍵,簡短幾句,就勾勒出書畫家們藝術創作特點。

具體來說,劉克莊品評書畫作品主要側重以下幾方面:

一是鑒眞僞。這是鑒賞的首要任務,一幅字畫如果不能確定其眞僞,其它恐怕無從談起。劉克莊在其書畫題跋中,對不少書畫作品進行過眞僞鑒別。如劉克莊鑒定林希逸所藏的斷石本《禊帖》爲眞品,希望林希逸能「珍閟之,十五城勿輕換」﹝註 44﹞。又如劉克莊在鑒別蘇軾《玉堂詞草》時,根據「坡公之文,使不善書者書之亦可愛,況公自箚乎」,「夫六十老人,詞頭夜下,攬衣呼燭,頃刻成章,豈暇求工於字畫乎」,認爲「此卷乃眞跡無可疑矣」﹝註 45﹞。又如劉克莊認爲鄭子善所藏的石本《樂毅論》,「與余所藏無小異,但王順伯跋乃贋本,非眞筆也」﹝註 46﹞。

二是看氣韻。南朝畫家謝赫在《古畫品錄》中提出繪畫「六法」﹝註 47﹞,第一即是「氣韻」,即要求藝術作品要神形兼備,這是藝術家和藝術作品的靈魂,是我國傳統藝術作品的最高境界。劉克莊在品評書畫作品時,也注重作品的「氣韻」。如劉克莊評價妙善的字有「英傑之氣」,「使其衣逢披,冠章甫,力量氣魄朱晦庵、陸象山輩人也」﹝註 48﹞;評價呂大防的字有「富貴氣,極似潞公」﹝註 49﹞;評價米芾的字「要是世俗詭異之觀,非天地沖和之氣也」﹝註 50﹞。評

﹝註 44﹞劉克莊《跋林竹溪禊帖‧斷石本》,見《後村先生大全集》卷 102。

﹝註 45﹞劉克莊《跋東坡玉堂詞草》,見《後村先生大全集》卷 105。

﹝註 46﹞劉克莊《跋鄭子善通守諸帖‧樂毅論》,見《後村先生大全集》卷 110。

﹝註 47﹞謝赫《古畫品緣》:「畫有六法,……一氣韻生動是也,二骨法用筆是也,三應物象形是也,四隨類賦采是也,五經營位置是也,六傳移模寫是也。」北京:中華書局,1985 年,1 頁。

﹝註 48﹞劉克莊《跋妙善帖》,見《後村先生大全集》卷 105。

﹝註 49﹞劉克莊《跋呂汲公帖》,見《後村先生大全集》卷 103。

﹝註 50﹞劉克莊《跋米元章帖》,見《後村先生大全集》卷 104。

價蘇軾的《書與何智翁四帖》有「浩然不屈之氣，非黨禍所能怖、煙瘴所能死也」〔註51〕。

三是論風格。一幅作品是否具有獨特的風格，是品評書法藝術的重要標誌。我國古代許多書家，都能從不同的神情面目，表現出許多不同的風格。劉克莊善於抓住書畫家作品的特點，品評其風格。如劉克莊評價評價陳師道的書法「亦清麗可愛」〔註52〕；評價陳襄的書法「姿媚如此，可寶也」〔註53〕；評價李承之的書法，「此帖端勁姿媚，有石曼卿《籌筆驛詩》意度，可寶也」〔註54〕；評價楊億的書法，「此帖恣媚有態，蓋公得意書也」〔註55〕；評價楊補之的書法，「行書姿媚精絕，可與陳簡齋相伯仲」〔註56〕。文彥博的書法，「秀美遒勁，有李北海之意」〔註57〕。王安石的書法具有「清癯勁峭之狀、回翰開闔之勢，居然不可掩」〔註58〕。蘇軾的《坡隸四帖》「尤清媚可愛」〔註59〕。

四是重藝品。劉克莊常把「人品」和「畫品」聯繫在一起，認爲藝術家應人品、畫品融於一體，從藝術家的作品中能看出藝術家的人品。如劉克莊評價陳懶散的書法，「觀懶散筆意，猶有才翁、子美氣骨」〔註60〕；評價方耒的書法是既能「見耕道之直」，亦能「見耕道之廉」〔註61〕。評價蘇軾「所書子美『天寒翠袖薄，日暮倚修竹』之句，可謂哀而不怨、婉而成章矣」〔註62〕。

二、書畫藝術觀

歐陽修《集古錄跋尾》10卷400餘首，開宋代學術類題跋的先河。此後，爲金石書畫創作題跋之風，在文人士大夫中蔚然興起。據統計，今存《後村先生大全集》有近200篇書畫題跋，記錄著劉克莊的書畫藝術觀。

〔註51〕劉克莊《跋蘇文忠公帖·〈書與何智翁四帖〉》，見《後村先生大全集》卷104。
〔註52〕劉克莊《跋陳殿院帖》，見《後村先生大全集》卷104。
〔註53〕劉克莊《跋劉原父陳述古帖》，見《後村先生大全集》卷102。
〔註54〕劉克莊《跋李承之諸帖》，見《後村先生大全集》卷105。
〔註55〕劉克莊《跋楊文公帖》，見《後村先生大全集》卷103。
〔註56〕劉克莊《跋楊補之詞畫》，見《後村先生大全集》卷107。
〔註57〕劉克莊《跋文潞公帖》，見《後村先生大全集》卷103。
〔註58〕劉克莊《跋荊公帖》，見《後村先生大全集》卷103。
〔註59〕劉克莊《跋蘇文忠公帖·〈坡隸四帖〉》，見《後村先生大全集》卷104。
〔註60〕劉克莊《跋陳懶散帖》，見《後村先生大全集》卷105。
〔註61〕劉克莊《跋朱文公與方耕道帖》（二），見《後村先生大全集》卷102。
〔註62〕劉克莊《跋蘇文忠公帖·〈書杜詩帖〉》，見《後村先生大全集》卷104。

第一，對「意」的追求。

在劉克莊的書畫題跋中，多次強調「意」。如評價王詵的草書，「草聖傑然有王子敬、張長史之遺意」〔註63〕；評價文彥博的書法，「此帖秀美遒勁，有李北海之意」〔註64〕；評價李承之的書法，「此帖端勁姿媚，有石曼卿《籌筆驛詩》意度，可寶也」〔註65〕。「意」是什麼呢？在劉克莊看來，它指的是一種內在的神韻意氣，它所傳達的是情趣、學養、品性、胸襟、抱負等精神內涵。如他在《跋石鼎聯句圖》中指出：

> 其模寫侯、劉二子，始而倨傲，繼而倡酬，俄而起立，又俄而伏屈，又俄而避席鞠躬，欲罷不能，末而困睡，睡起覓道士不見。
> 與道士終始雍容崛強之狀，極得韓序之意。〔註66〕

中唐聯句之風盛行，韓愈有不少與其它人的聯句，其中以《石鼎聯句》最為有名，全詩前有傳奇小說式的序文，敘述聯句的情節，寫的是侯喜、劉師服二位才子指著石鼎與老道士軒轅彌明聯句之事，結果二位才子絞盡腦汁都聯不過老道士。在這篇跋文中，劉克莊讚揚周純根據韓愈《石鼎聯句詩序》而創作的《石鼎聯句圖》，「極得韓序之意」，認為周純把侯喜、劉師服態度的前後不一，與老道士軒轅彌明態度始終如一的神態刻畫地栩栩如生，用藝術的手法形象地傳遞出韓愈詩序中的對此三人的內在精神氣質的描繪。

劉克莊還曾以書法學習為例說明「意似」和「貌似」之別，他說：

> 善書者未有不臨《禊帖》，然有貌似之者，有意似之者。余謂貌似之者，優孟之效孫叔敖也；意似之者，魯男子之學柳下惠也。復齋所臨，其意似者耶！〔註67〕

劉克莊認為，書法家都會臨摹王羲之的《蘭亭序》，但真正懂得臨摹的，不是像優孟模仿孫叔敖那樣神態、語言完全與孫叔敖一模一樣，那這只是「貌似」；而是應該向魯男子那樣，明知做不到像柳下惠那樣「坐懷不亂」，還不如乾脆不「坐懷」的好，採取斷然拒絕的態度，這就是「意似」。所以，劉克莊讚揚陳宓的臨摹，不是僅僅追求外在形式的模仿，而是在此基礎上，注重對《蘭

〔註63〕劉克莊《跋陳懶散王晉卿帖》，見《後村先生大全集》卷102。
〔註64〕劉克莊《跋文潞公帖》，見《後村先生大全集》卷103。
〔註65〕劉克莊《跋李承之諸帖》，見《後村先生大全集》卷105。
〔註66〕劉克莊《跋石鼎聯句圖》，見《後村先生大全集》卷102。
〔註67〕劉克莊《跋復齋臨蘭亭帖》，見《後村先生大全集》卷104。

亭序》內在的神韻意氣的繼承與發揚，這比「貌似」的層次更高，境界更深，應該是書畫家們努力追求的理想目標。

如何做到「意似」呢？劉克莊提倡要以簡約疏淡的筆墨來表現書畫家的個性與精神意趣，這樣才能收到以淡見穠、以少勝多、言近旨遠的藝術效果。如李公麟善於用「白描」畫法，劉克莊評價其「掃去粉黛，淡毫輕墨，高雅超詣」，「譬如幽人勝士褐衣草履，居然簡遠，固不假袞繡蟬冕為重也」，「可謂天下之絕藝矣」〔註68〕。又如劉克莊推崇蘇舜元的書法，「書家謂才翁筆簡，惟簡故妙」〔註69〕；讚揚劉敞的書法，「公是先生帖才四十字，酬對之語雖簡，賓主之情甚真，尤可寶也」〔註70〕；還稱讚趙以夫書法「惜其墨蠟草草，或濃或淡，然筆意神逸，如星斗麗天，非輕煙薄霧所能翳也」〔註71〕。

第二，注重專「工」不尚「兩能」。

劉克莊認為：「夫字以工為貴，豈以其嘗供奉翰林、賜紫為貴哉！」〔註72〕劉克莊還提出：「藝之至者不兩能，善畫者不必妙詞翰，有詞翰者類不工畫。」〔註73〕可見，書畫家必須專「工」，切忌浮雜。劉克莊說：

> 畫之至者不兩能，花光、補之專為梅花寫真，所以妙天下。文湖州於竹，李伯時於馬，皆然。今畫者無所不畫，既不能皆工，歸於皆拙而已。〔註74〕

專「工」則精，浮雜則拙。「畫之至者不兩能」，即「藝之至者不兩能」，書畫家不能騖多炫博。他讚揚花光（即華光和尚，名仲仁）、楊補之只擅長畫梅花，所以能「妙天下」；劉克莊並以文同長於畫竹，李公麟長於畫馬為例，說明優秀的書畫家精心於某一類藝術的創作，就像「曹霸、韓幹以畫馬遇開元天子，崔白以工翎毛待詔熙寧，易元吉以畫猿蒙光堯賜詩」〔註75〕，就能名揚天下。同時，劉克莊還批評了時下一些畫家「無所不畫」，最終因為貪多不但不能「皆工」，反而「歸於皆拙」。

〔註68〕劉克莊《跋李伯時羅漢》，見《後村先生大全集》卷99。
〔註69〕劉克莊《跋蘇才翁二帖》，見《後村先生大全集》卷102。
〔註70〕劉克莊《跋劉原父陳述古帖》，見《後村先生大全集》卷102。
〔註71〕劉克莊《跋虛齋書畫》，見《後村先生大全集》卷104。
〔註72〕劉克莊《跋亞棲書》，見《後村先生大全集》卷105。
〔註73〕劉克莊《跋楊補之詞畫》，見《後村先生大全集》卷107。
〔註74〕劉克莊《跋花光補之梅》，見《後村先生大全集》卷105。
〔註75〕劉克莊《跋戴嵩牛》，見《後村先生大全集》卷102。

如何做到專「工」呢？劉克莊認爲，經常進行專一練習才能做到「工」：

　　藝未有不習而工者。右軍書《禊帖》至數十本，智永臨《千文》凡八百本，辯才年八十餘，日臨《蘭亭》數過。〔註76〕

　　臣竊謂字至《蘭亭》毫髮無遺憾矣。然藝不習則不工，雖右軍猶不免於臨池；辯才年八十餘，日臨數本。能積勤然後能絕妙，非偶然得名也。〔註77〕

從這兩段跋文中可以看出，劉克莊提出了「習」與「工」之間的關係。他指出，技藝不反覆練習是不會專工的，王羲之創作《蘭亭集序》如此，其七世孫智永如此，智永的弟子辯才同樣如此。劉克莊以此爲例，強調技藝練習的重要性。

　　第三，總結出一套鑒別眞贋的方法。

　　劉克莊在其書畫跋文中，經常會提到書畫的眞贋問題。如：

　　此帖與余家所藏斷石本點畫無毫髮異。定石羽化之後，贋本盛行，而眞贋遂易位矣。竹溪其珍閟之，十五城勿輕換。〔註78〕

　　此孚若舊物也，今爲方楷敬則珍藏，第所書《十志》多誤字，幾不可讀。如「期仙磴」一章，謂：「靈仙彷彿可期，儒者毀所不見則黜之，疑冰之言信矣。」此用蒙叟「夏蟲不知冰」事及荆公「蟲」疑「冰」之意，今書「疑」爲「凝」大可笑。楊風子之跋贋也，周益公之跋亦贋也。鄭編修家有絹本，亦然。〔註79〕

　　此五段石本，與余所藏無小異，但王順伯跋乃贋本，非眞筆也。〔註80〕

　　曩余宰建溪三年，見文公遺墨多矣，輒能辨其眞僞，亦能知其交遊往還人爲誰。自溪上歸踰三紀矣，此二帖與子禮六七兄者，行草尤妙，其爲眞跡無疑。〔註81〕

從以上跋文可以看到，劉克莊非常重視書畫作品的眞贋問題。如何鑒別書畫的眞贋呢？劉克莊還總結出一套鑒別眞贋的方法。他說：

〔註76〕劉克莊《跋蔡端明臨眞草千文》，見《後村先生大全集》卷101。
〔註77〕劉克莊《跋高宗宸翰》（四），見《後村先生大全集》卷101。
〔註78〕劉克莊《跋林竹溪禊帖・斷石本》，見《後村先生大全集》卷102。
〔註79〕劉克莊《跋盧鴻草堂圖》，見《後村先生大全集》卷105。
〔註80〕劉克莊《跋鄭子善通守諸帖・樂毅論》，見《後村先生大全集》卷110。
〔註81〕劉克莊《跋朱文公帖》，見《後村先生大全集》卷110。

　　近人多不識《閣帖》，某家珍藏某本，或用高價得某本，皆非眞者。字畫豐穠有精彩，如《潭》、《絳》則太瘦，《臨江》則太媚，又用李廷珪墨印造。凡淳化間所賜御書、喻言等帖，皆用此墨，不可以僞。無競弟始傳汪端明季路所記《閣帖》行數，恨無眞帖參校。予偶於故家得第五卷一軸，非《潭》，非《絳》，非《臨江》，非《鼎》、《武岡》，甚異之。試取汪氏所記行數視之，皆合。又於某家冥搜，得第六、第九、第十卷，行四方必以自隨，二十餘年而不能合。晚使江左，忽示此帖十卷者，李璋駙馬故物也。後有朱印，云「李璋圖籍，上賜家，傳子孫，有德保，無窮年」，十卷之末皆有此印。用三千楮得之。其秋被召爲少蓬，始呼匠裝飾。大蓬尤伯晦見之，曰：「珍物也。」又曰：「某有三本。」昔山谷嘗歎無萬二千錢致一本，時幣重物輕，一可當十，彼時已直百餘千，及今安得不愈貴重？然眞帖可辨者有數條：墨色，一也；它本刊卷數在上，板數在下，惟此本卷數板數字皆相連、屬，二也；它本行數字，比帖字小而瘦，此本行數字，比帖中字皆大而濃，三也；余所得江東本每板皆全，紙無接黏處，一部十卷，無一板不與汪氏所記合，乃知昔人裝背之際，寧使每板行數或多或寡，而不肯翦截湊合者，欲存舊帖之眞面目，四也。余得汪氏之訣，不敢獨善，逢人必告。方君敬則楷用余說求得十卷，前四卷稍渾全，後六卷爲或者翦截，然墨色如新，比余本無毫髮異，不謂吾鄉有此秘寶！帖未有端明蔡公親題云：「黃子正示及，因習草法。」未有子正印。子正不見它書，惟端明跋某僧臨《脊令頌》云：「黃元吉子正得之曇休。」子正名元吉僅見此跋。曩餘先得四卷，尚未敢深信汪氏；及得江東本，始知汪氏之不誣；及見此本，益知余本之可貴。吾鄉前一輩好古博雅如肯庭鄭氏、雲莊方氏，所收皆贋本，而相誇曰「惟我與爾」，有是夫！噫，汪氏之譜未行，雖鄭、方不能辨眞實；既行，雖余之淺合乃足以識眞實，況若敬則好之篤而求之勤乎？顧或咎余不當以其訣授人，余曰：實帖惑人多矣，余之說傳，贋帖息而眞帖出，不亦書畫家之一快乎！敬則其取汪氏所記、老夫所跋並刊之，以廣胸次而聚嗜好也。〔註82〕

這段跋文，記述了劉克莊二十年來「冥搜」，終於在六十歲時得「閣帖」全本，通過參校前人記載，確定為真跡，欣喜之情溢於言表。通過此次鑒別，劉克莊從顏色、外形、字體、裝裱等方面總結出四條鑒別真贗的方法。而劉克莊也「不敢獨善，逢人必告」。毫無保留的把此方法告知眾人，並指導方楷用此方法鑒別真贗。

第二節　劉克莊的辭賦理論與創作

宋朝「以詩賦設科，然去取予奪一決於賦，故本朝賦工而詩拙」〔註83〕。因而，宋代文人的作品集中幾乎都有辭賦，並且都安排在卷首，一方面表示對這一文體的尊重，另一方面也表示自己的「能賦」之義。宋代騷體賦、駢賦、律賦、文賦都有不少名篇，尤其是「律賦往往造微入神，溫飛卿、李義山之徒未必能髣髴也」〔註84〕。南宋中後期，辭賦創作迎來了一個小高潮，特別是莆田被譽為律賦之鄉，莆賦尤其馳名天下，先後湧現了鄭厚、陳俊卿、劉夙等律賦名家，「中興百年，言詞賦者以莆為首」〔註85〕，「莆賦多而詩少」〔註86〕。作為莆田人的劉克莊，也常以此為榮。他說，「天下聲律尚莆體，莆體發源自丁氏」〔註87〕；又稱王邁「淳熙庚子鄉薦第一，律賦傳海內」〔註88〕，方阜鳴「自京師達嶺海，操筆之士，髫髫之童，莫不誦習摹擬」〔註89〕；也曾感歎林秀發則因「考官疑莆體、避鄉嫌不敢取」〔註90〕。

《後村先生大全集》有辭賦11篇，主要以駢賦和騷體賦為主。劉克莊雖然推崇律賦，但沒能一首律賦流傳下來。目前學界研究劉克莊辭賦的學術論文只有張忠綱《說劉克莊〈詰貓賦〉》一篇〔註91〕。

〔註83〕劉克莊《跋李耘子詩卷》，見《後村先生大全集》卷99。
〔註84〕劉克莊《跋李耘子詩卷》，見《後村先生大全集》卷99。
〔註85〕林希逸《工部侍郎寶章閣待制林公行狀》，見《全宋文》卷7740，第336冊，49頁。
〔註86〕劉克莊《跋方元吉詩》，見《後村先生大全集》卷108。
〔註87〕劉克莊《丁元有墓誌銘》，見《後村先生大全集》卷149。
〔註88〕劉克莊《矅庵敖先生墓誌銘》，見《後村先生大全集》卷148。
〔註89〕劉克莊《方子默墓誌銘》，見《後村先生大全集》卷148。
〔註90〕劉克莊《林實甫墓誌銘》，見《後村先生大全集》卷159。
〔註91〕張忠綱《說劉克莊〈詰貓賦〉》，《文史知識》，1995年第9期。

　　劉克莊有豐富的辭賦創作理論，他的辭賦創作也具有鮮明的特點，值得我們去研究。

一、劉克莊的辭賦理論

　　南宋時期，莆賦馳名天下，辭賦研究亦蓬勃興起，出現了一批以楚辭爲研究對象的專著，如楊萬里的《天問天對解》、朱熹的《楚辭集注》、吳仁傑的《離騷草木疏》等等。劉克莊在序跋及詩話中對辭賦的源流、創作進行了考察。

　　第一，考察辭賦源流，認爲後世辭賦之作「皆騷之餘」。

　　關於辭賦的源流，歷代學者都有探討。劉勰說：「文辭麗雅，爲辭賦之宗」〔註 92〕；宋祁也說：「《離騷》爲詞賦祖，後人加之，如至方不能加矩，至圓不能過規，則賦家可不祖楚騷乎？」〔註 93〕晁補之認爲：「蓋詩之流至楚而爲離騷，至漢而爲賦。其後賦復變而爲詩，又變而爲雜言、長謠、問對、銘贊、操引。苟類出於楚人之辭而小變者，雖百世可知。」〔註 94〕「又嘗試自原而上，捨《三百篇》，求諸《書》、《禮》、《春秋》，他經如《五子之歌》……成古詩風刺所起，戰國時皆散矣。至原而復興，則列國之風雅始盡合而爲《離騷》。是以由漢而下賦皆祖述屈原。」〔註 95〕

　　劉克莊繼承了前輩學者的觀點，認爲後世辭賦之作「皆騷之餘」，他說：

　　　　《離騷》爲詞賦宗祖，固也。然自屈宋沒後，繼而爲之者，如
　　《鵬鳥》、《弔湘》、《子虛》、《大人》、《長楊》、《二京》、《三都》、《思
　　玄》、《幽通》、《歸田》、《閒居》之類，雖名曰賦，皆騷之餘也。
　　〔註 96〕

劉克莊認爲屈原的《離騷》是辭賦的宗祖，後世所作諸賦，雖然名稱上稱賦，其實都是「騷之餘」。他在《跋狪甫姪四友除授制》中還說：

　　　　世皆以列於楚辭者爲騷，殊不知荀卿之相，賈馬之賦，韓之琴
　　操，柳之《招海賈》、《哀溺》、《乞巧》諸篇，皆騷也。同一脈絡，
　　同一關鍵。〔註 97〕

〔註 92〕周振甫《文心雕龍注釋·辨騷》，北京：人民文學出版社，2002 年，35 頁。

〔註 93〕祝堯《古賦辯體》卷一，文淵閣四庫全書本。

〔註 94〕晁補之《離騷新序》，見《全宋文》第 126 冊，卷 2722，116 頁。

〔註 95〕晁補之《變離騷序》，見《全宋文》第 126 冊，卷 2722，123 頁。

〔註 96〕劉克莊《答陳卓然書》，見《後村先生大全集》卷 131。

〔註 97〕劉克莊《跋狪甫姪四友除授制》，見《後村先生大全集》卷 108。

指出後世辭賦之作，與楚辭「同一脈絡，同一關鍵」，都是楚辭之流。

第二，反對蹈襲，主張「仿其意不仿其辭」。

對於辭賦創作，劉克莊明確反對模仿，指責前人辭賦的蹈襲行為：

> 《賓戲》犯《客難》，《洛神賦》犯《高唐賦》，《送窮文》犯《逐貧賦》，《貞符》犯《封禪書》、《王命論》，洪氏《隨筆》記《阿房賦》犯《華山賦》中語。余讀陸傪《長城賦》首云：「千城絕，萬城列。秦民竭，秦君滅。」不覺失笑，曰：「此豈非『蜀山兀、阿房出』之本祖歟！」傪名輩在樊州前。〔註98〕

他也批評後輩作家辭賦創作中的模仿行為：

> 足下賦此閣，當於《列子》書中採至言妙義，以發其超出形氣、游乎物初之意。今自首至尾，字字句句不離一部騷辭，與韓、柳軸異，與近世《秋聲》、《鳴蟬》、《赤壁》、《黃樓》之作亦異，與山谷自鑄偉辭之說尤異，此僕所未喻也。〔註99〕

> 建士鄭君贈余騷辭，文貌音節步趨屈子二十五之作。然楚辭惟《騷經》一篇三致意諄復而不為多，委蛇曲折而不為費。君所作可以約而盡者，必演而伸之，為數十百言，豈祖述《騷經》而不參取《九歌》章句耶。〔註100〕

劉克莊批評陳卓然的賦從頭到尾，「字字句句」都模仿《離騷》；批評鄭大年的辭賦不僅在章句、音節上亦步亦趨，模仿屈原《楚辭》，而且在語境上，也刻意模仿《離騷》「委蛇曲折」的敘述模式，篇幅冗長拖沓，「為數十百言」。因而劉克莊力主創新，極力推崇韓愈、柳宗元的辭賦以及宋代興起的新文賦。

劉克莊認為辭賦創作貴在繼承屈原的精神，不能只步其辭藻而無病呻吟，貴在獨創而不能只取其形貌而模擬字句，應「仿其意不仿其辭」。他說：

> 昔人善擬古者，仿其意不仿其辭。柳子厚有騷十首，或散語，或三字，或四字，不盡拘兮字為長句也。三賦皆用《楚詞》體，按模出墼爾。〔註101〕

劉克莊肯定柳宗元的辭賦創作能「仿其意不仿其辭」，不僅能打破了傳統騷體

〔註98〕劉克莊《後村詩話·後集》，見《後村先生大全集》卷175。
〔註99〕劉克莊《答陳卓然書》，見《後村先生大全集》卷131。
〔註100〕劉克莊《鄭大年文卷》，見《後村先生大全集》卷109。
〔註101〕劉克莊《跋蒲領衛詩》，見《後村先生大全集》卷111。

以四六句爲主的文體形式，而能做到句式參差，「或散語，或三字，或四字」，隨手用之；語氣詞兮字或用或不用，位置也並不固定，「不盡拘兮字爲長句」。劉克莊極力推崇柳宗元的這種新變，認爲是後世作家仿騷之作的典範。

劉克莊又說：

> 至韓退之恥蹈襲，比之盜竊，集中僅有《復志》、《感二鳥》二賦，不類騷體。柳予厚有《乞巧》、《罵屍蟲》、《斬曲兒》等作十篇，託名曰騷，然無一字一句與騷相犯。僕嘗謂賈、馬而下，於騷皆學柳下惠者也，惟韓、柳庶幾魯男子之學柳下惠者矣。〔註102〕

劉克莊肯定韓、柳作賦以「蹈襲」爲恥。爲說明韓柳作賦與別人的不同之處，劉克莊還以形象的比喻，說賈宜、司馬相如等人學騷，只知一味學習柳下惠，而不知變通。而韓柳學騷，不僅學習柳下惠坐懷不亂，又不拘泥於非禮勿視。換言之，韓柳學騷能眞正領會到屈原的精神所在，雖「託名曰騷」，「然無一字一句與騷相犯」，因而韓柳的辭賦既能從師法古人中得原作的精神，又能跳出古人辭賦的窠臼，擺脫模仿，創作出具有自我風格的作品。

第三，重視辭賦的「思致」「義味」。

朱熹曾云：「蓋屈子者，窮而呼天，疾痛而呼父母之詞也。故今所欲取而使繼之者，必其出於幽憂窮蹙，怨慕凄涼之意，乃爲得其餘韻，而宏衍巨麗之觀，歡愉快適之語，宜不得而與焉。」〔註103〕強調辭賦創作要抒發「幽憂窮蹙怨慕凄涼」的特殊情調。劉克莊論辭賦亦然，強調作賦不僅應抒寫性情，同時還要有「思致」、「義味」。

何謂「思致」？何謂「義味」？

「思致」是劉克莊評價鮑照《蕪城賦》之語。《蕪城賦》是鮑照登臨劫餘廢城（蕪城）之後有感而作。劉克莊在《詩話》中指出：

> 《蕪城賦》云：「板築雉堞之殷，井幹烽櫓之勤。崒若斷岸，矗似長雲。觀基扃之固護，將萬祀而一君。出入三代，五百餘載，竟瓜割而豆分。……歌堂舞閣之基，弋林釣渚之館，吳蔡齊秦之聲，魚龍爵馬之玩，皆薰歇燼滅，光沈響絕。」……鮑明遠賦有思致。
> 〔註104〕

〔註102〕劉克莊《答陳卓然書》，見《後村先生大全集》卷131。
〔註103〕朱熹《楚辭後語目錄序》，見《全宋文》第250冊，卷5623，355頁。
〔註104〕劉克莊《後村詩話・續集》，見《後村先生大全集》卷178。

鮑照在賦中將廣陵山川勝勢和昔日歌吹沸天、熱鬧繁華的景象與眼前荒草離離、河梁圮毀的破敗景象進行對比，在對歷史的回顧和思索中，通過氣氛的渲染和誇張的描繪，表現了作者對屠城暴行的譴責和對統治者的警告，寄寓了作者今昔興亡之感。劉克莊評價辭賦有「思致」，該當是對賦中表達的「今昔興亡」的思考。

「義味」，是劉克莊評價李商隱《虱賦》之語。劉克莊在《詩話》中指出：

> 李義山《虱賦》云：「爾職惟吃，而不善吃。回臭而多，跖香而絕。」雖甚簡短，然有義味。〔註105〕

李商隱在賦中斥責蝨子雖齧人血可是並不善齧，專咬又窮又瘦的顏回，不咬又富又肥的盜跖，用幽默嘲弄的口吻，表達對那些像蝨子般欺軟怕硬的小人的鄙視。劉克莊稱其有「義味」，當是指賦中隱含著深永意蘊。

可見，劉克莊所謂的「思致」、「義味」，其實質即認爲辭賦應抒發憂讒去國之情，寄託古今治亂之理、明析君子小人之辨。如劉克莊選錄唐代獨孤及《遠遊賦》一段：

> 馮東井以俯視，識故國之城闕。千門萬戶，遙如蟻穴。覓舊山與喬木，才依稀而明滅。見伊川大道，鞠爲戎狄，歷陽故人，半作魚鱉。曩之奔走於市朝者，如紛紜飛馳，譊譊嗤嗤，彆躠翩躚，肖翹陸離，若磯蝨之聚壞絮，蜘蛛之乘遊絲。吾乃今日識群動之變態兮，莞然倚長歌而笑之。亦既自得，周覽未畢，惕然雲開，萬象如失。群有儼以皆作，百慮續其來歸。乃宿昔之人寰，始故時之喧卑，曏之俯仰欣戚，無非妄心。然後知吾之生也，與妄俱生。邪氣乘之，萬緣合併，爲憂而患，爲虧而盈，彼碌碌者，自以爲覺，尤飾妄以賈名。〔註106〕

劉克莊認爲此賦「甚佳」，尤其對「戎狄」、「魚鱉」數語非常讚賞，「與謫仙古風『俯視洛陽川，茫茫走胡兵，流血沾草野，豺狼盡冠纓』之語相類」。又如劉克莊評價韓愈《復志賦》：

> 余讀《復志賦》云：「非夫子之洵美兮，吾何爲乎浰之都。小人之懷惠兮，猶知獻其至愚。固余異乎牛馬兮，寧止乎飲水而求芻。仰盛德以安窮兮，又何忠之能輸。昔余之約吾心兮，誰無施而有獲。

〔註105〕劉克莊《後村詩話‧後集》，見《後村先生大全集》卷175。
〔註106〕劉克莊《後村詩話‧續集》，見《後村先生大全集》卷178。

嫉貪佞之溷濁兮，曰吾既勞而後食。懲此志之不修兮，愛此言之不可忘。苟不内得其如斯兮，孰與不食而高翔。」此賦有無窮之意，豈非嘗忠告董、陸而不見用，遂欲舍之去乎？先見如此，其免於禍，非幸也。……以不討賊爲恨，不以獨免爲善也。〔註107〕

劉克莊認爲韓愈的《復志賦》有「無窮之意」，最後將此賦的歸結爲「以不討賊爲恨，不以獨免爲善也」。

劉克莊批評唐末一些詞臣的辭賦沒有「思致」或「義味」：

韓致光、吳子華，皆唐末詞臣，位望通顯，雖國戚主辱，而賦詠倡和不輟。存於集者不過流連光景之語，如感時傷事之作，絕未之見。當時公卿大臣往往皆如此。〔註108〕

可見，他認爲辭賦不應只抒寫「流連光景之語」，還要有「感時傷事之作」，只有胸懷天下治亂，寄志國家社稷，才能寫出優秀的作品。

二、劉克莊的辭賦創作

劉克莊擅長作賦，「弱冠以詞賦魁胄監」〔註109〕，晚年退隱家鄉，致力於辭賦創作。今《後村先生大全集》卷四十九存賦一卷。該卷前半闕佚，僅存 11 篇。劉克莊辭賦風格多變，「余少之時，賦如仲宣，儆如孔璋」〔註110〕，追求文辭密麗。理宗也曾經讚揚劉克莊「賦典麗而詩清新」〔註111〕。晚年以後，劉克莊辭賦創作轉而追求平易切近、平實質樸，「藏妙巧於質素，寓高遠於切近」〔註112〕，摒棄了華麗辭藻和鋪張淩厲的辭賦。

第一，小題大作，寄興高遠。

劉熙載說：「古人賦詩與後世作賦，事異而意同，意之所取大抵有二：一以諷諫，……一以言志。」〔註113〕劉克莊辭賦善用細微末小的事物來表現宏大的主題，其賦不主張用雄詞健筆和宏大事物來表現憂讒去國、古今治亂等

〔註107〕劉克莊《後村詩話·後集》，見《後村先生大全集》卷176。
〔註108〕劉克莊《後村詩話·續集》，見《後村先生大全集》卷178。
〔註109〕洪天錫《後村先生墓誌銘》，見《後村先生大全集》卷195。
〔註110〕劉克莊《沁園春·和林卿韻之四》，見《後村先生大全集》卷187。注：劉勰《文心雕龍·詮賦》評王粲賦，謂「仲宣靡密，發端必遒，偉長博通，時逢壯采」。
〔註111〕洪天賜《後村先生墓誌銘》，見《後村先生大全集》卷195。
〔註112〕劉克莊《竹溪集序》，見《後村先生大全集》卷96。
〔註113〕劉熙載《藝概·賦概》，文淵閣四庫全書本。

深刻的主題，而是選取諸如「蠹魚」、「蠹鼠」、「詰貓」、「吐綬雞」之類細微末小的事物來比興，發爲「警策」，寄興高遠。如《詰貓賦》借痛斥貓的瀆職，揭露貓「於所當捕兮卵翼之勤渠，於所不當捕兮踊躍而驅除」的昏聵和殘忍。此賦先言黠貓捕鼠之能，「甚俊黠兮尤服馴，既咆哮而威兮亦爛班而文」，使得老鼠「聞風兮退避而逡巡」；後又「信羊質之難矯兮，況驢技之已陳」，耽於厚養，反與鼠沆瀣一氣，「彼瞷爾兮柔而仁，汝視彼兮狎不嗔」。劉克莊詰問貓，「嗟爾以捕爲職兮，獰面目而雄牙鬚。於所當捕兮卵翼之勤渠，於所不當捕兮踊躍而驅除」，辛辣地諷刺當時權臣丁大全、宦官董宋臣等人，讒害董愧等忠良，狼狽爲奸。最後劉克莊義憤塡膺地痛斥說：「余欲誅之兮不勝誅，爾猶有知兮亟改圖，否則世豈無含蟬之種兮，任執鼠之責者歟！」憤恨之聲，溢於言表。

又如《劾鼠賦》借老鼠的危害諷刺權貴。此賦首先寫老鼠出入倉庫廚房，糟蹋栗果脯膾，「余廩有粟兮菽園有果栞，庫有醯醪兮庖有脯醢，汝出沒其間兮且攫且嘬，每擇取其甘鮮兮而遺餘以餒敗」；然老鼠還專門咬壞書籍，「明發起視兮遭毒喙，皮殼無恙兮殘腹背」，這對嗜書如命的劉克莊來說，則罪不容赦，「嗟余嗜書兮甚炙與膾，雖無萬卷兮寸紙亦愛」。因而警告老鼠，「今與汝約法兮反覆告戒，犯前數條兮原其罪，惟齧余書兮不汝貸」；最後，劉克莊希望能尋找良貓以滅鼠害，「求良貓兮設毒械，如永某氏之爲兮汝毋悔」。在此賦中，劉克莊借喝罵齧書之鼠諷刺權貴，「汝前身寧盜儒兮剽竊梗概，以《論語》兮受帝拜，以《兔園冊》兮事四姓、相五代」，痛斥吞活剝經典，弄權誤國的權貴。

劉克莊其它賦，如《止酒賦》由飲酒而論養生之道；《吐綬雞賦》以吐綬雞與各類非禽爲比，以明君子小人之善惡；《白髮後賦》由賦白髮而抒發感時傷懷之情；《柳州白水瀑泉賦》借言白水瀑泉而明去就隱仕之心。同代如薛季宣《金龜賦》、《蛆賦》，王邁《蚊賦》，洪適《銀條魚賦》、《惡蠅賦》，洪咨夔《烘蚤賦》，張孝祥《攻蚊賦》，曾豐《蠹書魚賦》、《乞如願》，蔡戡《蚤賦》，姚勉《嫉蚊賦》，等等，都是借微不足道的小事，來闡發某種「義理」的名篇。可見，小題大作，寄興高遠，是當時辭賦創作的共同特色。

第二，敘議結合，好用典故。

劉克莊的辭賦中善於熔敘述、描寫、議論於一體，特別是在敘述描寫之後，通過議論闡發深旨，這些議論往往起到畫龍點睛的作用。

　　如《蠹賦》中，劉克莊首先描寫果園繁盛之貌，「余既倦遊，退老於鄉，五畝之園，手自鈕荒，封植群木，位置眾芳，桃柳易蕃，次則海棠，密密疎疎，稍已著行。曾不數年，類為物牬。疑此三者，盛於春陽，如人蚤達，理不得長。橙柚多實，而華絕香，梅至高寒，桂尤堅剛，俄亦復然，不可測量」；接著敘寫蠹蟲壞樹，「余靜觀之，樹固如常，忽有小竅，僅若針鋩，浸淫不止，穿穴其傍，叩之空空，望之幢幢。其拂簷出屋者可伐而薪，參天合抱者可拔而僵也」；之後，即大發議論，「由天下國家言之，鼠食郊牲，雀耗太倉，群狐隳城，聚蟻決防，眇綿不察，以至敗亡。蓋身也、天下國家也。皆未免於有蠹。子徒憂樹之枯朽，而不憂身之危脆與天下國家之趨於季漢末唐，是謂小知，見哂大方。」劉克莊將蠹蟲壞樹之事與貪官污吏敗壞國家社稷聯繫起來，點出主旨，表達自己的憂患意識和警醒之意。

　　再如《弔小鶴賦》中，劉克莊首先敘述獲贈友人兩鶴，「小者尤機警，大者鷙悍」，「賴二羽衣兮伴一禿翁。一軒昂而前導兮，一聳秀而後從。譬士龍之於士衡兮，仲容之於嗣宗」；接著抒發自己對小鶴的喜愛之情，「余愛夫稚者之尤慧兮，有穎悟之風。質如陋巷之臞兮，性如草《玄》之童。余拍手則起舞兮，極蹈厲之容。荒山無以自娛兮，振羽鑰而陳笙鏞。余目為小友兮，意他日跨之飛狪。惜如至寶兮，由敝柵遷之雕籠，棲息並兮水粟同」，讚美小鶴穎慧，質性淳美；其後敘述小鶴為大鶴啄斃，「俄駭機之驟發兮，闞□□□□憛。擊搏甚於鸇雀兮，吞噬慘於雞蟲。髡□□□□兮，乘無援而急攻。晡哀鳴而煩冤兮，夕委頓而告終」；之後又為議論：「余聞物不傷同類兮，猛而虎狼，微而蟻蜂。君臣父子秩然兮，不相寇戎」，「以人方之，則老瞞之刑脩，倀月之斃邕；以女方之，則呂媼之戕戚兮，傅嬪之陷馮」，將大鶴害小鶴比作曹操殺楊脩、王充殺蔡邕、呂后殺劉氏宗親、傅昭儀陷害馮婕妤等，表達作者明辨讒佞忠良、君子小人。

　　劉克莊在辭賦創作中，還喜歡運用典故。如《詰貓賦》中「謂子蒼蛬之聞風兮退避而逡巡。猶鱷憚愈而徙海兮，盜懼會而奔秦」一句，劉克莊連用兩個典故。「鱷憚愈而徙海兮」是指韓愈被貶潮州刺史時，潮州鱷魚為患，百姓深受其苦，韓愈於是作《告鱷魚文》，警告鱷魚「盡三日，其率醜類南徙於海，以避天子之命吏」，否則「刺史則選材技吏民，操弓毒矢，以與鱷魚從事，必盡殺乃止。其無悔！」〔註114〕鱷魚害怕，於是遷徙南海，自此潮州再也沒

〔註114〕馬其昶校注，馬茂元整理《韓昌黎文集校注》，上海：上海古籍出版社，1986年，573～575頁。

有出現過鱷魚之患。「盜懼會而奔秦」運用春秋時期晉國大夫士會的典故，當時晉國發生饑荒，盜賊蜂起，士會將緝盜科條盡行刪削，專以教民勸化為務，化其心術，使之知廉恥，「於是晉國之盜，逃奔於秦」﹝註115﹞。劉克莊用這兩個典渲染了貓的威風，對貓寄予了極大的希望。然而，現實中的貓卻「信羊質之難矯兮，況驢技之已陳」，這裏「羊質」，出自漢揚雄《法官·吾子》：「羊質而虎皮，見草而悅，見豺而戰，忘其皮之虎矣。」「驢技」出自柳宗元的《黔之驢》中「黔驢技窮」的典故。劉克莊藉此兩典故，比喻貓外表雖裝作強大而實際上卻很膽小，徒有其表，見鼠而懼。

又如《白髮後賦》中，開頭「昔人有三十二而見二毛者，有四十而鬢如霜者」一句，連用兩個典故。前一句典故出自潘岳，潘岳《秋興賦序》云：「晉十有四年，余春秋三十有二，始見二毛。」「二毛」，意為頭髮斑白。春秋時人稱頭髮斑白的人為「二毛」。晉人潘岳，三十二歲時白髮初生，自謂始見二毛。後一句典故出自吳質，吳質《答魏太子箋》云：「然年歲若墜，今質已四十二矣。白髮生鬢。」吳質是在四十二歲發現自己有白髮。劉克莊用此二典，引出自己年老髮白。中間「為黃石公而取履，訪廣成子而跪膝」一句，也連用兩個典故，前一句典故出自《史記·留侯世家》，秦末，張良未發跡時，曾於下邳橋下為一自稱黃石的老者取墮履，後老者授予其《太公兵法》。後一句典故出自《莊子·在宥》，廣成子為古代傳說中的僊人，居崆峒山的石室中，自稱養生得以道法，年一千二百歲而未成衰老。為了向廣成子請教養生方法，黃帝跪膝而行、再三叩頭。廣成子才教他至精之道。劉克莊用此二典，形容年高德劭的人可以受到各種禮遇，「臨雍則受北面之拜，鄉飲則居東嚮之席。或出而杖於朝，或耄而徹於國」。

第三，體式多變，語言平實。

屈原所開創的楚辭主要句式是以四六句為主，間或用三、五、七言，其間雜以語氣詞「兮」字。這種句式是楚辭最主要的文體特徵之一，被後世作家所沿襲。劉克莊所作辭賦，能打破楚辭的傳統體式，句式參差，不再以四六句為主，凡三五七四六言，隨手用之，語氣詞「兮」字或用或不用，位置也並不固定。

如《蠹賦》沒用「兮」字，以四言為主，如「余既倦遊，退老於鄉，五畝之園，手自鈕荒，封植群木，位置眾芳，桃柳易蕃，次則海棠，密密疏疏，

﹝註115﹞《左傳·宣公十六年》，文淵閣四庫全書本。

稍已著行。曾不數年，類為物戕。疑此三者，盛於春陽，如人蚤達，理不得長。橙柚多實，而華絕香，梅至高寒，桂尤堅剛，俄亦復然，不可測量」；偶而也夾雜散句，如「蓋身也、天下國家也，皆未免於有蠹，子徒憂樹之枯朽，而不憂身之危脆與天下國家之趨於季漢末唐，是謂小知，見哂大方」。又如《吐綬雞賦》以不用「兮」字為主，句式不一，有三言的，如「鶉以鬪，鶴以唳，鵰以白，鷹以鷙」；有四言的，如「戚皆自貽，欲以誰懟！吾觀茲雞，則異於是」；還有六言的，如「及夫春和景融，天日開霽，忽五采之彰施，竦十目之瞻視，探懷中之色筆，織機上之錦字，舒漢京之黼黻，掃唐朝之締繪」；中間偶而夾雜幾句有「兮」的句子，如「惜乎前不與振鷺兮陳清廟之頌，後不與二鳥兮鳴開元之際，大不如黃鵠兮蒙虞歌之作，小不如鶉鷚兮饗鐘鼓之祀」。又如《譴蠹魚賦》中，全用「兮」字，但「兮」字的位置不固定，有在句子中間的，如「甄生塵兮鉼無粟，以陳編兮實枵腹」；也有在句子末尾的，如「先廬不足以容兮，乃謹貯於山麓」。此外，劉克莊有的賦還有小序，交代寫作背景或目的，如《弔小鶴賦》、《白髮後賦》、《文止戈為武賦四韻》，這在前人的辭賦創作中也比較少見。

劉克莊辭賦平易如話，直質淺白，既有幽默的揶揄，也有辛辣的諷刺，真可謂嬉笑怒罵皆成文章。劉克莊晚年的辭賦創作追求「藏妙巧於質素，寓高遠於切近」〔註116〕。如劉克莊擬左思《白髮賦》而作《白髮後賦》。在此賦中，劉克莊開頭用平實質樸的語言稱「昔人有三十二而見二毛者，有四十而鬢如霜者」，而自己「今余之年平頭八秩」，然容貌已是「顏貌鮐老，皮肉槁枯臘」，頭髮也由過去的「青絲綠雲之狀」，變成了今天的「柳絮蘆蒼之色」，對於自己的白髮，劉克莊詼諧地說出「柱下史有守黑之言，《枕中方》無染白之術」，由於自己「不堪涅緇」，於是用鑷子拔取白髮，「霜梠朝拔，雪苗暮出」，但白髮拔而復生，「亟掩青銅，悵然不懌」，心裏滿是感時傷懷，從此「乃施帽絮，改容謝客」。劉克莊用幽默詼諧之語，感歎人生易老。又如在《詰貓賦》中，劉克莊得到貓之後，欣喜異常，給貓以優待，「棲以丹檻兮藉以華裀，飯以香秔兮侑以絢鱗」，本以為「錦衣玉食」的結果，能夠使這位「捕鼠高手」能大顯身手，誰知此貓卻「俄傷飽而戀暖兮，復嗜寢而達晨」，完全忘記了自己的職責，竟然與老鼠「和平相處」，「彼睊爾兮柔而仁，汝視彼兮狎不嗔」，導致劉克莊家「架無完衣兮桉無完書，大穿穴於牆壁兮小覆翻於盤杆。闖薦

〔註116〕劉克莊《竹溪集序》，見《後村先生大全集》卷96。

廟之魚菽兮，伺享賓之牢蔬。將大嚼而後快兮，寧垂涎於餕餘」。劉克莊採用先抑後揚的手法，以幽默詼諧的語言，通斥貓的瀆職，揭露了貓色厲內荏的本質和醜態。又如在《譴蠹魚賦》中，劉克莊在描寫蠹魚的遺毒時，「初一二之蠕動兮，忽千百之孕育。麼麼譬於針粟兮，中傷慘於鋩鏃」，語言通俗，形象生動。

綜上所述，在南宋辭賦創作衰微的時候，作為南宋末文壇領袖的劉克莊，不僅致力於辭賦創作，而且還提出辭賦的創作理論，為辭賦的發展作出了應有的貢獻，促進了辭賦的發展與創新。

結　語

　　劉克莊一生經歷了孝宗、光宗、寧宗、理宗、度宗五朝，「前後四立朝」〔註1〕，雖謗與名隨，但劉克莊未嘗怨毒，其學問淵博，「持論尚氣節，下筆關倫教，一篇一詠，脫稿爭傳」〔註2〕，巋然爲南宋文壇大宗工。

　　本文通過對劉克莊的交遊、文學成長道路、散文思想，以及對劉克莊散文中的公牘文、「進故事」、書判、碑誌文、序跋文、辭賦等文體寫作進行解讀和具體研究。可以得出以下結論：

　　一、劉克莊由於家學淵源的關係，使他有條件與鄉賢交遊，特別是受到林光朝、鄭厚的學術影響，葉適的獎掖，眞德秀的提攜和教導，王邁、林希逸等人的相互摹習。劉克莊通過轉益多師，不主一家，最終得以兼備眾體，增進文學技藝，逐步成長爲一代文宗。

　　二、劉克莊散文創作主張博採眾長、師法大家而後自成一家，同時還要求作文要從辭意、用事等方面下工夫，力求精鍊，要符合辭達、自然和流暢的作文標準；此外，劉克莊也重視文學的審美娛戲功能，提出了翻空出奇，以「假」作眞、意新語綺，變態無窮、以書爲料，累文字氣骨等「以文爲戲」的創作理論。劉克莊的散文創作思想，對於我們認識宋代散文創作理論有一定的參考價值和意義。當然，劉克莊散文創作理論也存在明顯的局限，即散文創作思想主要偏重於形式技法方面，缺乏完整系統地理論闡述。

　　三、劉克莊的散文創作，數量相當可觀。劉克莊的公牘文既有代皇帝擬寫的詔令，也有向君王建言獻策的奏摺；雖然具有明顯的程序化特徵，並且

〔註1〕　林希逸《後村先生劉公行狀》，見《後村先生大全集》卷194。
〔註2〕　林希逸《後村先生劉公行狀》，見《後村先生大全集》卷194。

大多體制短小，但這些公牘文對我們研究南宋末年的職官制度、選官標準、官場禮儀以及劉克莊的政治才能，具有重要的價值。劉克莊的「進故事」，借向皇帝進故事之機，用歷史典故、事件向皇帝闡明自己的政治見解及對時政的看法，表現出對國事的憂慮，對民生的關注，充滿了一股強烈的危機感和憂患意識。劉克莊的書判既展現了劉克莊的「吏才」，又展現了以息訟為要旨的司法審判取向。劉克莊以史家的實錄精神來撰寫碑誌，避免「諛墓之誚」。劉克莊的書畫題跋，從一個側面反映了宋代書畫藝術的成就。

　　四、劉克莊散文在藝術方面也取得較大的成就。他能把莊重嚴肅的公牘文中寫得詞情懇切，氣勢恢宏，言簡意賅，實現了經世致用與文采斐然的的統一，實用與美感的統一。在維護封建秩序和倫理道德的同時，其書判也富於人情味和人性化色彩，更貼近普通百姓生活，也更具有說服力，做到文學性與法理性的相得益彰。其碑誌文創作也具有較高的文學價值，既能客觀反映墓主的生平事蹟，也注重抒發真情實感。他還致力於辭賦的創作，在辭賦的體式、題材、語言等方面都做出了許多寶貴的探索和嘗試。

　　總之，作為南宋著名的散文大師，劉克莊散文創作既是其心路歷程的寫照，也是其文學成長的見證。從其公牘文和「進故事」中體現的是關注民生、思考時政的熱情，從其書判中展示的是其步入仕途後弘揚正氣的精神和指斥邪惡的勇氣，從其碑誌文中流露的是其「以情度情」的情懷。可見劉克莊的散文具有許多值得我們下大氣力研究的價值。也許只有對劉克莊散文進行深入、細緻、全面的研究，才能對劉克莊在南宋文壇上的地位有一個更準確、更客觀的認識。

參考文獻

【作品集】

1. 辛更儒箋校《劉克莊集箋校》，中華書局，2011 年。
2. 王蓉貴、向以鮮點校《後村先生大全集》，四川大學出版社，2008 年。
3. 曾棗莊、劉琳《全宋文》，上海辭書出版社，2006 年。

【古籍類】

1. 王溥《唐會要‧冊讓》，中華書局，1955 年。
2. 趙翼《陔餘叢考》，商務印書館，1957 年。
3. 范曄《後漢書》，中華書局，1973 年。
4. 班固《漢書》，中華書局，1975 年。
5. 脫脫《宋史》，中華書局，1977 年。
6. 周振甫《文心雕龍選譯》，中華書局，1980 年。
7. 丁福保《歷代詩話續編》，中華書局，1983 年。
8. 吳文治《韓愈資料彙編》，中華書局，1983 年。
9. 徐震堮《世說新語校箋》，中華書局，1984 年。
10. 李燾《續資治通鑑長編》，中華書局，1985 年。
11. 馬其昶校注，馬茂元整理《韓昌黎文集校注》，上海古籍出版社，1986 年。
12. 黎靖德《朱子語類》，中華書局，1986 年。
13. 陳振孫《直齋書錄解題》，上海古籍出版社，1987 年。
14. 馮浩詳注，錢振倫、錢振常箋注《樊南文集》，上海古籍出版社，1988 年。

15. 孔安國傳，孔穎達等正義《尚書正義》，上海古籍出版社，1990 年。

16. 戴望《諸子集成‧管子校正‧霸言》，河北人民出版社，1992 年。

17. 司馬光《資治通鑑》，吉林人民出版社，1997 年。

18. 薛梅卿點校《宋刑統》，法律出版社，1999 年。

19. 劉熙《釋名》，天津古籍出版社，1999 年。

20. 周華《福建興化縣志》，龍岩新華印刷廠，2001 年。

21. 周振甫《文心雕龍注釋》，人民文學出版社，2002 年。

22. 張少康《文賦集釋》，人民文學出版社，2005 年。

23. 萬麗華藍旭譯注，《孟子‧盡心下》，中華書局，2006 年。

24. 張覺《韓非子校注》，嶽麓書社，2006 年。

25. 趙敏俐、尹小林《國學備覽》，首都師範大學出版社，2007 年。

26. 畢沅《續資治通鑑》，嶽麓書社，2008 年。

27. 李贄注，張友臣譯《史綱評要》，中華書局，2008 年。

【論文類】

1. 劉高禮《論古代判詞的歷史發展及寫作特徵》，《中南政法學院學報》1990 年第 2 期。

2. 楊翼驤、喬治忠《論中國古代史學理論的思想體系》，《南開學報》1995 年第 5 期。

3. 張忠綱《說劉克莊〈詰貓賦〉》，《文史知識》1995 年第 9 期。

4. 莫道才《論宋代四六話的興起》，《廣西師範大學學報》1996 年第 1 期。

5. 王善軍《從〈名公書判清明集〉看宋代的宗祧繼承及其與財產繼承的關係》，《中國社會經濟史研究》998 年第 2 期。

6. 王志強《南宋司法裁判中的價值取向》，《中國社會科學》1998 年第 6 期。

7. 朱迎平《宋代題跋文的勃興及其文化意蘊》，《文學遺產》2000 年第 4 期。

8. 祝尚書《論宋季的擬人制詔》，《北京化工大學學報》2002 年第 3 期。

9. 閻君祿《後村研究述評》，《宜賓學院學報》2003 年第 1 期。

10. 王友勝《論宋代的辭賦》，《中國韻文學刊》2003 年第 2 期。

11. 章繼光《詩畫一體的觀念與宋人尚意的美學追求》，《中國文學研究》2003 年第 3 期。

12. 黃寶華《宋詩學的反思與整合——劉克莊詩學思想述評》，《上海師範大學學報》2003 年第 4 期。

13. 施懿超《宋四六研究略述》，《文學遺產》2004 年第 2 期。

14. 王述堯《劉克莊研究綜述》，《古典文學知識》2004 年第 4 期。

15. 鄧小南《「祖宗故事」與宋代的〈寶訓〉、〈聖政〉》，《唐研究》第十一卷，北京大學出版社，2005 年 12 月。

16. 謝重光《宋代畬族史的幾個關鍵問題——劉克莊〈漳州諭畬〉新解》，《福建師範大學學報》2006 年第 4 期。

17. 李丹博《南宋辭賦概論》，《濟南大學學報》2006 年第 6 期。

18. 張利《宋代「名公」司法審判精神探析》，《河北法學》2006 年第 10 期。

19. 王明建《劉克莊美政「記」體文及其文學史意義》，《文學遺產》2007 年第 2 期。

20. 呂肖奐、張劍《兩宋家族文學的不同風貌及其成因》，《文學遺產》2007 年第 2 期。

21. 朱迎平《宋文文體演變論略》，《中山大學學報》2007 年第 5 期。

22. 高楠《宋代家庭中的共有財產糾紛》，《中國社會歷史評論》2007 年第 8 卷。

23. 沈載權、陳龍《中韓「批答」文書比較》，《中華文化論壇》2008 年第 1 期。

24. 吳承學、劉湘蘭《詔令類文體（一）：詔書》，《古典文學知識》2008 年第 2 期。

25. 吳承學、劉湘蘭《詔令類文體（二）：制書、誥、敕書》，《古典文學知識》2008 年第 3 期。

26. 吳承學、劉湘蘭《奏議類文體》，《古典文學知識》2008 年第 4 期。

27. 侯體健《國色老顏不相稱 今後村非昔後村——百年來劉克莊研究的得與失》，《長江學術》2008 年第 4 期。

28. 向以鮮《劉克莊焚毀早期詩稿的詩學衝動》，《求索》2008 年第 4 期。

29. 蔣寅《中國古代文體互參中「以高行卑」的體位定勢》，《中國社會科學》2008 年第 5 期。

30. 王明建《劉克莊研究的學術價值論略》，《甘肅社會科學》2008 年第 5 期。

31. 高楠、宋燕鵬《墓田上訴：一項南宋民間訴訟類型的考察》，《安徽師範大學學報》2009 年第 1 期。

32. 吳承學、劉湘蘭《序跋類文體》，《古典文學知識》2009 年第 1 期。

33. 賈喜鵬《論蘇軾四六制、詔、批答的價值》，《廣播電視大學學報》2009 年第 2 期。

34. 吳承學、劉湘蘭《碑誌類文體》，《古典文學知識》2009 年第 3 期。

35. 張高評《破體與創造性思維——宋代文體學之新詮釋》，《中山大學學報》2009 年第 3 期。

36. 周秀萍、胡平仁《中國古代判詞的表達藝術》，《湖南師範大學學報》2009
年第 6 期。

【論著類】

1. 孫梅《四六叢話》，商務印書館，1937 年。
2. 孫俊文《唐律疏議》，中華書局，1983 年。
3. 唐圭璋《詞話叢編》，中華書局，1986 年。
4. 馬其昶、馬茂元《韓昌黎文集校注》，上海古籍出版社，1986 年。
5. 郭預衡《中國散文史》，上海古籍出版社，1986 年。
6. 程千帆、吳新雷《兩宋文學史》，上海古籍出版社，1991 年。
7. 程章燦《劉克莊年譜》，貴州人民出版社，1993 年。
8. 向以鮮《超越江湖的詩人——後村研究》，巴蜀書社出版社，1995 年。
9. 曾棗莊《宋文紀事》，四川大學出版社，1995 年。
10. 王水照《宋代文學通論》，河南人民出版社，1997 年。
11. 趙季、葉言材《劉後村小品》，文化藝術出版社，1997 年。
12. 薛梅卿《宋刑統》，法律出版社，1999 年。
13. 石訓、朱保書《中國宋代文化》，河南人民出版社，2000 年。
14. 吳承學《中國古代文體形態研究》，中山大學出版社，2000 年。
15. 楊慶存《宋代散文研究》，人民文學出版社，2002 年。
16. 朱迎平《宋文論稿》，上海財經大學出版社，2003 年。
17. 王明見《劉克莊與中國詩學》，巴蜀書社，2004 年。
18. 袁行霈《中國文學史》，高等教育出版社，2005 年。
19. 施懿超《宋四六論稿》，上海古籍出版社，2005 年。
20. 吳文治《宋詩話全編》，鳳凰出版社，2006 年。
21. 石明慶《理學文化與南宋詩學》，中國社會科學出版社，2006 年。
22. 周裕鍇《宋代詩學通論》，上海古籍出版社，2007 年。
23. 王水照《歷代文話》，復旦大學出版社，2007 年。
24. 王宇《劉克莊與南宋學術》，中華書局，2007 年。
25. 景紅錄《劉克莊詩歌研究》，上海古籍出版社，2007 年。
26. 王錫九《劉克莊詩學研究》，黃山書社，2007 年。
27. 陳振《宋代社會政治論稿》，上海人民出版社，2007 年。
28. 付興林《白居易散文研究》，中國社會科學出版社，2007 年。
29. 王述堯《劉克莊與南宋後期文學研究》，東方出版中心，2008 年。

30. 張伯偉《域外漢籍研究集刊》（第 4 輯），中華書局，2008 年。

31. 陳柱《中國散文史》，江蘇文藝出版社，2008 年。

32. 曾棗莊《宋文通論》，上海人民出版社，2008 年。

33. 馬茂軍《宋代散文史論》，中華書局，2008 年。

34. 石建初《中國古代序跋史論》，湖南人民出版社，2008 年。

35. 范文瀾、蔡美彪《中國通史》，人民出版社，2008 年。

36. 張金嶺《宋理宗研究》，人民出版社，2008 年。

37. 張仁青《中國駢文發展史》，浙江大學出版社，2009 年。

附錄 1　劉克莊散文編年補考

關於劉克莊作品編年研究，錢仲聯先生最早在《後村詞箋注》中考訂出劉克莊詞作的創作繫年，其中考訂出能夠明確繫年的詞 130 首，無法確定繫年的詞 134 首〔註1〕。隨後許山河先生的《十六首後村詞編年考》〔註2〕、程章燦《後村詞編年補考》〔註3〕又先後對劉克莊詞有所補訂。而考訂最詳細的當屬程章燦的《劉克莊年譜》〔註4〕，其對劉克莊作品中的詩、詞、文都有較詳盡的考訂，大部分作品能夠明確創作繫年。這些研究，為進一步研究劉克莊提供了極大的方便。筆者在翻閱資料的過程中，發現仍有一些劉克莊散文創作編年可增補諸前任考訂之不足者，今乃不揣淺陋，略補於下：

嘉定二年己巳（1209）　23 歲

《叔母方宜人坎志》（《後村集》卷 37）

此文不見於《後村先生大全集》，題目自序「代作」。按文云：「嘉定元年三月壬辰，以疾終於寢，……明年三月甲申，合祔於先君石室墓原，因泣血書歲月於坎。」可知此文應作於嘉定二年（1209）三月。

此篇應為劉克莊現存最早可知確切編年的作品之一。

嘉定十六年癸未（1223）　37 歲

《林沅州墓誌銘》（《大全集》卷 148）

〔註1〕 錢仲聯《後村詞箋注》，上海：上海古籍出版社，1980 年。
〔註2〕 許山河《十六首後村詞編年考》，《湘潭大學學報》，1983 年第 3 期。
〔註3〕 程章燦《後村詞編年補考》，《福建論壇》，1989 年第 6 期。
〔註4〕 程章燦《劉克莊年譜》，貴陽：貴州人民出版社，1993 年。

按文云：「慶元丙辰八月十日卒……，公歿二十有八年，嘉定癸未，克莊始志其墓而爲銘」。「慶元丙辰」爲 1196 年，28 年後即爲嘉定癸未（1223 年）。

嘉定十七年甲申（1224）　38 歲

《林程鄉墓誌銘》（《後村集》卷 37）

此文不見於《後村先生大全集》。按文云：「癸未十月君卒，明年十月君窆……葬書曰然，其繼必蕃。」「癸未十月」爲嘉定十六年（1223），林沉葬於嘉定十七年（1224），此文應葬時所作。

端平元年甲午（1234）　48 歲

《柯孺人墓誌銘》（《大全集》卷 149）

按文云：「夫人柯氏，……年七十二，端平改元三月癸未卒，葬南安縣某里某山。」柯氏葬於端平元年（1234），此文應葬時所作。

嘉熙二年己亥（1238）　52 歲

《墓祭西山先生文》（《大全集》卷 137）

西山先生即眞德秀，卒於端平二年（1235）。按文云：「古人重誼，均於倫紀，築室三年，素車千里。」「築室三年」應爲嘉熙二年（1238），而此年後村正解任歸里，主雲臺觀。故此文應作於此年。

嘉熙三年己亥（1239）　53 歲

《周夫人墓誌銘》（《大全集》卷 149）

按文云：「蓋余居田裏，守宜春，使番禺，君（指熊大經）書歲至，至必速銘。」根據程章燦《劉克莊年譜》可知：端平三年（1236），後村歸主玉局觀，在家里居。嘉熙元年（1237）春，改知袁州（今宜春）；至中秋，後村解任歸里，主雲臺觀。嘉熙三年（1239）十月，改除廣東提舉；冬，入粵赴任。由此時推算，後村應於嘉熙三年（1239）歲至時，收到熊大經的信，邀請後村爲其母撰墓誌銘。故此文應作於此年。

《杜郎中墓誌銘》（《大全集》卷 150）

按文云：「多復被圍，虜竭攻械不得騁，又解去。天子擢子昕列卿，制置淮右。」子昕，即杜杲。此事發生在嘉熙二年（1238），杜杲因此功升任淮西制置使。「明年秋，復圍合肥，城中出兵奮擊，斬級三萬，虜又解去。天子擢

子昕侍從，於是復來速銘。」此事發生在嘉熙三年（1239），蒙古軍又大舉進
犯，杜杲趁其征途疲乏，主動出兵，連傳捷報 27 次。朝廷得報驚喜，升杜杲
爲權刑部尙書。宋代稱在京職事官如六部尙書、侍郎及學士等爲侍從。由此
推測，嘉熙三年（1239），杜杲再次請後村爲其父撰墓誌銘。故此文應作於此
年。

淳祐四年甲辰（1244）　58 歲

《跋西山與丘宣義書》（《大全集》卷 100）

按文云：「臞軒題後八年，甲辰冬至日，後村劉某題。」「甲辰冬至日」
爲淳祐四年甲辰（1244）冬至。故此文應作於此年。

寶祐六年戊午（1258）　72 歲

《跋臞軒王卿帖》（《大全集》卷 107）

「臞軒」，即王邁，字實之，一作貫之，自號臞軒居士。按文云：「臞軒
去樵十年，墓木已拱，而樵人寶藏其翰墨如此，亦異矣。」王邁卒於淳祐八
年（1248）三月，由此處「臞軒去樵十年，墓木已拱」可知，此文應作於寶
祐六年戊午（1258）。

開慶元年己未（1259）　73 歲

《答趙丞相書》（《大全集》卷 132）

按文云：「某犬馬之齒遂七十三，形槁心灰，諸公貴人之所遺忘。」後村
73 歲當是開慶元年（1259）。故此文應作於此年。

景定四年癸亥（1263）　77 歲

《答信庵丞相書》（《大全集》卷 134）

按文云：「某犬馬之齒七十七矣，尙能親燈對卷作細字。」後村 77 歲當
是景定四年（1263）。故此文應作於此年。

咸淳二年丙寅（1266）　80 歲

《答劉少文書》（《大全集》卷 132）

按文云：「駸駸八秩，齒衰才盡。」「八秩」，即指八十歲。故此文應作於
此年。

咸淳四年戊辰（1268）　82歲

《毅齋鄭觀文神道碑》（《大全集》卷147）

毅齋，即鄭性之。鄭性之卒於寶祐三年（1255），後村69歲。按文云：「距公之薨與葬十有四年矣。」即在此十四年後即咸淳四年（1268），後村作此文。

附錄 2　劉克莊研究資料索引
（1934～2010）

（一）論文類

1934 年

張荃《劉後村先生年譜》,《之江學報》一卷三期,1934 年 5 月。

1937 年

林世英《晚宋詞人劉克莊》,《協大藝文》第 6 期,1937 年 6 月。

1950 年

張荃《劉後村〈滿江紅〉詞七首箋》,《大陸雜誌》第 1 卷第 8 期,1950
年 10 月 31 日。

1961 年

孫克寬《劉後村的家世與交遊（上）——劉後村與晚宋政治之一》,《大
陸雜誌》第 22 卷第 11 期,1961 年 6 月 15 日。

孫克寬《劉後村的家世與交遊（下）——劉後村與晚末政治之一》,《大
陸雜誌》第 22 卷第 12 期,1961 年 6 月 30 日。

孫克寬《晚宋政爭中之劉後村（上）——劉後村與晚宋政治之一》，《大陸雜誌》第 23 卷第 7 期，1961 年 10 月 15 日。

孫克寬《晚末政爭中之劉後村（下）——劉後村與晚宋政治之一》，《大陸雜誌》第 23 卷第 8 期，1961 年 10 月 31 日。

1962 年

錢仲聯《唐宋詞譚——《賀新郎》（劉克莊)》，《新民晚報》1962 年 7 月 12 日。

1977 年

曾憲燊《劉克莊的生平及其詩詞》，《藝文志》第 147 期，1977 年 12 月。

1979 年

劉逸生《宋詞小箚（11）——劉克莊〈沁園春·夢孚若〉》，《廣州文藝》1979 年第 12 期。

1980 年

陳祥耀《談劉克莊的詩詞》，《榕樹文學叢刊》1980 年第 2 期。

納嘉驊、熊興《託花詠志，感時憂國——讀劉克莊的一首詞》，《雲南日報》，1980.11.09。

夏承燾《劉克莊的〈清平樂·五月十五夜玩月〉》，《唐宋詞欣賞》，天津：百花文藝出版社，1980.07。

1981 年

林宣生《愛國詞人劉克莊》，《中央日報·文史周刊》第 10 版，1981－05－19。

1982 年

李國章《劉克莊〈賀新郎·九日〉賞析》，《詞刊》1982 年第 5 期。

1983 年

蔣哲倫《消得幾多風露、變教人世清涼——劉克莊〈清平樂・五月十五夜玩月〉》，《詞刊》1983 年第 2 期。

許山河《十六首後村詞編年考》，《湘潭大學學報》1983 年第 3 期。

陳祥耀《談劉克莊的〈賀新郎・送陳眞州子華〉》，《唐宋詞鑑賞集》，北京：人民文學出版社，1983.05。

李國章《淒涼感舊、慷慨生哀——讀劉克莊〈沁園春・夢孚若〉》，《唐宋詞鑑賞集》，北京：人民文學出版社，1983.05。

李學穎《老驥伏櫪、志在千里——讀劉克莊〈滿江紅・夜雨涼甚忽動從戎之興〉》，《唐宋詞鑑賞集》，北京：人民文學出版社，1983.05。

夏瞿禪《劉克莊的〈清平樂・五月十五夜玩月〉》，《唐宋詞欣賞》，臺北：文津出版社，1983.10。

1984 年

楊海明《論愛國詞人劉克莊的詞》，《福建論壇》1984 年第 1 期。

許山河《愛國的詩篇 時代的悲歌——劉克莊詞初探》，《湘潭大學社會科學學報》1984 年第 4 期。

王偉民《介紹劉克莊的一首端午詞》，《文學知識》1984 年第第 3 期。

湘君《羈留觀嶺梅開——劉克莊羈留桂林》，《灕江》1984 年第 5 期。

李國庭《辛派詞人劉克莊》，《文史知識》1984 年第第 7 期。

1985 年

許山河《略論劉克莊政論詞和諧謔詞》，《湘潭大學社會科學學報》1985 年第 2 期。

1986 年

黃世中《劉克莊詞五首評析》，《溫州師範學院學報》1986 年第 1 期。

向以鮮《後村詞箋注商榷》，《南開學報》1986 年第 5 期。

1987 年

黃忨中《試論劉克莊自壽詞》，《太原師專學報》1987 年第 1 期。

胡明《關於劉克莊的詩論》,《中州學刊》1987 年第 2 期。

程有慶《〈後村居士集〉鐵琴銅劍樓舊藏宋本》,《文獻》1987 年第 3 期。

胡明《劉克莊詩詞軌跡與心路歷程》,《河北師院學報》1987 年第 4 期。

劉夔甫《劉克莊〈賀新郎·送陳眞州子華〉賞析》,《語文教學與研究》1987 年第 8 期。

1988 年

王素《讀劉克莊的「象棋詩」》,《體育文化導刊》1988 年第 3 期。

胡元坎《沉鬱蒼涼,慷慨生哀──試談劉克莊詞的藝術風格》,《寧德師專學報》1988 年第 2 期。

許山河《劉克莊詞散論》,《文學評論叢刊》(第三十輯),北京文化藝術出版社,1988 年。

1989 年

陳鴻儒《後村詞韻雜談》,《龍岩師專學報》1989 年第 1 期。

程章燦《後村詞編年補考》,《福建論壇》1989 年第 6 期。

蔡厚示《壯語足以立懦──劉克莊〈賀新郎·九日〉詞賞析》,《詩詞拾翠》(二集),福州:海峽文藝出版社,1989−03。

劉存璞《夢繞中原塊土──讀克莊詞〈昭君怨·牡丹〉》,《菏澤師專學報》1989 年第 1 期。

1990 年

張瑞君《論劉克莊的詩歌創作成就》,《河北大學學報》1990 年第 2 期。

1991 年

溫德全、張瑞君《論劉克莊的文學觀》,《傳統文化》1991 年第 1 期。

幽仁《〈後村千家詩校注〉注釋一誤》,《西北大學學報》1991 年第 1 期。

李國庭《劉克莊生平三考》,《福建論壇》1991 年第 4 期。

占鼇《〈後村千家詩〉一誤》,《西北大學學報》1991 年第 4 期。

張忠綱《憂國懷衷腸、報國抒壯志──讀劉克莊〈賀新郎〉(國脈微如縷)詞》,《文史知識》1991 年第 11(總 125 期),1991.11。

1992 年

張瑞君《略論劉克莊詩歌的藝術特色》,《大連大學學報》1992 年第 2 期。

陳如江《劉克莊詞論》,《唐宋五十名家詞論》, 上海：華東師範大學出版社, 1992 年。

1994 年

張宏生《融通與超越——論劉克莊詩》,《漳州師範學院學報》1994 年第 1 期。

明見《劉克莊辛派詞人辨》,《西南師範大學學報》1994 年第 1 期。

蔣維錟《劉克莊與福清少林僧》,《福建師大福清分校學報》1994 年第 2 期。

張瑞君《劉克莊與唐詩》,《河北大學學報》1994 年第 4 期。

1995 年

明見《劉克莊愛國辛派詞人辨》,《中國文學研究》1995 年第 1 期。

陳慶元《劉克莊和閩籍江湖派詩人》,《閩江學院學報》1995 年第 2 期。

張瑞君《劉克莊與陸游楊萬里詩歌的繼承關係》,《河北大學學報》1995 年第 4 期。

張忠綱《說劉克莊〈詰貓賦〉》,《文史知識》1995 年第 9 期。

1996 年

張福勳《後村詩論漫說》,《內蒙古民族師院學報》1996 年第 1 期。

劉鋒燾《後村詞的基本特色及其在南宋詞壇的地位》,《陝西師範大學學報》1998 年第 3 期。

1997 年

明見《劉克莊與賈似道》,《三峽學院學報》1997 年第 2 期。

明見《論劉克莊的自然美學觀》,《東疆學刊》1997 年第 3 期。

1998 年

明見《劉克莊與賈似道》,《西南師範大學學報》1998 年第 1 期。

劉鋒燾《劉後村壽詞淺論──兼談後村與賈似道的關係》,《陝西師範大學學報》1998 年第 3 期。

陳先汀《試論〈後村詞〉的特色──兼談劉克莊對豪放詞的發展》,《福州師專學報》1998 年第 3 期。

陳先汀《劉克莊文學思想管窺》,《福建論壇》1998 年第 5 期。

2000 年

方寶璋《空巷無人一國狂──從劉克莊詩詞看南宋莆田雜劇百戲》,《文史知識》2000 年第 3 期。

2001 年

房日晰《涉及〈梅花〉詩案中的兩句詩》,《古典文學知識》2001 年第 2 期。

鍾振振《說劉克莊〈賀新郎〉「老眼平生空四海」》,《文史知識》2001 年第 11 期。

2002 年

明見《論劉克莊關於作官與作詩的矛盾價值觀》,《三峽大學學報》2002 年第 1 期。

牟鷺璋《劉克莊詩論精神之管窺》,《欽州師範高等專科學校學報》2002 年第 2 期。

明見《論劉克莊的詩歌師法觀》,《河北大學學報》2002 年第 3 期。

明見《論劉克莊的詩歌「鍛鍊」說》,《西南師範大學學報》2002 年第 3 期。

陳文珍《劉克莊豪放詞及與莆田傳統文化之關係》,《三明高等專科學校學報》2002 年第 3 期。

2003 年

闇君祿《後村研究述評》,《宜賓學院學報》2003 年第 1 期。

明見《論劉克莊的詩人層次論》,《三峽大學學報》2003 年第 1 期。

明見《論劉克莊的詩歌創新觀及其詩學地位》，《殷都學刊》2003 年第 2 期。

明見《劉克莊的詩教觀與中國儒家詩教的演化》，《甘肅社會科學》2003 年第 2 期。

明見《劉克莊與宋代詩歌風格學》，《西南師範大學學報》2003 年第 2 期。

閻君祿《欲託朱弦寫悲壯——後村壽詞初探》，《樂山師範學院學報》2003 年第 2 期。

黃寶華《宋詩學的反思與整合——劉克莊詩學思想述評》，《上海師範大學學報》2003 年第 4 期。

明見《劉克莊賀賈之作新論》，《文學遺產》2003 年第 5 期。

高峰《令人惕醒的當頭棒喝——劉克莊〈玉樓春・戲呈林節推鄉兄〉賞析》，《名作欣賞》2003 年第 6 期。

明見《劉克莊「詩外工夫」論的理論蘊含》，《三峽大學學報》2003 年第 6 期。

王明建《劉克莊的詩人人品論》，《荊州師範學院學報》2003 年第 6 期。

王述堯《從幾種選本中看劉克莊詩歌的接受》，《社會科學家》2003 年第 6 期。

2004 年

王述堯《試論後村的寫景詩》，《社會科學家》2004 年第 2 期。

王述堯《後村詠史詩略論》，《河北大學學報》2004 年第 2 期。

王述堯《劉後村題畫詩論略》，《鹽城師範學院學報》2004 年第 2 期。

王明建《論劉克莊的「唐體」觀》，《山西師大學報》2004 年第 2 期。

王述堯《略論後村的詠梅詩及其它》，《阜陽師範學院學報》2004 年第 3 期。

王述堯《歷史的天空——略論賈似道及其與劉克莊的關係》，《蘭州學刊》2004 年第 3 期。

明見《劉克莊「詩外工夫」論的詩學地位》，《三峽大學學報》2004 年第 3 期。

嚴國榮《劉克莊「本色」詩論》，《陝西師範大學學報》2004 年第 3 期。

王明建《文化的多元與詩歌的式微——從劉克莊的觀點看古代詩歌的衰微之因》，《西南師範大學學報》2004 年第 4 期。

郭奇林《晚宋愛國詞人劉克莊的六次罷黜》，《福建史志》2004 年第 4 期。

王述堯《劉克莊研究綜述》，《古典文學知識》2004 年第 4 期。

2005 年

鄒自振《「江湖詩人」、「辛派詞人」——南宋詩詞大家劉克莊》，《福建鄉土》2005 年第 4 期。

王美春《異曲同工軍旅詩——陸游《關山月》與劉克莊《軍中樂》比較談》，《三角洲》2005 年第 5 期。

潘洪剛《劉克莊《落梅》賞析》，《考試（高考語文版）》2005 年第 11 期。

2006 年

王述堯《略談劉克莊詠懷詩中的詩論》，《江西科技師範學院學報》2006 年第 2 期。

王述堯《劉克莊前期詞〈後村詩餘〉研究》，《東嶽論叢》2006 年第 3 期。

謝重光《宋代畲族史的幾個關鍵問題——劉克莊〈漳州諭畲〉新解》，《福建師範大學學報》2006 年第 4 期。

許麗莉《劉克莊親屬仕潮考》，《玉溪師範學院學報》2006 年第 8 期。

2007 年

王錫九《略論劉克莊在江西詩派體系建構中的貢獻》，《南京師範大學文學院學報》2007 年第 1 期。

王明建《劉克莊美政「記」體文及其文學史意義》，《文學遺產》2007 年第 2 期。

王明建《從老莊到劉克莊：「自然」美學觀的發展之路》，《文學評論》2007 年第 2 期。

王錫九《劉克莊的「鍛鍊」說》，《江蘇教育學院學報》2007 年第 2 期。

王錫九《劉克莊的「唐律」觀》，《安徽師範大學學報》2007 年第 2 期。

英偉《後村詞藝術風格論》，《消費導刊》2007 年第 5 期。

陳翠穎《論劉克莊〈沁園春〉詞作》，《淮北煤炭師範學院學報》2007 年第 6 期。

陳先汀《芻議劉克莊詞學思想》，《東南學術》2007 年第 6 期。

徐多香《託物寄情見錚骨——劉克莊《落梅》賞析》，《現代語文》2007 年第 7 期。

王述堯《〈後村長短句〉中劉克莊的後期詞研究》，《紀念辛棄疾逝世 800 週年學術研討會論文匯編》2007 年。

2008 年

曹豔春《劉克莊詞學思想論略》，《長沙大學學報》2008 年第 1 期。

單芳《論劉克莊與時俱進的詞學觀》，《甘肅廣播電視大學學報》2008 年第 1 期。

景紅錄《試評劉克莊的「詩歌審美風格論」》，《中北大學學報》2008 年第 2 期。

景紅錄《論劉克莊詩人主體論的道德化傾向及其它》，《河北科技大學學報》2008 年第 2 期。

李貴連《論劉克莊的花卉鳥獸詠物詞》，《莆田學院學報》2008 年第 3 期。

王明建《關於後村詩學的風格理論》，《文學評論》2008 年第 3 期。

許麗莉《劉克莊與仕潮知州交遊考》，《湖州師範學院學報》2008 年第 3 期。

向以鮮《劉克莊焚毀早期詩稿的詩學衝動》，《求索》2008 年第 4 期。

景紅錄《劉克莊詩歌「情性說」批評》，《燕山大學學報》2008 年第 4 期。

侯體健《國色老顏不相稱　今後村非昔後村——百年來劉克莊研究的得與失》，《長江學術》2008 年第 4 期。

王明建《劉克莊研究的學術價值論略》，《甘肅社會科學》2008 年第 5 期。

朱慧玲《芻論劉克莊詞學思想脈絡》，《理論導刊》2008 年第 6 期。

趙靜《深切的寄願　無情的鞭撻——讀劉克莊〈賀新郎·送陳真州子華〉》，《閱讀與鑒賞》教研－2008 年第 10 期。

王躍娜《論劉克莊詞中的哀怨之氣》，《文教資料》2008 年第 28 期。

周靜靜《後村壽詞探析》，《文教資料》2008 年第 28 期。

2009 年

陳文苑《劉克莊入桂及詩歌創作》,《西昌學院學報》2009 年第 1 期。

洪迎華《劉克莊解讀「詩豪」劉禹錫》,《古典文學知識》2009 年第 3 期。

景紅錄《劉克莊詩法理論述評》,《重慶工商大學學報》2009 年第 1 期。

景紅錄《劉克莊詩歌藝術批評》,《名作欣賞》2009 年第 6 期。

2010 年

邢鐵《南宋女兒繼承權考察——〈建昌縣劉氏訴立嗣事〉再解讀》,《中國史研究》2010 年第 1 期。

董煥君《劉克莊的司法審判精神》,《科教導刊》2010 年第 4 期。

(二)論著類

王述堯《劉克莊與南宋後期文學研究》,東方出版中心,2008 年。

王宇《劉克莊與南宋學術》,中華書局,2007 年。

景紅錄《劉克莊詩歌研究》,上海古籍出版社,2007 年。

王錫九《劉克莊詩學研究》,黃山書社,2007 年。

王明見《劉克莊與中國詩學》,巴蜀書社,2004 年。

歐陽代發、王兆鵬《劉克莊詞新釋輯評》,中國書店出版社,2001 年。

向以鮮《超越江湖的詩人——後村研究》,巴蜀書社出版社,1995 年年。

程章燦《劉克莊年譜》,貴州人民出版社,1993 年。

章谷《後村長短句》,上海古籍出版社,1988 年。

胡問儂、王皓叟《後村千家詩校注》,貴州人民出版社,1986 年。

錢仲聯《後村詞箋注》,上海古籍出版社,1980 年。

王秀梅《後村詩話》,中華書局,1983 年。

(三)博士論文

何忠盛《劉克莊詩學思想研究》,四川大學,2007 年。

王述堯《劉克莊研究》,復旦大學,2004 年。

王明建《劉克莊詩學研究》,河北大學,2003 年。

（四）碩士論文

吳惠娟《劉克莊〈後村詞〉研究》，上海大學，2007 年。

彭娟《劉克莊唐宋詩學史觀研究》，暨南大學，2006 年。

萬露《後村詞創作及其詞學思想整體觀》，吉林大學，2006 年。

盧雅惠《劉克莊詞研究》，臺灣東吳大學，2006 年。

許麗莉《〈後村先生大全集〉所見仕潮官吏考——兼論南宋潮州文化教育》，華東師範大學，2004 年。

閻君祿《後村詩論和詩歌創作研究》，四川大學，2003 年。

牟鷺瑋《後村詩論精神研究》，四川大學，2002 年。

楊淳雅《劉克莊詩學研究》，臺灣政治大學，1998 年。

劉鋒燾《論後村詞》，華東師範大學，1989 年。

李若純《劉後村文學批評研究》，臺灣東吳大學，1983 年。

許山河《論劉克莊詞》，湘潭大學，1982 年。

咸賢子《劉後村年譜及其詞研究》，臺灣政治大學，1982 年。

後 記

　　博士畢業，一晃四年。或許是資質平庸，亦或是由於積纍尚淺，回首博士五年的求學階段，是我求學生涯中最為艱難的，當然也是收穫最豐的階段。隨著論文進入最後的審訂階段，我也如釋重負。同時，心中充滿了深深的感激，如果沒有導師、家人、朋友的關懷和支持，捫心自問，我是很難順利完成學業的。

　　非常感謝我的博士生導師陳建森教授。在這五年來，陳老師嚴謹的治學態度、敏銳的學術洞察力，淵博的知識時時震撼著我，啟發著我。陳老師是嚴厲的，對我論文中的每一處缺點都毫不留情地指出；陳老師也是溫和的，曾對我學習中的每一點進步給予熱情的鼓勵。可以毫不隱諱地說，正是陳老師的鼓勵、鞭策才最大限度地調動和激發了我的能動性和上進心，使我獲益良多，惟有在以後的學術道路上謹記教導，努力鑽研。同時，我要對師母對我的關懷、愛護由衷地道一聲謝謝。每次登門，或上課或請教，師母始終盡其所能為我們減緩壓力、營造雅致環境，讓我們頓有如歸己家、如見親人的感覺。

　　感謝華南師範大學古代文學教研室的戴偉華教授、謝飄雲教授、左鵬軍教授、馬茂軍教授、閔定慶教授。你們的淵博知識，無私教誨，都令我受益匪淺，學生將銘記心間。

　　非常感謝我的父母，感謝他們多年來一貫的支持與關心，及細心照顧小女，讓我能安心學習；感謝愛人賴曉芬的寬容與理解，是你無微不至的關心與優美動聽的歌聲讓我能在平靜、愉快的心態中學習、研究；感謝師弟師妹們，是你們一起陪伴我走過了這美好的求學時光。

同時，也要感謝花木蘭文化出版社的鼎力資助。沒有您的支持，此書可能還無法面世。爲此，再次深表謝意。

是爲記。

周　炫

2016 年 3 月 27 日